茅台镇

（第四部）

袁兰雁 著

孔学堂书局

目录

第六十一章　001
第六十二章　023
第六十三章　043
第六十四章　063
第六十五章　085
第六十六章　105
第六十七章　124
第六十八章　145
第六十九章　166
第七十章　188
第七十一章　208
第七十二章　228
第七十三章　251
第七十四章　273
第七十五章　293
第七十六章　315
后记　335

第六十一章

1

1984年10月1日，是中华人民共和国成立三十五周年的日子。虽然不是整数年，但粉碎"四人帮"之后老百姓心情愉悦，改革开放带来的一系列翻天覆地的变化让老百姓实实在在体验到了幸福感，国家在这个时刻举行国庆大阅兵和群众大游行，肯定是顺应民心的。

实事求是地说，要在十多亿人口的偌大一个国家做到"顺应民心"，的确不是一件容易的事。

开年以来，在"居民身份证"制度的实施给老百姓带来方便的同时，国家治理也在法制化道路上稳步前行；另外，夏天入伏没多久，中国第一家股份制企业——北京市天桥百货股份有限公司在北京成立，正如小平同志说的，"不论白猫黑猫，抓到老鼠就是好猫"。这一切都预示着我们国家的政治经济建设进入了一个崭新时代，预示着老百姓的小日子开始步入了"康庄之衢"，同时还预示着"建设中国特色社会主义"的大目标正在一步一个脚印地向前迈进。

还有让老百姓欢欣鼓舞的事情，7月29日，一个叫许海峰的射击运动员，在美国洛杉矶举行的第二十三届夏季奥林匹克运动会上夺取了中国历史上第一枚奥林匹克金牌。

那么多让人欢欣鼓舞的事情接二连三地发生，不禁让人由衷地、情不自禁地感到欢欣鼓舞。

人们的"欢欣鼓舞"，一直延续到10月1日在天安门广场进行阅兵的现场。

新中国成立以来，一共进行过十一次国庆阅兵。从1949年至1959年，每年都举行，之后由于各种原因以及"文革"，到1984年，已经整整二十四年没有举行过国庆阅兵了。除此之外，之前的十一次阅兵因为中国还没有普及电视机，人们只能滞后观看新闻纪录电影。1984年4月，我们国家的第一颗地球静止轨道通信卫星"东方红二号"发射成功，让中央电视台的"现场直播"成为可能，加上事先做了预报，人们期待这次"大阅兵"不是一天两天了。

　　这次大阅兵还有一个不同之处，之前的历次国庆阅兵，检阅首长大都是军队干部，最早是朱德总司令，后来是国防部长彭德怀和林彪；而1984年的国庆阅兵，第一次由现任的中央军委主席邓小平担任检阅首长。

　　单单这一条，远的不讲，对于贵阳文家目前的实际掌门人文大喜来说，不啻天底下最让人欢欣鼓舞的消息了。居然放下报纸一个人就鼓起掌来，还连声喝彩道："好！好好好好！"

　　确实，因为小平同志顶着天大的干系"障百川而东之，回狂澜于既倒"，这才有了普天之下老百姓对幸福生活的无限憧憬。文大喜的这种情绪，无疑体现了中国人民对于这位世纪老人的崇敬之情。

　　很快，人民的这种情绪便在热烈的、忘情的天安门广场上的游行队列中体现出来。一群学子高举写着"小平您好！"的白底黑字横幅，在欢欣鼓舞的人群的簇拥下走过天安门广场，把人民对于国家昌盛的喜悦心情昭示得淋漓尽致。

　　那天晚上，文大同、文大喜兄弟两个用茅台烧把自己灌得酩酊大醉。

　　前一天，文大喜因为小平同志即将主持国庆大阅兵而鼓了一回掌之后，感觉心情依然没有抒发彻底。等柳文君从儿子家回来，一说，柳文君直接说你主要还差一顿酒，而且还必须守在老辈子跟前喝。

　　文大喜顿时瞪圆了眼睛一拍大腿，食指和中指并在一起指着柳文君说："要不人家李商隐会说'身无彩凤双飞翼，心有灵犀一点通'呢！哎呀！多少年了，要说举案齐眉，还得是我们相濡以沫的两老啊！"

　　"形容词是不是用得重复了一点？"柳文君打趣道，"就凭你把我两个形容得那么天衣无缝，明天我和你一起去！我也好久没见着幺太太和大哥大嫂了。"

"啧！哎呀！"文大喜嘴巴一撇，说，"真正举案齐眉啊！"

"好了好了，既然说好了，那今天就不喝了？到了刀把镇敞开了喝，行吗？"柳文君说。

也不知道从什么时候起，文大喜只要不开车，每顿饭都要整几盅。为此柳文君帮他总结为两条：一是因为他们自己家酿造的茅台烧敞开了喝，不要钱；二是文大喜继承了老祖太蔡花蕾和老太爷文知辉嗜酒的衣钵。

后面一条完全是褒奖，文大喜因此很受用。

文大喜有一点好，听人劝。比如，现在人家柳文君询问口气的话音刚落定，他这里马上就说："好！"

因为是国庆假日，加上"丰田海狮"能装，文大喜把文涛家小两口以及文诗仙一并捎带上，搞得这一路就听见文诗仙叽叽喳喳没消停过，耳朵都闹麻了。

上路之前，文大喜给云辉烧房的招待所打了个电话，徐子没在，彩珠子接的。

文大喜说："麻烦你告诉徐子一声，说我们下午去刀把镇，让他过来喝酒。"

"这个……嗯……"电话那头的彩珠子支吾着。

文大喜说："有什么情况吗？"

"嗯，是这样，"彩珠子说，"前天去烧房，回来他崴了脚，这都不说……主要他也……今年九十一了，所以……我是想……"

文大喜说："这样啊……那行，我知道了。"

"大喜兄弟啊！"彩珠子的声音有点急，说，"这些能不能……不跟徐子说？免得……免得……"

"好好好，我晓得了，你放心哈。"文大喜说。

文大喜听老辈子说过，说徐子被老太爷捡回来那年，马神仙给断了四岁，眨眼这就过去了八十七个年头，光阴可不是"如梭"么？人就是这样，身在其中时，从来没人把"光阴"当回子事；一定要等到光阴逝去，差不多快要收尾了，才来回首，才来追忆，才来叹息。要不古人说"寸金难买寸光阴"呢！

到了刀把镇，还没等坐下来喘口气，文大同便拉着兄弟去了后面的厨房，文大喜一看这架势就知道一定是有什么话要背着幺太太。果不其然，原来是文达观开口要房子了。大概是眼馋几个兄弟都有了各人名下的房子，早已经入赘去了青岩的文达观也动起了心思。

"老子最烦他这个!"文大同气不打一处来,声音有点高,"你狗日的不是都入赘了吗?哦,下山摘桃子来了!"

文大喜看着文大同,说:"你的意思……不给?"

"凭什么给吗?"文大同突然压低了嗓音说,"他一个猪狗不如的东西!况且,房子全都有名有姓的了,拿什么给吗?你猜咋个?"

文大喜眼珠子轱辘了一圈,说:"拿文富贵说事?"

文大同瞪大了眼睛,拍了一下文大喜的手臂,说:"你咋个晓得嘞?狗东西他也说得出口,说文富贵要回贵阳来上学!"

"你看,这在文家就是个天经地义的理由。狗东西的!"文大喜也被文大同感染了。

"老子就说嘛,人不要脸,百事可为!"文大同骂道。

"算啦算啦,"文大喜说,"跟自己家儿孙生气就是跟自己过不去。说一千道一万,狗东西他姓了个'文',你就不能撒手不管,而且,你还得自己给自己搭一个台阶嘞!"

"你也这样想?"文大同斜睨着文大喜。

文大喜说:"咋个办嘛?打断骨头了还连着筋!而且你已经有了主意,直接说出来嘛,哥。"

"哎呀!"文大同先叹口气,然后说,"确实,要说不管嘞,他拿老文家二房长重孙说事;管呢,心里头尽是疙瘩!咋个办嘛?疙瘩就疙瘩喽!和金雨天商量下来,准备把分给文达德的那一套先借给他。"

"借?怕是老虎借猪哦!"文大喜说。

"那也不能说给他呀!"文大同鼓着眼睛说话。

文大喜想想,说:"你这个意思还没跟幺太太说?"

"是,我怕她老人家不高兴!"文大同说。

"那不会!不要说文达德那套房子,你就说拿她老人家那套给他,她都不会有意见。谁叫文富贵是二房家的长重孙呢?"文大喜说。

果然,吃饭的时候文大同说起这事,幺太太直接说把自己那套给文富贵。

幺太太说:"我可不是今天才说哈?按说……他这个二房长重孙啊,要在旧社会,论资排辈能排到好多人的前头去。也好,让他们家三个跟大家住在一起，团团圆圆的，也不错！就这样了，把我的那套给他们。"

文大同看看金雨天，再看看文大喜，支支吾吾嘟囔着，最终喊出："喝酒喝酒，我们喝酒！"

"就是就是，国庆节嘛，来来来！"文大喜马上应和。

2

年初开始实施的"居民身份证"制度，差不多到年底才人手一证。文大喜看着手里用塑料膜封装好的小纸片，虽然照片是黑白的，多少还有点走形，看上去不是胖了就是瘦了，不仔细分辨跟真人对不上；文字的好些内容还是用钢笔手写的，要不是公安局那颗醒目的印章明确无误地彰显其真实可靠性，真没人知道它能证明什么。

在一家人的饭桌上说起这事，文大喜还被文诗仙教育了一回。

文诗仙说："谁说没用？你可不要小看这张纸片，这可是国家在法制化道路上迈出的一个重要步伐，是维护社会安定，建立良好社会秩序的需要，当然，也是有效保护公民合法权益的重要措施。不要开玩笑嘞！"

"哟哟哟哟！"柳文君连着四个"哟"，说，"当真是省政府出来的人哈，说起话来没得一个字不是印刷体哈。耶，本事大嘞！"

"必须啊！"文诗仙一点不谦虚。

文大喜说："哎，你还不要说，家里面有这么一个把国家政策倒背如流的人，从今往后，都不用去找娄大元了！"

"嗨——呀！"柳文君把一声叹息故意拖得长长的，最后还把碗筷都放下了，就是为了显示即将出口的内容的重要性，她看着文诗仙说，"本事再大，也该把终身大事提到议事日程上来才对！"

"啪"的一声，文诗仙将碗和筷子同步拍在桌上，直接用声音表达了对这个问题的态度。

文诗仙今年三十岁，真就到了柳文君不得不经常"孤注一掷"的状态了，比如现在。

一般来说，男生大一点不怕，只要不缺胳膊少腿，美点丑点总能对付上一个女生；女生则不同，过了花季若是还没个对象，背后有人指指点点都不说了，爹妈脸上的霜色是肯定的，在亲戚朋友面前都不敢挺着胸脯说话，总感觉短了一手，硬不起来。

也怪，不论相貌、人品、学识、工作，方方面面都没有短板的文诗仙高低就没谈拢一个。读大学那时候追她的男同学可不少，但是没有一个入得了她的法眼的；即便有那么一两个看得过去的，没多久总是不了了之。你要说读书期间女娃儿专心学业，那工作之后至少是初级阶段的"功成名就"对不对？正是风花雪月一场的好时机吧？没想介绍来介绍去了好几拨，最终还是没有谈拢。

人跟植物一样，有规律。牡丹花好看吧？那也分时候，盛花期你不多看几眼，时间一长，风吹太阳晒的，再打他几滴雨点，终究会不忍目睹。文诗仙再美丽，岁月不饶人！也怪不得人家柳文君急，黄花菜都快凉了，再不垮起脸来直奔主题，吃亏的终归是自家姑娘！

对于女儿的硬碰硬，柳文君早就习以为常，也不生气，反正生气不生气都是一场持久战，就说："你不用跟我拍桌子打板凳，拍不拍我都要说。小姑娘啊，人嘞，很多时候真的不能只想自己那一头，还得替别人想一想。爹妈都不说了，幺太太，八十八岁的老人家了，去一次问一次！我都不知道该如何回答她老人家了，人家牵挂嘛！"

文大喜看看柳文君再看看文诗仙，把脸上的五官全都揪在一起，堆出一副事关重大的表情，一看就是在配合娃儿家妈。因为他晓得，幺太太总共就问过一次文诗仙的婚事，那还是在问起文诗仙年龄的时候，顺嘴这么一问。这个时候把老人家抬出来说事，明显是柳文君的计谋。

"用点计谋也没有错！"文大喜在心里自言自语。

没想文诗仙一声不吭，站起身就出了门，把文大喜家两口子搞得面面相觑，不知所措。

可以想见的是，文诗仙并没有因为当妈的抬出幺太太而有所改变；柳文君也没有因为对方油盐不进而放弃努力。就这么边走边打，一路来到第二年的元宵节。

1985年3月6日是元宵节，惊蛰的第二天。

惊蛰是二十四节气中的第三个节气，每年阴历二月五日前后。因为1985

年的春节罕见地晚，2月20日，这才导致元宵节差不多跟"惊蛰"叠在了一起。民谚有"春雷响，万物长"以及"惊蛰节到闻雷声，震醒蛰伏越冬虫"的说法。总之春气萌动，大自然有了活力，天地呈现出欣欣向荣的景象，是"惊蛰"节气的特点。

谁都没想到这么一个自然节气让文大喜家也跟着"惊"了一回。

自打上一年在单元楼过了一回年，大家都觉得既新颖又尽兴，于是今年春节的年夜饭又把刀把镇和茅台镇的老辈子统统接到贵阳一起过，直到过了年初三，这才"扁担开花，各人回家"。

分别之前说好了元宵节到刀把镇去过。

十四那天晚上，文诗仙乘着柳文君帮着自己洗碗的当儿，小声问面包车能不能多装一个人。

一直就敏感的柳文君先是一怔，赶紧问："多装一个……什么人？"

文诗仙脸上装出不咸不淡的模样，说："到时候你就知道了。"

那天晚上，突然多出来的这一个人搞得两口子都没睡好，前因后果分析了若干个来回，只差编一个男生的名字安在那个"人"身上了，柳文君顺带还把高矮胖瘦都预估了一遍，差不多都无话找话了，这才在煎熬中迷糊过去。更让文大喜无语的是，第二天早上一睁开眼睛，柳文君就拉住了他的手，说她昨晚上在梦里见着了那个谁……

文大喜早早起来把豆浆油条外加鲜肉饼都买回来了，文诗仙还没起。为了继续深究即将出现的那个人，柳文君耐着性子连拉带哄让文诗仙吃好喝好了，这才开始问："该来了吧？"

文诗仙看看手表，秒针正好归零，八点整。只见她伸出食指一指房门，文大喜和柳文君马上就听见有人敲门，"笃笃笃"，规规矩矩三下，顿时让两老感觉到了神奇，不由得双双"哦"了一声。

文诗仙一脸的骄傲，起身去开门。仿佛跟那天的"拂袖而去"是一前一后两个段落，只不过中间隔了差不多一百天。

一个落落大方的小伙子就站在门外，开口之前一脸的笑："叔叔阿姨好！诗仙好！"

在柳文君眼里，身高胖瘦分明就是昨晚梦里的那个人，只是梦里的人吧，相貌通常不大真切，而眼前这个小伙子真切得不行不行的。柳文君一下子没想起诸如"玉树临风"之类的好词汇，杵在原地发呆。

"这是我们单位的同事，刘锦瑟。"文诗仙一副公事公办的语气。

"锦——瑟？是李商隐'锦瑟无端五十弦'那个'锦瑟'吗？"文大喜问。

"是的，叔叔！"刘锦瑟毕恭毕敬答道。

"爸，怎么隔着门槛就跟客人对起文章来了？"文诗仙娇嗔道。

柳文君忙说："就是就是！你这个人才是，把客人请进来再慢慢对什么什么蛇，都不成吗？"

文大喜笑了，说："对对对，请进请进！"

那天，在开往刀把镇的海狮面包车上，早已把开车任务交给了文涛的文大喜和刘锦瑟扯了一路的诗词，旮旮角角都翻出来摆，连李商隐年轻时受令狐楚赏识，学习骈体文，最终被牵累于党争的政治旋涡之中都找来说了。一直到了刀把镇了，仍然意犹未尽。

交谈中文大喜得知，刘锦瑟比文诗仙大两岁，毕业于西南师范大学的行政管理专业，分配到省政府办公厅的秘书处，家里姐弟两个，姐姐已经结婚，如果到了谈婚论嫁的地步，办公厅机关事务局应该会在住房问题上倾斜双职工，等等。全都是柳文君急于了解的情况，在讨论诗词的过程中自然而然都抖搂了出来。

下车时，柳文君寻机在老伴背上轻轻拍了两下，算是对文大喜主动打探虚实的表扬。

进门见到文家一竿子老人家了，刘锦瑟中规中矩地来了一通见面礼，从幺太太到章悦，一个不少。

幺太太直奔主题，说："我就说嘛，久等必有贤……呃……婿嘛！"

见差不多说秃噜嘴的幺太太生生又绕了回来，文大喜赶紧表扬，说："你看看，你看看！只有我们家幺太太有本事把'妻'字再绕成'婿'字，不简单！真不简单！"

文诗仙马上站出来说："幺太太，要不是我妈说你老人家一直在惦记着我的婚事，我真的没这个打算嘞！"

"不对不对！我算个哪样嘛？真正惦记你的，一定是你的爹妈，晓得不？

当然喽,看见你和这个娃儿……叫个哪样?"幺太太说。

"我叫刘锦瑟,锦上添花的锦,琴瑟和鸣那个瑟,幺太太!"刘锦瑟凑近了幺太太说话。

幺太太一把抓住刘锦瑟的手,再把文诗仙的手拉过来合在一起,说:"我们文家世代书香,琴瑟和鸣之后当然就是锦上添花呀!到时候不要忘了幺太太就行,好吗?"

文诗仙看看刘锦瑟,两人一起说:"好!"

除了年龄这个客观存在之外,文诗仙真的是一百天之前听母亲说了幺太太的那番话才动心的。

文诗仙是跟着姐姐们一起听母亲讲述幺太太的故事的,从伺候老祖宗蔡花蕾到出嫁、典妻、冲喜……一直到卖了扳指支撑文家儿女的学业,幺太太把一个女人能做不能做的全都奉献给了这个家庭,且完全没有一丁点私心。这么一个经历对于小小年纪的文诗仙不一定全部都理解,但是幺太太在她幼小的心灵中从此成了一尊带着些光芒的座像,还凭空生出了一些神圣感。所以那天听了当妈的那番话之后,文诗仙其实不是拂袖而去,而是被感动了,所谓"拂袖"不过是害怕被别人看出端倪的一种掩饰。

正好,文诗仙马上回忆起了近期经常能用副光感觉到的一个身影,就在办公厅大楼里面。

机关里总有一些热心男婚女嫁的二伯妈,只需要旁敲侧击地扯点别的事情,文诗仙便知道那人是秘书一处的,叫刘锦瑟。

据说很多二伯妈都推崇他们之间流行的一个说法,叫作"这辈子假如能做成三桩媒,功莫大焉"。于是,办公厅的一个二伯妈便自告奋勇在文诗仙和刘锦瑟之间拉了根红线。

不过只是一夜之间,老大难姑娘的婚姻大事就迎刃而解,这让文大喜心情相当好。就因为心情好,居然马上想起帮别人也做点好事来。就好比过去的县太爷,你要是遇见他老人家心情好的天,断案的成功率会增加多少个点不敢说,但是那些小偷小摸的毛贼也许就被他当场教育释放是有可能的。文大喜虽然不是县太爷,但是他手里有促成别人好事的砝码,比如文达观的房子。

之前,兄弟两个已经说好的把分给文达德的五楼借给文达观住,虽然幺太太说了把她那套给文达观,只是文大同不同意,说要是那样他们家就占了三套了,没有那样的道理。只是也不知怎么就没了下文。因为是大哥家的事,自己不便多嘴,现在在好心情的驱动下,他决定主动促成此事。

回到贵阳,等找出了那套房子的钥匙,文大喜第一时间拨通了刀把镇的电话,一听是文大同的声音,文大喜马上把前因后果说了一遍,一听那头支支吾吾没个确切回复,就说:"哥啊,我也认同文达观是个王八蛋!但是谁让他姓了跟我们一样的姓呢?就是李煜说的'剪不断理还乱'!且不说老太爷走了这么些年了,大太太和幺太太不也都认可文富贵了吗?二房长孙嘞!因为文心志他们远在美国见不着,你完全可以把文富贵就看作我们文家的长房长孙,血缘顺序明明白白就摆在那里的,你……我们……扳得弯吗?扳不弯嘛……"

文大喜还打算说点什么的,只听见电话里面"咔哒"一声,是挂机的声音,他马上都能想见兄长此时此刻的表情。而且,这"咔哒"就算文大同认可了自己的想法了。

第二天上午,文达观如约到了文大喜家。文大喜在把钥匙递到二房长重孙的爹手里时,不知为什么就临时加了一句,说:"你家老太爷说了,房子是借。"

文达观看看二爷爷,讷讷地"哦"了一声。

3

1985年6月4日,新华社报道,说全国农村人民公社政社分开、恢复建立乡政府的工作已经全部结束。

说起人民公社,也是老早以前的事情了。1958年8月,中共中央政治局在北戴河召开的扩大会议上通过了《中共中央关于在农村建立人民公社问题的决议》。由此,全国迅速形成了人民公社化运动的热潮。全国七十多万个"农业生产合作社"被改组成了2.6万个人民公社。人民公社的基本特点可以概括为"一大二公":大,就是规模大;公,是公有化程度高。人民公社是政社合一的体制,是在社会一体化基础上将国家行政权力和社会权力高度统一的基层政权形式。它与当时的"社会主义建设总路线"以及"大跃进"统称为"三面红旗"。

十一届三中全会之后，随着农村"家庭承包责任制"的全面推行，1982年修订后的《宪法》重新规定了基层行政区域的责任由乡镇人民政府负责。1983年10月，中共中央、国务院联合发布《关于实行政社分开建立乡政府的通知》，要求在广大农村实行政社分开，恢复乡镇政府。由此，存在了二十七年的"人民公社"宣告终结。

对于人民公社，文家有体验的人不多，除了那年上山下乡的文涛、文达德和徐天亮有名无实地在乡下驻扎过那么一段时间，幺太太他们被"疏散下放"也只是到了乡镇所在地，没谁扛起锄头干过农活。生活方式跟在城里没太大差别，换个地方居住而已。因此，文家人对人民公社没有印象。

倒是文达德由美国学成归来的消息，在文家引发了不小的动静。

文达德不是一个人回来的。

文涛跟所有人一样，张嘴就嚷嚷："哟！莫非跟他大伯当年一样也带个美国小妞回来了？！"

"啐！"文大喜嗤之以鼻，说，"你这个娃儿才是，乱球说！一起来的是文心志家老二文达航，跟文达德一样管你叫叔！"

"哦哟！回来探亲？"文涛说。

"不仅仅探亲。"文大喜说，"听你大伯说啊，他们家不是双胞胎吗？文心志家两口子这回下了决心了，两个娃儿一个留在美国，一个送来中国，说是这叫一桥双跨！既抓住了我们家老祖宗的根，又接续了安吉拉她们那边的家族产业。一桥双跨！"

"行吧，我又多了一个侄儿！"文涛大声道。

该一家人欢天喜地的事情也不一定全都是欢喜。

两个人回来要有地方住吧？原先由文大喜出面满足了文达观的需求，而且说好是借。现在文达观也没说不还，只是说你们找个地方我搬走啊。

"他还好意思啊！真的老虎借猪嘞！"文大同气不打一处来。

文大喜就笑，说："给他钥匙的时候我就想好后路了的！要不一家人凭什么让我当这个家嘛！哥啊，我已经把幺太太的房门钥匙给了文达德了。让他们兄弟两个先住着，以后要是有个什么情况，我们再商量嘛。你看这样可以吗？"

文大同看看文大喜，说："反正你当家，你说了算！"

文大喜是拉上文涛、文达德和文达航来刀把镇的，一来跟老人家点个卯，二来和大家一起商量一下两个娃儿的工作问题。文心志那边把"桥"都架到你家门口了，意思剩下的事情家里看着办。住处是小事，关键做个什么工作呢？

有关工作，文达德说他干什么都行，人家美国富裕家庭长大的娃儿就不一样了，既要尽可能适合他的成长经历，又要适应家乡这个陌生的环境。文大喜头都想大了，也没想出哪怕一条简单路线来，这才马不停蹄奔了刀把镇。

正所谓"受人之托，忠人之事"，文家人一直都被这些老理左右着，忙碌着。

晚饭之后，一家人聚在一起准备开个会。

在幺太太的记忆里，文家从来没有为了商量家里的事情这么聚集一堂开过会。最早老太爷一言九鼎，凡事他一个人说了算，用不着开会；后来传给文大喜就不一样了，有什么事情都找人商量，只是从来没有这么大眼瞪小眼地开过会。

幺太太不免感慨，说："也是，新社会嘛，应该有个新风尚。文——达——航是吧？人家从美国那么远过来，也是文心志心大，要我……真的放不下这个心！好在爷爷奶奶、叔叔伯伯、弟兄姊妹都在，不说想个万全之策么，至少不能让娃儿吃了苦。至于如何最好，你们商量，我老太婆就不多嘴了！"

文达航马上起身鞠了一躬，说："谢谢幺太太！谢谢大家！"

"你看你看，多有礼貌一个美国娃儿！"幺太太说。

金雨天紧跟着说："没想到文心志教育娃儿还行哈？嗯？"

文大同知道这里需要自己一个回应，马上说："真是！"

"我说一点哈，嗯嗯。"金雨天收腹含胸，端着身子说话，说话之前"嗯嗯"那两声，一来提示大家留意，二来好久没在这种场合自告奋勇发言了，先热热嗓子。你不要看她九十四了，年轻时候当戏子那些该有的派头一样不少；少奶奶几十年的养尊处优早都已经习以为常了，举手投足，该轻该重拿捏得一丝不苟。

"要我说啊，文家的娃儿就应该到烧房去摸爬滚打一番，否则他不会明白这个姓氏的含义。刚才幺太太说那意思，是她老人家的心意，无可厚非！但是，作为晚辈，你吃不了苦中苦，如何成就得了人上人？而且，烧房的活路要一样一样学，一件一件干。这之后，成龙成虫，全凭自己的造化。"

听到这里，文大喜终于明白自己要来刀把镇的原始动力了。对于文达航来说，自己家亲亲的奶奶，说什么都行，怎么说都可以。细想一下，那年文心志远赴美国就没有再回来，对于金雨天来说，儿行千里母担忧还在其次，不能在娃儿成长的各个环节亲力亲为地加以点拨，才是当妈心中的缺憾。这回好，终于可以对文心志的血脉说一点奶奶该说的话了，而且当着那么一大家子，金雨天总算满足了一回迟来的"母爱"。

临过来之前还么纠结的一个事，都没跟谁商量，眨眼之间就尘埃落定，文大喜立马觉得心里的那块石头轻飘飘就没了踪影，顿时如释重负。

"太好了！太好了！还是我们家大嫂见多识广啊！"这是当家人文大喜应该有的态度，而且是由衷的。

"奶……"文达德突然开了口，说，"要是我打算考干呢？"

"那，也得从我们文家的烧房一步一个脚印地干起！"金雨天眼睛盯着文达德说话。

文大同马上跟进："就是就是！"

海狮面包车第二天接近中午时分到了茅台镇。既然已经确定了方向，早接触总比晚接触好。

等徐文带着两个"海归"去了烧房，徐子让彩珠子先做了几个小菜，和文大喜对酌起来，说喝着等他们。

推杯换盏之间，文大喜突然发现徐子有些异样，也说不清楚是什么变化，总之连喝酒都显得有些力不从心的疲惫，就说："看你这样子，身体……有什么情况吗？"

"没有啊，只是……有时候感觉累，也没觉得什么。"徐子说着吞了一杯茅台烧。

文大喜想想，说："你呀，抽空还是去检查一下。今年多大？"

"嗨，按照马神仙那年断的，今年九十有二。"徐子说。

"你看看，岁月不饶人不说，关键幸福生活还在撑着我们跑，这个时候身体千万不能出问题哈！听我一句话，去检查检查！否则好日子只能看半截，特别是我们家的茅台烧，有一天眼睁睁看着不能喝了，划不来嘛！来，干啦！"

文大喜端起酒杯和徐子的酒杯碰了一下，一饮而尽。

文涛因为要上班，准备赶夜路回去。文大喜怕他一个人开夜车不安全，于是决定和儿子一起走。

到了刀把镇刹一脚，把徐文已经将两个海归的吃喝拉撒以及工作全都安排妥当的情况给老人家汇报一下，再问问老人家是不是还有事情。幺太太说马伟泊打电话过来，说是大满仓大学毕业分配到建设银行，准备哪天过来看望老人家。她请文大喜带五百元钱红包给大满仓。

文大喜说："幺太太，麻烦你老人家把'请'字省略了，吩咐就是。好吗？"

"好——"幺太太把尾音拉得很长，笑得相当开心。

4

文大喜前脚跨进家门，后脚就接到张军派人送来的大红"请柬"，打开一看，原来是张花仙女儿的满月酒。这才记起张花仙的结婚酒席吃了都快一年了，可不就该着满月酒了？

前年，厦门大学毕业的张花仙，回来之后通过张军的关系把档案直接送去了公安局，当了一名人民警察。张军喜笑颜开，说女承父业也挺好。其实这是张军的托词，因为他知道要是不开这个后门把张花仙安排好，今后的日子不得清净不说，就凭张花仙七七年自己当家做主辞了工农兵学员转而考取了厦门大学那德行，真要是她自己找这人找那人最后进了公安局，父女关系她都敢跟你撇清楚。张军不去惹这麻烦。

进了公安局没多久，人家自由恋爱认识了一个叫秦晓龙的搞刑侦的同事，上一年七月办的酒席，文大喜觉得才眨个了眼睛，满月酒又来了。

酒席就办在二老爷他们家小院。之所以这样，也是让亲戚朋友有机会来故地重游一下，叙叙旧。虽然隔壁院已经换了主人，但是哪儿哪儿都还是原来的老样子。政府本着修旧如旧的原则，没动一钉一卯，把上上下下修葺一新，让特意过来参观的文家故人不免感慨。

文大喜虽然从来没和柳文君在老宅居住过，但是一砖一瓦、一景一物全都了然于心。老太爷、大太太住哪间，幺太太住哪间，吃饭在哪里，读书在哪里；在哪里聊天，在哪里施礼，大人在哪里说话，娃儿在哪里玩耍，一切都历历在目……

看着看着，往事挠心，文大喜有点看不下去了，拉着柳文君匆匆出了大门。

"这要是换了幺太太，换了大哥……"文大喜的话没说完整，完了又摇头又摆手。

绕回到二老爷他们家小院，两个人这才被满屋添子添福的喜庆气氛给拉回了现实。开席时，两个人被安排在柳月红身边。文大喜马上施礼，连声道喜，说："恭喜恭喜！你老人家五福同堂啊！"

柳月红什么都没说，只知道笑。一问，老人家八十八岁了，阿尔茨海默症。

一拉起家常，大都是把那些个还记得的人物关系说一遍，谁谁谁是谁谁谁的什么人，谁谁谁还在，谁谁谁已经走了，然后大家感叹一番。

席间，文心雷和张军满心欢喜地过来敬酒，还把取名秦天的小丫头让张花仙抱过来给……文心雷和张军捋了半天，大概捋清楚了文大喜和文德范是同辈，秦天该叫文德范老祖宗，也就懒得继续仔细分析了，直接叫老祖宗。

倒是文大喜还来劲了，拉着柳月红说："那她管我们家老婶婶叫什么呢？"

张军想都不想就说："也叫老祖宗啊。"

"那怎么行？岔着辈呢！"文大喜说。

张军说："那该叫个啥？"

文大喜想想，说："应该叫……高祖吧？高祖！总之要跟老祖宗分开才对嘛。"

"就叫高祖！"文心雷一锤定了音。

张花仙乖巧得很，抱着秦天就"高祖高祖"喊个不停，直接把柳月红喊得开怀大笑，还被秦晓龙用佳能35毫米焦平面快门相机抓了个正着。

后来，这张照片被秦晓龙放大成18寸黑白照片，还配了个精致的木框，挂在二老爷家客厅的墙上。柳月红很高兴，来一个人就让人家看照片。

当时，没人知道二老爷家会那么快出状况。

"物极必反"是句老话，出自《吕氏春秋·博志》，"全则必缺，极则必反"。也许是那天柳月红笑得太厉害？或者秦晓龙不该把照片放那么大？或者他们家不该把放那么大的照片挂在客厅里？

总之，谁家出了状况，一定要私底下分析出一个导致后果的前因来，否则大家于心不安。分析出来前因了，不相干的人就没了负担，是一种把责任范围尽量缩小的方法。

柳月红是在秦天的满月酒之后的第七天走的，阴历六月初二。之前也没什么症状，好好的，满月酒那天还高兴成那样。不过是夜上咳嗽了两声，都谈不上剧烈，很平常的咳嗽。谢知雨介绍情况时就是这么说的。

现在虽说政府提倡火葬，殡仪馆的宣传册页上也列举了火葬的诸多好处，但高祖柳月红的寿材已经预备下多少年了，不用也是浪费，加上要尊重老人家生前意愿，于是家人一致同意"入土为安"。

因为家里宽敞，灵堂就设在客厅，张花仙和秦晓龙的公安局同事全都年轻力壮，没几下就布置停当了。黑纱、白花点缀得一片庄重肃穆，再把香蜡纸烛一点燃，卡式录音机里的哀乐一响，哀悼的氛围立马生成。搞得还在安排这安排那的文心雷眼眶都酸了，用力憋了几下，生生给憋了回去。

文大喜正好在家，赶紧叫上大老爷家这边所有能行走的，十多个人呼呼啦啦就赶了过去。

顺着长幼顺序把头磕了，人们散开来各找各的熟人说话，一堆一堆的。各堆都有瓜子、香烟和茶水，边吃边喝边摆龙门阵。好些小辈连柳月红的面都没见过，形不成悲情，不摆笑话就算恭敬了。谁真要是大意摆了个可笑的龙门阵，大家都得捂着嘴、埋下头悄悄笑，一般不会发出声音。

这样的情形从白天一直延续到第二天清晨，叫熬夜。熬夜是为了不让灵堂断了人气，至于人多人少，一看主人家的人丁，二看主人家的人脉。因为张军一向人缘好，加上公安局的年轻人多，经得熬，所以二老太太的灵堂上白天晚上都人头攒动。

接待文大喜家两口子的自然是谢知雨，这是个规格问题，什么等级的客人会对应相应的主人。交谈之中，文大喜见主人家并没有很伤心的情况，话题就只能朝刀把镇大老爷那边转。

"幺太太她们很想过来一趟的，只是……"文大喜是故意把话题留给谢知雨的。

谢知雨说："好久没见着幺太太，还有大哥大嫂他们了，都还好吧？"

"都好都好！我们也在电话里说了婶婶的事情，幺太太和哥嫂都让我们代为致哀！另外幺太太，还有哥嫂和我们家的一点心意，总之节哀顺变，保重身体！"文大喜说着从柳文君手里接过三个有点厚度的白色信封，递到谢知雨手里。

谢知雨接过信封捏了捏，说："谢谢幺太太，还有大哥大嫂！谢谢你们了！"

"应该的！应该的！"文大喜欠欠身子说。

等客套话说得差不多了，文心雷和张军双双来到老辈子这一堆跟前，看那架势有事情要商量。

文心雷开门见山，说："两个老祖宗都在哈，我们家里人商量下来，还是准备将老人家送往刀把镇，跟我们家二老太爷埋在一起。不知道两个老祖宗……"

文大喜赶紧抬手打断对方说："应该的！应该的！刀把镇那边我来安排，你们择日送过去就是。顺理成章，顺理成章！只是……怕刀把镇的几个老人家触景生情，是不是可以给送行的人说一声，就不要去叨扰他们了。"

"中，那中！"张军说。

看着张军一脸的敦厚，文大喜想起了贺知章的"乡音无改鬓毛衰"，不免感叹，当年要是没有这个无所不能的山东汉子，文家要多吃好多苦哦。

张军尽管不知道文大喜老祖宗为什么用那样的眼神看自己，还是报以憨厚一笑。

5

在建设银行刚刚工作了三个月的大满仓，因为单位的扶贫任务需要派人下乡去蹲点一年。原本想都没想过下乡扶贫的大满仓，一听说扶贫点是在茅台镇，马上来了兴趣。回家跟爹妈一商量，马伟泊也觉得是个锻炼的好机会，加上文家在茅台镇那么多的故事，能了解一下当然是好事，马上表示支持。大满仓第二天就向组织递交了申请书。

上一年开始的全国范围内有计划、有组织、大规模的扶贫开发工作，是对传统的救济式扶贫进行彻底改革的开始,这使得中国的扶贫开发进入了最艰难的攻坚阶段。因为艰苦,单位里主动申请的人不多,都在等着组织上点兵点将。马满仓同志的申请书倒是个例外,组织上当然不能打击她的积极性。

大满仓除了积极要求进步的人生目标之外,顺带还能公费把茅台镇扎扎实实地周游一圈,这叫"公私兼顾"。

这也符合好些单位的通常做法。比如,单位有了一个到某地出差的机会,都会优先考虑老家就在出差地的同志,既把公事办了,还照顾人家探一回亲。大满仓的想法很丰满,除了爹说的文家,她还打算深入探究一下自己嫡亲的爷爷,那个叫马大宏的前世今生。

有了这样的动机,大满仓自然满心欢喜地去了茅台镇。

出发之前,大满仓去了二伯伯文大喜家一趟,除了云辉烧房的电话,还把文达德的 BB 机号码也留了,因为文达德是大满仓在茅台镇唯一的熟人。

扶贫工作队一行四个人,马满仓是唯一的女生。到了驻地,在被安排的招待所单独一张床铺的房间里都没等把行李打开,大满仓就拨通了云辉烧房的电话,电话那头一说文达德不在,大满仓立马打了寻呼台让文达德回电话。

没多大会儿,电话铃就响了,大满仓和文达德咋咋呼呼交流了一通之后,直接让三个队员跟他走,说晚上这边一个兄长给他们接风。

当地负责接待的同志说乡政府已经准备好了火锅,也是接风。

马满仓说:"来日方长,下回吧。"

那天晚上,在茅台镇一个叫"赤水河饭庄"二楼的包房里,四个工作队队员被茅台酒创始人嫡亲的长重孙巴巴实实地款待了一顿。"长重孙"当然说的是文达航,因为是双胞胎,不论文达航和文达远谁是哥,两个都是长重孙,并列。

那天晚上的饭局,文达德出面子,文达航出票子。

不要说几个扶贫队员,连大满仓都是头一回见着文达航。上回在贵阳给他们两个接风时大满仓没赶上。这回初次见面,中国英俊小伙的脸上混搭一点美国西部的洒脱,形容这个情况的中文词汇很多,大满仓居然没想起一个来。

对,大满仓看呆了。

等到文达德"嘿嘿嘿"把她点拨醒来,大满仓脸都红到了脖子根。

当全体工作队员看着摆在饭桌上的四瓶茅台烧一瓶接着一瓶被打开，便举起了双手。还是姓陈的队长有经验，直接把马满仓顶在最前面，因为他判断，马满仓的这两个男性亲戚不可能忍心让一个花季少女被茅台烧摧残掉。

果然，文达航主动挡在了大满仓的前面。那情景你要说是英雄救美呢，也能成立。反正那天晚上，大满仓的脸色一直红，心跳一直快。

就这么个一回生二回熟，任何人都没有想到，由美国过来在云辉烧房下放锻炼的文达航，居然跟省城下来扶贫的大满仓在茅台镇的包间里对上了眼。所以说"爱情"被外国人称为"丘比特的箭"呢，那么一个小娃儿究竟射中了谁，真的没人知道，完全没有章法。

接下来的情况是，突如其来的爱情居然搞得大满仓忘记了下来之前确定的目标，才打听到有马大宏这么一个人，只是听说后来随他后面的老婆去了他们娘家。还听说这也是因为马大宏的人生经历太引人入胜，才选择了离开茅台镇这个是非之地的。惹不起躲得起的意思。

按道理还有诸如"娘家在哪里""后续经历如何""现如今怎么样"等情况需要捋清，但是坠入爱河的大满仓哪里还顾得了那些？

有关爱情的消息传到文大喜耳朵里的时候，他拿不准这个情况要不要跟文心志商量一下，按说不关他什么事，但是文心志既然放心把娃儿送了过来，那就是由这边全权处理的意思。又一想，婚姻比不得其他，还是让亲爹亲妈定夺一下比较好。于是挂了个国际长途。

没想文心志听完之后居然哈哈大笑，说："二叔啊，如果连这个都要我们管，我们是不是太累了一点？二叔啊，安吉拉在旁边说随他们去，最好能抱两个孙孙过来！哈哈哈哈！"

文大喜放下电话之后竟有点木讷，心想，我才比文心志大五岁，不应该有这么大差距啊？

事情说给柳文君听，柳文君就说："不是年纪，而是中国和美国的文化差异。我们要是还在美国，估计你也不会去管丘比特的箭射中了谁。"

文大喜想想，说："那倒不一定，我啊，我还是认同我们的中华文化！"

柳文君说："那倒是，否则你也不会回来，你就不是文大喜了！"

6

接近年关，数九的第 48 天是 1986 年的 1 月 30 日，正是冰天雪地那几天，茅台镇传来消息，说徐子不行了。

那次喝酒听了文大喜的话，徐子让徐文陪着去医院做了个体检。过程中看见医生把徐文叫去了对面的办公室，徐文回来就说要去办理住院手续，问他什么情况也不说，徐子于是发火了，起身直奔医院大门而去，高低不理睬跟在后面的儿子。

徐文知道爹的脾气，等到他最终说出"膀胱癌"几个字了，徐子这才说话："对嘛，死，你也要让我死个明白嘛！"

徐文还想试试说一说住院手续的事，徐子懒得理他，拔腿就走。徐文赶紧跟上去陪着走，到家都没敢再提住院手续的事。

那天晚上，除了徐天媛家小四口徐子不让通知，徐天亮和徐天仙都匆匆赶到了茅台镇。一家人围着半卧在床的老爹开会。

娃儿们你一句我一句说着，就徐子和彩珠子不说话。大家的意见高度统一，总之病人就是要听从医生的安排，积极配合医院治疗，这些还用得着商量吗？

"不！！"徐子的声音很大，在文家老太爷面前低头弯腰、唯命是从了一辈子的徐子终于在儿孙面前爆发了，把个"不"字喊得掷地有声。

看看面面相觑的家人，徐子沉吟了片刻，然后说："我晓得你们是为我好。但是，如果哪个能举出一个得了癌症最后又康复出院的例子，我无条件去医院！都说癌症就是个无底洞，关键我自己还痛苦嘞！与其这样又花钱、又痛苦、又还无望，还不如……你们能不能听听我的心愿呢？"

徐文赶紧说："爹，你说！"

徐子看看徐文，长长舒了一口气之后，又顿了顿，说："我只想和你们的母亲在一起，每天看着门前流过的赤水河，喝着我们家自己酿造的茅台烧，吃着你妈亲手做的小火锅，然后……守着……你们大姐徐天媛亲妈的……魂魄……"

徐子再也说不下去了，眼泪顺着脸颊无声地奔流下来……

突然间，早已经泪流满面的钱彩珠忘情地喊道："你们就依着你爹嘛！！"

一时间，一家人哭作一团……

徐子命很苦。

生下来还不知道自己姓甚名谁，就被家里人请人裹上草席埋了，要不是文家老大眼睛尖，早就化成了尘埃；因为招呼他吃喝的那家大车店老板姓徐，于是得了个没有任何说法的名字；还因为蔡花蕾的妈不喜欢他死里逃生之后瘦弱的身子，竟然就错过了成为大户人家义子的机缘；这都不打紧，文珠嫁人之后眼不见心不烦也是一种活法，偏偏那个倔强的女人又逃婚回到了文家，那不是冤家路窄吗？人们常常形容人倒霉的一些成语，比如，祸不单行、山穷水尽、遍体鳞伤、无妄之灾……统统让徐子体验了一遍，真正惨不忍睹！再后来还惨，就不去揭人家的伤疤吧！一直到娶了彩珠子，然后生了那么些儿女，徐子的生活才慢慢有了一点起色。特别是改革开放之后，大地复苏，人人对幸福生活都有了各自的期待，徐子和大家一样，也充满了渴望。谁承想突然就……这就是命！

听到"癌症"两个字的那一瞬间，徐子的脑海深处居然跳出个女子来，仔细一看，竟是文珠！是文珠穿着淡绿色旗袍，手执绢面团扇在花丛中回眸一笑的样子，栩栩如生，真真切切。

就在那一刻，徐子决定了自己最后的光阴安排。

就这样，徐子每天隔着河边小楼的窗户玻璃看着赤水河的水流潺潺而去，有时清澈，有时浑浊，时不时在河面上留下一串串的漩涡，还有不知名的小鸟贴着水面一起一伏地飞过，间或发出声声啼叫……等到茅台烧喝安逸了，小火锅吃安逸了，偎在彩珠子特意搬上来的铁炉子边上打个盹，好几次醒来时居然都忘记自己到底是在天上还是人间……

疼痛的时候吃一点医生指导下拿回来的止痛药，得过且过。就这么坚守了两个月多一点，到了告知挚爱亲朋的腊月二十一那天，徐子已经差不多要到达奈何桥了。

是徐子不让告诉别人的，包括徐天媛，竟然连同和徐文同一屋檐下工作的文达德和文达航都不知道，更不要说隔了一层的大满仓了。

徐子说与其让别人知道自己的不幸而难过，还不如让人家无牵无挂地享受各自的幸福生活。

一直因为恋爱而幸福着的大满仓跟着文家两兄弟匆匆赶到河边小楼时，徐文他们正准备把奄奄一息的徐子送往医院。不是他们不遵从老爹的意愿，而是必须去医院开具一张"死亡证明书"。

文大喜先在贵阳接上马伟泊家两口子和徐天媛家小四口，再到刀把镇接上老宅的所有人，马不停蹄往茅台镇赶，最终还是没有见着徐子最后一面。

幺太太说什么都要跑一趟，谁劝都不听。金雨天当即就记起了当年大院这边隐隐约约飘过的一些风言风语，说小眼睛也喜欢徐子什么的。虽然没人去考证，但是金雨天观察过，是有那么一点点蛛丝马迹，她相信无风不起浪。

情感这东西，很多时候没办法准确描述，似有似无，轻轻地飘过来，再轻轻地荡回去，等你打算深究一下了，顿时就可能消失得无影无踪。当事人也许知道，也许真的不知道。

《论语·子罕》中有这样的记述："子在川上曰：'逝者如斯夫，不舍昼夜。'"

一板一眼的光阴尚且如此，更不用说虚头巴脑的爱情了。

刀把镇文家的墓地又多了一个新坟，紧挨着文珠的老坟。大家都说这样好，了却了人间一段姻缘。

那天晚上，马伟泊和侯雅蓝单独又去了墓地，点上香蜡纸烛，三叩九拜之后，马伟泊伏在地上开始念叨……

马伟泊当然不会忘记，自己十三岁那年，因为住客栈的客商丢了东西而被后妈逼到墙角的情景，是徐掌柜当场解救了自己，进而把自己认作干儿子，还出钱供自己读书……

一切仍然那么清晰，全都历历在目。马伟泊的眼睛湿润了……

第六十二章

1

中国的房屋商品化进程是改革开放的一个大手笔。早在1980年，邓小平就对城乡住房制度改革提出了"出售公房，调整租金，提倡个人建房买房"的设想。

之前，个人住房全靠单位自建之后内部分配，那些没本事建房的单位，职工就去房管所租房子住。现在突然要颠覆这个延续了三十多年的、被称为"福利分房"的传统，真不是一个简单的事情，持否定态度的人肯定占绝大多数。国家就把试点放到作为改革开放前沿阵地的深圳去，那里的大多数人反正都没有"福利房"，于是只能大着胆子往前闯。

在深圳"闯海"的年轻人们步子大、能力强，最先开始了和香港的地产商合资开发的房地产项目——东湖丽苑。人们第一次看到了房子还没建成就开始销售的全新模式，这对于有心效仿、满心以小博大的一些野心勃勃的人来说，不啻又引爆了一颗"原子弹"。

到了1986年，住房商品化大潮在很多地方都已经形成了气候。原因是国家出台了相应政策措施，将原先分配给职工的福利房进行了私有化改造。原来产权属于国家的房子，居住者只需要支付三至四万元这样不多的钱，就将一套六七十平方米的房子换成了自己的名字，办理产权证的同时还规定多少多少年之后才能上市交易。既抚平了完全不适应新形势的大批原有住房者的焦虑，也为住房商品化预留了空间。意思让后来者慢慢适应。

"机遇是留给有准备的人的"这句话，在文达航身上就产生了积极效应。

人家从美国过来的年轻人，什么没见过？

在美国，什么都是"商品化"，包括枪支弹药。安吉拉家是生意人，文达航肯定就耳濡目染了资本的一些基本规律，当然也知道房地产是个不大可能衰落的朝阳产业。在人口基数如此庞大的中国，当住房只有一个渠道时，只要你经营得当，搞房地产只剩下了薄利厚利的差别。

文达航是从报纸上了解到相关情况的。春节刚过完，已经在云辉烧房"锻炼"了半年多的文达航就向文大喜提出了办一家房地产开发的中外合资企业的设想。这之前，他已经和大满仓琢磨了一段时间了。

一开始，大满仓什么都不知道，被心上人撺掇着又查资料又搞调查研究，总算弄明白了"盖房子卖钱"这个基本原理。文达航心大，不仅准备自己干，还要拉上大满仓一起"创业"。

大满仓创什么业啊？建设银行干得好好的，不愁吃来不愁穿，敲钟吃饭盖章拿钱，谁愿意把铁饭碗扔了去干个体户啊！是，个体户来钱快。问题是人家大满仓年纪轻轻一个小姑娘来钱要那么快干什么啊？说给任何人听没一个投赞成票的。

事情坏就坏在"有情人终成眷属"这句话上。

"最终我们要成为眷属的呀！"文达航满脸诚恳，说，"且不说我有百分之一百创业成功的可能性和信心！关键还在于，眷属都不支持眷属的创业计划，方方面面都说不通嘞！"

文达航家两兄弟因为汉语是第二母语，说起中文来连标点符号都不会含糊，直说得大满仓俯首称了臣。

大满仓说："行！是坨屎我也把它吃了……"

"慢着！"文达航打断大满仓，说，"怎么是坨屎呢？明明玉树临风，貌赛潘安一个人！要不就是你的审美观点已经崩塌了，否则……"

"行啦！"这回该大满仓打断文达航一回了，"得了便宜还卖乖是吧？人家这里差不多都大义灭亲了，莫非你还听不懂中文？"

"I'm sorry! I'm sorry!"文达航搂住大满仓一通吻，没一会儿，场面便雨细风轻了。

女人都服这个，特别是热恋中的女人。

"但是，"大满仓指着文达航说，"暂时不要告诉我们家的人，我想把这次的扶贫任务完成之后，再跟单位交涉创业的事。正所谓食人之禄，忠人之事。"

除了伸大拇指，文达航能说什么？

就这样，文达航可以一心一意去对付二爷爷了。

文大喜其实不用对付，他不是不同意文达航自主创业，而是不知道"商品房开发"是不是符合文心志当初把儿子送到家乡来的初衷，而且这个行业他也不了解。最简单的办法就是给文心志打越洋电话，反正文达航要是差钱了也是由美国那边出，让文心志自己定夺去。

电话那头的文心志照例笑得"哈哈哈哈"的，还问是不是那个叫大满仓的小姑娘的主张。

文大喜说："这你就冤枉人家小姑娘了，完全是你们家二少爷自己的主张。我还听说是你们家二少爷死乞白赖游说人家小姑娘嘞。"

"是不是啊？"文心志在那头说，"不管是哪个的主意，房地产都是个可以进入的行业，特别是国内住房刚刚开始商品化的当下，当然值得一试。加上老母亲之前让他在烧房锻炼的决定，那就是创业铺垫嘞！而且，后面还有我爹和二叔两个老人家顶着，我们哪里还有不同意的道理嘛？同意！一百个同意！"

到了春暖花开的时候，文达航正式告别茅台镇，前往贵阳筹备房地产公司的相关事宜，而大满仓则继续留在当地履行职责，等待扶贫工作结束的那一天。

虽说这都是情侣之间事先商量好了的，也知会文达德了，但等到文达航上路了，原先两人合住的屋子顿时充满了人去楼空的孤独气氛，文达德哪里还待得住。乘着送文达航返回贵阳的便车，文达德把自己打算回贵阳复习功课，准备参加最近一次干部录用考试的个人计划，一股脑跟二爷爷说了。

早在1982年，劳动人事部就下发了《吸收录用干部问题的若干规定》。按照规定，今后国家机关、企事业单位吸收录用干部实行公开招聘，进行德、智、体全面考核，通过考试择优录用的办法。开启了干部选拔录用的新途径。

也不知道为什么，文达德在厦门大学金融系学的是金融学，后来在耶鲁大学又是会计与金融专业的硕士。按理他一个海归的金融学硕士去金融机构是众望所归的事情,而且有马叔这样的"近水楼台",方便得很。但是文达德不知怎么了,一心一意就想当个国家干部,真不知道扯着了哪根筋?

这个情况估计跟文大喜有关系。

在文大喜心里,当干部才是他首选的职业。从小到大,"学而优则仕"一直是他心中的目标,只不过自己没那个命。要不文诗仙分到省政府他会高兴成那样?现在文达德主动要求走这条路,文大喜当然全力支持。

"行!二爷爷人力、财力、物力,样样都朝我们家海归倾斜就是!但是,"文大喜说,"考不起……你可不要来见我,直接回云辉烧房去酿酒!"

"一言为定!"文达德说着,还跟二爷爷击掌为誓。

看着面前生龙活虎的青年人,文大喜暗自高兴。

让文大喜高兴的,还有马伟泊被调动到省工商银行担任副行长的消息。这之前,马伟泊还被提拔过一次,把原先副行长的"副"字去掉,成了市人民银行的一把手。现在又成了"副行长",但是上了一个台阶,成了"副厅级"。一想起文家的至爱亲朋里面终于也有了厅级干部,文大喜的喜悦心情溢于言表。

乘着心情好,文大喜把文达航的创业、文达德的备考以及马伟泊的进步连在一起,在汉云楼的包间整了一顿。还跟人家经理说了大话,说什么讲究上什么。

现在的文大喜有点文家最发达时候的气派了,根本不用考虑钱。

那天,把在贵阳的、大老爷家这边的大人娃儿都叫上,十九个,于是加上了文心雷和张军,两桌还有多。

张军喜欢热闹,一听说大老爷家那边三桩好事才请一台酒,马上嚷嚷"一人一台",欢乐的气氛顿时被烘托了起来。被气氛鼓动着的男人们开始频频举杯,唯独文达航一个人规规矩矩坐着。文大喜一问,原来是和大满仓恋爱之后,这是第一次和老丈人马伟泊家两口子在一起吃饭,因此没敢放肆。

文大喜说:"我说嘛,在茅台镇那么能喝一个人,怎么就……原来是怕丈母娘挑理是吧?来来来,端酒端酒!我听说搞房地产的必须跟银行搞好关系嘞,来来来,先敬你家老丈人!"

文达航端着酒杯过来,问:"二爷爷,我该称呼叔叔是吧?"

"不忙不忙!"已经喝了几杯的马伟泊挡住了文达航,说,"我算算看哈,你们喊幺太太叫奶奶,我们家大满仓喊幺太太……哦,也是奶奶,那就对了,我们没有吃亏！"说完哈哈一笑，大家都跟着笑起来。

文达航在笑声中恭恭敬敬地向马伟泊和侯雅蓝敬了酒，先前的拘谨顿时一扫而空。

七八个男人敞开了喝，让文涛带过来的茅台烧相当"受伤"，凡是打开了的瓶子，统统喝光。第十瓶之后，张军还要喊开酒，让文家的女人们给拦下了。

文心雷垮起脸说话："张局长，麻烦给小辈子做点榜样嘛！"

张军就笑，手臂有气无力那么挥一下，说："那中，那就团圆了呗？来，干了！"

文涛也喝麻乌了，还是文诗仙开着面包车一家一家送，最后回到自己家一看表，差一刻一点钟。

2

用文大喜的话，叫作"乘着改革开放的春风"，"文明房地产公司"不光办好了所有相关手续，还通过娄大元的关系得到了一个旧城改造项目。就是将已经决定拆迁地块上的原有住户临时搬迁走，等商品房盖好了再回迁过来，剩下的房子由"文明房地产公司"上市销售。这样做的最大好处是土地不用花钱。

所谓"不用花钱"，是因为文达航知道美国所有的土地都有价格，这边居然"审批"就能得到土地，让他感觉无比新鲜。当然也不是绝对不花钱，那些回迁户得到的房子，不都是能折算成现金的吗？"变相花钱"比较准确。文达航当然知道入乡随俗这个成语的含义，因为并不是所有人都能得到审批者的"青睐"的。"关系"这个词汇在中国流行几千年了，名堂很多，也很深奥。

房地产项目顺风顺水的同时，大满仓和文达航的爱情也顺风顺水来着。

接近年底，大满仓的扶贫工作结束之后，随即向组织递交了辞职报告。单位里的人没有不瞠目结舌的，成了那几天单位里的头条话题。即便后来得知人家找了一个回内地创业的美国小伙，也没多少人看好马满仓的前途。同事们私底下议论，说名字起得倒是主题鲜明哦，就是不晓得她一个小丫头片子消受得了不。大满仓根本不去理会那些世俗，直接和文达航领取了结婚证，还提前给单位同事分发了喜糖。有人说她这是在"亮绍",其实他们冤枉了马满仓,她不过是觉得自己在一个单位来去匆匆,有所歉疚而已。

眼看两个娃儿瓜熟蒂落,幺太太在电话里面告诉文大喜,说她正式决定把自己名下那套房子给大满仓小两口结婚用。文大喜连声说好。

鉴于二少爷的婚事,文心志和安吉拉决定过来一趟,一来这是他们家小辈子的第一桩婚姻,二来也拜望一下久别的老人家们。

大满仓正式入职文明房地产开发有限公司,担任财务总监。一个哲学系毕业的人来当财务总监,大满仓觉得有点风马牛不相及。

文达航说:"不懂了吧?企业的核心部门是哪里?财务嘛!你不当总监,让别人来掌握我们的财政大权?不合适吧?不会怕什么?学嘛!你们哲学系那些课本,哪样不是一样一样学会的?再者说,你在茅台镇扶贫,哪一桩哪一件是哲学系的课堂上教过的?啐!"

文达航也知道了"啐"字的用途。

大满仓说:"哎,我发现嘞,现在我说一句,你有十句在那儿等着嘞!"

"不在乎数量多少,关键看谁有理。对吧?"文达航说。

大满仓想想,说:"那……薪水也应该是总监的薪水啰?"

"好笑人哦!"文达航说,"莫非你听说过总监拿清洁工的薪水的?"

大满仓很满足,说:"那就好。"

两人最终决定,文明房地产开盘的大日子,就是他们两个结婚的大日子。

1986年,贵阳还没有专业的婚庆公司,结婚大都是吃顿酒席,闹一回洞房之类。婚礼的喜庆、热闹程度,全看你自己的营造。把开盘和婚礼放在一起是大满仓的主意,主题是"事业爱情双丰收",就是营造气氛。

按时到达的老公公文心志满心欢喜,说:"这个主题好!把爱情跟事业一挂钩,肯定是我们乐见其成的结果!"

"不仅仅旗帜鲜明,还反映了我们国家当下的大好形势!若是没有邓小平先生的高屋建瓴,事业哪里敢跟爱情挂上钩嘛!"文大喜不无感慨,尽管说的大都是些印刷体。

文达航和大满仓把好日子定在8月8号,周末,那天恰逢立秋。立秋多好啊,秋天是收获的季节,还秋高气爽,什么都好。

"开盘"于下午三点进行，除了建筑单位一彪戴着各色安全帽的人马撑着场面，男方女方家晚上要参加婚礼的亲朋好友也来了不少，说好剪彩完了，参观一下工人们加班加点赶出来的"售楼部"和"样板间"，完了直接去汉云楼。加上文涛请来的好几家新闻媒体的朋友，都是为扩大影响造势。

请过来当嘉宾的除了建筑单位的领导，还有通过娄大元请来的负责城市规划方面的一个市政府副秘书长。来宾里面级别最高的大概就是马伟泊了，大满仓把一小束各种花草扎在一起，下面坠一张写着"嘉宾"的小红条的胸佩别在马伟泊的西装口袋边，看上去很有精神。马伟泊原先没打算来，现职领导干部一般不提倡参加商业活动。无奈这是自己家的商业活动，加上大满仓软磨硬泡，侯雅蓝找了副墨镜给他戴上，意思尽可能降低"暴露"的风险。

娄大元、文大喜、文心志加上安吉拉都别了个胸佩，被安排在大红布标下面站成一排，用文大喜的话说叫"撑台面"。安吉拉的一副外国面孔特别惹眼，好在人家企业名称前面多了"中外合资"几个字，让外国人的出现也成了名正言顺。

等到领导、代表、负责人都照本宣科把稿子念完了，嘉宾们将大红绸缎扎成的彩带剪成若干段了，几百响的红皮鞭炮也噼里啪啦炸开了，文大喜那颗一直悬着的心这才复了位。虽说人家文达航的爹妈都在现场，文大喜还是觉得自己担着干系。他怕哪里真要出个什么差错，家里人会埋怨他这个掌门人。

那天晚上文大喜喝了很多酒，一是释放，二是高兴，三是原本就想喝。

3

当分配给幺太太的"二楼"成为文达航家小两口的婚房之后，临时借住的文达德只能搬到三楼和父母搭伙居住，鉴于章悦一直在刀把镇照顾几个老人家，退了休的文心武很多时候也都在刀把镇，三楼就文达德自己，倒是显得很清净。只是全身心投入在考试复习之中，完全没有了在茅台镇那样的孤独感。

终于，通过十月中旬的"干部录用考试"，文达德考取了省交通厅，被分配在规划处。就凭他的"干部履历表"学历一栏那么一长串让人眼馋的内容，人事处的人都觉得捡了个漏。加上文达德为人乖巧，很快跟规划处的男女同事们相处得和谐融洽，稳稳当当迈开了仕途的第一步。

交通厅机关跟省政府办公厅机关一样，也有一帮子关心单位里男婚女嫁的二伯妈，一听说这么厉害个学历的小伙居然还是个单身，过来打探消息的人都快把规划处的门槛给磨光滑了。

文达德也乐得静观其变。都三十五的人了，家里人不知道催了多少次，再加上自己走州过府也中国外国周游了不少地方，真的该认真考虑一回人生大事了。况且人家那些二伯妈都是真心诚意而来，心与心交换总是人之常情。

热热闹闹介绍了好几拨，终于一个叫杜鹃的女生进入了文达德的视线，导致他决定开始走程序。

所谓"程序"，就是文达德愿意跟杜鹃继续接触，接着往前走。

看照片上杜鹃那长相吧，你要说漂亮？也不，但是给人一种冷静的甜蜜。怎么说呢，既不热烈，也不做作，淡淡的笑容里面含着一点点轻蔑，第一眼就让文达德有点生气吧，又还忍不住想看第二眼。文达德看了照片之后的第一感觉有点奇怪：收拾收拾她！

这当然不能给二伯妈讲，文达德当即请二伯妈帮忙约好了见面的时间、地点。

八几年吧，贵阳还没有咖啡厅之类适合约会的温情场所，假如你需要约会，大概只有公园。公园肯定不符合文达德打算收拾一下对方的初衷，想来想去，最后决定在汉云楼的包房。那样的环境首先密闭，现场即便起了冲突，一走了之就是，不会扩散。关键那是文家的老堂子，文达德可以假冒二爷爷签单。

文达德等待着这一天，都有点急不可待了。

没想到第一眼见着杜鹃，文达德心里面的"气焰"就莫名其妙被灭掉了一大半。因为跟照片相比，眼前的杜鹃身材婀娜、衣着得体、神态端庄，完全就是文达德神往了很久的那种类型，一下子都有点不敢正眼看人家了。

"你好！"杜鹃的声音还好听，脆生生、甜丝丝那种。

"嗯！"文达德顿时乱了分寸，至少你回复人家一个"你好"啊，就那么憨痴痴地看着对方。

杜鹃将对方的失态看在眼里，淡淡一笑，说："我是听了人家介绍你的一长串学历才来的，你不会……在耶鲁只学习了专业吗？"

"嗯？"文达德这才回过神来，刚才让什么给憋了一下，有点尴尬，忙不迭说,"哦哦……请坐请坐!"

杜鹃坐下之后,文达德觉得自己应该主动一点,但是确实不知道该说点什么,于是无话找话,说:"希望你喜欢这个环境。"

杜鹃看看他,那眼神马上就带上了照片里的那种轻蔑,说:"不知道的,会以为是商业宴请。"

文达德先是瞪了一回眼睛,紧跟着"呵呵"了两声,像是自嘲,然后说:"我们家请客都在这里,方便一点就是!"

杜鹃点了两下头,眼神里明显有"不过如此"的潜台词,便说:"那行,那我们……后会有期?"

这回该文达德瞪圆眼睛了,都没等他开口,杜鹃站起身,微笑着摆摆手,转身出了包房。

都没等文达德表示诧异的声音发出来,杜鹃已经没了踪影。

文达德这时才发现,打从杜鹃进门一直到离开,自己就一直这么傻站着。

文达德一脸懊恼可想而知,一屁股往雕刻着福寿图案的椅子上一墩,顺手一巴掌拍在圆桌的转盘上,马上让上面的烟灰缸以及茶壶茶杯什么的,全都被震得跳了一下,然后再摔下来,发出了很大的声响。

听见动静的服务员赶紧跑进来,忙不迭问:"怎么了怎么了?文哥!"

"没事没事!"文达德用左手拍拍右手胳膊肘,意思怪胳膊肘,说,"大意碰着了!大意的!对不起!"

等服务员退出去带上房门了,文达德这才仔细回想刚才事情的过程,想着想着,文达德真的生气了,从牙缝间挤出了一句:"老子还不相信啦!"

文达德当然不好意思再去麻烦人家二伯妈,直接在电话号码簿上查到了杜鹃单位的电话——一个建筑设计院,虽然二伯妈没说在哪个部门,那也不是个难事,一个一个挨着问就是。等杜鹃来接电话了,文达德直接开门见山。

"杜鹃吗?我是文达德。如果你不为难,下班我们见一面,地点你定。这是我们单位的电话号码,你看得见的。"文达德说完挂了电话。

"嘿——"电话那头的杜鹃相当生气,说,"我还没同意见不见面,他还蹬上了!"

那天,一直到规划处大办公室只剩下文达德一个人了,他都没等来杜鹃的电话。

文达德在同样的时间拨通了杜鹃的电话,还没等他把开场白说完,那头先挂断了电话。

这回该文达德"嘿——"了。

让杜鹃没有想到的,是文达德居然下班时间在她们单位门厅里等着呢,还当着众多同事的面跟自己打招呼,仿佛多熟悉的样子。

这回该文达德先说:"你好!"

"好什么好?莫非我那态度还没表达清楚?"杜鹃压低了嗓门说话,说完了就走。

"表达得很清楚!"文达德紧跟在杜鹃身边,小声说,"但是,我是来道歉的,就一回,总应该给个机会吧?"

杜鹃停下脚步,扭头看了他一眼。

文达德赶紧说:"道歉的机会!"

"嘿!"杜鹃笑了,说,"那行,前面有一家湖南面,我请你。"

买票的时候,文达德将一张百元大钞抢着递到收银员面前,说:"我来我来。"

杜鹃把他的手扒拉开,说:"起开!否则我们扁担开花!"

"扁担开花"的下一句是"各人回家",意思是拜拜。文达德慌忙抽回了手,解嘲道:"那……我去找座位!"

找到了座位之后等待煮面的空当,文达德小声说:"你猜你们单位看门的大爷问我跟杜鹃什么关系,我怎么说?"

杜鹃轻蔑地看看他,说:"编聊斋喽,这个你应该擅长。"

"编聊斋"是我们这边的俚语,编瞎话、骗人的意思。

"那不会,"文达德一本正经地说,"我说我是你相亲时间最短的前男友。"

杜鹃想想说:"那倒是没有错。不对!根本没有男友一说,哪里来的'前',不过是偶然认识的一个憨包!"

文达德笑了,说:"行行行,就算是个憨包。你猜看门大爷怎么说?"

杜鹃斜了他一眼,没说话。

文达德说:"大爷说,我是第一个敢追到单位来的前男友!关键大爷还说……"

这时候就听见厨房里面喊:"两碗加肉!"

杜鹃用一根手指将票根推到文达德面前,说:"我出钱,你跑腿。"

文达德顿时来了精神,说:"这个意思你还给我加肉了?"

"不是给你,而是我从来都是加肉,你是沾光。"杜鹃说得不咸不淡。

文达德颠颠地去了,还念叨:"沾光沾光!"

面端过来放好了,正要开吃,就听见杜鹃说:"老王伯咋个说?"

"哪个?"文达德没听清。

杜鹃说:"我们传达室的大爷。"

"哦!"文达德这次笑得很狡黠,说,"看来……你也是打破砂锅问到底的主。"

"那叫求知欲,懂不懂?"杜鹃边吃边说。

"行行行,求知欲!老王伯说啊,让我……赶紧把你追到手!"文达德最后一句说得特别快,生怕被打断。

杜鹃怒目圆睁,瞪着文达德。

文达德慌忙放下筷子,食指和中指并在一起指着天,说:"我要是有半句聊斋,天打五雷轰!老王伯的原话是,既然都追到单位来了,那就赶紧想办法追到手,免得好好一个姑娘,三十几岁了还单着。"

"老王伯还会讲这样的话?"杜鹃一脸的狐疑。

文达德举起右手,说:"有半句不实,任由你处罚!"

据说杜鹃真找老王伯核实过。

杜鹃对文达德其实没有恶感,只是第一次见面就约在那样封闭的包房,让心高气傲的大龄女生有压抑感,心里不安逸,觉得对方是在卖弄。拂袖而去之前杜鹃想好了的,假如就此没了下文,只能证明对方不过是耶鲁大学出来的憨包,那就随他去。没想挡了电话都没挡住人,居然还追到单位来了,至少说明,还执着。

执着是信心十足的表现,人只要有了信心,应该没什么事情难得倒。这是杜鹃请文达德吃加肉的湖南面的原因。

死皮赖脸是"执着"的另外一种表述，文达德就这么死皮赖脸地将已经三十一岁的杜鹃追到了手。

一个三十五，一个三十一，大男对大女，蛮好。

4

据说，1987年9月14日，十三个中、德两国的科学家用北京车道沟10号中国兵器工业计算机应用技术研究所一栋小楼里的"西门子7760大型计算机"试验发送"电子邮件"。邮件用英、德两种文字书写，内容是李澄炯教授提议的 "越过长城，走向世界"。

第一次由于数据交换协议的小漏洞，导致邮件没能发出去。又用一周的时间解决了问题。9月20日，当发送键再次按下，过了一会儿，计算机屏幕上出现"发送完成"的字样。

这是中国的第一封电子邮件。

电子邮件这种全新的通信方式，是互联网时代的产物。通过网络的电子邮件系统，用户可以以非常低廉的价格、非常快捷的方式与世界上任何一个角落的网络用户相互联系。这在信封加邮戳的那个年代具有划时代意义。

电子邮件可以用文字、图像、声音等多种形式传输信息。同时，用户可以得到大量免费的新闻、专题邮件，并轻松实现信息搜索。电子邮件的存在极大地方便了人与人之间的沟通与交流，大大促进了人类社会的发展。

文大喜对此不屑，他说："再快，它总取代不了毛笔在宣纸上书写，那种力透纸背的快意！"

文涛说："那不一定哦，说不定今后计算机有可能就整出你说的这种'力透纸背'哦！"

"不可能吧？那不是成了……机器人？"文大喜说。

文涛说："爹呀，你真没听文达德说美国的科幻电影里机器人打机器人吗？"

"哎呀！那都是'聊斋'！故事嘛，随便编喽。"文大喜说。

"爹，意思你没有看过中央电视台播出的《大西洋底来的人》喽？"文诗仙加入进来。

"那叫个什么东西嘛？完全瞎扯！"文大喜说。

"那《西游记》不也是瞎扯？"文诗仙说。

文大喜想想，说："那倒是。但是人家《西游记》接地气哦，符合中国人的审美习惯。还有，讲的是中国故事。"

文诗仙说："你看你，这就叫代沟！"

"代沟不代沟的，我倒不管。问题是你和刘锦瑟商量过正经事没有啊？总不会就这么一天一天玩嘛？"柳文君把话题引向了她所关心的方向。

"急哪样嘛，妈？"文诗仙说，"结婚要有条件嘛！我们哪里有大满仓他们一说结婚，幺太太就把那边二楼拱手相送的待遇？不是嫉妒哈，你总要等我们单位有人搬新房子了，旧房子腾出来了，才轮得到我们这样的年轻同志！"

"一听就是嫉妒。"文涛说。

"哎哟，哥！你倒是站着说话不腰疼哦，把你们家四楼腾出来，我们马上结！"文诗仙说。

"文诗仙，关我哪样事情？那是家里面安排的嘛。"文涛说。

"就是就是，重男轻女都好几千年了，哪里是我一个小女子扳得弯的事情！所以妈，不是我不结婚，而是男尊女卑哈！"文诗仙真有些生气了。

"这样这样，"文大喜实在听不下去了，说，"就不扯什么男尊女卑了，大满仓他们的商品房，你和刘锦瑟去看，看中哪套定哪套！"

"爹！这可是你说的哈？"文诗仙顿时瞪大了眼睛。

"红口白牙！"文大喜梗着脖子说，"怎么从大西洋底就扯到男尊女卑去了！你爹今天就拍了这个板，买！"

柳文君加了一句："对，买了之后，看你们还扯！"

周末，文诗仙和刘锦瑟拉上文大喜和柳文君直奔文明房地产公司的商品房工地而去。先看了售楼处杵着四个楼房模型的沙盘，完了不过瘾，拉上大满仓，每人戴一顶安全帽，坐着运送材料的外挂电梯直接上了十楼，房子总共十二楼。

一听说是文诗仙他们结婚用，大满仓直接就说不要钱，文大喜一挥手就给否了，说："开玩笑哦！真要那样我们转脸就走！"

文诗仙对大满仓说:"你不用担心,连哪里出钱都说好了的。如果真那什么,打个折扣……"

"不不不不!"文大喜马上打断说,"人家小两口第一次创业,赚钱不赚钱都还不晓得,我们这是支持他们的工作嘞!该多少就多少,完了真要赚钱了,请我们在汉云楼吃一顿就行。就这么定!"

"我爹拿钱,他说了算。"文诗仙说。

"就是就是!"刘锦瑟说,"作为夫妻共同财产,叔叔,阿姨,我们家同意出一半的钱。"

"你看看!"文大喜说,"小马啊,就这么定了,全价!"

大满仓说:"哎呀!不好意思嘛,文伯伯!"

那个年头基础物价整体不高,成本、税收加上利润,商品房才六七百元一个平方米。文诗仙他们看中的一百一十平方米的电梯房十楼,十万元不到。

当然,这是对于文家现在的经济状况而言,真要是文诗仙和刘锦瑟那样的工薪一族,肯定是个大数目,只能按揭。

文大喜第一次听说"按揭"这个词汇,大满仓就解释说:"按揭是'按揭贷款'的简称,是改革开放之后从港澳台传过来的新词汇。即购房者以所购房屋作为抵押物给银行,并由出售房屋的房地产企业提供阶段性担保的个人住房贷款业务。通俗点说,就是房子先住着,钱你慢慢还。听懂了吗?文伯伯!"

文大喜说:"没听懂。"

这一年的10月下旬,中国共产党第十三次全国代表大会在北京举行。新当选的中共中央总书记赵紫阳作了《沿着有中国特色的社会主义道路前进》的报告。报告阐述了社会主义初级阶段理论,提出了党在社会主义初级阶段的"一个中心、两个基本点"的路线,制定了到下世纪中叶分三步走,最终实现现代化的发展战略,同时提出了政治体制改革的任务,还通过了关于党章部分条文修正案的决议。

11月2日,第十三届一中全会选举赵紫阳、李鹏、乔石、胡启立、姚依林为中央政治局常委;选举赵紫阳为中央委员会总书记;邓小平为中央军委主席,陈云为中央顾问委员会主任、乔石为中央纪律检查委员会书记。

一个新老交替的中央领导集体的诞生，预示着中国将坚定不移地在社会主义道路上继续前进。一个中心，就是以经济建设为中心；两个基本点，即坚持四项基本原则和坚持改革开放。这也成为中国共产党在社会主义初级阶段基本路线的核心内容。

5

1988年6月18日，中共中央政治局常务委员会经过讨论，由中央办公厅发出《关于为胡风同志进一步平反的补充通知》。之所以是"进一步平反的补充"，是因为这是对"胡风案"的第三次平反。

第一次是十一届三中全会之后的1980年9月，中共中央的76号文件指出："胡风反革命集团一案，是当时的历史条件下，混淆了两类不同性质的矛盾，将有错误言论、宗派活动的一些同志定为反革命分子、反革命集团的错案。中央决定，予以平反。"

胡风虽然对于安排他担任全国政协常委、中国文联委员以及中国作家协会顾问没有意见，但是并没有接受这个带有"尾巴"的平反结论。之后，胡风于1985年6月病逝于北京。因为他的家人不同意文化部拟定的悼词，追悼会一直拖到1986年年初才举行。悼词对胡风给予了充分肯定，这就是对"胡风案"的第二次平反。但是仍然谈不上彻底，于是就有了第三次。

第三次《关于为胡风同志进一步平反的补充通知》，把之前两次"平反"保留的所有"尾巴"全部予以撤销，让"胡风案"在历时八年、先后三次才从政治、历史、文艺思想等方面获得了全面、彻底的平反。

文大喜就是因为"胡风案"被戴上右派帽子的，所以对这个事情格外关注。当他知道了共产党对"胡风案"一而再再而三、最终彻底平反的过程之后，一个人坐在大床上发呆发到晌午。

他们家放大床的里间屋因为没有窗户，如果不开灯，大白天也是黑麻麻的。因为心里有事，前一天晚上吃了一颗安眠药才勉强睡着，第二天六点过一点醒来坐在床上继续琢磨。柳文君喊他吃早饭他说没胃口，等他把"胡风案"的从前和现在，以及自己因为"胡风案"的从前和现在想了一遍又一遍，最后得出了结论：共产党是一个知错就改的政党。

问题想清楚了，他马上就觉得肚皮咕噜咕噜叫个不停，赶紧穿上衣服趿拉着拖鞋就跑出来，一眼看见柳文君已经摆上小饭桌的三菜一汤，以及已经盛满的两碗米饭，都顾不得说几句恭维的话，端起碗就往嘴里刨。

这边刚刚把历史情结捋清楚，文涛家那边又传来了好消息，冯晓芬为文家……精准一点，是为文大喜生了一个孙子。文大喜相当高兴啊，连他自己都没想到，现在竟然对这个问题会这么上心。那年柳文君生文涛的时候，也没觉得有什么了不得的一桩事情。但是今天，对于冯晓芬究竟生男生女，文大喜看重的程度可以从行为举止上看出端倪来。

冯晓芬预产期的前一天，柳文君就为儿媳妇炖好了一只老母鸡，就等着"产房传喜讯"之后犒劳儿媳妇。这之前，虽然八几年就出现的"彩色多普勒超声检测技术"，简称"B超"已经用于妇产科，主要是有助于检测胎儿的发育、是否畸形等情况的辅助手段。过程中人们意外发现居然还能确定性别，这给中国老百姓带来了不可名状的惊喜。后来国家发现不行啊，这要是都照着男娃儿生，人口性别比例肯定失调，于是明文规定不允许用"B超"鉴定性别。但是，这也没抵挡住中国人强烈的"求知欲"，文涛就是通过关系，鬼鬼祟祟让冯晓芬"B超"了一回。据说是个男生。

"据说？"文大喜瞪着眼睛说，"费那么大劲，用那么个现代化的家什才弄了个'据说'？说不走吧？"

文涛就说："哎呀，爹！你管他的，都曙光在即了，你又不可能因为是女生而不要，据说就据说，等到看就是嘛。"

"儿子说得对，等到看，你急个哪样嘛？"柳文君打着帮帮腔。

文大喜说："行行行，我不急，我不急就是嘛！"

等到文涛的电话打过来，说可以送鸡汤了，文大喜正想问问是男是女，那边电话已经挂了。

忙不迭和柳文君颠颠地赶到了病房，娃儿在婴儿室还没出来，当着大病房里七八个孕产妇以及家属，文大喜不好意思开口问，心里这个难受啊，如同十五只毛毛手抓心。就在这个时候，文涛过来凑近他耳朵说了句"女生"，文大喜瞪他一眼，二话没说，扭头就出了病房。

文涛赶紧追了出来，在楼梯边上拉住了面有愠色的文大喜，先是一笑，接着说："爹呀，刚才我是逗你玩，是个男娃儿。"

文大喜愣了一下，随即抡起巴掌往儿子背上打，边打边喊："你给老子逗！你给老子逗！"

文涛笑着跑进了病房。

文大喜懒得理他，站在那儿歪着个脑袋想，想着想着，一个人情不自禁笑起来；笑着笑着，眼睛里面居然有了泪光……

这就是中国文化的一部分，不论你说什么"生男生女都一样"，他在那样的文化"营养液"里面浸泡的时间长了，自然而然就形成了这个文化所孕育的价值取向。站在国家的角度，确实具有调节人口基本数据的义务和责任；而对于老百姓来说，真看不了那么远。比如文大喜。

当然，文大喜家也不都是快乐，也有烦心事。就说二女儿文诗路，真让老两口操碎了心。

反击右倾翻案风的1975年和郑思绪结婚的文诗路，两年之后生了个女儿，取名郑美丽。就因为生的是女儿，已经调动到文化厅的郑思绪居然表现得不像个文化干部，夫妻两个为此一直疙疙瘩瘩。郑美丽六岁那年，娃儿该上小学了，两个人开始分居，这就是婚姻破裂的预备期。文诗路的脾气一向倔，宁愿带着郑美丽在外面租房子艰难度日，也不向爹妈伸手求援。为此，爹妈都看在眼里，自然就痛在心上。

就在文大喜抱孙子之前，法院判决文诗路跟郑思绪协议离婚，郑美丽归文诗路抚养，郑思绪每月给多少多少钱一直到娃儿十八岁。

"老子稀奇他那点钱！狗东西的！！"文大喜这回真的很生气。但是他骂人家的时候，绝对不会去想自己对儿子家生男生女的那种偏执，这就叫自私。

其实，当爹妈的知道那时候女儿租房子住是做给郑思绪看的，意思千难万难老娘也决不会低这个头！现在不幸之中终于有了一个让人省心的结果，起码判决书中什么都说清楚了，不用再扯皮。文大喜和柳文君商量下来决定分两步走：第一步，文诗路母女即刻搬回家暂时居住；第二步，在大满仓他们楼盘买一套商品房，供他们两娘母永久居住。

虽然这在他们家只是一碗水端平的一个举措，文诗路还是流下了感激而又心酸的眼泪。

文诗路斜倚在柳文君的肩头，边抹眼泪边说："妈，谢谢哈！"

"说这些搞哪样吗？"柳文君说，"我倒是觉得应该把娃儿的姓改了，叫文美丽，就不能跟那个憨包姓！"

"这个我想了，妈，"文诗路说，"先不动，等娃儿十八岁以后，让她自己决定。这也是她的权利嘞，妈。"

柳文君想想，说："也对，她的姓氏她做主！"

之后，一家人去到文明房地产公司才知道，中间仅仅隔了一年，商品房已经卖得所剩无几。一听说是文诗路家两娘母住，文达航也学会说"直接搬过来，不要钱"之类的让人宽心而温暖的话了。

房地产公司的房子一般不会卖断货，一定会留下几套应付突发情况，不仅如此，留下的一般还都比较好，不论朝向还是户型。于是，文家人选择了八楼的一套电梯房，面积和文诗仙的一样。跟文诗仙一样的，还有一次性付全款。

看着文诗路满心欢喜的样子，柳文君悄悄跟她说："姑娘，早晓得一开始就同意离婚么，娃儿也少受点罪嘛。"

文诗路说："那不一样！就是要拖他，一直拖得他举手投降了才行！"

"现在这样……算是他投降了？"柳文君问。

"当然啊！我提哪样要求，他只有答应的份！"文诗路一副得胜而归的样子。

在旁边一直没说话的文大喜突然觉得心里面发凉，心想这算哪门子投降嘛？准确一点，郑思绪那叫欲擒故纵呢！文诗路这是怎么了，思维水平这些年垮得也太厉害了吧？

也是，同样一套生男生女的经，翻过来念是喜，翻过去念，谁能保证就不是悲哀呢？

有生就有死，生命就是在生死轮回当中交替前行的。

文大喜刚刚把自己家里的事情处理了一个大码目，心都还没放稳当，刀把镇就出了事情。

那天晚上，连听广播里的"午夜话题"都能听到二半夜的文大喜都睡下了，电话铃声突然间就响了起来，让人一听就感觉到了个"急"字。自从文诗路家两娘母搬过来，家里不光显得挤，还时刻要留心不要吵着了白天要去上学的郑美丽。

就为这个，文大喜把电话线加长，将电话转移到了已经很拥挤的床头柜上，伸手就能拿到。

拿起电话就能听到里面章悦急唠唠的声音，"我妈不行了！我妈不行了！"

"不急不急，慢慢说清楚！"文大喜捂着半边话筒还压低了声音。

等听完了叙述，文大喜说："这样这样，赶紧找个车子往最近的医院送，我们明天上午过来，好吧！"

柳文君没等文大喜放下电话就问："是金雨天吧？怎么个情况嘛？"

"没说得太清楚，反正是急症，这么大个年纪了，悬！赶紧睡吧，我们明天一早过去！"文大喜一脸的忧心忡忡。

第二天一大早，昨晚上没睡踏实的文大喜冲了两包速溶咖啡喝了，和柳文君开着海狮面包车就上了路。

一路上柳文君除了不时将浸了凉水的毛巾让文大喜擦把脸，还不停念叨，"慢点慢点！""七十几岁的人了，不服老不行嘞！""哎哎哎哎！你慢点嘛！"就这么一直念叨到刀把镇。

还没进家门，就看见老宅门口人进人出一片杂乱。文大喜心想完了，又没赶上见最后一面。

一进门，只见灵堂已经布置得差不多了，也不知道从哪里找来的金雨天一张年轻时候的照片，一看就让人感觉亲切。等看到文达德和杜鹃了，文大喜这才想起怎么没联络一下人家，那么空一个车。

见到文大同时，给人的感觉就两个字，落魄。后来听章悦说，自打亲眼看见金雨天从发病到落气，文大同就茶不思饭不想，一脸的冬瓜灰，也不说话也不哭，到文大喜他们过来，已经差不多十小时了。

九十九岁的金雨天死于心梗。从说"心里头不舒服"到心脏停止跳动，一刻钟不到。急救车赶到时，人早已经过了奈何桥。后来文达德说："也好，让我家奶没受一点苦。"

金雨天跟徐子不一样，一个是受了一辈子的苦，一个是享了一辈子的福。早年间和老太爷差不多都失之交臂了，居然隔着千山万水又跟大少爷结为了秦晋之好。一般情况下，在大户人家过日子虽然锦衣玉食，但是其他方面也许会受到制约甚至摧残，比如心灵什么的。这么看来金雨天真是幸运，既没有被制约，更谈不上摧残，夫君还几十年如一日地呵护有加，而且妇唱夫随，这在文家一直都是尽人皆知的事情。老了老了，没受一点苦就清清爽爽离开了人世，驾鹤逍遥去了。一个女人家，还想怎样？

在等待文心志一家赶过来的时间里，文大同终于缓和了一些，开始吃一点东西了，也跟人交流一下，说点面子上的闲话，握握手之类。到了晚上，怎么都睡不着，瞪着个眼睛也不知道该往哪里看；实在撑不住了，闭上眼睛打个盹，也不知道梦境里面的牛头马面究竟是谁，要干什么……

就这么一直到文心志一家赶来。

金雨天入土之后的十多天里，家人发现文大同慢慢开始走路不利索了，气色还不如"冬瓜灰"那时候，是灰色逐渐变暗那样的消沉。乘着文心志他们还没走，全家人决定往医院送，一来全面检查一下，有病治病；二来住在医院里，不怕出现紧急情况。

其实，医院真的不是包治百病。有时候病人不愿意去医院，一是怕花钱，二是怕受罪。真要到了钢管软管一起上，最终还没一个结果，还不如像徐子那样享一天清福算一天。

只是文大同目前的情况已经没办法自己做主了，到了医院的第三天晚上，文大同骤然离开了人世。据说医生到最后都没有确定下一个教科书上有名有姓的病来，就说了一个"心力衰竭"，至于什么原因导致了"衰竭"，医生说"也许多种因素"。

后来幺太太说："他这是追随金雨天去了。"

人们仔细想想，还真是。

第六十三章

1

清明是春季的第五个节气,一般在公历的4月4日或5日。1989年清明之后的4月15日,中共中央原总书记胡耀邦因病去世。广大人民群众和青年学生在人民英雄纪念碑前等举行了各种形式的悼念活动。

但是,有人利用了这个时机,以悼念为借口,进行反党、反社会主义的活动。在他们的煽动下,首都及地方一些高校的学生涌上街头游行,西安、长沙等地的一些不法分子趁机进行了打、砸、抢、烧,学潮迅速发展成为动乱。

当然,冰冻三尺非一日之寒。

1986年年底,在合肥的中国科技大学就发生过学生上街游行的事件,起因是学生们受到了该校一个叫方励之的副校长的蛊惑和煽动。

方励之作为一个教授天体物理的学者,崇尚资本主义国家的"自由""民主",进而否定社会主义制度,公开提出要改变共产党,鼓吹资产阶级自由化,最终堕落成为境外敌对势力的代言人。

受这次事件的影响,有的地方还发生了破坏社会秩序和治安的情况。

早在1979年,邓小平在党的理论工作务虚会上所作的《坚持四项基本原则》的讲话,就明确提出要坚持四项基本原则的思想,同时指出资产阶级自由化思潮与四项基本原则是对立的。

事件发生之后,邓小平再一次指出,要旗帜鲜明地坚持四项基本原则,坚决反对资产阶级自由化。1987年1月28日,中共中央发出了《关于当前反对资产阶级自由化若干问题的通知》,揭露了资产阶级自由化的实质与危害,"搞资产阶级自由化,就是否定社会主义制度,主张资本主义制度,核心是否定党的领导。"

方励之被开除出党。

树欲静而风不止。被调动到北京天文台工作的方励之，以及鼓噪"资产阶级自由化"的"方励之们"终于等来了时机。在1989年春天人民英雄纪念碑前的悼念人群中，暗流涌动，此起彼伏。

4月26日，《人民日报》发表题为《必须旗帜鲜明地反对动乱》的社论，指出这是一场有计划的阴谋，是一次动乱，其实质是从根本上否定党的领导，否定社会主义制度。社论号召广大人民群众紧急行动起来，采取坚决有力的措施制止动乱。

但是，形势并没有因此好转。

5月19日晚，中共中央决定在首都部分地区实行戒严，但少数暴乱分子煽动一些人与戒严部队对抗。与此同时，上海、广州等地也接连发生暴徒冲击党政机关、破坏交通设施等严重事件。对此，党中央、国务院、中央军委采取果断措施，于6月4日一举平息了暴乱。

自知是历史罪人的方励之，于6月5日逃往美国驻华大使馆要求庇护，从而导致了一场外交风波。

这场因为资产阶级自由化衍生的"六四政治风波"，严重破坏了我们国家正常的社会秩序，扰乱了正常的经济建设进程，给党、国家和人民造成了重大损失。平息动乱和暴乱的胜利，巩固了我国的社会主义建设和十年改革开放的成果，当然也给共产党提供了有益的经验和教训。

之后，在这次"政治风波"中犯了错误的赵紫阳被解除职务；中国共产党第十三届四中全会选举中共中央政治局委员江泽民为中共中央总书记。

还是那句话，国家的事情国家办，百姓的事情自家办。

文心志自打回来给母亲送终，没想连老爹一起送走了。原本打算事情完了就回去，等他得知文明房地产公司居然出现了亏损，跟安吉拉一商量，马上决定留下来弄他个青红皂白，让安吉拉一个人先回美国。

按理房地产是赚钱机器，怎么就被他们两个整成了亏损，不把这个问题搞清楚，对不住人家大满仓丢了铁饭碗过来跟着文达航折腾的那点决心是小事，长此以往靠着这桩买卖吃饭，那还真是件大事。虽然文心志学的是天体物理，但是跟着安吉拉做生意那么多年了，本钱、利钱的基本原理还是有一些心得的。

文心志留下来还有一个更重要的问题，据说就因为忙生意，大满仓至今没有怀孕。不帮他们迈过这道坎，能行吗？

这次，把马伟泊家两个也请过来开家庭会，坐下来把前因后果一条一条缕清了，问题就摆在了面前。一是没有经验，二是过于大方，三是管理不规范。三条叠加在一起，不亏损都难。

没经验就不用说了，那是肯定的。再说"过于大方"，首先是大满仓，脸皮薄，只要有个什么人拐弯抹角找到她，一准给人家一个满意的折扣；后来连文达航都学会中国特色的人情世故了，打折谁不会？于是这一单少几个点，那一单再少几个点，加起来就多了。加上管理不规范，再加上第一个项目需要处理的关系比较多，最终整成了"倒贴钱"。

"倒贴钱也不怕！"文心志说，"怕的是你不知道原因，并且没有改进措施，这才是最最可怕的！"

"还有，结婚都两年多了，一男半女你总要有一个吧？怎么能够因为工作而割裂了生活呢？本末倒置嘛，任何工作都是为了更好地生活，对不对？"马伟泊说这一类的话很在行，而且开会之前私底下和亲家交流时，就说好这话由女方家长说。

文心志立即跟进："我同意亲家的意见！"

"至于工作，"马伟泊说，"吃一堑一定要长一智！好在人年轻，什么都可以重整旗鼓。但是，文达航哈，你爸爸说的那几条，必须一条一条认认真真加以落实，并且切实改进！完整的规章制度还需要一丝不苟的执行力嘞！至于大满仓，应该吸取的经验教训……就更多！"

"但是……"大满仓面有难色，说，"有时候……有些关系确实需要……"

"那也必须严格按照规章制度办！九八折，最高了！而且全公司只能一个人签字，只有一支笔，决不能含糊！没有严格的现代企业管理制度，亏损都是轻的！"马伟泊把话说得铁板钉钉一般。

大满仓想了想，说："还有什么更厉害的吗？"

马伟泊瞪了她一眼，说："倒闭听说过吧？1986年8月3日，沈阳防爆器械厂宣告破产，这是新中国成立后第一家正式宣告破产的国有企业。莫非你们打算步其后尘？！"

"爸爸怎么知道得这么一清二楚啊？"大满仓说。

"历史的经验值得注意啊，那就是前车之鉴，懂不懂？！"马伟泊鼓着眼睛说。

"爸爸，我说两句可以吗？"文达航对着马伟泊说。

"你说你说！"马伟泊抬手示意。

"是这样，"文达航说，"我和大满仓已经商量过很多次了，鉴于这次的经营情况，我们一定总结经验，吸取教训，先把整改方案搞好，再全面落实整改方案，做彻底，做扎实，以一个全新的面貌迎接全新的工作！同时我们觉得吧……按照现代企业管理制度的相关规定，应该有一个监事会随时监督我们的工作，如果……两位爸爸不反对，你们就是监事会的成员。不知道……"

"我没问题啊，就看你爸爸？"马伟泊说。

"我？"文心志想想，说，"应该也没问题啊。现在通信手段日新月异，哪怕我在美国，监督你们的工作……肯定没问题啊！我在想，要不然我们把二爷爷也喊进来，人多力量大，一个没看见另外一个总能看见，跑都跑不脱！"

"对对对，这样最好！"马伟泊高兴了，说，"那这样，今天我做东，咱们把二哥家几个都喊过来，还是那什么……汉云楼，好吧？"

"爸，人家正谈着现代企业管理制度呢，你怎么就扯上汉云楼了？"大满仓说。

文达航赶紧拉拉大满仓，说："爸爸高兴，爸爸高兴！"

"也就是你们，"马伟泊说，"换个人，你看我管不管他们的闲事？"

文达航把"摩托罗拉3200"大哥大塞到老丈人手里，说："二爷爷家的电话已经通了，您跟他说吃饭的事。"

"哟！摩托罗拉是吧？"马伟泊欣赏着手里的家伙，"喂，二哥是吧？我们……我和文达航他爸爸准备去汉云楼吃饭，他爸爸说必须叫上二爷爷……什么，已经做了饭了？那也不怕，下午或者明天吃嘛，哪里能够浪费……对对对，我们等你们哈，一言为定……呃对，汉云楼哈！"

马伟泊把摩托罗拉还给文达航时，文达航说："爸爸要是喜欢，您留着用？"

"哦哦！不用不用！"马伟泊拍拍文达航的肩头，说，"在我们国家，公职人员有公职人员的规矩，超规定享受待遇，人家议论不说，组织上也不允许。这是纪律。"

2

因为年龄偏大,杜鹃的第一次怀孕流了产。

文达德和杜鹃的婚礼是在文诗仙和刘锦瑟的婚礼之后半个月举行的,原因还是不让文家人吃"油大"的间隔时间太短。结婚的新房就在单元房的三楼,原先分配给文心武的那一套。

我们这边把吃酒席称为"吃油大",很形象。

第二次"油大"之后,也就是他们的婚礼之后没多久,就听说杜鹃流产了。

流产的原因很多,比如,胚胎因素、母体因素、父亲因素以及环境因素等。"母体因素"是医生对杜鹃的最终诊断。原因是杜鹃的孕期感冒引起了上呼吸道感染进而导致发烧,又不敢吃太多药,两天之后就流了产。还好胚胎还没有成型,对母亲的伤害相对较轻。

杜鹃依偎在文达德怀里哭了一次,说再轻也是一条生命,也是人间悲剧不是?

"那当然!"文达德语气坚定,而且表情凝重。

吃一堑当然要长一智。后来,好不容易经过精心调理之后第二次怀上了,杜鹃自然就成了一家人的重点保护对象。感冒之类的现象是万万不允许了,杜鹃还提前请了病假在家里静养,就是害怕再出现不测。中间送到刀把镇去住了一段时间,吃喝有老婆婆管着,还能陪幺太太说说话,文达德也很放心;等到临近预产期了,又接回了娘家,随时准备着。

经历了千辛万苦之后,千万不能再出差错,经老丈母提议早早就住进了医院。到了日子了还是不见动静,杜鹃索性主动要求剖宫产。那是因为听了同病房产友们的建议,说跟顺产相比,剖宫产的好处是多方面的。

在手术室折腾了一个多钟头,杜鹃最终诞下一个女儿,六斤九两。文达德还没见着娃儿的面,就取了个名字,叫"文艰难"。

消息传到刀把镇,大家都反对,文心武家两口子商量下来,把取名字重任交给了幺太太,说既然爷爷奶奶都不在了,这事还是得长辈来做的好。幺太太眼见推脱不了了，便认真准备了一番。先是查字典，导致那天晚上没睡什么觉，琢磨了一夜；第二天让章悦找出老太爷用过的笔墨纸砚，宣纸两边还压上红木纸镇，之后才动笔，写下方方正正两个字：心香。

完了幺太太说："文艰难？难听死了！"

文大喜是在去茅台镇的路上弯到刀把镇去的。听说了幺太太不仅仅起名字，还亲自写了下来，就准备不论事情多么急，一定要先去看看老人家的墨宝。到了地方只说高兴事，什么老当益壮啊，鹤发童颜啊，皓首穷经啊，反正什么词好听说什么。

幺太太问他是不是有事，文大喜说："没事！我就是专门来看望你老人家的，顺便看看你老人家的墨宝，完了去茅台镇看看。"

幺太太笑笑，说："大喜，怕是应该反过来，是顺便来看看我吧？什么墨宝啊，就是胡乱写了两个字。"

看了幺太太的墨宝，文大喜赞赏有加。

"哎呀！天庭饱满，地角方圆，好！幺太太啊，真不知道你老人家还有这一手，好！真好！"文大喜说。

"行啦行啦，"幺太太摆摆手，说，"要让我猜啊，是不是茅台镇那边出了什么情况？"

"哎呀！凡事到底瞒不过你老人家啊！"文大喜说，"茅台镇啊，确实出了个情况。刘青云的孙子，那个叫刘和天的。"

幺太太说："我晓得，娶了个老婆叫刘许氏。"

文大喜说："就是他，开始争权夺利了。"

"居然……"幺太太瞪大了眼睛。

文大喜点点头，说："幺太太啊，按说……今年我也七十三了，云辉烧房的接班人问题……是不是应该提上议事日程了？"

"没错啊。"幺太太说。

"这回啊，我就是去解决这个问题的。刘和天跟徐文两个人中选一个，你老人家觉得哪个合适？"文大喜说。

"当然是徐文嘛！年纪都差着一大截！"幺太太差不多是喊出来的。

65岁的刘和天对上43岁的徐文，孰优孰劣那不是一目了然的事情吗？最终，董事会投票选择了徐文。

没想刘和天因此大闹董事会，进而闹着要退股，比他爹当年大闹茅台镇有过之而无不及。好在这年头没了兴风作浪的蔡晓波之流了，董事会内部就把风波给摁了下去。

因为是刘彩云老太太的亲眷，不看僧面你要看佛面，董事会当然只能安抚。先是任命他儿子刘家宝为烧房副总经理，同时让刘和天退居二线当顾问，年薪比原先多了一截，具体多多少属于商业秘密，这才让事情得以了结。文大喜说了，能用钱解决的事都不叫事。

这个前车之鉴让董事会为此总结经验，专门搞了一个新规定，从今往后，凡是董事会的决定都军令如山，令行禁止，任何人不得违反，违反即按相关处罚条例处理，同时配套了七条严明的"处罚条例"。

即便只是亡羊补牢，也是企业现代化必要的措施。文大喜这次专程赶过来，就是来颁布新规的。

那天晚上，陪文大喜吹着赤水河的小凉风喝茅台烧的人换成了徐文，按照辈分，徐文喊文大喜叫舅舅。

"二舅舅啊，"已经酒色上脸的徐文说，"我们家大妈跟我爹……那是活错了年代！放到现在，你情我愿就是天经地义！我知道我爹那人，都快要入土了，一直还那么专一、执着！我们没法跟他老人家比，到底不是一个年代的人！但是，二舅舅哈，请你老人家放心，徐文拼死拼活，一定不会辜负你老人家，不会辜负我爹！"

文大喜举起酒杯和徐文扎扎实实碰了一下，一饮而尽。

第二天早上上路之前，文大喜突然想起了刘承义，不知怎么想起的，应该和刘和天有关，总之是刘家的原因。已经多少年没有往来了，大太太亲亲的侄儿，文大喜作为掌门人，至爱亲朋之间情谊的联络应该也是职责之一。

文大喜拐上了去遵义的路。

到了遵义，提着车上现成的两瓶装的茅台烧礼盒，文大喜踏上了刘承义家楼梯的台阶。正好碰上刘水红回家看望他爹。

1988年恢复军衔之后，刘水红被授予上校军衔，两杠三颗星。刘水红一直喊文大喜叫文二叔,也不知道对不对,反正就是个称呼。

"文二叔啊,你比我爹看着年轻多了!"刘水红说。

文大喜说:"那肯定啊,我比你爹小五岁呢!但是我比你妈大两岁,我看他们两个身体都不错的!"

刘承义说:"不如从前了,老了!"

"二表哥啊,"文大喜说,"老是肯定的了,但是还结实嘞,这就很不错!"

"爹,人家文二叔还自己开车呢!你要小心哦,文二叔!"刘水红说。

"那可不行!单位怎么不安排个驾驶员啊?让人不放心嘛!"刘承义一拍沙发扶手,官腔十足地说。

刘水红凑过来小声说:"我爹不晓得你们的具体情况。"

"哦!"文大喜说,"二表哥啊,平常都是儿子开,有时候他上班过不来了,我才自己开。哎,你两个儿子怎么样了?"

聊起天来就忘记了时间,来的时候,文大喜就想好了请他们一家到馆子去吃一顿的,没想刘水红坚决不让,非要自己下厨,说是一定要让文二叔尝尝自己的手艺,文大喜还说什么呢?客随主便喽。

午饭之后,辞别了二表哥一家,文大喜没有马上走。溜达到附近的小商店买了两斤遵义鸡蛋糕,回到车上眯了有半个多钟头。也不知道从什么时候开始的,吃了午饭之后的"行政瞌睡"成了文大喜每天雷打不动的生活秩序之一,刚才在别人家不好意思说,不过面包车的后座也不错的,身体可以尽情舒展还外加一床毛巾被,也很舒服。

一觉醒来,马上感觉精神了许多,这才来到驾驶座,一手一脚地点火、换挡、松手刹、加油门……

确实,都这个岁数了,急什么呢?

3

1989年6月,在中共十三届四中全会上,江泽民当选为中共中央政治局常委、中央委员会总书记。11月上旬,中共十三届五中全会举行会议,会议决定江泽民为中共中央军事委员会主席。1990年3月，在七届全国人大三次会议上，江泽民当选为中华人民共和国中央军事委员会主席。以邓小平为核心的中国第二代中央领导集体向以江泽民为核心的第三代领导集体顺利过渡。

已经八十五岁的小平同志终于卸下了所有担子，开始了自己的退休生活。在保持共产党内部年轻化以及国家稳定的政治进程中，起到了关键作用。

消息传来，文大喜感慨万千，拉着柳文君就准备抒发。

关心时事政治是文家的传统，从老太爷文知辉开始的神仙会，无论哪个时代都能聚拢几个世界观相近的好友议论议论时事，交流交流观点，一般三人凑成鼎足，也有四个人的时候。文大喜依稀记得最后一次"神仙会"是文涛结婚那年，四个参加者当中文大同和徐子都已经作古，马伟泊也官升多少多少品，已经不再是"神仙"了，可不就剩下自己跟老婆抒发抒发了？关键还碰了一鼻子灰。

文大喜说："你不晓得嘞，小平同志这一生真的不容易嘞……"

"你的意思我容易？"柳文君根本没有退休了仍然"开会"的兴趣，因此直接打断了对方。

"嘿！你哪里能跟人家小平同志相提并论哦！"文大喜声音提高了一个八度。

柳文君也不含糊，说："老文，你搞清楚哈，我压根没有和小平同志相提并论的想法哈！是你自己三缺一了还想继续开会，这才鼓倒拉上我……"

"鼓倒"也是我们这边的方言，类似于强迫。

"哪个鼓倒拉你了？"文大喜眼睛鼓得跟牛卵子差不多。

"没有'鼓倒'是吧？那正好，我买菜去！"柳文君顺手抓起个化纤面料的大白拎包，头都不回，走了。

等到柳文君的脚步声渐渐远了，文大喜一屁股墩在椅子上，自言自语骂骂咧咧："你说这个婆娘憨不憨嘛！"顿顿，松了一口气再接着说，"算了算了，懒得跟她一般见识，就这样，还颠颠地买菜去，回来吭哧吭哧做好了，垮起脸过来喊你，吃饭！"

文大喜"扑哧"一下笑出声来。

快到年底了，大满仓的肚子终于鼓得没了样子，脸上还多了些妊娠斑，原先如花似玉一个小姑娘，现在根本没办法看。还怪，越是没法看吧，越是有人专程过来看。

文心志家两口子要来贵阳的消息一传开，大满仓就捂着脸跳，还"哎呀哎呀"地叫。

文达航就安慰她，说："都是再自然不过的现象，有什么好害羞的嘛？生了孩子自然就没了！"

"那爸妈不会等一等啊？等生完孩子再过来不一样吗？"大满仓说。

"当然不一样啊！"文达航说，"这次跟爸妈一起来的还有我哥和我嫂子，他们已经结婚了，因为美国那边不兴办酒席，因此准备过来补办一台酒席。"

"真的吗？那你怎么没告诉我？！"大满仓说。

文达航说："就是想给大家一个惊喜，嘿嘿！"

文达远随他爹，也找了一个美国媳妇，叫玛利亚，也是在基督教家庭里长大的娃儿。两个人恋爱一年多了，已经在美国按照宗教习俗举行了婚礼。这次不远万里来到贵阳，为的就是要按照中国人的习俗办一台酒席。

那年文心志和安吉拉结婚，因为各方面条件不允许，一直遗憾没能来家乡办一个婚礼。念叨了这么多年了，终于有机会圆一次梦，两国也建交了，交通也发达了，人民也富足了，谁肯放过这样的机会？

文心志将食指中指并在一起点了一下，用毋庸置疑的语气说："必须！"

因为幺太太健在，还到了不宜远行的年纪，酒席就摆在了刀把镇。

文家连着两辈人、而且是两爷子娶的都是洋媳妇，这个情况不要说在刀把镇，就是在遵义乃至在贵州恐怕都没有先例，这一点特别引人注目。

文家的故事一直都为人津津乐道，最早是蔡花蕾的爹创下了产业，被教书先生文理渊没用什么劲就占了去，还外搭一个如花似玉的女子，大家都说文理渊的命好，占了个天大的便宜。后来生了文知辉一溜儿女，接着把蔡府的"蔡"字历尽艰辛换成了"文"字，从此便一发不可收拾。发迹之后一家人搬去了贵阳，乡亲们只能得到一点零散的消息，诸如文知辉当了省里头的大官、差一点娶了个戏子、最终纳妾竟是纳的一个丫鬟、儿子儿孙都是去外国读的书、中华人民共和国成立后差点被枪毙等，总之都是道听途说。

没想到"文革"一家人又被遣送了回来，听乡镇干部摆龙门阵，说有监督改造的意思。乡亲们倒是不管这些，俗话不是说"祸兮福所倚，福兮祸所伏"吗，说不定人家哪天又能翻过来呢？再说乡里乡亲这么几十年了，左邻右舍都是些本本分分过日子的人家，没谁歧视谁。果然没多久，文家再次翻了身，茅台镇运过来的好酒敞开了喝，想吃什么吃什么。那都是人家的命！

现在更不得了了，蔡花蕾的重孙子也娶了个外国女人，要在刀把镇摆一台酒席的消息一传开，周围团转的乡亲都打算亲自跑过来一趟，除了中国人娶外国女人的新奇，顺便吃一台久违了的文家的酒席，多好一件事情！

为了尽可能少打扰幺太太，文大喜和文心志决定把酒席定在刀把镇开张没多久的"悦来饭庄"。点菜点得老板都不好意思了，价格至少比汉云楼便宜了三成。

文大喜说："三十桌，我也不跟你折扣不折扣了，质量一定要好，行吧？"

老板红光满面，连连点头说："放心！放心！放心！"

开席那天，又一次轰动了刀把镇。

只要你能走得动，走不动让人背过来也行。文家事先在饭庄门口张贴了一张告示，声明不收礼金。乡亲们头一回听说吃酒席不用送礼，随即互相传递了这一重磅消息，将已经准备好的红包悄悄放回裤兜，径直跨进了饭庄贴着大红喜字的大门。

开席之后，除了新郎新娘敬酒，文大喜家和文心志家两口子也挨桌敬酒，认识不认识感谢的话先说一箩筐，然后喝酒。文涛在旁边负责倒酒，那架势跟倒真的茅台烧一个样，外人看不出端倪。也是，这种场合真要自己把自己喝麻乌了，不好看不说，还耽误事情。

文达远和美国新娘子他们那一拨，由文达航负责倒酒。因为和乡亲们根本不认识，过程就快一些。也有调皮捣蛋的乡亲，非得把新人手里的"酒"倒了，再亲自换上茅台烧，还逼着美国新娘子一口闷了。

玛利亚在美国也喝酒，但是都是些啤酒、威士忌、葡萄酒之类的低度酒，很少喝烈酒，真是第一次喝茅台烧这种53度还往上的酱香型白酒。没几下就满脸通红，一边摇头还一个劲地说"No！No！"。

把两个老辈子伺候完了过来的文达德一看不对劲，马上上前，一边解释人家美国姑娘没喝过这种酒，一边接过玛利亚的酒杯一口闷了，任凭乡亲们大呼小没走着几桌,玛利亚的头就靠在了文达远的肩头,随后身子一沉,整个人朝下坠,被文达远一把兜住,文达德迅即扯过一把椅子塞到玛利亚屁股底下,整个人就摊在了椅子上。

这可不得了了,乡亲们纷纷过来围观,现场顿时乱了套。

"赶紧抱走!赶紧!"文达德喊道。

文达远抱身子,文达航抬脚,将玛利亚送进了老板娘赶来打开的一间没人的包房。

文达德从外面把门拉上,完了将围观的乡亲劝回了餐桌,等文心志和安吉拉赶过来问情况,文达德只说了一句:"没关系,水土不服!"

安吉拉平时只会几句简单的中文,这种时候直接上英语:"What should do?(怎么办呢?)"

文达德离开耶鲁多少年了,一下子没想起自己即将表达的汉语意思用英语该怎么说,干脆对文心志说汉语:"大伯,敬酒应该还要继续,您让伯母看着玛利亚,让文达远和文达航把敬酒的事情搞完。您看行不行?"

文心志点点头,跟安吉拉咦哩哇啦连说带比画,随后两人去了包房。一会儿双胞胎兄弟出来了,由文达德领着继续敬酒。只不过喝酒的变成了两兄弟。

这回热闹了,刀把镇的乡亲们头一回看见婚宴酒席上敬酒的是两个男人,而且还是双胞胎。

那天晚上,不少乡亲直接喝醉在现场,一来高兴,二来难得。很多人都是被饭庄老板一个一个送回家的。

第二天,差不多恢复过来的玛利亚百思不解,非让文达远咨询一下文达德,说这里的乡亲们明明知道茅台烧的烈度,为什么还是一杯接一杯地灌自己,直到不省人事。

文达德笑了,说:"因为在酒乡啊,醉也是人们喜爱并追求的一种精神状态。懂了吗?"

经过文达远翻译,玛利亚直摇头:"Unbelievable! Unbelievable!(不可思议!不可思议!)"

4

1991年的除夕夜是2月14日，恰逢西方的情人节。这个又叫"圣瓦伦丁节"的节日自打20世纪30年代传入中国之后，一直没什么影响。大概是中国人有自己祈福爱情的节日——七夕节，没必要重复；加上情人节的礼物，比如贺卡、玫瑰花和巧克力都是些中国不常见的东西，因此一直没流行起来。直到改革开放之后，老百姓的生活水平有了大幅度提高，人们开始有心思和能力生产这些节日礼品了，西方的情人节才慢慢被中国老百姓认识并接受。

在文家，最先嚷嚷着要过情人节的是文达航。因为跟中国的传统节日叠在一起了，他觉得有必要普及一下西方的情人节。因为这之前他跟大满仓提起情人节，又送鲜花又送贺卡，大满仓总是嗤之以鼻。

"什么情人啊？都娃儿家妈了。啐！"大满仓说。

上一年的4月26日，他们家的第一个娃儿降生，是个男丁。这个消息同时传到两边老人那里，文心志第一句话就说名字已经起好了，叫文心意。还解释，说既是他自己的心意，一定也是亲家公马伟泊的心意。

马伟泊说："是的，亲家公没说错。当然，假如是个女儿，也是个不错的消息。"

大满仓悄悄对文达航说："你应该听得出文心意家老外公的言不由衷嘛？"

文达航说："可以理解。他当领导当习惯了，一般都不会把话说得太死，留有充分余地。但是看得出来，我爹真的喜欢娃儿。"

大满仓说："哎呀！谁的爹不喜欢娃儿呢？你说得好笑人哦！"

文达航说："那很简单啊，再生一个，一家玩一个！"

听起来是一句戏言，没想半年之后，当大满仓告诉文达航说："好像又有了嘞！"

文达航就说："哟，你还真的一家给一个啊？"

"我还真的？你这个人真是站着说话不腰疼嘞，我还真的！也亏你说得出口！"大满仓佯嗔道。

文达航马上说："口误口误，不是你，是'我还真的'，这回可以了吧？"

所以，当大老爷家全体在贵阳的子孙们加上幺太太，再次聚集到"三楼"文达德现在的家欢度除夕之夜时，大满仓的第二胎已经四个多月，脱掉羽绒服都看得出微微隆起的小腹了。

因为文达航是美国人，不受国内计划生育政策限制，这也成了除夕夜的一个热门话题。

杜鹃说："你们家倒是安逸哦，想生几个生几个。"

大满仓说："杜鹃姐，生娃儿也不是什么轻松活路。现在就算允许你生，你也未必愿意生。"

杜鹃说："我当然愿意啊，两个娃儿至少有个伴。都说两个娃儿更容易带。"

"我就不愿意！"文诗路也加入进来，说，"两口子和谐相处还好，像我们家，什么都是我一个人，脑壳都大了！"

"肯定是！我们家两个大人都感觉吃力，一个人更难！"徐天媛说，"还好我们家两个相差十岁，相对就容易一些。像大满仓他们这种，只差着一岁，麻烦事肯定多！"

大满仓说："我是想，要忙就连着忙，管他的，忙完了就轻松一辈子。"

就听见文涛在喊："照相了，照相了！"

已经九十五岁的幺太太依然硬朗，坐在椅子上一边抱着文心意，一边抱着文心香，一男一女，自然喜笑颜开。

文大喜和柳文君分坐幺太太两边，其余的全都站着或蹲着，众星拱月一般，一共二十七个人。这是文家历经变故之后最新的全家福。现在照相的事情全权交给了文涛，只见他迅速跑回到事先空出来的位置上，没多久那边就亮起了闪光灯。

那晚上，幺太太是在大满仓他们二楼睡的。根据大满仓的安排，文达航睡沙发，幺太太睡平日大满仓的位置，紧挨着婴儿床上的文心意，大满仓则睡文达航的位置。

看着文心意安然熟睡的小脸，幺太太流了好一阵子眼泪，一会儿给文心意扯扯被头，顺便抚摸一下娃儿嫩嘟嘟的、丝绸一般顺滑的脸蛋，一会儿又翻过身去帮大满仓披披被角，至于老人家什么时候睡着的，大满仓压根不知道。

第二天大满仓还好意思问幺太太睡没睡好。

"天哪！"幺太太揪着个眉头说，"你那个呼噜打得……我还怕把客厅里的文达航吵醒了呢！"

大满仓笑得"哈哈哈哈"的，赶紧赔不是。

幺太太说："后来我就去客厅，看看文达航有没有被吵着，结果才晓得，他比你打得还响！真是一家人哈你们！"

大满仓边笑边说："我还在跟文达航说，要是文心意长大了也打呼噜，我们家就热闹了！"

"'也'打呼噜？"幺太太说，"你这个人才是，直接把'也'字去掉，而且一定青出于蓝！"

和年轻人打完了哈哈，幺太太大年初一最重要的一件事就是给晚辈发红包。红包是文大喜事先准备好的，一个红包装二百元钱，除了文大喜和柳文君，连文心武和章悦都算上，包括两个小人，一共二十二个红包。

住在别处的儿孙们昨晚上都没回家，玩牌的玩牌，打游戏的打游戏，就是守岁，我们这边叫熬夜。实在坚持不住的，自己找个地方睡一会儿，总之就是等到大年初一早上拿红包。

日上三竿了，熬了大半夜的年轻人差不多都起来了，等到文达航和文涛把幺太太搀扶着在客厅的显要位置落了座，作为陪衬的文大喜和柳文君分左右两边坐好了，由文达德按照长幼，一家一家叫上来开始磕头。

先是文心武家两老，接下来是文达航家三个、文达观家三个、文达德家三个、徐天媛家四个、文诗路和郑美丽、文涛家三个，最后是文诗仙和刘锦瑟。

这一路走完，完全是梁山泊英雄排座次的顺序。

2月23日，《人民日报》发表的国家统计局《关于1990年国民经济和社会发展的统计公报》指出，1990年我国国民生产总值17400亿元，比1989年增长5%；国民收入14300亿元，比1989年增长4.8%。其中农业总产值7382亿元，比上一年增加6.9%；工业总产值23851亿元，比上一年增加7.6%。

乍一看，文大喜没搞懂，为什么工业总产值会高于国民生产总值呢？它不是包含在后者当中的吗？

文大喜当即打电话给文涛，让他去找经济部的马叔叔问问，一定要把这个"为什么"搞清楚，晚上无论如何回家一趟。

晚上，文涛过来放下一张稿子纸转身就走，只留下一句："马叔叔说你以后可以直接问他，上面的电话号码是他办公室的。"

"哦。"文大喜拿起稿子纸，只见上面写着：工业总产值包括所有工业企业的产品总价值，而GDP即国内生产总值则只包括最终产品和劳务的价值，所以，GDP很多时候都比工业总产值小。

"这就对喽嘛，"文大喜一拍脑门，对柳文君说，"工业这个就是所有东西都算在内了，而GDP只计算一部分，就这么简单。"

"我说你这个老同志啊，"柳文君边做事边说，"都退休十多年了，管那些什么产值不产值搞哪样嘛？又不影响我们家钢和粮食的产量，纯粹咸吃萝卜淡操心！"

文大喜说："这个你就不懂了吧？学而不厌没听说过吗？"

柳文君说："你以为就你知道诲人不倦？但是你不能为了一点点比较可笑的求知欲就支派儿子跑来跑去的呀！"

"哦！原来问题出在这里哦！"文大喜恍然大悟，说，"但是，儿行千里，母才担忧啊，这才让他跑跑腿，你……用北方话说叫护犊子。"

"不应该？"柳文君说。

"你看你看，我说不应该了吗？"没等柳文君开口，文大喜凑过去抢先说，"今晚上什么菜呀？哟！红烧狮子头！哇——呀呀呀！"

文大喜最后这一串是京戏里面花脸的叫板，表示惊诧，其实是怕柳文君生气。

柳文君懒得理他。

5

终于，马伟泊和侯雅蓝也到了退休的年纪，马伟泊六十一，侯雅蓝五十五。退休之前，单位给马伟泊升了一级，正厅，工资待遇都跟着升一级，是单位对老同志的照顾。这也是中国特色。

这之前，他们家老二马馨玥大学毕业被分配到一个做轴承的企业，一年之后通过干部考试进了市建设银行，跟曾经是马伟泊的下属、现在是建设银行信贷科副科长的郑伟结了婚，之后生了个男丁取名郑改革，这也算是马伟泊退休之前为帮助文明房地产公司筹资融资所做的铺垫之一。

儿子马为民大学毕业之后，马伟泊没让他马上工作，在家里看考干的复习资料，和二姐同期参加考试，最终进了省法制局，成了一名公务员。按理，马伟泊可以高高兴兴回家休息了。

但是，马伟泊心里还有一件事，事情由大满仓而起。

下乡扶贫那年，大满仓因为热恋将寻找爷爷马大宏这件事暂时搁置起来，后来文达航回贵阳筹办房地产公司去了，大满仓重新又把这事提上了议事日程。在得到茅台镇镇政府相关部门的帮助之后，很快有了结果。

反馈回来的信息显示，马大宏于中华人民共和国成立初期搬去了老婆的娘家，泸州古蔺县。泸州是四川省的酒乡，马大宏在古蔺县有的是用武之地，在一家酒厂干活一直就没挪地方；1965年因病去世，那年马大宏七十二岁，没多久老婆也跟了去。膝下一儿一女成年之后干的都是跟酿酒有关的营生。至于老人埋在哪里，没有准确信息，真要去找，先得找到马大宏的儿女。

大满仓的初衷是找到爷爷的坟墓去磕个头，祭拜一下。现在人物、地点什么都没个准头，真要去到那里还不一定找得着人，导致心里的这根弦就此又断掉了。回到贵阳之后给老爹提起过这件事，没想把马伟泊心里的"弦"给钩了起来。

那些年，因为要顾及幺太太的感受，马伟泊从来不提自己亲爹一个字。不提不等于不惦记，毕竟关系在那儿摆着，就是人们说的"血亲"，那是一个永远无法更改的存在。现在这根弦突然被女儿挑起来了，你要是不想个办法处理一下，肯定永远悬在那儿。

马伟泊决定乘着刚刚退休又还年富力强，去古蔺走一趟。

本想让侯雅蓝做个伴，没想退了休的"老外婆"比不退休时还要忙。一岁的文心意虽然请了个保姆，但是吃喝拉撒那么多事情保姆一个人根本顾不过来，而且侯雅蓝也不放心，于是天天往大满仓家跑，还把马伟泊中午那顿饭改在了大满仓家，说是顺便。

没办法，只能一个人去。

临行前，侯雅蓝帮他准备了满满一个中等旅行袋的东西，换洗衣服、牙缸牙刷，连驱蚊用的风油精都带上，说坟地里蚊子多。马伟泊一样都没要，一个水杯加上两本书,一本《中国地图册》,一本最新一期的《中篇小说选刊》,外加一副老花镜,拿一个平常用习惯了的公文包装着,这就上了路。

从贵阳坐火车到遵义,再由遵义转去古蔺的汽车。

没退休时,单位的专车迎来送往习惯了,去哪里都有人管,管吃管喝,有时还管文体娱乐活动,泡温泉啊、唱歌啊、看戏啊,有什么上什么;现在不行了,坐公交车去到火车站、排队买票,到了汽车站同样的程序再来一遍。尽管这些事情都相当陌生了,好在早年都经历过,陌生也是短暂的。

早上八点多的火车,下午三点就到了古蔺县城。拿出大满仓写的姓名、地址,就近叫了个三个轮子的蹦蹦车,"蹦蹦蹦蹦"就上了路。

站在马伟泊面前的这个女人,五十岁上下,真和马伟泊有几分挂像,到底是一个爹生的。

马伟泊躬了躬身子,说:"请问你是……马红梅?"

"马红梅"几个字是和地址写在一张纸条上的,跟当年马大宏准备给马伟泊更换的名字"马青松"是一个思路。

马红梅点点头,说:"是,你是哪个?"

马伟泊笑笑,说:"哦,我叫马伟泊,我是马大宏在贵阳的大儿子,你的大哥!"

马红梅的眼睛一下子鼓得多大,好一阵子才缓过来,点点头说:"我听我们爸爸说过的!你就是……哦,大哥哈!请进请进!快快快!"

……

马伟泊这时候才知道,他爹当年并不是随继母回乡,而是受继母家乡——古蔺县二郎滩的"集义新烧房"邀请,过来把关技术环节的,就是后来的技术顾问。有钱之后在古蔺县城买了房子,一家人搬了过来;后来家里有了第二个娃儿,老爹就两边跑,直到1965年得了肺结核去世。

当天晚上,马红梅坚决不同意大哥请客,执意留大哥在家里吃饭,还叫来了在郎酒厂上班的弟弟马银杏。马青松、马红梅、马银杏,再一次证明了马大宏对于植物的情有独钟。

马银杏家在二郎滩,是因为老婆也在郎酒厂上班,两个人上下班方便。郎酒厂是"集义新烧房"后来的名称,马伟泊知道郎酒厂跟贵州境内的"习酒厂"

隔赤水河相望，都是修建在峡谷斜坡上的白酒企业。马银杏还专门带了两瓶"青花郎"过来，说那是他们班组酿造的批号。

等到"青花郎"喝安逸了，话也就多了起来。

马伟泊说："这么些年，种种原因嘛，跟家里断了联系，没有尽到孝敬父母的责任，大哥惭愧哈！很惭愧！我这次回来，就是要去爹妈的坟前上香磕头，请两位老人家原谅他们的儿子！"

说到心酸处，马伟泊垂下了脑袋，也有了哭一下的想法，半天没见着一滴眼泪，只好用手搓揉一下眼睛，代表了那么个意思。

当天晚上，两弟兄都住在了马红梅家，三个人拉家常一直到很晚。

马伟泊因此得知了两个家庭的情况。马红梅的男人前些年生病死了，两个女儿都已经嫁出去了，女婿也都是郎酒厂的工人，一个星期放一天假；马银杏膝下一儿一女，都在郎酒厂那边读中学。

第二天上午，马红梅去买上坟的用品，马伟泊让马银杏带路去银行取了四千元钱，又买了四个红包装上，出门之前分给弟妹，说是给四个娃儿的见面礼。

马银杏招了一个蹦蹦车一路来到一个山脚，走了一刻钟就到了墓地。坟冢前面有几棵碗口粗细的松树，一听说是老爹临终之前专门交代，下葬那天栽下的，马伟泊立马想起了"马青松"几个字，心里顿时涌起一股热流，到了门边也没有想忍，任由泪水顺着脸颊往下蹿了好几股了，这才用手拭去。

这一切全都被马红梅和马银杏看在眼里。

马银杏去插放坟飘时，被马伟泊接了过去，只见他从外衣口袋里拿出一张满是字迹的纸，插在挂坟飘竹竿的顶端，用坟飘的绳子绕一绕，再将竹竿插进坟丘的土壤里。

纸上是他在家里抄录的苏东坡的一首《江城子·乙卯正月二十日夜记梦》：十年生死两茫茫，不思量，自难忘。千里孤坟，无处话凄凉。纵使相逢应不识，尘满面，鬓如霜。夜来幽梦忽还乡，小轩窗，正梳妆。相顾无言，唯有泪千行。料得年年断肠处，明月夜，短松冈。

告别了马红梅、马银杏两姐弟，马伟泊决定在茅台镇"刹一脚"。一来再看看那一片生他养他的故土，二来看看云辉烧房。

一个人走在完全变了模样的大街上，因为没人认识，马伟泊一身信马由缰的轻松，没一会就来到了挂着褐底金字招牌的云辉烧房大门口。抬头看着"云辉烧房"几个大字，再看看"文知辉，丁酉年春月"的题款，马伟泊眼前竟然浮现出老太爷一脸安然的笑脸……

马伟泊赶紧摇摇头，马上就听见有人喊"马叔"，抬头一看，竟是徐文。

那天晚上，彩珠子在客栈的二楼炖了一锅猪蹄花，一家人围在小火炉整出来的"咕嘟咕嘟咕嘟咕嘟"的温馨节奏中，"受伤"的当然还是茅台烧。

都到了茅台镇了，刀把镇就是必经之地。

马伟泊一跨进大门，幺太太相当吃惊，说怎么就你一个人？

马伟泊一下子跪了下去，也不管文心武和章悦在不在。

"妈妈！"马伟泊才喊了一声，眼泪就跟着下来了。你不要看他一个正厅级干部，在幺太太面前，永远都是第一次喊"妈妈"时那样的心情。

虽然小眼睛不知道马伟泊为什么泪流满面，但是女人眼窝浅，兜不住泪水，而且她相信人家一定有这样哭的理由，于是也跟着哭作一团。连章悦都被感染，抹起了眼睛。

等到第一波次的泪水流得差不多了，马伟泊才说话："妈妈，我昨天去了一趟四川古蔺县，我爹就埋在那里。这次我才晓得，我爹当年去四川，是古蔺县二郎镇的一家烧房邀请他去做顾问，而不是别人说的其他原因。"

"这就好！这就好！你起来说嘛！"幺太太扶起了马伟泊。

"现在，那边还有一个兄弟一个妹妹，也都成家立业了，生活都不错。"马伟泊说。

幺太太说："那就好！那就好！哎呀！也是，人这一生啊……你没办法说清楚！"

第六十四章

1

文明房地产公司的第二个楼盘是一个十三栋楼房的中等项目,董事会在仔细测算的基础上,决定分两期进行。一来减轻资金压力,二来减缓建设压力。第一期七栋,第二期六栋。

一切都在按部就班地进行了,文大喜还是不放心。

因为文心志回美国之前跟二叔说过悄悄话,说务必麻烦二叔把各个环节都盯死,一口气都不能松。文大喜是"受人之托忠人之事"的君子,根本不敢有半点松懈。眼看着最先施工的两栋很快就要封顶了,结果还是出了纰漏,而且是人为的纰漏。

搞房开的人都知道,每个楼盘都需要事先取得《商品房预售许可证》,有效期为一年,期满之后需要去房地产行政管理部门进行核验,核验通过之后,许可证加盖公章之后继续使用。换句话说,没有《商品房预售许可证》就不能卖房。

问题就出在《商品房预售许可证》上。

文明房地产公司下设的一个部门叫"综合部",综合部的部长姓许,许部长负责全公司所有证、照的办理、更换等一应事务。因为他是上一个楼盘就来的"老人",工作干得也不错,人际关系也不错,于是成了董事长文达航最放心的下属之一。

就是这么一个人,让全公司上上下下集体跌了一回眼镜。

原因其实也简单。许部长家有个远房亲戚准备买房,就看中了文明房地产新楼盘的这个位置，加上许部长的一官半职，心想多少打个折也省一笔钱。鉴于上一个楼盘的经验，许部长拍胸打肚给人家夸下了海口，说至少多少多少折。等他找到大满仓时，人家说这事要找董事长；再找到文达航，没承想"一夜之间"政策就变了，不光光严格打折，即便董事长批了也只是百分之一，九九折，跟许部长拍胸口的九四折差了一大截。一时间让许部长骑虎难下，总感觉公司是故意在跟自己过不去。仔细想了好几个晚上，决心报复一回。原话是："你让我难堪一回，我也让你狗日的难堪一回！！"后面两个惊叹号。

于是，许部长悄悄将《商品房预售许可证》办理的工作压了下来，神不知鬼不觉，一直到封顶前夕。

文达航不知道啊，谁知道咬人的狗不叫唤呢？"早晓得这样，老子就是送他一套房子也不是不能考虑的呀？！"文达航居然学会了说"老子"。

"胡说八道！"文大喜相当生气，大声道，"不过这种人早晚要吃大亏的！报警！"

许部长这一招还真有效果，至少你该卖房子的时候卖不了。而且做事还挺绝，临走时把已经准备好了的办证资料统统带走，意思麻烦你们重新来一回。之后便人间蒸发，从此没了音讯。

文大喜真去派出所报了警。一个警官听完了陈述，把笔记本合上，抠抠脑壳，说："老人家，你们这个情况……应该属于内部管理问题。真要为这个问题两边打起来了，进而出现了伤亡，可能我们还能管一下。现在这个情况吧……内部协调，好吧？"

文大喜压根没指望派出所能管，不过是心里的气没地方撒，回家路上正好有个派出所，于是进去咨询一下，顺便休息休息，消消气。等他喝完人家免费提供的一杯凉白开之后，起身走人。

现在就剩下了一条——吃一堑长一智。

只能重新安排人从准备材料开始，一点一点去做喽。文大喜找人问了，说最少三个月。

为此，董事会开了个会，确定了两条。第一，重申了打折原则，并形成文件，下发到所有部门，让大家都知道公司的政策；第二，将公司必须定期办理的所有需要行政审批的事项实行公示，让所有人都能看到办理进度，从而杜绝类似事件再次发生。

没想这一单纰漏刚刚告一段落,又一单祸事紧紧就跟了来。

这回是马伟泊的女婿郑伟。

建设银行信贷科的一个副科长,在那个年月很吃香。不光房地产公司,所有需要贷款做生意的人都找他,不知不觉之中,行贿受贿就成了手段。一开始胆子小,人家送点吃的、喝的、用的,郑伟从不拒绝,时间一长就顺溜了;东西也渐渐地越送越大,放在家里都成了负担;后来就送更容易保存的,比如现金。只要郑伟点头同意了一单贷款,别人就开始送现金。先是用信封,信封慢慢变大,最后就变成了纸箱、皮箱什么的。直到有一天东窗事发。

好在那时候经济活动的规模都不是很大,贿款就不会很多,而且收了钱也没地方用,因此绝大部分钱款都还在。当组织上立案调查一开始,郑伟不但认罪态度好,被认定的受贿数额还一股脑全部退清,这就是从宽情节;加上他在建设银行上下左右的关系都不错,最终免予刑事处分,一撸到底,重新当起了"普通员工"。对于郑伟来说,这就是最好结果。

郑伟一栽跟斗,文明房地产公司的贷款不说完全停止么,至少需要一点一点重新去建立关系,那可不是一天两天的事情。

马馨玥肯定丢不起这个人,被迫从建设银行辞了职。还好,她这一手的会计技能哪里都需要,大满仓立马张开怀抱,接纳了可怜的妹妹。鉴于这个情况,家里面一商量,觉得都已经是娃儿他爹了,与其让郑伟在原单位夹着尾巴做人,还不如给他一个新天地,让他重新活一回,就让他去了文明房地产的销售部。

文大喜抓住郑伟的肩膀摇了一下,说:"郑伟啊……多精明的一个人,怎么能……"

郑伟只能苦笑。

文大喜说:"人不怕犯错误,哈?只要能吸取教训……对不对?"

郑伟用劲抿着嘴唇,点点头。

这件事情最受伤的人应该是马伟泊。规规矩矩了一辈子,没想让一个外来人轻而易举给玷污了。也许这就是命,非要在你清清爽爽的口碑里面加上这么一个腌臜,让你难受。细想想也是,你一个连妈都没有的娃儿,顺风顺水都活了大半辈子,跟这个相比,郑伟只能算一个瑕疵。

人要会排遣，有个什么不如意出现了，拿自己曾经的好来抵扣；能抵掉最好，实在抵不掉，剩点也不多。这么一想，心里就平衡了。要不你能怎么办？

马伟泊自己倒是抵掉了，文达航却没有找到可以"抵"的东西。

马伟泊原先设计的郑伟这个棋子，就是要让文明房地产公司方便贷款，现在郑伟一出事，"还旧贷，续新贷"的路数自然戛然而止。重新跟某个银行建立起关系不是不可以，只是没时间等。项目一旦开始，方方面面都等着用钱，而且不能停；一旦资金链条断裂，后果没人能够承受。如今连着两个"纰漏"，文达航真有点抵挡不住了。

文大喜当天晚上拨通了越洋电话，文心志第三天就飞抵贵阳。

董事会开完了接着开家庭会，大家你一言我一语，一直群策群力到二半夜。

按理，当年重新架势起云辉烧房是文心志拿的钱，现在云辉烧房有钱了，而文心志儿子的公司急需用钱，这个时候从云辉烧房调钱过去支援一下，也在情理之中。但是，文心志并不这么认为。

文心志说："各归各。当年的一千万人民币，是赠予四个老人家的，有公证处的文书在。现在我的儿子做事粗糙，生意出现了危机，怪谁？怪他自己！决不能因此占了四个老人家的便宜。当然也没有看着房地产生意眼睁睁死去的道理。来之前已经和安吉拉商量好了，我们家再出资人民币一千万元，现在汇率高，只需要一百五十多万美元。这个钱不是给文达航，而是放到云辉烧房的账户上，算是增资，就是把云辉烧房的注册资金从一千万增加成两千万，再由云辉烧房借给房地产公司，按照银行流动资金贷款利率付息。有盈余了，归还本金给云辉烧房。至于最后我们家和烧房怎么算，以后和安吉拉商量之后再说。"

等到大家都认可了文心志的这个说法，拍了板了，文大喜不免感叹："还是有钱好啊！大笔一挥就是一千万！"

文心志说："二叔就不要取笑我了！犬子不争气才导致的这个结果。好在还不是填窟窿，真要那样了，你不是也得填？"

"文达航已经相当不错了，谁知道暗藏着那么一个'阶级敌人'呢？而且两桩祸事一前一后，猝不及防！不过你这个思路很好，既救了急，又还亲兄弟明算账。好！"文大喜说。

"都是美国人的方法，二叔。"文心志说，"美国人就是这样，给你一笔钱，让你自己去打拼。赢了，还钱；输了，慢慢还钱。不像我们中国，名正言顺花你的钱！"

"美国有美国的好啊！比如，你说的这个，不养败家子！还有你那个建议，让郑伟去独当一面，我都只想着让他有一份工作！"文大喜竖起了大拇指。

根据文心志的提议，文明房地产公司将许部长之后的综合部全权交给了郑伟。除了全力以赴办理《商品房预售许可证》之外，还让他通过原先的人脉，尽快找一家银行打开通道，建立起互信，准备开展融资工作。

"这就叫用人不疑！"文心志说这话的时候，嘴角是撇朝一边的，潜台词就四个字：怎么样啊！

后来的事实证明，郑伟果然没有辜负大家的期望，不但提前完成了两个既定目标，还把"准备"两个字去掉，"立即"贷出来两百万流动资金。

贷款银行的信贷员本身就是熟人，只是人家不了解远在茅台镇的那个担保单位。这个是郑伟的长项，马上开着海狮面包车，装了一车银行信贷科的少男少女直奔茅台镇。

下了车，先参观企业、再介绍背景、然后品尝茅台烧，一溜程序走完了，贷款也就完成了，在不违反原则的前提下顺顺利利办好了事情。返回的时候一人一件茅台烧，到了贵阳再一个一个送到家门口。人家一口一个"郑哥"喊得只有那么甜了。

当文达航接过郑伟递过来的贷款合同以及相关手续时，嘴上说的是"辛苦你了"，心里却在说"姜还是老的辣呀"，也不知道这是说他爹还是在说郑伟。

2

6月26日，国务院发布《关于企业职工养老保险制度改革的决定》，由此建立起了国家层面的基本养老保险、企业补充保险和个人储蓄性养老保险相结合的制度。其中，社会基本养老保险是核心；企业补充养老保险是辅助；职工个人储蓄性养老保险是后续,三者并存,共同形成了中国的公民基本养老体系。

新中国的养老保险制度始建于20世纪50年代初期,由国家与企业按照现收现付的模式筹资。"文革"十年,对各项工作造成了灾难性后果的同时,社会保险制度也一度取消,变成了企业保险。1978年,国家开始着手对养老保险制度进行改革。1984年,一些地区恢复了退休费在市、县一级或行业内部实行社会统筹的试点。到1986年,国务院发布《国营企业实行劳动合同制暂行规定》,肯定了合同制企业职工的养老保险统筹。改革进行到这个时候,虽然国家摒弃了单位保障制度下的传统养老制度,转而追求建立在责任分担基础之上的社会化养老保险制度,但由于只涉及国有企业,社会养老保险制度仍然不完善。

这次养老制度改革的《关于企业职工养老保险制度改革的决定》,是全面解决中国养老制度的开始,自然得到老百姓的高度关注。

那天,在二老太爷家那边举办的酒席上,养老制度改革自然而然就成了中心话题。

张军首先打开了话匣子,说:"我说呀,这个这个啥……养老制度啊,真到非改不可的地步了!当然跟我们公务员关系不大,但是那些入不敷出的企业,退了休怎么办?要不要吃饭?吃成啥样?这应该都是国家的事情!"

文大喜马上接着,说:"所以啊,养老制度必须社会化,全国形成一盘棋,年轻的养年纪大的,在职的养退休的,你把它搞成良性循环了,这才是根本解决之道。"

这顿酒席的由头,是德范同志的嫡孙文松柏的婚礼。

前年从军事院校毕业的文松柏,被分配到广州驻军,一杠一颗星,少尉军官。已经二十八岁的小伙子无论年纪还是军阶,都可以谈婚论嫁了。没费什么周折就谈成了一个广州当地的对象,半年之后就在部队参加了集体婚礼。带着新婚妻子的第一个探亲假,就被奶奶谢知雨安排了一顿酒席。

因为文家的老辈子幺太太还健在,谢知雨就让文心雷和张军代表她自己跑了一趟刀把镇。按说已经九十五岁的幺太太不再适合车马劳顿,但是盛情难却,加上文松柏是德范同志的嫡亲,幺太太决定走一趟。

在幺太太心里,德范同志一直都是老文家的楷模,值得大家铭记一生。当年老太爷驳了谁的面子,都没有驳德范同志的面子。幺太太觉得,这次不论如何艰难,自己跑这一趟就是一种态度,就是在给老太爷撑面子。

于是,张军和文心雷张罗着在二老太爷家的小院办了三桌酒席,来的人都知道,这是办给九泉之下的德范同志看的。

请的都是大老太爷、二老太爷两边的亲戚,连平常很少见着的胡瓜也带着儿子过来聚会;还有张土改九岁的儿子张旗帜,张花仙七岁的女儿秦天,都是很少得见的"稀客"。大老太爷家这边,文大喜家全体,加上徐天媛家两个、文达德家三个、文达航和大满仓,三个大圆桌挤得满满的。

筵席开始,文松柏的爹文心宽端着酒杯站了起来,躬了躬身说:"谢谢幺太太!谢谢二叔!欢迎大家的到来哈!今天是文松柏和欧阳卓英的大喜日子,把大家请过来,一起热闹热闹!这样,我先敬大家一杯……"

"慢着!"就听见一个不高的声音,大家一看,竟是谢知雨。

谢知雨一边挨着幺太太,一边挨着文心雷。

"酒先不忙喝,等我把话说完。"谢知雨说得慢条斯理。

"妈,你说!文心宽你先坐下。"文心雷说。

谢知雨拍拍前襟,其实那儿什么都没有,不过是讲话之前的预备动作,完了才开始说话:"那一年……你们的爷爷,就是在这个院子里跟大家匆匆一别!我昨晚上算了一下,已经五十六年了!五十六年,不过觉得是眨了个眼睛……"

文心雷凑近了母亲,小声说:"妈,今天是文松柏的婚礼……"

声音虽小,没想还让幺太太听见了,只见老人家手一抬,以不容置疑的口吻说:"你让你妈讲!"

文大喜坐在幺太太的另外一边,这是他第一次看见幺太太用如此严厉的口气说话,赶紧给文心雷摆手示意。

谢知雨顺了一口气,说:"之所以在今天这个日子提起你们爷爷,是因为你们爷爷是我们文家的大英雄!大喜的日子提起大英雄,是告诉大英雄,他的子孙们生活得很幸福!错了吗?"

"没错没错!你老人家尽管提!尽管提!"文心雷忙不迭说。

"二嫂啊,你老人家敞开了说!慢慢说,我们大家都在听!"文大喜说。

"你们爷爷这一辈子啊,心里面只有他的事业,连自己的儿子……都没捞着……见一面呢……德范！！"谢知雨突然一声喊，眨眼之间就失去了控制，掩面而泣，呜呜滔滔的……

大家都跟着红了眼睛……

文大喜顿时想起了毛泽东的《蝶恋花·答李淑一》里面的句子，泪飞顿作倾盆雨……

中秋节快到那几天，文大喜家传来一个好消息，文诗路要结婚了。

和文诗路领证的，是她的一个中学同学，叫闫晓争。

读中学那时候闫晓争就暗恋过文诗路，属于早恋。毕竟年纪小了些，无论如何"爱"字说不出口；等到进入高中，胆子逐渐大了，文诗路又被分去了别的班，好几次想找个课间的机会说说吧，最终没下得了手，还是个胆量问题。就这么一拖再拖，一直拖到文诗路考取了大学。曾经也出现过一次机会，是各班级等着照毕业照的时候。闫晓争终于看见文诗路一个人在那儿发呆，急忙溜了过去。

"文……文诗路！"闫晓争连喊这一声都不知道鼓足了多大的勇气，从准备喊到喊出来，心脏一直狂跳不已。

文诗路扭头一看，想想，说："你是……初中的闫……晓争？"

闫晓争高兴得一个劲点头……

就点头这工夫，只听见有人喊"文诗路集合"之类的话，眨眼之间文诗路便没了踪影。

剩下闫晓争一个人用眼睛追随着那个让他魂牵梦萦的身影，直到看不见。

就这么一次刻骨铭心的青春期记忆，让闫晓争无论如何都没有忘记过文诗路。所以，当他老婆在一次车祸中死于非命之后，大概克制了有半个月，闫晓争便开始了对文诗路的追逐之旅。

这之前，闫晓争早就知道文诗路离了婚，带着女儿独自生活。但是不行啊，你一个有妇之夫不允许想法太多啊！尽管这样的先例多的是，但是人家闫晓争是有原则的人，绝不做那种蝇营狗苟的事情。

这里就用到"天有不测风云"这个俗语了。只不过仅仅"克制"了两个礼拜，时间着实短了些。

闫晓争有一个十岁的儿子，叫闫明亮，小学五年级了，有关青春期男女之间的那些事情闫明亮没一样不知道，所以闫晓争很多时候要回避着儿子。

当文诗路的生活里面"半路杀出个程咬金"时，她并不知道别个已经暗恋自己好几十年了。

闫晓争是通过电话联系上文诗路的，虽然这个时候的闫晓争已经不缺少胆量，但是他也知道有这种生活经历的女人很敏感，千万不能触碰到人家脆弱的神经，除了从长计议慢慢来，还要注意方法。

闫晓争费了好大劲攒了个同学会，通过一个当年跟文诗路要好的女生把人约了过来，这就算接上了头。之后投其所好做一点功课，比如，送人回家呀，给郑美丽买一点小礼物啊，等到文诗路察觉到这是在"追求"了，就在第一时间回绝了人家。

闫晓争一点不生气，该说的还说，该追时还追，就这么坚持了有半年。有一天，"文石头"终于开了花。这个外号是闫晓争背地里给文诗路取的，是因为闫晓争曾经自己对自己发过狠，说我不相信你个石头就开不了花！

石头之所以开了花，那是因为文诗路在自己最拿不定主意的时候偶然和大满仓有过一次对话。

大满仓在听完了文诗路的叙述之后说："是这样，姐，白头偕老固然好，假如有一个男人都死心塌地了，你千万不要让他灰心之后再做决定，一定要在他心存希望的时候当机立断！姐啊，和第二任丈夫如果能一直走下去，也叫白头偕老！"

就因为大满仓的这话，文诗路接受了老同学。确实，一个家庭里面的成员都是各司其职，无论少了哪个环节，天平都会倾斜，生活都会不如意。既然两边都名正言顺，那就搬到一起来，陌生的环节互相慢慢适应，至少对生活都有向往，这就是基础。再说还多了个娃儿呢，一男一女，挺好。

至于办不办酒席，文诗路倾向从简，闫晓争就说"我听你的"。

多好！

3

1994年才开年，已经四十八岁的文达观突然心血来潮，向文大喜提出想去文明房地产公司上班。

文大喜两手叉腰，歪着脑袋看了他半天，说："你怎么想起的呢？"

"耶！哪个不想过好……好生活喽！"文达观说话这口气，一听就没什么底气，但是他提起这个话题之前是想好了的，就凭上次自己提出要房子没费多大周折就梦想成了真，至少说明文家还是在乎他家文富贵的。虽然当今社会不兴"二房长重孙"什么的了，但是在文家，特别是幺太太和二叔那里，好多东西始终没有断干净，依旧遵循着那些老理在生活；况且，这个家现在是二叔说了算。

在文达观那里，"人往高处走，水往低处流"这样的基础人生哲理还是掌握了的，大多数时候也算是一个正常人。那年检举老太爷那样的偏执，有一定的环境因素。现在国家各方面都正常了，文家各方面也都好了起来，文达观都看在眼里，因此产生了改变一下工作以及生活环境的想法，也说得过去。文大喜就是这样先把自己说服了，再跟文达航家两口子商量，最后决定让他去后勤，负责食堂的采买，一来相对清闲，二来自家人也放心。

文明房地产到底是中外合资企业，率先开始免费为职工提供早餐和中餐，除了考虑区别于其他企业的福利待遇，还有让职工遵守作息时间的实际效果。

没想上班还没一个月，文达观就让后勤负责人小赵姑娘投诉到了大满仓那里。

原先，食堂的采买工作由做饭的张孃兼着，买什么、买多少、花了多少钱都是张孃自己说了算，这就让家在乡下的张孃生出了些小心思，记账时每样多记一点，无论价格还是数量，日积月累之后就不少，能抵张孃一半的工资。文达观来之前公司对此就有了风言风语，大满仓正在想法子，文大喜就提出了文达观的事情，正中了大满仓的下怀。

大满仓轻言细语跟张孃说了一个亲戚没地方安排，文二爷直接就安排过来当了采买的事，张孃真没有找到拒绝的理由。但是张孃心里很膈应，这是毫无疑问的。

在分析了"能够安排来食堂的亲戚应该不会是什么要紧亲戚"之后，张孃开始了自己的独角戏戏码。起先是挑剔文达观买的菜不够新鲜，进而指责文达观买的食材没办法搭配，等等。这样的次数一多，文达观那暴脾气哪里忍受得了？直接跟张孃吵开了。小赵姑娘过来处理那天，恰好买的菜码当中真有不太新鲜的，小赵姑娘就问文达观，没说几句文达观还跟小赵姑娘吵开了，最后还带出一句"公司都是我兄弟和弟妹开的，怎么的吧"，话里话外都带着文家大爷的自负和傲气，小赵姑娘这才告到了大满仓那里。

之前，因为员工们都说张孃炒的菜还不错，大满仓这才没有"开消"（辞退）了张孃，现在这个情况只剩下"开消"了。而且开牌的真正原因是没有证据而不便公开嚷嚷，这就让文达观的理解发生了偏差，以为谁跟他吵就"开消"谁。

"张孃固然该'开消'，问题是大哥说话也太那什么了，你要考虑一下别人的感受嘛！另外找厨师本身就是个麻烦事，一句话还把人家小赵姑娘给得罪了！哎——哟！"大满仓长叹了一口气。

"就是就是！"文大喜说，"这个人就是这样，糟糕得很！信口雌黄！我来说他！要不……把张孃留下，给文达观换个地方如何？"

大满仓看看文大喜，想想说："二爷爷的意思……开牌的事情倒是还没说开，但是张孃那个情况……"

"小马呀，是这样，"文大喜说，"既然张孃还有一技之长，你不妨给她直接点醒，就说群众有这方面的反映，希望她不要拿话给人家讲，哎！只要不过分，你就当给她发了一点奖金不就完了？"

"那……我就每个月直接给她发一笔奖金，然后把话说清楚，以观后效。"大满仓说。

文大喜想想，说："也行，也是个办法！"

"那大哥呢？"大满仓说。

"随便什么地方，随便什么岗位，有一个就行。懂了吧？"文大喜说。

大满仓说："那行。"

就这样，大满仓专门为文达观设立了一个岗位——"信息采集分析员"。文达航说没听说过啊，大满仓说那就对了。

大满仓说:"就是让他去各个房地产公司的售楼部了解了解情况,再到楼盘去看看各家的实际进度,每个月出一份'信息进度情况分析',完了交给我就行。"

文达航笑了,说:"你还真能编嘞,信息采集分析员!给二爷爷说了?"

大满仓说:"说了呀,二爷爷说很好啊,独往独来,还不用跟人打交道,这就不会有矛盾。就是拿一份工资的事情!"

"据说很快就要开始实行三险一金了,那也是一笔钱。"文达航说。

"那又怎么样?谁叫他是你大哥呢!"大满仓说。

"也行啊!"文达航说,"东边不亮西边亮,这边的大哥有个什么不如意,你妹夫郑伟那边再找补回来就是。"

自打第二个项目开始之后,郑伟干得那叫一个风生水起。除了之前差什么补什么,把综合部的事情整得头头是道;之后,还在宣传、销售包括建筑方面的事情,帮着跑前跑后,出谋划策;该他管的他管,不该他管的他就提建议。就差把公司看成是自己的了。

文达航私底下说:"哎,多亏你妹夫在建设银行犯了错误,否则,我们哪里捡得到这种便宜!"

"真还不一定嘞。也许不犯错误还激发不了他的潜能呢?也就是说,不要怕别人犯错误,对犯了错误的同志应该给予充分的理解和帮助,真的是至理名言!"大满仓说。

"这句话谁说的?"文达航问。

大满仓笑了,说:"非得别人说吗?就不能让你老婆也说一个?"

"哎呀!"文达航故作惊奇状,呼道,"真是人不可貌相哦!"

"哟!你的意思,我这个相貌配不过这句话喽吗?"大满仓说。

文达航说:"耶!听得懂的嘛。"

两个人在客厅的沙发上开始掐来掐去,推来攘去……

鉴于郑伟的冲天干劲和业绩,在董事会例行会议上,由文达航提出来把郑伟升职为公司副总经理。

根据1993年7月颁布的《公司法》相关规定,股份有限公司的董事会由

3~13 人组成，单数就行。文明房地产公司的董事会五个人，文心志家两口子、文大喜、文达航家两口子。大多数时候文心志家两个都不在，所以商量事情的董事会都是三个人开；真正需要对重大决策进行表决了，才会争取全体出席。所谓"争取"，是因为安吉拉通常来不了。

"升职的理由呢？"文大喜其实知道理由。

三年多了，郑伟的情况都摆在那儿的，有目共睹；而且开会之前大家也沟通过。但是文大喜必须问这么一句，也叫"履行监事职责"，然后由文达航负责解答，这叫走程序。

文达航一、二、三、四这么一说，然后大家举手表决。所有过程由董事会秘书一一记录在案，之后"任命书"一发，郑伟便走马上任。作为公司一级领导，马上配备了一辆最新款的桑塔纳 2000 小轿车，顿时身价倍增。

对于这件事，最高兴的人是马伟泊。一个按照中国的正统观念差不多已经废了的人，没有几年后居然就咸鱼翻了身，真是应了"浪子回头金不换"的老话。

想想跟文家大半辈子的渊源，马伟泊很感动。正在家里和侯雅蓝说这个事，就接到文心武从刀把镇打来的电话，说文富贵考上了大学，请他们周六去刀把镇相聚。

还说什么呢？郑伟开着新到手的"座驾"，装上两老，加上老婆儿子，直奔刀把镇而去。

还没开出贵阳，马伟泊就说："郑伟哈，今后凡是办私事，自己买汽油，决不能占公司一点便宜。道理我就不讲了。"

"我知道了，爸。"郑伟说。

4

文富贵这个娃儿一点不像他爹，走的是老文家的正统路线，到了高考季节，轻而易举就考上了西安交通大学。都不用文达观吭气，章悦马在刀把镇张罗了两桌，这让文达观很高兴。

等到差不多该动身去西安了，文达观突然说想送文富贵去，有顺便旅游一趟的意思，当然得带上钱招娣。写个假条交给公司，大满仓想想，一个虚职能有什么事，随即就批了。

西安是十三朝古都，旅游景点非常多，大雁塔、秦始皇兵马俑、华清池、西安城墙，还有稍远一点的西岳华山等，数都数不过来，目不暇接。临行前，文达观专门带上了个已经买了好多年的傻瓜相机，装上胶卷就只管按快门那种。

没想让大满仓丈二和尚摸不着头脑的事情，就发生在文达观旅游期间。文明房地产公司突然接到法院的传票，规定某月某日到某某区人民法院应诉，事由一栏写着"窃取商业机密"。

"商业机密……如果我们真有配得上这个罪名的事情……大概只有文达观的工作了。"大满仓想了好久才得出了这个结论。

文达航还没明白，说："怎么呢？"

"你想嘛……我估计哈，"大满仓说，"你家大哥那个人，说话从来不走脑筋，也许……问题就出在那些照片上！"

"什么照片？"文达航说。

"嘿！"大满仓说，"我不是叫他每月提供一张分析表吗？他不光提供了分析表，同时还提供了人家售楼部和楼盘的照片！"

文达航说："你的意思你没让他拍照片？"

"纯粹你家大哥自作多情！"大满仓突然想起了什么，说，"等等……还好都是些任何人都看得到的外景照片，还好还好！否则啊，不知道要赔多少钱！赶紧通知你家大哥回来……完蛋！"

"怎么完蛋呢？"文达航说。

"还在西安游山玩水呢，怎么通知？早晓得还应该给他配个BP机嘞！"大满仓说。

到了法庭上大眼瞪小眼了，才知道真就是大满仓分析的那个事情。

起诉书写得清清楚楚，因为文达观在人家的地盘上假装成看房客人，又是提问又是照相，在售楼部拍完了沙盘又去施工现场拍楼盘，就是用的带去西安的那个傻瓜相机；对方就感觉这人有点蹊跷，于是偷偷拍摄了文达观在现场拍照的照片。当人家的工作人员决定对其询问时，没说几句话就跟人家呛了起来，还说了"怎么的吧"之类唯我独尊的憨话。

人家对方聪明啊，也不跟你吵也不跟你闹，悄悄派个人跟着文达观走，最后就跟到了文明房地产公司。

多的话都不用说，直接走司法程序。

还好喽，文达观只完成了一个"考察项目"就去了西安，否则官司的规模不知道是个什么情况。

不幸中的万幸，是这家房开公司的老板居然跟郑伟认识，郑伟还是信贷科副科长的时候老板来建设银行贷过款，而且郑伟退赔的款项里面就有人家给的一坨。郑伟一听说是这个名字，马上自告奋勇去"试试"，还说不敢说完胜么，"折扣"是没有问题的。

果然，郑伟的第一轮斡旋下来，"庭上判决"就改成了"庭外和解"。老板说了，既然是郑哥出面，那就是一顿饭的事情。

连文达航都觉得官司了结得也太轻描淡写了一点。

反倒是处理文达观的事情比处理官司麻烦得多。三个人讨论来讨论去，认为尽管没有造成损失，好心办坏事也不行，公司内部严肃处理是必须的，以儆效尤总没有错。最后董事会一致同意，责令文达观写出深刻的书面检查，罚款一千元。

在大满仓的办公室里，从西安回来的文达观拿着"职工处罚意见书"看了半天，说："不是听说都庭外和解了吗？怎么还要罚我的款？"

大满仓郑重其事地说："文达观同志，这是董事会的决定。如果不是郑副总出面调解，按照常规至少罚款十万元。你这个罚款数额是文大喜同志提出来的，主要是要体现惩前毖后，以儆效尤。真要罚款，何止区区一千元钱？"

"那……"文达观梗着个脖子想想，最后说了一句，"好嘛！"

7月18日，国务院作出《关于深化城镇住房制度改革的决定》，明确了城镇住房制度改革的根本目的和基本内容，这个关系到千家万户的改革措施，立刻吸引了所有人的目光。

《关于深化城镇住房制度改革的决定》的根本目的是：建立与社会主义市场经济体制相适应的新的城镇住房制度，实现住房商品化、社会化；加快住房建设，改善居住条件，满足城镇居民不断增长的住房需求。改革的核心内容在于：将原先的住房实物福利分配的方式改变为以按劳分配为主的货币工资分配方式，同时建立住房公积金制度。

住房公积金制度是一种社会性、互助性、政策性的住房社会保障制度。公积金的设立有利于筹集、融通住房资金，大大提高了全体职工的商品房购买能力。

不仅老百姓欢迎，诸如文明房地产公司这样的房开企业更加欢迎，提高老百姓的购房能力绝对是一个大大的利好。

"哎呀！我算是看明白了，所谓改革开放啊，就是一步一步把原先不合理的事物全都改过来，再一步一步往温饱、小康这么一直走，不晓得小康后面又是个哪样'康'哈？"文大喜是在家里说这番话的。

柳文君说："我咋个晓得嘛！"

"所以，我现在就来帮你普及一下，先普及一下小康。"文大喜来劲了，说，"最近我正好看了这方面的资料。小康社会啊，最早是中国古代思想家描绘的理想社会，同时体现了老百姓对于宽裕、殷实的理想生活的追求。现在所说的全面小康社会，已经不是简单的温饱问题了，而是要从政治、经济、文化、社会以及生态等各个方面满足城乡发展的需要。"

柳文君等了一会儿，说："没了？"

"你的意思没听够？"文大喜说。

"估计你也是黔驴技穷了。"柳文君说。

文大喜说："你看你这个人！我只是讲一个大码目，真要说清楚啊，至少要办一个讲座。"

"你办啊，我听就是嘛！"柳文君说。

"不要扯这些喽！对了，我那天讲的去茅台镇的事情你听进去了没有哦？"文大喜说。

"这个啊？我想都没想嘞。"柳文君说。

"哎呀！这就是你的不对了，我可是正儿八经讲的哦！"文大喜正儿八经地说。

自从文诗路有了着落，文大喜便心无旁骛了，居然产生了搬到茅台镇去居住的想法。"该歇歇了"是一个方面，更重要的是茅台镇的山清水秀。跟城市里的喧嚣相比，那里分明就是陶渊明描绘的世外桃源。加之距离刀把镇那么近，想起随时抬起脚就可以去；再加上文家那么些为人津津乐道的故事，随便采撷一段都够你回忆好几天的；即便是痛苦，也能让人对于今天的生活产生敬畏之心。确实是一个相当好的去处，没有什么地方可以比。

"也不是不行，只不过……这边也不能丢，两边都可以住，想住哪边就住哪边。"柳文君说。

"那肯定啊！"文大喜说。

柳文君说："那……到时候我们再把文美丽也带过去，就不会柳丞相看文丞相了。"

5

对，郑美丽改了姓。

那是因为文诗路自从和闫晓争结婚搬到了一起，家里两个大人的姓都跟女儿没关系，别人问起来还得费口舌给人家解释，不如改了省心。于是去派出所改成了文美丽。

柳文君之所以喜欢文美丽，是因为娃儿的乖巧，在几个孙孙里面是拔了头筹的。首先嘴巴甜，喊起外公外婆来不遗余力，直喊得你帮她做什么事情都心甘情愿；其次听话，什么事情不好、不能做，只需要给她讲一遍，一定不会有第二次；再加上大外孙女孙文心一直都在爷爷家那边，柳文君一直就没过一过老外婆的瘾；最后一条，现在还改了姓，柳文君能不"三千宠爱在一身"？

谁知跟文诗路一说，人家不同意。

文诗路说："妈，你不要以为娃儿好带嘞，麻烦得要死！"

"你的意思你妈没有带过娃儿喽嘛？"柳文君自然不高兴。

"我不是这个意思，妈！"文诗路赶紧解释，"关键文美丽要读书嘛，四年级了，正是关键的年纪！即便转学过去，人生地不熟的，不利于娃儿的成长是肯定的！妈，你帮我管娃儿，我高兴还来不及呢！对不对？"

"姑娘说的也有道理。"文大喜说，"要不……放假的时候送她过来！"

"那有哪样问题喽！"文诗路说，"你们真的决定去茅台镇了？"

"那还假得了吗！"柳文君明显气还没消。

"妈，你不要生气嘛！"文诗路过去搂住柳文君，"只要一放假，我第一时间带着文美丽去看老外婆，还不行吗？"

柳文君扭动着身体："好喽好喽，又不是小得很！"

"妈——"文诗路的声音就是一副撒娇的声音。

等到文大喜贵阳这边各方面的工作都交接完了，该安排该交代的没有遗漏了，动身之前，文大喜被文达航接去了公司。汽车一开进公司的院子，就看见一辆崭新的汽车停在当中，十分显眼。

"哟！好漂亮哈！"文大喜不禁称赞。

文达航说："二爷爷试试看？"

"什么意思？哦……把海狮面包车换成了这个？"文大喜说。

因为是中外合资企业，文明房地产可以根据需要购买一定数量的进口汽车。海狮面包车差不多到了国家规定的报废年限，公司就购买了一辆丰田普瑞维亚商务MPV，俗称"大霸王"或"子弹头"。

之前，文大喜在茅台镇、刀把镇到处跑，公司完全可以配备一辆专车的。说了几次文大喜都不同意，说海狮蛮好，不用花那闲钱。现在虽说要住在茅台镇，有事情还是得跑，正好海狮到了年限，更重要的是"子弹头"是自动挡，更适合老年人驾驶，文达航和大满仓商量之后马上就办了。

文大喜都坐上驾驶室准备点火了，还说："花这钱干什么嘛！"等到转了两圈回来停稳当了，又有话说，"嗯！自动挡是吧？这个好，根本不用你动手！好！"

临行前，由文诗路和闫晓争出面，闫晓争买单，把两家的老人约到一起见个面，吃个饭。一来弥补一下结婚没办的酒席；二来也是给文大喜家两老的践行酒。

闫晓争的爹很热情，见面就拉着文大喜的手喊："久仰久仰！"

文大喜当然要回一个："你好你好！"

没想闫晓争的爹说："亲家啊，我真的是久仰嘞，不是客气！"

"怎么呢？"文大喜不明就里。

闫晓争的爹说："啧！你们家……是不是解放前那个文家？"

文大喜说:"解放后我们也是文家嘞!是是,我父亲叫文知辉。"

"哎呀!哎呀!"闫晓争的爹满脸相见恨晚的遗憾,说,"我们家曾外祖父……你应该知道。"

"嗯?"文大喜摇摇头。

"我们家曾外祖父姓吴,当年啊,曾经当过你们家老太爷的私塾先生!"闫晓争的爹瞪着眼睛等对方回答。

"哦哟!哦哟哦哟!!"文大喜也记起了曾经听大太太说过的"老太爷气走了吴老先生"的掌故,"你看看!你看看!那真是无巧不成书啊!"

"我就说嘛!巧得很嘞!"闫晓争的爹说。

"快快请坐!哦哦……这话该你们家说,哈哈哈哈!"文大喜笑了。

闫晓争的爹赶紧说:"哪里哪里!都是一家人了,快坐快坐!"

"早晓得这样一个关系么,拿几瓶我们家的茅台烧过来尝尝啊!那可是我们家老太爷的杰作哦,现在都名扬四海了!"文大喜满满的自豪感。

"有机会,有机会!一定拜……尝拜尝!"闫晓争的爹本打算在这里用一个比较谦虚的说法,脑筋转了几下没转出来,就把拜读里面的"拜"字挪了过来,虽然没有出处,能体现出"谦虚"的意思就行。

文大喜知道没有拜尝这个词,但是眼前这个场面你不能说,只能顺水推舟:"对对对,哪天让闫晓争送几瓶过去!"

那天晚上,两亲家的话缘投机得很,酒自然就喝得酣畅。不光说家事,还扯上了时政。文大喜心里暗自高兴,心想下回的神仙会假如差人了,这个亲家就是不二人选。

心里一高兴,嘴巴就没了把门的,居然想起问人家:"请问你贵姓啊?"

闫晓争的爹也差不多了,不过脑筋就回答:"免贵姓闫!"

柳文君笑了,说:"你这个人才是,闫晓争的爹你问人家贵姓,行了行了,不能再喝了!"

"哦哦!"文大喜笑了,"麻乌啦,麻乌啦!真是的,七不害人,八不害人,酒(九)害人!呵呵呵呵!"

第二天一早,文大喜带着柳文君上了路。开"子弹头"的感觉就是不一样,到了刀把镇,觉得比平常用的时间都短,也不管是不是心理作用。

刀把镇是必须来"签到"的，哪怕跟幺太太说说话，吃顿饭，也是做晚辈的义务。没想人家马伟泊和侯雅蓝已经在这里住了几天，还带着已经四岁的文心意。侯雅蓝说这次是专门过来陪幺太太，顺便也是减轻一下大满仓的负担。

文大喜告诉他们准备在茅台镇长住的事情，说："今后你们去茅台镇就方便了，打一个电话，外面那个'子弹头'看见了吧？马上就来接幺太太和你们过去，分分钟，吃的住的都是现成的，方便得很！"

马伟泊说："就是就是，现在退休了，牵挂都转移到这边来了，就剩下吃喝玩乐了！"

"那你们准备在这里住多久呢？"柳文君问侯雅蓝。

侯雅蓝说："这回说好了，只要家里没事情，一直住！"

"好好好！多陪陪幺太太！等我们那边安顿好了，幺太太，我来接你老人家去茅台镇哈？"

"要得嘛，能跑一回算一回嘛。"幺太太说。

晚饭之前，文大喜和马伟泊把幺太太扶到外面，一边一个将幺太太的手挽在自己的胳膊肘里，踱过来，再顺回去；说说石榴树枝头已经沉甸甸的果实，看看草丛中一群觅食的鸡娃，情意绵长……

站在门边的侯雅蓝看得眼里竟然有了泪光，急忙转身离去。

第二天，"子弹头"刚刚开到赤水河边上的招待所停下，文诗仙的电话就追了过来。一听是文诗仙的电话，文大喜首先想的是家里出了事情，忙不迭抓起话筒就喊："出了什么事啦？！"

等听清楚了是文诗仙和刘锦瑟双双被提升为助理调研员，给他报个喜的时候，文大喜竟然在招待所门厅当着女服务员的面笑得"哈哈哈哈"的。

女服务员说："是哪样高兴的事情嘛，文老伯？笑成这个样子！"

文大喜有点不好意思，但依然还在笑，说："碰到一个熟人，哎呀，硬是好笑得很啊！哈哈哈哈！"

1993年4月实施的《国家公务员暂行条例》，将非领导职务分成若干个等级，这就让那些渴望升迁、单位又没有职数的、较为年轻的干部有了被提拔的可能。助理调研员是处级副职，得了这个级别就是上了一个台阶。一般而言，副职升正职相对容易，但是正职往上面一个级别的副职就比较难，难就难在僧多粥少。级别得到手了，只要出现了职务空缺，至少你比那些科级干部更容易被"补缺"。而且，干部提拔男生比女生容易些，除了"妇联"。

所以文诗仙的提拔就显得尤其珍贵。当然这跟单位大小有很大关系，单位越大职数越多，机会就越多。假如你是一个市级单位的女干部，升为副县级（副处）的可能性不是说没有，一定"荆棘满路途"。

要不文大喜会当着外人的面笑成那样？

在中华文化的大熔炉里被"锤炼"了差不多一辈子的文大喜，自然满脑子的"学而优则仕"。虽然不是说只有当官才叫有出息，但是"当官"了，肯定是国家及社会对你能力的认可。另外，文大喜因为自己没能当成官，因此格外在意自己家里的人当官。无论是谁，包括二老爷家那边，只要你有"当官"的意愿和可能，文大喜都全力支持，总觉得脸上有光。文家人都知道二爷爷的这个"毛病"。

所以，当文达德升任交通厅规划处副处长的文件宣布之后，文达德便将任命文件直接交到了二爷爷手上。

"哎呀！哎呀！"文大喜两眼放着光，端详了文件好半天，再端详文达德好半天，才说，"你这个是货真价实的好东西啊！比文诗雨他们又进了一步啊！"

文达德说："二爷爷啊，你老人家不着急，他们两个整成实职那是分分钟！"

"怎么呢？说个理由我听听啊！"文大喜就愿意听这个。

文达德说："你想嘛，省政府那样的大堂子，听说是劝着你当官，否则就算没完成任务！"

文大喜皱起了眉头，说："你听哪个说的哦？"

文达德笑了，而且笑得很诡异。文大喜知道被骗了，也不生气："你这个娃儿啊，敢骗二爷爷了哈！"

文达德赶紧弥补："不是不是，我哪里敢骗你老人家！堂子大是肯定的，机会肯定就多，对不对？不信你等着看嘛！"

文大喜说："应该这样说，无论你们哪一个进步，二爷爷都高兴！"

"这是肯定的！二爷爷，所以我这个文件就交给你老人家保管了！"文达德说。

"你信得过二爷爷？"文大喜也开一回玩笑。

文达德一拍胸脯："二爷爷，我们文家第一个值得托付的人，就是你嘞！"

"哼！你这个娃儿的嘴巴呀……"文大喜笑得很开心。

没想还真让文达德说着了。

半年之后，文诗仙替补了秘书二处由副转正的一个副处长的位置，正式成了"文副处长"；与此同时，刘锦瑟被干部处约谈，虽然属于了解情况的范畴，人家话里话外都说了"两口子在一个单位需要避嫌"这个话题，说不利于两个人共同进步，同时还说了假如换一个单位是不是可以之类。刘锦瑟当即表示，"服从组织安排"。

没多久，刘锦瑟被正式调动到"省发展改革委员会"，担任"固定资产投资处"副处长。

文大喜那个高兴啊，为此专门开车去了刀把镇，本来在茅台镇用电话也可以说清楚的事情，就是觉得没有面对面说着安逸。当然嘛，电话里怎么会有边喝酒边摆龙门阵的惬意呢？

"看来呀，"文大喜边喝酒边摆龙门阵，而且酒已经差不多到了位置，嘴巴都开始不关风了，"国家啊……各个地方都需要大量年轻人充实到第……第一线，就是为了大干快上！"

文心武和章悦历来话不多，闷墩；柳文君对于这样的话题没多大兴趣，就剩下了幺太太。

幺太太一看这阵势，只能顶上去啊，要不人家两口子不是白跑这一趟了？

于是幺太太接茬说："是嘞，我看最近赶场的人比以往都多，但是年轻人还是不多，估计都出去打工去了。"

文大喜照样接得下去，说："要不说人多好过年……不对不对，是人多好种田，耶……我刚才讲到哪里了？"

幺太太就笑，文心武和章悦也跟着笑。

柳文君说："讲到你家三女婿升官发财了！"

"不不不不！升官……是事实，但是没有发财，这个我晓得的！"文大喜边说边比画。

柳文君笑了，说："耶，还没有完全麻乌嘛。"

第六十五章

1

假如经常有这样自己把自己灌醉的由头,文大喜就算安逸死了都愿意。但是不可能,老天爷一定好的坏的每样都搭配一点,因为老天爷不能眼睁睁看着有人因为安逸而死。

果然,才安逸了没几天,麻烦就来了。

自从徐文接掌了云辉烧房,作为顾问的刘和天心里的疙瘩一直没解开,虽然钱多了不少,但是心里不痛快。不是有句话叫"有钱难买愿意"吗?刘和天这是用钱买了个"不愿意",就是人家说的钻了牛角尖。

连他儿子都说他,刘家宝说:"爹,你千万不要以为云辉烧房干得红火,你干也能红火!完全不一样!晓得不?"

刘和天说:"哪样不一样?你家爷爷的爷爷,当年不是在茅台镇干得红红火火的吗?"

"你呀,还好意思说这个!"刘家宝咬着牙关说,"最后呢?那一把大火平白无故就烧了我们家!为哪样?没有财运!"

"我不管他为哪样,我只晓得事在人为!试都不试就打退堂鼓?不就是酿酒么,都是用赤水河的水,我们家差别人什么了?!"刘和天看来铁了心了。

不论别人说什么,刘和天就是一门心思想另立门户,说那才叫大干快上。

为此,文大喜找他谈过几次,前因后果,从前现在,家里家外全都说了好几圈,刘和天依旧咬定了要"退股"。

真正到了董事会正式讨论"刘和天退股"的时候,问题出来了。

因为当初允诺给刘和天百分之七的股份是干股，他并没有实际出资购买，跟徐文的股份性质一样。

在中国，干股这个概念只存在于民间。最早刘彩云的爹死于大火，文家老大购买并恢复烧房之后曾经给过刘家百分之多少的干股，那是刘家的生活保障，在文知辉那里一直都算数的。后来云辉烧房被政府赎买之后，刘家的干股便自然而然失效了；再后来，文心志出资恢复了云辉烧房，因为是亲戚，同时需要他们家的技术，同样给了刘家百分之七的干股。但在实际操作中，干股并不占有实际股份的额度，就是一个按照总股份分红的数字。而且，国家现行法律并不认可"干股"，法律规定："股东应当足额缴纳公司章程所规定的各自所认缴的出资额，否则需要承担违约责任。"言下之意，不追究你的违约责任就已经是网开一面了。

这样一分析，刘和天在法律层面上一分钱都拿不到。

但是，文大喜在和文心志打了两小时的国际长途之后，说实在是抹不开大太太和舅舅的面子，决定以当年注册资金的百分之七，换取刘和天离开云辉烧房、同时从此不再纠缠的承诺。

云辉烧房当年的注册资金是人民币一千万元，百分之七就是七十万。

离开之前，刘和天让刘家宝跟他走，但是刘家宝选择了留下。

走那天，文大喜、徐文和刘家宝代表云辉烧房请刘和天吃了一顿，喝的当然是茅台烧。

文大喜端起酒杯，想想说："按照辈分你该叫我表叔，和天哈，不管叫什么，总归是一家人，一家人就不说两家话。之前无论发生过什么，都既往不咎。情况都给你说清楚了，我们希望你能够做好你想做的事情，想做酒，就做酒，凡事把它做好就行，做好了，就能证明你没有辜负我们家大太太和舅舅的在天之灵。假如……我是说假如哈，今后还有什么事情需要我们帮助，尽管说！因为我们是一家人！来，我们干了这杯酒，出了这个门，我们仍然是一家人，是撇清了经济关系的一家人！"

除了文大喜用酒杯，其他三个人用的都是敞口酒壶，我们这边叫"雷子"。雷子的底朝了天，我们这边叫一口闷。

就在"一口闷"的那一刹那，文大喜想起了听文大同摆过的龙门阵。说那年舅舅的长子因为见利忘义，拉了一帮人马出来另立山头，结果一败涂地不说，还导致了家庭的分崩离析。眼前这个也准备另立山头的人，竟是那个"长子"的长子，历史惊人地又重复了一个序幕，至于结局，文大喜真心诚意地希望跟上次有所不同，至少不要分崩离析。

想到这里，文大喜不禁打了个冷噤。

秋分过后，渐渐转凉的天气并没有减少人们筹备国庆节相关庆祝活动的热情。

1994年10月1日，是中华人民共和国成立之后的第45个国庆节，夜晚举行了焰火晚会。改革开放的总设计师——90岁高龄的邓小平在钓鱼台国宾馆观看焰火时留下了一张照片，后来才知道，这是小平同志最后一张公开发表的照片。

因为这张照片上能看到小平同志脸上清晰的老年斑，这让一直崇敬小平同志的文大喜尤其难忘。

文大喜至今仍然记得，1992年的春天，八十八岁的邓小平去南方巡视，经武昌、深圳、珠海等地，最后到了上海，期间发表的一系列重要讲话被统称为邓小平的"南方谈话"。南方谈话明确地回答了束缚人们思想的许多重大认识问题，因而成为继"真理标准大讨论"之后的第二次思想大解放。其中关于市场经济和计划经济的论述；关于中国要警惕右倾，但是主要是防止"左"倾的表述；关于社会主义本质以及三个"有利于"标准的理论等，都是围绕着"什么是社会主义和怎样建设社会主义"这个根本问题的。是从理论上做出的最新回答，是我国改革开放和现代化建设实践在理论上的重大突破，对中国20世纪90年代的经济改革与社会进步起到了关键推动作用。

这么一大把年纪的老同志居然思路还那么清晰，那么健谈，确实难得。

文大喜由衷地希望小平同志能够健健康康地走下去，至少能和全国人民一起见证香港回归祖国怀抱的喜悦。

在中国，一个人受人爱戴，至少他真心帮助过爱戴他的人；假如爱戴你的人成千上万，说明你为一方百姓谋过幸福；如果全中国绝大多数人都爱戴你，那一定是大爱，大爱则没有疆界。

2

1957年5月12日,美国的母亲节那天,因为马伟泊要找一个合适的日子来给大妈过生日,"母亲节"正中了他的下怀。这之前,小眼睛只知道自己哪年生的,不知道具体哪一天,因此从来都没有过生日一说。既然马伟泊执意要搞一个形式,小眼睛就遂了他的心愿,把5月12日当作了自己的生日,这一晃已经四十年了。四十年眨眼即逝,物是人非,小眼睛也从"大妈"变成了"幺太太"。

1896年出生的幺太太到了1996年5月12日,成了文家第二位过百岁寿辰的老人。

之前,文大喜和马伟泊跟隔着个太平洋的文心志商量了好几回,决定在刀把镇给幺太太风风光光过一个"大整寿"。是嘞,世界上想过一百岁"大整寿"的人很多,但是有这个命的人并不多。能不能过得了,由不得你,决定权在老天爷那儿。

"按爹的意思人活多久没有科学因素,只取决于运气?"文涛在文家人商量"大整寿"事宜的家庭会议上这么说。

"你错了!"文大喜说,"科学的因素肯定有!但是,假如医学科学能够确定人的寿命,那么我们就不会因为幺太太的'大整寿'而欢欣鼓舞了。这个不确定性,在中华文化里面就叫命!外国人把它称为'命运',多一个字而已,内涵是一样的。"

"耶,好像你驳不倒二爷爷哈,文涛?"文达德说。

"我没有打算驳倒谁,只是觉得……'老天爷'这样的名词听起来有点玄,距离'改革开放''四个现代化'这些词汇好像有点远。"文涛说。

文大喜说:"听过贝多芬的《C小调第五交响曲》吗?"

"C小调第五……不就是《命运交响曲》?"文达德说。

"对。"文大喜说。

"爹,那你就直接说《命运交响曲》不就完了?非要整什么C小调!"文涛有点不屑,又不敢表现得太明显。

"就是考考你们的音乐常识嘞！"文大喜说。

"中文系没有音乐常识课！"文涛开始有些挑衅意味了。

文达德急忙插进两边情绪当中，说："二爷爷的意思，《命运交响曲》怎么的？"

"《命运交响曲》是贝多芬独自向自己悲惨的命运做出的抗争，抗争过程经过四个乐章的惊心动魄，最终以贝多芬的胜利而结束。但是，贝多芬真的胜利了吗？没有，他仍然需要每天跟疾病和贫困抗争。我说这个的意思，即便贝多芬那样伟大的音乐巨人，也无法摆脱命运对他的纠缠！命运就是这样，是不以人的意志为转移的。你可以选择不信，但是，它与每一个人终生相伴。"

"按爹这个意思，幺太太的百岁大整寿不是每个人都能拥有的，因此，我们必须认认真真地为之庆祝。"文涛说。

文大喜点了一下头："这回你说对了。"

"问题是没人说不庆祝，也没人不认真啊！"文涛口气很严肃，开始钻牛角尖了。

"文涛文涛！"马伟泊赶紧说，"你爸爸不过是普及一下音乐文化知识，你比如我，就属于'信'的那一拨。所谓信，其实是一种……善良，善良地把一些美好或者苦难都看成命运的安排，而不是人为因素，从而坦然接受。当然也有像贝多芬那样的人，即便只是在音乐里也要抗争一回。对吧，二哥？"

"对。北京大学教授张岱年先生的《中国哲学大纲》，就有'命乃人力所无可奈何者'的论述。孔子的'五十知天命'，说人到了五十岁就知道哪些事情是不为人力所支配的了，意思五十岁之前你还不明白。"文大喜说。

"肯定的！"马伟泊说，"有了一定的人生阅历的人才会知道，很多时候，人不得不接受那种自我难以改变的命运的巨大影响！而且……"

"马叔马叔，"文达德打断马伟泊，说，"你和二爷爷这是轮番在给我们上哲学课是吧？"

"那行！"文大喜说，"我们就言归正传，把幺太太的大整寿再确定一下，看看还有什么遗漏没有。"

"时间、地点、人数、车辆、大蛋糕……好像没什么了吧？"文达德扳起手指头数着。

文大喜想想："好像就这么多哈，那就……文涛负责车辆，文达德负责大蛋糕，我和你们马叔负责通知人。OK？"

"OK！"文达德比了个OK的手势。

刀把镇上文家的这个院子，已经数不清办了多少台酒席了。最早是蔡花蕾的爹为女儿和上门女婿文理渊的婚事，一年一年，一代一代，就这么一直延续到幺太太的大整寿。四邻八舍的乡亲几乎人人都吃过文家的酒席，这回也不例外。当然，随着时代进步，文家的酒席也在进步。最早用砖头泥巴在院子里临时垒起个土灶，大师傅满脸油汗从早忙到晚闹腾一整天，好不容易忙完了主人家的活路，自己已经没了一丁点食欲；第二天还得找人把院子打扫干净了，这才算完。

现在不一样了，只需要打个电话，饭店老板拿着菜单就颠颠地上了门，说好多少桌，什么菜品，到时候去饭店灯火通明的大厅一落座，菜就齐刷刷端上了桌。简单得不能再简单了。

早早地，文心武就把这个过程完成了，只等着开席的时刻。

原先，幺太太的意思就把大老爷家这边的人拢在一起吃一顿就行，没想文心志不同意，说你都已经拉开架势请人吃饭了，那就"满请"；没人想活一百岁就能活一百岁的，一定要让刀把镇的乡亲们全都知道这个情况；况且是在饭店吃饭，不会叨扰幺太太的生活。

文心志家两口子是提前一个礼拜飞过来的，还带来了文达远家小三口，自己倾巢出动了，也希望刀把镇能够"倾巢"。

统计下来，刀把镇十七桌加上自己家的八桌，二十五桌。结果文心志还是不满意，说二十五这个数字不如二十六好。

文大喜一脸诧异，说："哎呀！你们美国居然也兴这个？"

文心志说："美国当然没这个东西，但是我是中国人啊，就图六六大顺那个'顺'字，有什么不好呢？"

"哦！这个简单啊，"文大喜说，"让徐文从云辉烧房选十个排名靠前的工人师傅，作为对他们积极工作的鼓励也好，奖励也罢，拉过来吃一顿就是。"

"你看，这不就二十六桌了？图的就是个热闹！"文心志显得很愉快。

5月12日一大早，院子里那棵老石榴树上红艳艳的花朵仿佛就是为了这个日子而格外地娇艳。已经没人记得是谁种下了这棵石榴树，只知道每年开花，每年结果，年复一年，从来不会间断；如同这个院子里的人家，一茬一茬诞生，再一茬一茬老去，从来不曾间断过。

差不多中午了，由贵阳和茅台镇分别开来的三辆大巴把院门外面的小路占去了一多半，人们一拥而下，看上去水泄不通。

人们举目望去，堂屋正中央的墙上挂着老太爷和大太太的大幅照片，两边的木雕对联据说是老太爷的墨迹，上联：恭俭温良宜家受福；下联：仁爱笃厚获寿保年；横批牌匾是文家的那个传家宝：行德崇文。

幺太太端坐在正中的太师椅上，地上铺了一块文达德不知道从哪里买来的大红地毯，还别说，顿时就把老寿星给烘托了起来，喜庆十足。

开始拜寿了，由文大喜领头，老少爷们按照梁山泊英雄排座次的顺序，依次在红地毯上的两个大红圆垫子上面跪好，磕头；然后接过司仪文达德递到幺太太手上的红包，据说红包里面装了一百元钱，让所有人都沾一沾幺太太大整寿的福气。

拜寿之后，文达德招呼大家去外面拍全家福。

这一次的"全家福"比较讲究，是文涛请的他们报社的专业摄影师，用专业的玛米亚RB67照相机拍摄。

十三把椅子在石榴树前面排成一排，除了幺太太，有资格坐下的都是老同志，文大喜家两个、文心志家两个、文心武家两个、马伟泊家两个、文心雷和张军，再加上胡瓜和刘水红，剩下的站着、蹲着、抱着，一眼看上去温馨满满。

文达德跑去摄影师的位置看看，过来把大满仓五岁的女儿文心华和徐天媛家五岁的孙子赵千里一边一个抱到幺太太的腿上坐好，再跑到摄影师的位置瞅瞅，回到最边上站好了说："我说没有钱了怎么办，大家一起喊'抢'哈！"

"慢着慢着！你这个娃儿才是乱球整！就喊茄子多好！大家都喊'茄子'哈！"文大喜喊。

摄影师一抬手，大声喊："茄子！"

大家齐声喊："茄子！！！"

3

郑伟这是第二次来刀把镇,上一次是拉着老丈人一家人过来参加文富贵考上大学的聚餐。当他第一眼看见幺太太,心中就充满了好奇,这么一个小小眼睛的老太太,当年是如何成为文家老大的二房的呢!那个时候就坐拥茅台镇最大的烧房,出产那么出类拔萃的茅台好酒的文知辉,说明眼光很厉害啊,怎么就选了这么一个老太太。郑伟心里预备了一个词的,叫"漏灯盏",这是个贬义词,只是他没敢用。

另外,郑伟也很想打听一下幺太太是如何成为老丈人马伟泊的"大妈"的,他曾经问过马馨玥,是因为马馨玥也不知道,这才留下了一系列的问号。这个事情一直在他心里欠缺着,痒痒的。

这次这么多文家人聚集一堂,应该是个机会。郑伟的目光在七八十个至爱亲朋里面扫了一圈,觉得最有可能满足自己求知欲望的人,大概就是文达观了。

揣摩人心是郑伟的长项,什么人该用什么方法对付,什么事该让什么人去做,他门儿清。只不过喊了两句"大哥",递了一支香烟并亲自为其点燃,文达观便"言无不尽"了。

"呵呵!居然……"郑伟在听了文达观的讲述之后,适可而止地感叹了一下就打住了,进而生出了再去茅台镇看看的想法,上次去茅台镇是陪银行搞贷款的那帮人,哪里有工夫想其他事情。他说:"哎,大哥啊,反正吃饭之前没什么事,要不……我们开车去茅台镇看看?"

"好啊!"文达观这是第一次有人对自己表现出一定程度的尊重,自然满口应承。

"那我去跟马馨玥说一声,你也跟嫂子说一声?"郑伟说。

"我不用!"文达观说,"但是不能耽误晚上的酒席哦?"

郑伟说:"那肯定!"

一路上,文达观大谈特谈文家的丰功伟绩,郑伟也听了一路,比起马馨玥讲过的那些，故事根本就是两个版本。

一个多小时之后，郑伟的桑塔纳2000停在了云辉烧房的大门外面。因为徐文不在，烧房没人认识他们，要不是文达观那张脸跟文达德有一些近似，加上他滚瓜烂熟地说了文家的一些事情，人家门卫真有可能谢绝参观。

由一个负责销售的小伙子陪着，文达观和郑伟把云辉烧房了解了一遍。文达观是看热闹，郑伟却不是。

还在建设银行搞信贷的时候，去企业实地了解情况是家常便饭，以至于到后来都不用亲自看报表，走一走看一看，再听一听介绍，企业的情况就能了解一个大概。跟着小伙子在云辉烧房边看边听走了一圈，郑伟就知道了文明房地产公司之所以坚强的原因。

至于他了解这些情况要干什么，文达观当然不知道。

作为文明房地产公司的副总经理，郑伟需要了解的东西很多，包括公司的背景，正所谓多多益善。原先只知道文达航的爹妈是美国的有钱人，这回知道了一些有关资金来源的情况，知道了"水"从哪里来，对于自己将来的运筹帷幄是有好处的。

来刀把镇之前，公司第二个项目的二期工程已经进入尾声，销售情况也不错，同时第三个项目也在紧锣密鼓进行之中。随着文明房地产的不断开疆拓土，对于资金的需求量越来越大，没有银行的支持，理论上房地产行业只能是无米之炊。在郑伟的提议下，公司新近成立了"融资部"，由郑伟负责管理。短时间不但完成了相关职能岗位的设置，还牵头制定了岗位责任、工作流程等一整套规章制度，给人的感觉就四个字：井井有条。

郑伟对于文明房地产公司背景的全面了解，应该是他办事严谨的一个方面。

对此，文达航和大满仓相当满意，说给二爷爷听了，文大喜自然要找机会让马伟泊知道。晚上在饭店吃幺太太的百岁宴席因为人多事多轮不到说这事，回到老宅，拉着马伟泊在幺太太跟前把郑伟的事情说了一遍，也是让幺太太和马伟泊高兴高兴。

"人呢，是个聪明人，只要能走在正路上，我们就放心了！"马伟泊说。

"那个娃儿吧……我乱说哈，"幺太太开了口，"人是个好人，只是觉得有时候……做事不坦荡的感觉。我乱说哈。"

"怎么会呢？"马伟泊说。

"你就觉得他吧……不是在正眼看人，躲躲闪闪的感觉！"幺太太说。

"这个呀，"文大喜端起章悦送过来的茶杯抿了一口，说，"估计犯过错误的人啊，难免心有芥蒂，在你老人家面前就不敢抬头，小心翼翼的，生怕人家挑他的不是，有这个可能！至于其他的……你老人家可以完全放心，真是个不错的娃儿。"

"当真这样？"幺太太歪着脑袋看着文大喜。

"嘿！"文大喜把茶杯一墩，说，"这个我真敢打包票嘞，幺太太！"

"哎，听说刘和天的'天和酒业'开张了？"马伟泊估计是想岔开话题，否则刘和天关他什么事。

"连你都听说了？谁告诉你的？"文大喜说。

"我。"文心武说话一向简短。

"是，这个事情还得边喝边说。"文大喜给所有的酒杯都倒满了酒，一副准备开讲的架势。

刘和天的"天和酒业"在茅台镇上重新开张的时候，因为人们都听说过关于"天和"两个字的很多传奇故事，因此人们并不看好他的这次创业。

那年，据说经营得好好的"天和酒业"一夜之间就被一场莫名其妙的大火给烧没了不说，自己最终还投入了火海，落得个灰飞烟灭；还是人家文家老大收购并创建了云辉烧房，最终成为茅台镇烧房的头牌，多少让刘和天的梦得以延续。按道理这么个大家都好的事情，结果就被刘和天嫡亲的长孙刘广黔给搅和了一回，自己的事情没办成吧，还把文家的烧房搞得危机四伏，困难重重。现如今，茅台镇人人都知道刘和天从云辉烧房分了七十万出来，准备自己干烧房。不要看已经开了业，茅台镇的人就是不看好他。

风言风语之中，有说他们家没有财运的，也有说他命不好的，还有说得更具体的，说他那个鼻子长得不正，兜不住财。

刘和天也懒得理会那些风言风语，"天和酒业"仍旧按自己的计划在茅台镇挑出了自己家的大酒幌。

"虽然刘和天并没有说要整垮谁，"文大喜端起茶杯喝了一口，说，"比一比的潜意识肯定是有的。好在我们国家现在是法治社会，只要你守法经营，按章纳税，谁输谁赢应该是由市场说了算。当然，云辉烧房没有跟别人比的意思,但是,如果别人想比,我们也挡不住。对吧?"

"对对对!"马伟泊说。

"但是哦,"幺太太说,"'害人之心不可有'的后一句是'防人之心不可无',对吧?"

"对,幺太太说得对!但是请幺太太放心,我们文家的茅台烧不仅在茅台镇,在整个仁怀县,乃至遵义地区,也就是说在赤水河沿线的这一大片被称为酒乡的土地上,除了五几年被政府赎买的茅台酒,我们文家的酒,是这个!"文大喜亮出了大拇指。

"幺太太,二哥这就叫……价值观自信嘞!"马伟泊不无感慨。

"那当然啊!"幺太太同样说得底气十足。

第二天一大早,文大喜开着"子弹头"离开了刀把镇。

临行之前,幺太太拍拍文大喜的手臂,说:"大喜啊,我的意思还是要请个驾驶员。一来年纪一大把了,安全第一;二来你不要让我提心吊胆嘛!"

"就是!八十岁的人了,你以为你还年轻!"柳文君说。

文大喜已经满八十岁了。

1916年4月9日出生的他,原本也想热热闹闹过一回整寿的,文涛和文诗仙也一直嚷嚷着整一回,最终还是放弃了。理由也不是那么站得住脚,说跟幺太太的大整寿就差着一个多点月,怕冲淡了"大整寿"的喜庆气氛。

文涛说:"各归各!爹你这个理由好像不成立嘞!幺太太的大整寿肯定要过,又不是同一天,怎么就影响了你的整寿呢?"

"我觉得我哥说得对!"文诗仙是文涛喊来打帮帮腔的,说话当然理直气壮的,"爸,挨不着嘛!你过你的,幺太太过幺太太的,井水不犯河水嘛!"

"行啦!你们的心意我知道了,我已经和你妈做了决定。长辈健在,而且是大整寿,我们做晚辈的就不能喧宾夺主。我和你妈已经想好了,我们一家人高高兴兴吃一顿,不也是祝寿吗?吃的都是山珍海味,喝的同样是茅台烧。再说了,现在已经不是文诗雨端碗回锅肉当街就被抢走的那个年代了,谁还在乎吃喝?不过是一个形式。只要我们一家人整整齐齐在一起,还多了一份温馨!你们不觉得吗?"文大喜说得语重心长。

"爹呀，反正我说不过你！既然你们都商量好了，那还喊我们回来商量什么呢？就按你们的意思办喽！"文涛说。

4月9日是一个周二，文大喜家十四口子在汉云楼的包间准备举行一个家庭仪式，没承想这回汉云楼来了个喧宾夺主。因为是几十年的老主顾，除了事先讲好的八折之外，还让服务员在包房里面一番张灯结彩，正面墙上一个大大的寿字。这还没完，开席之前，经理带着八个服务员抬着额外赠送的一个十二寸、点亮着八根蜡烛的生日蛋糕进来，在这个一下子显得十分拥挤的包房里面开始了"汉云楼"的庆祝……

在大家的祝福声中，文大喜吹灭了蜡烛，人人都看得见寿星眼睛里闪动的泪光。

这样一个温馨的场景，让柳文君不由得也跟着流下了眼泪……

4

没人知道文达观喝了酒为什么要打人。

有些人就是这样，没喝酒之前好好的，只要一喝酒，哪句话不大不说哪句，什么事不伤人就不做什么事，通红的脸上还呲满了人油，闪动着势不两立的挑衅的光点，一副只要对方敢还嘴，立马拳脚相加的威猛相。

那天就是这样。休息天闲在家里没事做，晚饭之前文达观就着中午的剩菜便开始喝酒。正在做饭的钱招娣因为发现差几根香葱，就支使文达观去街对面的菜场买。

我们这边卖葱葱都是论堆，小贩的小提篮上的小木板铺展开若干堆，一堆有七八根，五角钱一堆，就在菜场门口摆开一溜。

因为脚底下偏偏倒倒不稳当，文达观进入菜场大门的时候就踢了人家的小提篮一下，小提篮的主人是个四十多岁的农妇，就说了一句："没得长眼睛啊！"这句话固然可以商榷，没想文达观一脚就踢翻了人家的小提篮。农妇也不是等闲之辈，扑上来抓住文达观就开始又撕又揪，旁边的卖葱小群体立即群起指责文达观，场面顿时大乱。喝了酒的文达观扯开对方的双手用力一推，农妇往后一倒，脑壳正好磕在水泥菜台的尖角上，不但殷红殷红的鲜血立马洒了一地，还当场昏了过去……

等到文达德接到钱招娣的电话赶到派出所时，文达观已经被送进了看守所。

文达德听了警察的官方描述之后，懒球管他，直接去了医院。先慰问伤病员，再去交清了所有的费用，最后去见医生。当他听说只是外伤和脑震荡之后，心才落了回来。马不停蹄去街边的ATM机取了五千元，回到医院把钱交给伤者家属，说了一句"我们绝对服从派出所的处理，绝不会姑息打人者！"便匆匆离开了医院。

出来一抬头，天上的星星已经开始眨眼睛了。文达德顺着街道扫一遍，看见街边有个肉饼店，先整两个垫垫再说。

你还得去看看那个家伙啊！文达德跨进出租车副驾的时候就是这么想的。让文达德没有想到的，是看守所的民警一听说是为文达观的事情而来，直接就把他领去了政委办公室。

进门一看，竟然是张花仙的老公秦晓龙，文达德这才想起来，秦晓龙是监管支队的政委。

秦晓龙的第一句话："二哥，大哥这是怎么回事？"

"嘿！"文达德哭笑不得，说，"就为了五角钱的葱葱，我现在已经付给人家一万元了！而且这才是开始！"

"大哥的脾气一直都这么陡吗？"秦晓龙说。

"他呀……哎呀不讲他了，"文达德一挥手，"能关多久？"

"这个啊……要看对方起诉不，假如不起诉，作为民事纠纷由派出所处理，至少十五天。"秦晓龙说。

"这样，晓龙，可长可短，长；可轻可重，重！现在天是王大他是王二，只有你们收得了他了！"文达德气不打一处来。

秦晓龙笑了，顿顿说："行，里面我已经关照过了，我在这里，不用担心。至于大哥……派出所那边一定会处理好的。放心！"

"我还真没有什么不放心的……不对，有！不晓得去哪里筹这笔钱！冤家对头呀！改天找个机会喝酒，那……我走了！"文达德说。

秦晓龙找了个下属把二哥送走了。

秦晓龙说的"里面我已经关照过了",是他已经给牢头打过招呼了。

从古到今,那些关押期比较长,性格比较彪悍,或者精于算计的犯人,都可能成为牢里面的头。一旦成为牢头,牢里面的事情就是他说了算。凡是新来了犯人,不说"三百杀威棒"么,"收拾"一下是肯定的,就是要迫使你听他的话,服从他的"管理"。

看守所的这个牢头姓金,大家都叫他金头,金头是因为命案进来的,因为至今没找到尸源,那时候还没有"疑罪从无"这一说,因此一直关着。

秦晓龙不会直接给金头说话,只需要跟管理监舍的民警过个话,整个看守所就都知道新来了一个秦政委的"关系"。秦晓龙的想法很简单,在自己的职权范围内至少不让文达观受罪。

文达观前脚跨进监舍,后脚就有个小伙子热情似火地接过了他手里的外衣,还自我介绍说他姓谢,是负责文大哥的日常生活的,用部队里的说法叫勤务兵。

文达观狐疑地瞅瞅对方,说:"什么意思?"

小谢依旧热情似火,说:"请文大哥放放心心地接受我的服务,你老人家进来住多少天,我就服侍你老人家多少天!"

同监舍一共八个人,其中一个年纪稍大的犯人过来对着文达观耳语:"是金头通知我们关照你的。你放心,我们这里面只要金头发话,差不多就是圣旨。"

文达观仍然不踏实,说:"那……为什么对我这么优待?"

小谢马上说:"因为你是秦政委的关系啊!"

文达观在看守所并没有见着秦晓龙,只不过他想起了这个在文家聚会时见过的小白脸,也想起了他是张军的女婿。

"哦,这样啊。"文达观说。

因为是秦政委的"关系",文达观的看守所生活居然呈现出别样的色彩来。

比如吃饭,文达观根本不用拿着自己的餐盘去窗口排队取食,而是直接找个座位坐好,小谢整好了自然会端过来恭恭敬敬放好,文达观只管吃,吃完了拍屁股走人,剩下的事情都是小谢的。

晚上睡觉之前,小谢会把洗脸水打好端过来,让坐在通铺上的文达观坐着洗脸,还好文达观没有晚上刷牙的习惯,否则小谢又多一桩活路。然后直接钻进小谢铺好了的被窝筒子,不论在监舍里面是否能够睡得好,至少心情是舒畅的。

作为"勤务兵",小谢可以称得上尽职尽责。

十月的贵阳早晚凉中午热,有时候云层一厚,一整天都见不着太阳。文达观进去第五天放风的时候,一看是个大太阳天,小谢马上接了一满盆自来水放到院子中间——晒太阳,还随时摸摸试试,等到凉水有了些温度了,马上让正在晒太阳的文达观脱了衣服裤子,留一条内裤挡着要紧部位,这便开始"洗澡",准确一点,应该叫擦澡。够得着的地方自己洗,背后够不着的地方,小谢还帮着洗。你还别说,尽管因陋就简,比起没"擦"之前真的舒服了许多,感觉一身轻。

文达观为此很想说一声"谢谢了,小鬼",就像电影里面那些连长、指导员一样,只是碍于现在这样的身份没好意思说出来,不过哼哼了两声算是表扬了小谢。

还有一个情况值得说说。

文达观每天都在固定的时间上厕所,多少年的习惯了。但是监舍里面没有厕所,就一个乌黝黝的上海式马桶还没有提手,取而代之的是一根麻绳,上面一个盖子;据说是防止有犯人想不开时,把铁提手当成"凶器"自伤自残什么的,总之防患于未然。

监舍里谁有了便意了,自己提着"麻绳"到最里面那个铺的角落去整,完了盖上盖子就行。按照通常情况,文达观睡那个紧挨马桶的铺位的概率是百分之一百,现在不一样了,被安排在另外一头的第二个铺,第一个铺是小谢。

一般情况下,每天第一个人的出恭应该被视为一项"待遇",因为后面的人肯定遭罪。想屏住呼吸吧,又憋不了那么久,于是只能忍着半憋半呼,总之是个相当难受的事情。

犯人们每天轮流做值日搞卫生,在放风的时候赶紧去打整干净马桶是第一要务。文达观在监舍里的"第一次"正好遇上了干净马桶,于是就享受了一回"待遇"。等他接过小谢递到手上的卫生纸擦完屁股了,感觉跟在其他地方的差别就是有人把卫生纸递到手上,算不上待遇。直到有一天的便意出现在尚未清理马桶的时候,那叫一个糟糕啊,文达观这才真正感受了一回为什么他们都把那个情况称作"待遇",确实实至名归。当然了,该着文达观做卫生值日的天,都由小谢全权代理了。

这之前,因为钱招娣的爹是镇革委会副主任,在那一方比较跩,自己又是入赘，导致结婚之后各方面都硬不起火；特别是生了文富贵之后，钱招娣更是以"有功之臣"自居，加上自己在文家一直的窝囊，导致只有他伺候钱招娣的份，绝少享受别人的伺候。这回好，被小谢扎扎实实地伺候了一回，虽然在牢房里蹲着，但是心情相当好，都有点乐不思蜀了。这是实话。

农妇在医院里"驻扎"了有半个月，虽然头不昏眼不花了，只是每当文达德来探视时，必须假装头昏眼花。最后通过复查，连医生都说可以出院了，农妇也开始惦记自己已经生疏了的葱葱小提篮了，这才办理了出院手续。

根据医院出具的证明材料，文达观达不到走诉讼程序的程度。于是派出所把误工费、伙食费、营养费等全都算上，给出的处理决定是包括医药费赔偿农妇三万元。这在20世纪90年代不是个小数目。减去前期已经给的，文家还要补人家一万五千多元。

文家人在商量这笔钱的出处时，文达德说该他们家出，文达航说该他们公司出。

文大喜想想，说："这样，一家出一半。关键房地产公司的那一半必须在文达观的工资里面扣！不是稀奇钱，而是要让文达观长记性！随时提醒他前面的账还没还完，再想干个什么坏事，他得想想！"

十五天之后，文达观离开了看守所。临行前，远远看见小谢一个人站在铁栅栏后面，朝这边挥了挥手。

文达观也挥了挥手，有些难舍难分的样子……

5

乘着文大喜还没回茅台镇，文达航提议召开一次文明房地产公司的董事会。几个议题，第一，鉴于房地产和烧房蒸蒸日上的业绩，文达航提议把两边的余钱汇拢在一起，成立一个资产投资管理公司，规范资本投资行为，争取通过有序的产权投资和证券投资，以实现资本增值。

"这个是好事情啊！"文大喜很高兴，说，"现在正是你们年轻人展露身手的大好年华嘞！就是需要你们多动脑筋，那叫什么……头脑风暴是吧？敢想敢干，争取把我们的事业推向一个新的高度！很好！董事长肯定不会有意见，所以你们可以马上着手可行性方案，董事长那里我跟他说，争取尽快付诸行动！"

按照最早的约定，文家的基金一直由几个老人负责，实际操作由文大喜具体执行。现在文大同、金雨天、徐子都已经作古，正好是时候建立一个专门机构，重新确定一下组织成员，也是顺其自然的事情。

"第二个议题，鉴于文大喜同志年事已高，提议招聘一个驾驶员，专门负责'子弹头'的驾驶和维护。这个事情是幺太太提出来的，我们大家都觉得事不宜迟。所以……"文达航是在等待二爷爷的意见。

"这个事情是不是可以这样？"文大喜说，"因为我们在茅台镇的时间越来越多，能不能把车子交给云辉烧房，由徐文他们招人以及日常管理。这样我们空闲的时候，烧房的事情也方便跑一跑，不要整成单一用途。你们看这样行不行？"

文达航看一眼大满仓，见大满仓点了一下头，就说："行，就按文大喜同志说的办。"

因为通过的所有事项都由董事会秘书记录在案，所以文达航必须使用官称，真要写成"二爷爷"了，人家监管部门来检查时，会乱。

"第三个议题是关于双休日的，1995年5月开始实行的双休日制度也一年多了，虽然我们是企业，也有执行国家政策的义务。到底是放假两天，还是放假一天发加班费一天，需要董事会确定一下。"

"你们的意见呢？"文大喜看看大满仓。

大满仓说："我们觉得按照国家规定执行比较好，需要加班了，提前通知，再按照国家规定的标准发放加班费。"

"很好啊，就这样办。"文大喜一锤定音。

新成立的公司叫作"文渊资产投资管理股份有限公司"，注册资本金5000万元人民币。之所以取名"文渊"，是文大喜说既然成立书局的意义不大，也别浪费了祖先的智慧，借用在新成立的公司上，也挺好。新公司董事会主席仍然由文心志出任，成员有大满仓、徐文、郑伟，加上退休已经一年的徐天媛，凑成了单数；文大喜担任监事会主席，大满仓出任总经理，副总经理是聘请的职业经理人。

徐天媛没想过退休之后再干个什么事，一心一意打算把孙子赵千里招呼好，钱也够花，享一回天伦之乐就行。

那天舅舅过来，说是串门，等他找着机会把文渊公司的前因后果说一遍，再把"接班"啊，"长江前浪后浪的关系"啊说一遍，徐天媛就开始和赵光辉商量请个保姆的事情了。

文家绝大多数人都这样，一定以家庭的大事为重，不会斤斤计较。文大喜之所以相中徐天媛，除了徐天媛有空闲，同时也是对姐姐文珠唯一骨血的关爱和帮助，大家都幸福了，才叫幸福。

那天，大满仓回娘家看望爹妈，闲谈说起徐天媛他们家要请保姆的事情，侯雅蓝说那不是正好吗。

几天前，马伟泊收到同父异母妹妹马红梅的信，信中说她家二女儿因为不会生育而离婚，在当地没脸见江东父老，准备换一个远一点的城市生活一段时间，看看能不能忘掉从前云云。马伟泊马上想起了幺太太，那是女人们都刻骨铭心的创痛，还商量什么呢！马伟泊立马写了回信让娃儿过来，说只要有他们家人一口吃的就有娃儿的一口。

"快三十的女人又没有拖累，虽然没有带娃儿的经验，那些都是可以慢慢学习、慢慢积累的东西。哪个女人没有做母亲的天性？对不对？至于……找个工作，那不是分分钟的事情吗？住的吃的都解决了，几边都好，对吧？"侯雅蓝把需要说的话一口气说完，就等大满仓定夺。

"好事情嘛，妈！我这就给徐天媛打电话。"大满仓说着，拿出大哥大就要打。

"耶耶耶耶！"马伟泊拦住大满仓，说，"你等人家来了，当面锣对面鼓说清楚了，人家愿意先当一段时间的保姆，这才能给徐天媛说。不忙这一哈哈。"

说实话，在城里找个工作容易，而找个保姆真不是件容易的事，假如你打算找一个称心如意的保姆，那完全得看运气。运气来了，也许你能碰上一个，否则一辈子你都不用想。

马伟泊的这个侄女姓金,叫金美丽,和文诗路家文美丽同名,一听就是他爹的期望值比较高,希望自己的二丫头样样都好,没想婚姻路上就碰上了坎坷,名字和人生哪里那么容易搭配,还不如学学乡下人,麦苗啊、门墩啊,反着来,名字滥贱一点,人生也许会顺溜一点,也许。

金美丽来的第一天,不由分说抱着舅妈就哭了一台,当然嘛,这种事情只能抱着自己亲亲的舅妈哭。侯雅蓝乘着劝慰金美丽的工夫就把先当一段时间保姆的事情说了,她是考虑对方如果有顾虑,好多一点时间做工作。没想金美丽一听说是舅舅家表妹的孙子,便一口应承下来,说帮谁不是帮!侯雅蓝喜出望外,当即一个电话打到徐天媛家,前因后果说一遍,这种打着灯笼都找不着的好事情,单单放心这一条,徐天媛只剩下了道谢。

离开舅舅家之前,马伟泊郑重其事对金美丽说:"安安心心在人家家干,你的事情舅舅随时挂在心上的!一旦完成了表妹家的事情,舅舅一定把你安排好。放心哈!"

金美丽连声道谢。

后来侯雅蓝得知,徐天媛找人咨询了别人,对于本地带娃儿保姆的行情,在上限的基础上又增加了200元,包吃住,每周休息一天,假如不休息则另发加班费。金美丽只为开创新生活而来,并不是太在意这些,两边当然一拍即合。

1996年7月29日,中国成功地进行了一次核试验。之后,中国政府郑重宣布:从1996年7月30日起开始暂停核试验。再次重申,中国在任何时候、任何情况下都不首先使用核武器。声明指出:停止核试验是核裁军进程中的一个重要步骤。为了永远消除笼罩人类的核战争危险,为争取实现全球范围的持久和平与普遍安全,中国政府向世界各国特别是拥核国家呼吁:一、核大国放弃它们的核威慑政策。拥有庞大核武库的国家继续大幅度削减其核武器。二、所有核武器国家都承担在任何时候和任何情况下不首先使用核武器的义务,都承诺无条件地不对无核武器国家和无核武器区使用或威胁使用核武器,并尽早就此缔结国际法律文书。三、所有在国外部署核武器的国家将这些武器全部撤回本国。所有核武器国家都承诺支持建立无核武器区的主张,尊重无核武器区的地位,并承担相应的义务。四、各国不发展、不部署外空武器系统和破坏战略安全与稳定的导弹防御系统。五、各国谈判缔结关于全面禁止和彻底销毁核武器的国际公约。

　　文大喜之所以特别关注这一条新闻，是因为他想起了老太爷，就因为说了一句有关原子弹的话而命丧黄泉，确实是一个时代的悲剧。

　　文大喜因此感叹，在时代的大背景下面，个人竟然渺小到可以被轻易抹去的地步。

第六十六章

1

丁丑年（1997）的正月初七一大早，因为是七天长假的最后一天，人们都还在新年的氛围中没走出来，都在抓住春节的尾巴补一补瞌睡。文心雷照例早起过来关照一下谢知雨的起居，突然发现母亲气急，有进没出和进出不畅轮番着发生，赶紧叫醒张军，准备往医院送。

只要文心宽家两口子去广州带孙孙，文心雷和张军就会搬过来住一段。按道理父母健在，儿子不远行。但是孙孙没人带啊，请个保姆吧，广州那边什么都贵不说，哪里会有爷爷奶奶、外公外婆那样尽心尽力呢？文心宽的亲家是东北那边的，于是四个老人分期分批往返于广州之间。最近据说亲家那边的房子要拆迁，这是大事；亲家那边就跟文心宽商量，说有劳你们两老盯一下，文心宽能说不？好在姐姐家两口子也是轻车熟路，请他们过来照看母亲一段时间，应该不会有问题。莫非文心雷能说不？

过年之前，谢知雨就感冒了一次，八十九岁的人了，最怕伤风感冒，容易引起并发症，要不说冬天是老年人的关口呢。

从症状上看，应该是上次感冒的延续。事不宜迟，赶紧送医院。到了医院直接就送进了急救室，其间下了两次病危通知书，从医生垮着的脸上大致能够窥见急救室里面的情况。文心雷马上让张军拨通了儿女们的电话，以及在广州的文心宽。

等张土改、张花仙以及秦晓龙他们赶到医院时，医生们已经停止了抢救，并且宣布死亡。

看着殡仪馆灵堂供桌上谢知雨微笑着的照片，文心雷好几次都产生了错觉，以为那是母亲在对自己微笑……

谢知雨终于可以去会她已经阔别了五十八年的夫君了。

这之前，每年的11月7日，谢知雨一定会在自己的屋里点燃一炷香，然后慢慢坐下来，打开那封落款于"辛未冬月"的家书。

11月7日是文德范在河北黄土岭殉国的日子，这是中华人民共和国成立后颁发的《革命烈士证书》上面记载的日期，之前谢知雨并不知道。辛未年（1931）的家书则是当年通过地下党的同志送过来的。

六十六年了，不知道为什么，谢知雨只要一看见这封家书，眼泪都会奔涌而出，止都止不住。因为一直没有找到文德范的遗骸，谢知雨总是在清明节那天前往位于黔灵湖畔的革命烈士纪念碑，虽然那是为"解放贵州而牺牲的革命烈士"而建立的，他们应该和德范同志一样，都是为了新中国的诞生而牺牲的。在谢知雨心里，德范同志的英灵一直都在纪念碑后面那些松柏覆盖着的群山之中。

谢知雨曾经郑重其事对文心雷说过，说她死后哪里都不去，就把骨灰撒在黔灵湖的湖水中，让她能够一直陪着文德范。

对于逝者心愿，文心雷当然不会打折扣。在一个下着蒙蒙细雨的清晨，伴着各色花瓣的骨灰被撒到了黔灵湖冰冷的湖水之中……

谢知雨永远都记得文德范的家书里的一个段落：

……自德范加入组织那天起，就已经不再是完全意义上的自由身了，能为自己的理想奋斗，何尝不是快乐？在家的时候我们不是讨论过吗，单单男女平等这一条，就够我们为之奋斗的了，何况还有那么些激动人心的主义……

谢知雨终于有机会去见一见朝思暮想了几十个春夏秋冬的爱人了……

文大喜刚刚参加完谢知雨的骨灰祭撒仪式，回到家水都还没喝一口，思绪还在故人逝去的悼念氛围之中徘徊着，就听到了一个让他无论如何不愿意相信的消息。

电视机里一个低沉的男中音宣读了中共中央、全国人大常委会、国务院、全国政协、中央军委发出《告全党全军全国各族人民书》，沉痛宣布我党我军我国各族人民公认的享有崇高威望的卓越领导人，伟大的马克思主义者，伟大的无产阶级革命家、政治家、军事家、外交家，久经考验的共产主义战士，我国社会主义改革开放和现代化建设的总设计师，建设具有中国特色社会主义理论的创立者邓小平同志，因病医治无效，于2月19日逝世。

已经八十一岁的文大喜竟然没能把持住自己，当着老伴柳文君的面就哭开了，导致柳文君有生以来头一回扮演了一个依靠者，让文大喜依靠了一回。文家人都知道，文大喜是这个家庭中拥护邓小平最坚定的一员。

"不是一直都说要去香港见证那个庄严时刻的吗？怎么就……"文大喜说不下去了，继续哽咽。

"也是！九十三岁的老人家了，几起几落，才有了我们国家改革开放的大好局面！"柳文君同样有所触动。

文大喜马上抬头看着老伴，这是他第一次从柳文君口里听到的和中国政治走得最近的话语，关键还言简意赅地概括了小平同志的一生。

在文大喜心中，邓小平是不折不扣的一代伟人，如果说毛泽东是领导中国人民站起来的领袖，那么邓小平就是领导中国人民富起来的领袖。

2月25日，中共中央、全国人大常委会、国务院、全国政协、中央军委在北京隆重举行邓小平同志追悼大会。中共中央总书记江泽民在悼词中高度评价了邓小平伟大而光辉的一生。

"邓小平同志留给我们的最可宝贵的财富就是他创立的建设有中国特色社会主义理论和在这个理论指导下制定的党在社会主义初级阶段的基本路线。""更高地举起邓小平建设有中国特色社会主义理论的伟大旗帜，更好地贯彻执行党的基本路线，这是我们党的中央领导集体坚定不移的决心和信念，也是全党全军全国各族人民的共识和愿望。"

人人都知道，邓小平是中国共产党早期的党员和活动家，为新中国的建立做出了卓越贡献。新中国成立后，一直担任地方和中央领导职务；"文革"中受到错误批判和打击；粉碎"四人帮"之后领导全党完成了拨乱反正的伟大历史任务。党的十一届三中全会之后，邓小平成为中国共产党第二代中央领导集体的核心，领导全国人民开辟了建设有中国特色社会主义的新道路。他的革命意志、伟大人格、智慧胆略以及在中国革命和建设，尤其在改革开放和建设社会主义现代化事业中的丰功伟绩，已经并将永远得到世人的景仰和缅怀。

读着这些评价小平同志丰功伟绩的文字，文大喜得到了一些慰藉。还是司马迁在《报任安书》里的那句话，"人固有一死，或重于泰山，或轻于鸿毛"，普通战士张思德都死得重于泰山，何况小平同志？

文大喜对于小平同志的这种情感，文家的年轻人理解不了，特别是文涛，说小平同志固然伟大，但是跟咱们家有什么关系？至于激动成那样吗？文大喜原本想解释一下，被柳文君在桌子底下拉住了。等家庭聚会结束了，人去屋空了，柳文君才说："你管他们的！一代人是一代人的生活，一代人是一代人的世界观，即便你费气巴力解释一遍，他们也不一定能理解，随他们去！"

文大喜虽然不认可柳文君说的，但是没说话，心里憋着一口气，心想一定要找个机会跟他们好好说一说，特别是文涛。

现在，文大喜有了专职驾驶员了。驾驶员姓黄，茅台镇本地人。安全确实有保障了，文大喜却少了些驾驶的乐趣。只要没什么事情，他和柳文君大都在茅台镇窝着。五一假期的前一天，文大喜让小黄把文涛家小三口接来茅台镇，准备进行一轮传统教育。因为可以顺便试驾一下"子弹头"，文涛很乐意。

到了招待所，柳文君自己花钱让厨房的师傅做的一锅焖鸡点豆腐，外加四个炒菜以及一个炸花生、卤豆腐干、卤牛肉和猪耳朵的拼盘，已经端上了桌，一来算是五一国际劳动节聚餐，另外也是让儿子儿媳孙子在听文大喜"摆龙门阵"之前有一个好心情。

没想吃饭的时候大家心情都很好，等到文大喜开始摆老文家的龙门阵了，除了文涛洗耳恭听之外，冯晓芬开始给儿子文化织毛衣，文化的注意力则全都集中到了游戏机上，恨不得多出一只手来操作那些七七八八的按钮，关键声音开得挺大。文涛让他暂停一下，他说听得见爷爷说的事情，让爷爷继续讲。

"爹呀，你捡重点的讲好吗？"文涛说。

文大喜气得不轻，只能对着柳文君发牢骚，说："你看，还嫌我讲长了！"

柳文君就说："我又不是没跟你说过，不听！"

晚上都睡下了，文大喜还在嘟囔："孙子那样你可以说他不懂事，连文涛也在敷衍了事！我就在想，是不是我们对他们太好了点？凡事都替他们想在前面了，住的、吃的，包括工作，导致他们完全没有了危机意识，一切仿佛都是天上掉下来的，应该的！简直……俗话说饱暖思淫欲，寒门才能出孝子！"

"你跟我吼哪样嘛？我又不是听不见！要说也是你的教育方法出了问题！"柳文君说。

"我的教育方法？那三个姑娘呢？怎么没有跟他们一样？真是的！"文大喜气不打一处来。

"还有那个冯晓芬，生了文化之后跟立了个大功一样！那不都是天经地义的事情吗？莫非还得给你一块军功章？！"柳文君说。

"哎——子不教，父之过啊！"文大喜感叹道。

"承认了吧？不过呢，当爹妈的在儿女背后发发牢骚，也是排遣的方法之一，挺好的，不影响团结。睡吧睡吧！"柳文君说。

2

文达德会哄人，不论在家里还是单位，特别是在单位。因为家里人会让着你，单位就没有这种好事了。所以在单位他知道要和大家搞好关系，俗话说和气生财。同样的道理，上下左右的关系和谐了，再加上一点运气，好事情就开始朝文达德那边倾斜。

单位的办公室主任升成机关党委书记了，办公室主任这个职位就成了空缺，有心顶缺的人很多，各走各的门路，等忙完一圈下来，没想竟然被文达德那小子捷足先登了。恨归恨，只是没有不认账的人。人家美国耶鲁大学的经济学硕士呢，那叫高端人才，国家和各地方都有鼓励引进高端人才的相关政策，现在单位里放着一个现成的高端人才你不用，真要因此而流失了，没地方买后悔药去。再加上文达德人缘好，看似突兀，实际上早就顺理成章了的，别人没法比。

文达德表面镇定，心里暗自高兴。第一时间打电话让二爷爷知道了这件事，因为他知道二爷爷好这口。

文大喜算了算，说："哟，才三年呢，进步有这么快吗？！"

文大喜当然为文达德的迅速进步而高兴，文家只要有人进步，他都高兴，只是高兴了没几分钟。因为他想起了文涛。那当然啊，如果眼下"迅速进步"

的是文涛，那文大喜一定会更加高兴。

那天之所以要把文涛家三个接到茅台镇好吃好喝招待一回，文大喜就已经想好了借着讲述文家的传统故事，顺便说说文涛的仕途不畅。没想最终还生了一肚皮的气。

按说，文诗仙和刘锦瑟不是都已经"出息"了吗？文大喜把升官叫作"有出息"。不行，那不算！他们家只有文涛走上仕途了，文大喜的高兴才是由衷的、发自肺腑的。"重男轻女"在他们这波七八十岁的老头子那里，早已经根深蒂固，去不掉了的。

短暂的开心之后，文大喜又一次感觉到了忧愁。

"忧愁"有各种各样的内容，丰衣足食、儿孙满堂之后的文大喜目前就剩下了儿子的仕途。关键你还不能跟文涛直接说"你要去当官"，那多没涵养啊。

话憋在心里没能抒发出去，文大喜居然生病了。

柳文君问他，文大喜也说不出哪里痛，总之浑身不舒服，头还随时随地晕乎乎的，必须躺着，否则屋顶打转转。

"要不要去贵阳看看？"柳文君说。

文大喜摆摆手，苦着个脸说："冲两包感冒冲剂就行。"

"两包？"柳文君有点诧异，说，"你是不是想喝点甜水了？"

"啐！你这个人才是！"文大喜心里本来就不舒服，她居然还说这种不着六五的话，不屑地挤了一下眼睛，说，"我又不是三岁的娃娃，喝甜水！你的意思我装病喽！"

"耶！你这个人才是怪！喝甜水就是装病吗？什么逻辑！不对，不对不对！自从……听说文达德当办公室主任了，你就……哦，你是恨铁不成钢哦！是对你家儿，我没说错吧？文大喜同志！"柳文君一指文大喜。

"哎呀！"自己的小心思居然随随便便就被柳文君看得透透彻彻的，文大喜不免懊恼，随之吼道，"行行行！老子就喝一回甜水！"

文涛并不是没努力。实在是因为报社那地方年轻人多，要求进步的也多，大学本科学历在那里大把大把地抓，你要是没有一点冒尖的情况，很难有戏。要么你特别优秀，否则在那样一个僧多粥少的……应该是萝卜多坑少的单位，很难轮到文涛这样的普通人。

不算早先当驾驶员，大学毕业回来都已经十六年了，文涛一直在办公室当一个主任科员。时间一长，性子就磨没了。要不是恨铁不成钢的老爹随时敲打着，文涛都想跟马馨玥学习，退休或者离职去文家的随便哪个公司，或者某个私人企业谋个一官半职算了。

"扯卵谈！"文大喜一拍桌子喊道。

"扯卵谈"是我们这边的俚语，字面就比较通俗，乱扯、瞎说的意思。

"你有点志气好不好！像文诗仙那样，人家还是个女娃娃嘞！"文大喜的意思你连女生都不如。

文涛也不生气，说："好啊，你调我去省政府啊！"

"好好说话哈！"柳文君开始干预了，"你爹这是为你好！"

"我晓得他是为我好！其实爹呀，去公司有什么不好呢？同样是为人民服务，都是为社会创造价值，还钱多，有什么不好呢？"文涛说。

"不行！只要我还在，你休想去文家的公司！"文大喜吼道。

"那外面的公司总可以喽？"文涛说。

文大喜瞪圆了眼睛，说："那就更不行啦！！"

"你这个老同志啊！行，我拗不过你！"文涛转脸走了。

剩下两个老同志在那里面面相觑。

就为这个，父子两个还冷战了好一段时间。文大喜高低不提看孙孙的事，文涛家小三口倒是过来，只是两爷子不说话。柳文君夹在中间很难受，说谁都不是，只能一边说一句，还拉文诗仙过来帮忙。

文诗仙对爸爸说："爸爸，你管他的！你这边越急吧，还真不是个急得出来的事情！干脆就不管，随便他，哎，也许还有机会！不理会就不会生气，身体最重要啊，爸爸！"

转脸又对哥哥说："哥哥，你管他的！你就让他念，念累了他就不念了，千万不要和他顶！八十多岁的老同志了，真要把他老人家气出个好歹，你后悔一辈子嘞！还有啊，你在单位也十多年了吧？搞什么搞！优秀不优秀不说，排队也应该升一级了呀！"

"一个萝卜一个坑，没有空着的坑坑不说，边上等着的人还多了去了！我不想啊？没得办法！"文涛说。

"你这个啊……哎,我打听一下有没有跟报社熟悉的副秘书长,看看能不能关照一下?"文诗仙说。

"喂哟!!这个说不定管用哦,拜托拜托!"文涛连忙作揖。

"行不行不晓得,试试看喽。"文诗仙说。

"这个千万不能给爹妈说哈,否则老同志该说我走后门了。"文涛说。

"你还不要说,真要是纯粹走后门,我还真不敢。你这个主任科员多少年了?"文诗仙说。

文涛想想:"回报社的第四年嘛,十二年了!"

"确实长了点,你没犯过什么错误嘛?"文诗仙说。

"嘿!"文涛转念一想,"确实犯过错误啊,就是不该来这个萝卜多坑少的单位!"

3

1997年6月30日,北京时间23时42分,中英两国政府香港政权交接仪式在香港会展中心举行。中国国家主席江泽民代表中国政府参加了仪式。通过现场直播的电视画面,大家看见了邓小平的遗孀卓林女士,都知道她是代表小平同志来参加的。

随着英国国旗和香港旗降下,英国在香港一个半世纪的殖民统治宣告结束。

回顾一下历史,英国对香港的殖民统治,开始于第一次中英鸦片战争,随着清政府的战败,于1842年8月29日与英国签订了中英《南京条约》,将香港岛及鸭脷洲割让给了英国。1860年10月开始的第二次鸦片战争再次战败,清政府再一次被迫签订了《北京条约》,将九龙半岛界限街以南及昂船洲交给英国管治。1898年,清政府与英国签订了《展拓香港界址专条》,将深圳河以南,界限街以北的230块大小岛屿总计975平方公里的土地租借给英国,并将租借地称为"新界",租期为99年。从1898年7月1日开始,至1997年6月30日期满。由此占据了香港全境。

1982年9月,英国政府与中华人民共和国政府开始就香港前途问题展开谈判。虽然《南京条约》与《北京条约》都写明了香港岛及鸭脷洲与界限街以南的九龙及昂船洲永久割让给英国，但中华人民共和国拒绝承认《展拓香港界址专条》在内的所有不平等条约，只承认香港受英国管理，而非英国属地，并要求英国将香港岛和九龙连同新界一并交还。并明确规定于 1997 年，英国政府将香港的主权交还给中国，但英国政府同时希望争取维持英国在香港的利益。

为此，中英双方经过两年多达 22 轮谈判，最终在 1984 年 12 月 19 日正式签署了《中英联合声明》，决定从 1997 年 7 月 1 日起，中国在香港成立特别行政区，开始对香港岛、界限街以南的九龙半岛、新界等土地重新行使主权和治权。

7 月 1 日 0 时整，中华人民共和国国旗和香港特别行政区区旗在香港升起，中国政府对香港恢复行使主权。成立香港特别行政区，与此同时，中国人民解放军进驻香港。

"我好比凤阙阶前守夜的黄豹，
母亲呀，我身份虽微，地位险要。
如今狞恶的海狮扑在我身上，
啖着我的骨肉，咽着我的脂膏；
母亲呀，我哭泣号啕，呼你不应。
母亲呀，快让我躲入你的怀抱！
母亲！我要回来，母亲！"

今天来听这首由近代爱国诗人闻一多于 1925 年 3 月在美国留学期间创作的组诗，《七子之歌》之"香港篇"，人们仍然对于"母亲！我要回来，母亲！"那样的呼喊感同身受，激动不已。

诗人用拟人化的手法，把中国的澳门、香港、台湾、威海卫、广州湾（湛江）、九龙岛、旅顺（大连）等七个当年被割让、租借的中国土地，比作祖国母亲被夺走的七个孩子，让他们来倾诉"失养于祖国、受虐于异类"的悲哀之情，"以抒其孤苦亡告，眷怀祖国之哀忱"，从而让民众警醒，以期收复失地，振兴中华。

文大喜算了算，自香港回归，当年让闻一多先生忧心忡忡的"七子"，还剩下澳门和台湾。鉴于中国和葡萄牙已经签署了关于澳门问题的联合声明，澳门回归也只是时间问题,现在就剩下了台湾。

关于台湾,因为和其他国家没有关系,那边跟这边都是中国人,解决台湾问题就是中国人自己的事情。1993年4月27日,台湾海峡这边的"海峡两岸关系协会"会长汪道涵和那边的"台湾海峡交流基金会"董事长辜振甫在新加坡举行会谈,史称"汪辜会谈"。"汪辜会谈"是在两岸两会于1992年达成"九二共识"的基础上进行的,开创了两岸协商、交流的民间机制,让两岸关系迈出了历史性的一步。

7月2日,就在香港回归的第二天,起因于泰国汇率制度变更的"亚洲金融风暴"开始席卷东南亚;其时,以美国的金融大鳄乔治·索罗斯为首的国际金融炒家趁机阻击泰铢和港币,导致港币汇率一路下滑,金融市场一片哀鸿。

后来得知,索罗斯狙击港币的真正目的就是打击香港金融业的信心以及香港的国际地位。从后来索罗斯在一些前社会主义阵营的国家发生的"颜色革命"推波助澜的情况看,索罗斯的大动作具有强烈的政治背景和政治色彩。在中国,这种"背景、色彩"被称为狼子野心。

当然,回归了的香港已经不是任人宰割的"七子"。香港特区政府在中央人民政府的大力支持下,大举反攻,如同那年在朝鲜前线跟美国人较量一样,最终让索罗斯所代表的政治势力败走麦城。

"美国人有个毛病,总觉得他们的意识形态啊、价值观念啊、社会制度啊都是世界上最好的。别的国家最好跟他们改变成一样,否则他颠覆你!不论使用政治的,经济的,还是军事的手段。"文大喜在新近凑成的"新神仙会"上这么说。

"新神仙会"是文大喜努力的结果。马伟泊,闫晓争的爹加上他自己。

闫晓争的爹叫闫志国,也是退休老同志,一听说亲家公二差一喊他,还以为是打麻将,就问:"不是都三差一吗?"后来听说是"喝茶聊天",也很高兴。见面的第一句话就是:"你们家老太爷真的名不虚传呢!那么地道的茅台烧我真是第一次品尝到,名不虚传!名不虚传啊!而且'新神仙会'这个名字好啊!天南海北,自由发挥。不知道有没有什么说法啊?"

"早年啊,我们家老太爷,我大哥和我,也是三个人,叫神仙会,现在重打锣鼓另开张,加了一个新字。当年老太爷的书房还有这样的对子,上联:寻几件功德之事磋磨岁月；下联：结一班有识之人论说古今。你听听看，完全就是神仙会的注脚！"文大喜说这话时透着好几分骄傲。

"哦哟！好好好！"闫志国连声叫好，说，"文先生真是继承了老太爷的衣钵啊！对了，前几天的电视看了吧？香港回归那个阵势，确实，这让美国人英国人看了，肯定高兴不起来！"

马伟泊放下茶杯，清了清喉咙，说："按说不关他们的事，但是心里面不安逸。骂吧，骂不赢；打也打不赢！只有金融手段比较顺手一点，叫隔空交手，结果还是输了！"

为了显示郑重，文大喜特意将第一次"新神仙会"安排在汉云楼用习惯了的那个包间，熟悉而且私密。

"不晓得美国人究竟要干什么哈？"闫志国说。

"能颠覆最好，颠覆不了，打压一下，也行。"文大喜说。

"按照今年的GDP排名，美国第一，8.6万亿美元左右；中国第七，一万亿美元不到，排在日本、德国、英国、法国和意大利的后面；美国是中国的十四倍多。"马伟泊用数据说话。

"你看看，马行长真是经济学方面的专家嘞！有理有据！"闫志国说。

"等一等，等一等，"文大喜抢着说，"我记得我那里有一个八几年的中国和美国关于GDP的数据，好像是……多少倍记不清了，我回去找找看，肯定比十四倍要多！"

"我觉得啊，"闫志国说，"最可惜的，当数邓小平不能参加香港回归大典！要是他老人家在啊，情况又不一样嘞！"

文大喜马上来了精神，一拍桌子说："那是肯定的嘛！单单一个'一国两制'，既解决了主权问题，也解决了繁荣问题，一石二鸟！可谓神来之笔呀！可惜啊，他老人家走得早了点！"

"据说啊，"马伟泊说，"英国人曾经正式提出过'主权换治权'的方案，小平同志马上表态'主权问题是不可以谈判的'，同时还说'我们不是清政府'，当即严词拒绝！后来双方又在中国在香港驻军问题上一度胶着，小平同志又一次站了出来，一句'驻军是主权的表现'，一锤定音！"

"啪啪啪啪啪……"文大喜和闫志国竟然情不自禁拍起了巴掌，自己想想都感觉夸张了一点点，两人对视一眼，几个人"哈哈哈哈"笑开了。

"就是就是，"文大喜说，"人啊，就是要活得随性一点，情绪到了那个地方，你要让它有个出处，总不能憋着，那多难受啊！"

"就是就是，要不叫情不自禁呢！"马伟泊说。

"'文革'我在牛棚，就只能憋着，难受啊！"文大喜说。

"哦！"闫志国马上产生了共鸣，说，"亲家也在牛棚待过？什么理由？"

"右派嘛！亲家的意思……你也在牛棚待过？"文大喜说。

"那肯定啊！"闫志国说，"罪名还比较长，叫……'地主资产阶级的孝子贤孙'！关键我们家老外公就是个教书先生，完全莫须有！"

"你看看！"文大喜拍了一下桌子，说，"所以我们要感谢小平同志呢，没有他老人家，我们不晓得还要多受多少罪呦！"

"七六年粉碎'四人帮'，到今天……哟，又是二十二年了，光阴似箭啊！"闫志国说。

"那时候我在单位还是小字辈，你看看现在！"马伟泊说。

闫志国说："往事不堪回首啊！"

"也不也不！"文大喜一抬手，说，"回忆一下过去，会让你更加珍惜今天来之不易的幸福！"

闫志国说："这个我同意！"

马伟泊说："真是这样哦！"

正说得热闹，服务员准点上菜来了。

新神仙会的第二个戏码是喝酒吃饭，酒当然是茅台烧。文大喜将两个酒瓶往大圆桌上一墩，然后说："两瓶应该够了。但是我提议，适可而止，好吗？"

闫志国马上应和："适可而止！适可而止！"

4

8月8日，立秋第二天，马伟泊三十一岁的儿子马为民奉子成婚。

过去有个说法，叫作男人一生之中有四件幸事，依次为：久旱逢甘霖，他乡遇故知，洞房花烛夜，金榜题名时。其实不准确，可以改一改，因为"久旱逢甘霖"应该算不得男人独有的幸事，如果改成"头胎生男丁"，估计会大受欢迎。

"他乡遇故知，洞房花烛夜，金榜题名时，头胎生男丁"，这个排序比较符合中国男人"幸事"的内涵。

马为民的老婆叫向美华，结婚没多久就给马家生了个男丁。

现在，奉子结婚已经不再是新鲜事，婚前或婚后，中间就差着一台酒席，已经没有了道德羁绊。

马伟泊当即拉着侯雅蓝上了黔灵山，在弘福寺买了一大把香，见着个菩萨就点三根，再见着个菩萨又点三根，没多久就把手里的香全都点了火。侯雅蓝感觉意犹未尽，还准备去买一把，被马伟泊叫住。

马伟泊凑近了老婆小声说："已经足够了！"

下山的时候，两个人的步履轻盈得不行，侯雅蓝都想蹦跳它几下，否则喜悦心情总感觉没有释放安逸。

回到家里，两人开始分工，侯雅蓝去医院送加了天麻等中药的鸡汤。这是分娩日期的前一天就买好的老母鸡，拿回来马伟泊亲自杀了，放进专门买回来的一个大砂罐里，加入侯雅蓝道听途说买回来的红枣、桂圆干之类，再想想，又把家里不知道什么时候剩下的天麻放了两个。这回安心了，不论生个什么，坐月婆终归需要进补。后来一听说生了个男丁，侯雅蓝顿时感觉之前所做的一切全都得到了回报。

等到侯雅蓝提着鸡汤罐罐出了门，马伟泊马上想起了该自己做的大事情——给娃儿取名字。其实已经想好多少天了的，假如是男丁叫个什么名字，女娃又叫个什么名字，一切都写好放在抽屉里的，就等实际运用的那一天，贯彻的是"不打无准备之仗"。现在梦想成真了，马伟泊打开抽屉，里面铺展着两张信笺，一张上面用钢笔写着"马云飞"，另外一张写着"马春娴"。

马伟泊怡然自得地把"马云飞"拿起来，然后轻轻关上抽屉。

这之前，大满仓和马馨玥已经都生了男娃儿的，文心意和郑改革。就因为都不姓马，马伟泊虽然也高兴，终究没有产生跑去弘福寺烧香的心情。人就是这样，你不要看马伟泊是个正厅级干部，在生男生女的问题上，跟个农民没有差别。即便不会写在脸上，心里也一定有个专属的空间装着这个事情。

另外，马伟泊的这个孙子落生得也是时候。刚生下没多久，徐天媛家孙子赵千里刚好满了六周岁，可以去上学了。于是金美丽马上转战回到舅舅家，开始招呼马云飞，一天都没有耽误。

侯雅蓝相当高兴，说这叫水到渠成啊。不论金美丽这方面的经验是不是够用，有侯雅蓝在身边就不会出什么大错。金美丽也很高兴，那边虽然也是亲戚，终归没有舅舅家孙子这么近，虽然都是拿人钱财，这回毕竟多了一份不能再近的亲情。

那几天，马伟泊家里里外外忙得不亦乐乎。

国庆节之前，中国共产党第十五次全国代表大会于9月12日在北京举行。

大会正式代表2048人，代表着全国5800多万党员。这次大会是在国家改革开放和社会主义现代化建设发展的关键时刻召开的，是一次承前启后、继往开来，高举邓小平理论伟大旗帜，把建设有中国特色社会主义事业全面推向21世纪的大会。江泽民在会上作了题为《高举邓小平理论伟大旗帜，把建设有中国特色社会主义事业全面推向二十一世纪》的报告。

大会首次使用了"邓小平理论"这个概念，把这一理论作为指引党继续前进的旗帜。报告指出：建设有中国特色社会主义的经济、政治和文化的基本目标、基本政策，有机统一，不可分割，构成党在社会主义初级阶段的基本纲领。这个纲领是邓小平理论的重要内容，是党的基本路线在经济、政治、文化等方面的展开，是这些年来最主要的执政经验的总结。

报告指出，21世纪的前十年，是我们国家实现现代化建设的第二步战略目标、向第三步战略目标迈进的关键时期。在这个时期，建立比较完善的社会主义市场经济体制，同时保持国民经济持续快速健康发展，是必须解决好的两大课题。

大会还审议通过了《中国共产党章程（修正案）》，批准了中央纪律检查委员会的工作报告。大会的最大贡献，是把邓小平理论确立为全党的指导思想，对于全党、全国各族人民胜利实现20世纪末的奋斗目标，进而在21世纪开创更加壮阔、更加辉煌的前程产生了极其重大而深远的影响。

在报社做过校对、编辑、编审等工作的文大喜，早就学会了从公开发表的官样文章中洞悉重点并提炼核心。时间一长，还成了一种乐趣，一种生活习惯。

比如，眼前的新闻稿的最后一段"大会的最大贡献，是把邓小平理论确立为全党的指导思想，对于全党、全国各族人民胜利实现20世纪末的奋斗目标，进而在21世纪开创更加壮阔、更加辉煌的前程产生了极其重大而深远的影响"。重点当然是"把邓小平理论确立为全党的指导思想"，核心则是"在21世纪开创更加壮阔、更加辉煌的前程"。

等他把这些都研究透彻了，麻烦来了！他需要把研究成果与别人分享，急需找人倾诉，正所谓不吐不快。经验告诉他，柳文君是绝对不可能的；临时召集一次"新神仙会"吧，一看挂钟已经差不多晚上九点了，没有这个道理！正着急，突然想起了上一次神仙会上说过的GDP数据，对，这就是个由头。

文大喜翻箱倒柜终于把"数据"找了出来，戴上老花镜看了看，马上拨通了闫志国家的电话，这是上次告别时他专门要来的，原先有什么事情是通过闫晓争转达。

"喂，老闫是吧？我是亲家呀，对对，老文！嘿嘿嘿嘿。"文大喜大声说。

在旁边看电视的柳文君一听，小声说："你找人家搞哪样？大晚上的！"

文大喜挥挥手，意思让柳文君闭嘴，说："上次我们不是说的那个……关于中国和美国的GDP数据吗，现在我找出来了……对，是这样，马行长那天不是说美国的GDP是中国的十四倍吗，我现在看了1981年的数据，当时啊，美国的人均GDP是1.4万美元，按照当年的汇率1∶1.74计算等于人均24360元人民币；这样一算，美国的人均GDP是中国人均GDP的49.81倍……简单说五十倍！"

"哎呀！老文！"柳文君实在听不下去了，打断了说，"你当真以为电话费不是你的钱是吧？你当真要煲一回电话粥啊？！"

"嗨呀！！"文大喜用手捂住听筒，说，"你这个人才是！这个月的电话费我自己出，行了吧？！"

柳文君都懒得理他，起身走了。

"哈，有个邻居来问个事情，不管她！"文大喜继续"煲粥"，"我的意思，1981年，美国的GDP是中国的差不多五十倍；今年，也就是十六年之后，这个差距已经缩小到十四倍了！而且会越来越小，你相信吗？……当然相信是吧，哈哈哈哈……就是就是！还有啊，我顺便再给你说说十五大这个情况……"

文大喜全然不管GDP和人均GDP是不是一回事，反正说出来了，让心情豁然开朗了，就行。

那天都睡下了，文大喜突然冒出一个念头来：嗯，文诗路找的这个闫晓争啊……真是不错！

5

文诗仙聪明得很，找人帮忙吧，不说具体要达到什么要求，只说帮忙问问她哥哥的主任科员已经十三年了，领导上是不是对他有什么意见不便明说，说出来有则改之无则加勉之类。

准备帮忙"问问"的办公厅领导也觉得十三年的确长了点，找了个座在一起开会的机会就帮着问了问，报社那边开会的领导不认识文涛，但是答应回去问问，看看是个什么情况。就这么一次"问问看"，加上报社的一些较年轻干部"蹲守"的时间确实也长了点。刚刚开年，文涛便通过组织考察，进入了报社干部选拔的大名单，而且不是虚职，直接任职办公室副主任。

当然，当事人之间只要没有非组织行为，"也该提一提了"当然是一个很好的理由，体现了组织上对干部的关怀。

还有一条，文涛也差不多"年过半百"了。

欢欣鼓舞啊！

文涛在拿到任职文件的那天，第一时间打电话告知了远在茅台镇的爹。没想到电话那头出奇地平静，不过说了一个"哦"字便挂断了电话。估计是高兴过度的表现，文涛想。

文大喜觉得固然值得高兴，但是不知道为什么就是高兴不起来。原因在于这之前他无意之中从刘锦瑟口中知道了文诗仙准备帮文涛的事情，他既没有追问也没有声张。说实话，假如文诗仙真能帮得了这个忙，那是文诗仙综合能力的体现；只是又一想，文涛也真够有出息的！

"凭本事吃饭"是男人们都喜欢说的一句话，现在看来，文涛缺少这个本事。当然，"主任科员十三年"也算个理由，但终归不是文大喜对自家儿子的期望。假如把"蚂蚱也是肉"用在这个地方，文大喜宁愿不要这盘蚂蚱肉。

文大喜因此高兴不起来。但是他又不能说破，那样会一下子伤害两个娃儿，只能选择默默接受。这是1998年年初的事情。

还好，文家总有能让文大喜高兴的事情。

先是杜鹃，兢兢业业在一个单位干了十多年，也当上了副处长；虽说她们单位是市级单位，级别比省级单位的处长低两格，但是下属同样"处长处长"地喊，听不出差别来；况且那也是人家多少年努力工作的结果，值得大家为她喝彩。于是文达德买单，请家里人去大宾馆吃了一顿。之所以没去汉云楼，是因为文达德觉得早该换一换口味了。当然嘛，谁出钱谁说了算。

紧跟着，刘锦瑟在发改委也提了一级，调研员，但是职务没变，还是副处长。

"管他的，总是在进步喽！"一听就是文大喜的话。

除此之外，文大喜算了一下，加上已经任职年限不等的赵光辉、张土改、张花仙和秦晓龙，以及遵义刘承义家大儿子刘冀中；最不济的，徐子的二儿子徐天亮在仁怀县农办也是个科长。一个大家庭里那么多娃儿都有不同程度的进步，而且还在继续着，文大喜能不高兴吗？

这还只是仕途，假如再算上云辉烧房的徐文和刘家宝；房地产公司、投资公司的文达航、大满仓、郑伟他们，以及他们创造的骄人业绩，文家都可以办一整期"光荣榜"了。大大的照片下面配上一朵光荣花，就挂在老宅堂屋的正面墙上，那还不把刀把镇坟墓里的老人们笑醒过来啊？

知足吧，文大喜！这是文大喜自己跟自己的内心对白。

所以古人说"知足常乐"呢。这句话出自先秦时期李耳的《老子》，两千多年前的古人就已经弄明白了这个道理，何况即将跨进21世纪的、早已经丰衣足食的我们呢？

文大喜终于释然了。

通过这一台自己跟自己闹腾的别扭，文大喜突然之间想起了当年老太爷把文家亲自交到自己手里的情景，这才意识到，应该给文家重新物色一个领头人了。

从这一天起，文大喜暗地里开始把文家符合"接班人"这个条件的人，挨个观察了一遍。人选包括了贵阳、刀把镇和茅台镇的，比如文达航、文达德、徐文、赵光辉、文涛、刘锦瑟、郑伟、文心雷等，列举了八个人，之后筛下去几个。比如，文心雷年纪大了些；比如，郑伟总归犯过错误，有瑕疵；比如刘锦瑟对于文家毕竟了解不够多；再比如赵光辉虽然真没找到什么说得走的理由，文大喜还是把他筛了出去。看来啊，文大喜对于"自家人"和"外人"还是分了厚薄的，否则为什么被筛除的多是外姓？

　　剩下文达航、文达德、徐文、文涛四个人，再筛一回，首当其冲的就是文涛，这个不用说。之后又以一直在茅台镇，局限于烧房为理由去掉了徐文。最终剩下了大哥文大同家的两个子孙。

　　这之前，文大喜考虑过要不要去刀把镇当着幺太太的面大家一起商量，他怕幺太太或者文心武会有老大老二家"一家一个"的说法，到时候自己如果坚持呢，势必将文涛的弱点公之于众，那样对文涛不公平。他难道不是在父母跟前一天一天长大的？你当爹妈的就没有责任了？那样一扯就绕远了，得不偿失。所以，文大喜自行决定候选人都是大哥家的两个。

　　其实，当文大喜决定挑选接班人时，第一个跳入眼帘的人选是文达德。虽然文达航也不错，学历、见识、气质、观念，方方面面都能够担当此重任；但他毕竟是在美国长大的，没有中华文化熏陶之下形成的价值观。而这个东西，才是把握文家这条小船在未来的大风大浪中稳妥前行的保证。

　　看嘛，说是两个人选供大家讨论选举，文大喜其实已经有了自己的判断。

　　文达德的学历、见识、气质、观念一样不输给文达航，那么金光闪闪的海归经济学硕士头衔却选择了仕途。就这一条，说明了文达德心中有信念，同时不为世俗所动，并且坚定不移地走上了自己选择的道路。

　　有一天文大喜突然发现，文达德跟自己当年毅然决然踏上报效国家的道路居然那么相似。直到这时他才发现，原来自己是在惺惺相惜！

　　惺惺相惜就惺惺相惜，志同道合有什么不可以惺惺惺惺惺？文家那么多娃儿，能惺惺相惜也很难得呢！

　　思路确定了，乘着清明节文心志回来给爹妈上坟的机会，文大喜在刀把镇召集了一个会议，专门讨论接班人事宜。

　　为了显示公允，文大喜让投票人成为单数，幺太太、文心志、文心武、徐文、文涛、文心雷、马伟泊、郑伟加上他自己，九个人。

　　作为召集人，同时是文家排在幺太太后面的第二长者，文大喜把前因后果说了一遍。确实，八十二岁了，即便心有余，力呢？

　　对于两个候选人，开会之前文大喜找他们交流过，虽然都互相谦让，最后也都同意用投票的方式 PK 一回。事先规定好方法：把选票上面的两个名字划掉一个，则表示同意剩下的那个。

投票开始时，两个候选人面对大门坐好，身后是章悦洗菜用的竹篾小筐，权当票箱。幺太太由章悦搀扶着将选票放进篾筐，后面梁山泊英雄排座次一个跟着一个，最后是郑伟。还不要说，仪式感蛮强，只差拿个照相机拍摄下来。

票投完了，文大喜和文心志负责验票，跟选举人民代表没有差别。最终结果出来了，文达德六票，文达航三票。

看着这个结果，文大喜突然觉得心脏似乎多跳了一下，急忙按住还要假装成没事的模样，他是突然想起了一句过去经常听到的话，"人民群众的眼睛是雪亮的"。

当文大喜喊出"当选者，文达德！"时，文达航和文达德紧紧地拥抱在一起，还互相拍打对方的后背。

一切都是老辈子们看着高兴的模样。

不用说，那天晚上"受伤"的又是茅台烧。

第六十七章

1

孙文心是文大喜的大女儿文诗雨的独生女。其实那个年代文诗雨可以生老二的,1979年还没有全面推行计划生育政策,一对夫妻可以生两个。文诗雨思考的是等头一个娃儿四五岁了,大一点,大人也恢复得好一些,那个时候再生老二,也是个不错的计划。没承想计划没有变化快,1982年计划生育就成了国家的大政方针,没等她的如意算盘扒拉响,生二胎就成了禁忌。为此,老婆婆更加不满意,这也导致她老公孙继业一直有情绪,疙疙瘩瘩了这么多年。

1998年,已经二十三岁的孙文心大学毕业考研考取了英国南安普顿大学的"营销管理"专业,什么都通过了,单单缺钱。

孙文心主意大得很,考研之前就想好了的,要考就考个国外的大学,争取一举摆脱自己和母亲一直以来在老孙家的窘境;至于钱从哪里来,老话不是说了吗,车到山前必有路。爷爷家这边不指望,不是还能指望外公家那边吗?投资公司都能开办的人家,没有差钱的理由。

这不,孙文心找了一个只有两老在家的时间登了老外公家的门,话都没说完,两老就抱着外孙女哭了一台。既为外孙女的励志而高兴,也为文诗雨两娘母在夫家的境遇而悲伤,可谓悲喜交加。

孙文心哭着说:"公公,你借点钱给我嘛,等我以后工作了慢慢还你嘛。公公!"

文大喜哪里听得这个,马上说:"乖乖哟!你给我听好了,还不要说读研,今后不论你考取了什么,公公都一直供着你,直到把这个世界上所有可以学的都学完！而且，吃喝拉撒全都管！管到底！！"

爷孙两个又抱着哭了一台。

文大喜不由得想起了当年，老祖宗蔡花蕾眼睛都没眨一下，去老宅挖出金元宝就送四个娃儿去了美国，那就是老文家的标杆。俗话不是说吗，榜样的力量是无穷的。不要说现在有钱了，就是没钱……那也可以找一个学费便宜一点的学校不是？

没想这事还有后续。

也不知道谁透露的消息，事情被文心志知道了，居然通过电话"遥控"召开了一次"文渊资产投资管理公司"的董事会。只有一个议程，孙文心去英国留学的一应费用作为公司第一笔用于个人的投资，条件是孙文心学成归来必须先去文明房地产或者文渊资产上班。

表决时，没有一张反对票。

文大喜那个高兴啊，会议一结束就让驾驶员接上文诗雨家两娘母，加上他们家两老，直奔刀把镇而去。

到了刀把镇，可想而知的，是以幺太太为中心的一群人又哭一台。

孙继业自打听到孙文心的留学费用全部由文家的公司作为投资处理了，心里面一大坨石头也落了地。翻来覆去想了一个晚上，最终决定痛改前非，争取跟文诗雨彻底和解。原先婆媳之间的那些龌龊，之前已经随着老妈的离世都结束了的。不过是跟文诗雨的疙瘩还没完全解开，孙继业有心缓和一下夫妻关系，只是文诗雨没搭理他。现在老丈人家那么个大手笔成了救人于急难的雨露，作为孙文心的爹，那应该叫恩情嘞。登门去表示一下谢意，哪怕弯着腰杆听老丈人他们数落数落，骂几句出出气，也是应该的。有什么呢？

找了一个午睡之后的时间，乘着文诗雨在单位，孙继业偷偷摸摸去了老丈人家。

要不是文大喜拦着，柳文君都想关了房门，直接拒之门外。

孙继业高低堆着个笑脸，把手里提的两瓶茅台烧举得高高的，说："我是专门来给爸爸妈妈赔礼道歉的！"

"你这个人啊！"文大喜一手拉着门，看看对方，说，"进来说。"

"谢谢爸爸！谢谢妈妈！"孙继业忙不迭把茅台烧放在桌上，说，"之前是我们家不对！我这里给爸爸妈妈赔礼啦！"说完行了一个九十度的礼。

文大喜斜睨着桌上的茅台烧提袋，停顿了有两秒钟，说："你这个……哪里买的？"

孙继业知道，这个剧情就是老丈人准备原谅自己了，而且茅台烧也是作为道具特地买来的，他知道这东西是个话题，容易让老丈人找到对话的借口，果然。

于是赶紧接上，说："我跑了好几个地方，都说卖完了，好不容易才买到！"

文大喜知道这是假话，茅台烧在贵阳的销售渠道他还不知道吗？经销商好几家，都是多少年的老关系。哪家店铺卖得差不多了，一趟摩托车马上就能送两件过去，怎么可能允许断货？但是现在没必要跟这厮费那些口舌，只要他不再欺负文诗雨她们就行。

文大喜说："人啊，一个完整和睦的家庭比什么都重要！夫妻之间，互相尊重是第一要务，要不人家说相敬如宾呢，就是希望天下有情人能够长久相处，和和气气。即便情谊淡薄了，也不妨碍互相尊重啊，对吧？"

"对对对！爸爸说得对！没有说的，我一定按照你老人家的教诲去做。互相尊重，好好生活！"孙继业毕恭毕敬，显得格外谦恭。

不都是那笔钱给逼的吗？文大喜心想。

等孙继业带上门走了，文大喜赶紧给柳文君说："他一千天都是孙文心的爹！而且他们只要还没有到离婚的地步，就只能大事化小小事化了，更不能拒之门外。那不是激化矛盾吗？真要那样了，吃亏的还是文诗雨她们两娘母！"

"我最烦他那个妈！婆媳关系再难搞么，也要有个度嘛！哦，挑起儿子斗媳妇，你们那个家就安逸了吗？！"柳文君越说越气。

文大喜就劝："行了行了，人家不是已经作古了吗？逝者为大，好吧？"

"要不是那样，我真还……停不下来嘞！"柳文君气还没消完，说，"我这是懒得跟她计较！"

"对对对！"文大喜说，"气大伤身，还不如看看电视。哎，最近嘞，长江流域发大水，说是多少年一遇嘞！"

"我不看那个，要看就看《还珠格格》。"柳文君说。

"《还珠格格》要看，特大洪水也要看，国家大事嘛，人人都要关心嘞。"

文大喜说。

"不用,你关心完了,给我讲讲重点就行。"柳文君说。

文大喜说:"嘿,意思我成你的秘书了!"

"那有什么不行的?"柳文君说。

"嘿?嘿嘿!"文大喜无言以对。

进入六月,长江流域出现异常天气。雨大不说,下起来还没完没了。用天气预报播音员的话,叫作"降雨频繁、强度大、覆盖范围广、持续时间长"。

据气象专家跟踪分析,这跟 1997 年 5 月发生的 20 世纪最强的"厄尔尼诺现象"有关,这次"厄尔尼诺"历经一年,到 1998 年 6 月才结束。统计资料分析表明,每次厄尔尼诺事件发生的第二年,我国夏季都会出现南北两条多雨带,一条位于长江及其以南地区,另一条位于北方地区。这次超长的"厄尔尼诺",就是造成 1998 年我国夏季长江流域多雨的主要原因之一。除了气候原因之外,还有河湖调蓄能力下降、削峰作用降低以及水位抬高等因素。

气候异常直接导致了长江流域包括嫩江、松花江等全流域地区的一次特大洪涝灾害。这是继 1931 年和 1954 年两次大洪水后,20 世纪发生的又一次全流域的特大洪水;嫩江、松花江洪水都是 150 年来最严重的全流域特大洪水。

后来统计,包括受灾最严重的江西、湖南、湖北、黑龙江四省,全国共有 29 个省(区、市)遭受了不同程度的洪涝灾害,受灾面积 3.18 亿亩,成灾面积 1.96 亿亩,受灾人口 2.23 亿人,死亡 4150 人,倒塌房屋 685 万间,直接经济损失达 1660 亿元。

2

看看贵阳这边的事情处理得差不多了,文大喜准备回茅台镇,打个电话到云辉烧房,让小黄把"子弹头"开过来,没想就听见了刘和天因为经营不善,"天和酒业"正准备脱手的消息。

文大喜脑筋一转,马上让接电话的办公室主任转接徐文的办公室,一听见徐文的声音,第一句话就是:"你对天和酒业怎么个看法?"

徐文说:"我正准备打电话给你老人家,没想……嘿,怎么看是吧?肯定收编啊!"

"哎呀!你怎么跟舅舅想的一样!这样,'子弹头'马上过来,到了我们就往回走。你先把刘和天稳住,或者让刘家宝直接给他爹讲,就说我有话跟他说,等我回来!"

"我已经给刘家宝讲了,就等你老人家过来定夺。"徐文说。

"哎呀!你看你看!"文大喜只剩下了感叹。

"子弹头"到达茅台镇时,天已经黑尽了。

徐文在招待所定了一个辣子鸡火锅,另外搞了几个下酒菜围在火锅边的铁盘上,因为时间长了点,辣子鸡的油汤都凝结了一层红油皮。徐文和刘和天家两爷子,一边嗑瓜子一边聊天。

文大喜和柳文君一进去,三个人都站了起来。

刘和天脸上略有尴尬,淡淡一笑的同时躬躬身,算是打了招呼。没想文大喜过去一把抓住他的手用力摇几下,满脸笑容说:"好久不见哈,和天!"

"赶紧坐,赶紧坐,边吃边说!舅妈,来来来!"徐文热情似火。

大家围着铁炉子坐下,刘家宝拿出一瓶印着"天和酱香"字样的酒瓶,说:"我爹拿过来的,请大家尝尝。"

文大喜接过酒瓶看看包装,再打开盖子闻闻,指指刘和天说:"嗯!地地道道茅台镇的好酒!和天啊,早就该拿过来我们尝尝的。这个要怪你哈!"

"不好意思!不好意思!"刘和天面有愧色。

"说哪样不好意思嘛!都是一家人,什么话不能说?"刘家宝的额头揪成个疙瘩,说,"我爹呀,年纪大了,一个人经营一个品牌很吃力,还不讨好!我们家里一商量,干脆卖了算了!老年人享享清福,不能再折腾了!"

"家宝这个想法是对的!看看孙孙,喝点小酒,不论茅台烧还是天和酱香,都叫天伦之乐!来,来来来,先喝先喝!"文大喜端起酒杯一饮而尽,继续说,"家宝负责斟酒哈。是这样,和天啊,记得前年你离开云辉烧房的时候我就说过,'今后还有什么事情需要我们帮忙的,尽管说!因为我们是一家人'!时至今日,我的这个话仍然作数,和天哈!既然这样,具体的事情,徐文和你谈,多点少点,都没跑出老太爷和大太太的圈圈去!这叫肥水不流外人田哈！好吧？剩下的事情就是把酒喝好！来他个一醉方休！接到走，来！"

那天晚上，刘和天是让儿子背上车的，瘫软如泥。就那样还一个劲地挈着舌头喊："没醉……嘛！醉了……是龟孙子嘞！"

循着当年老太爷文知辉的为人处世之道，云辉烧房不但收编了天和酒业，还保留了"天和酱香"这个品牌，同时聘请刘和天担任天和酒业的总技术顾问，扩大产能的同时，还增加了云辉烧房的品牌阵容。用文大喜的话，叫"徐文打了一个漂亮仗"。

这么多年下来，徐文学会了严谨，思维严谨，做事同样也严谨。

八十五万收购款项划给刘和天的当天，徐文就派人将天和酒业的所有资产登记造册并贴上了封条。没多久，被分配过去充实天和酒业各个环节的人员都到达了岗位，包括财务。没出一个月，新包装的、生产企业一栏写着"云辉烧房企业集团荣誉出品"的"天和酱香"已经批量出现在茅台烧经销商的仓库里，很快又摆上了所有零售商的柜台或货架；另外，电视台、报纸以及户外广告牌在各地开始了一个轮次的"轰炸"，在人们逐渐认知"天和酱香"的同时，销路也在慢慢打开。

那天的神仙会上，文大喜说起这个事情一直赞不绝口，说："现在都时兴说长江后浪推前浪，然后把前浪拍死在沙滩上。我倒是不赞成这个'死'字，拍在沙滩上已经就够了，干什么非要拍死呢！对不对？但是，徐文这个'后浪'的确不错！"

神仙会已经恢复成原来的那几个字，将"新"字去了，是因为文大喜觉得拗口，不如神仙会念着清爽。

"徐文我有印象，精精干干一个人，很不错的！"马伟泊说。

"当时吧，就是这个刘和天跟徐文竞争云辉烧房的总经理，董事会肯定选择徐文嘛，对方还不高兴，结果现在用事实说话喽！"文大喜说。

闫志国说："哎呀，听你们两个说得这么热闹，真想去茅台镇看看你们的云辉烧房嘞！"

"那还不简单吗？哪天哪天……对了，我们把下一次神仙会放到茅台镇去开，连参观带喝酒，不就眼见为实了？"文大喜说得兴致勃勃。

"真的吗？"闫志国说，"那我可就拭目以待喽？！"

"啐！不信你问马行长，我说话一向驷马难追！"文大喜说，"唉唉，还有个消息哈，说是浙江大学、杭州大学、浙江农业大学、浙江医科大学准备合并组建新的浙江大学。浙大从此由工科大学转变为综合性大学，学科门类齐全，拥有除军事指挥类之外的所有专业。合并之后，在中国内地的大学排名中名次迅速上升，已经位列第三，仅次于北大和清华。我为什么特别关注这个事情呢？因为啊……浙江大学是我的母校！"

"嚯哟！难怪呦！"闫志国说。

"是不是抗战期间，浙大内迁到湄潭的时候？"马伟泊问。

文大喜很高兴，说："就是就是！不光我，当时我们家四个娃儿，全都是浙江大学的毕业生，完了三个同时去美国留学的嘛！"

"哦哟！也只有你们家了，一下子三个娃儿去留学，一大笔钱哦！"闫志国说。

"1942年春天的事情，我们家老太太一听说娃儿要去读书，眼睛都没眨一个，马上让人去老宅挖出二十个打着双'吉'字样的、乾隆年间的十两金元宝！就是这笔钱，支撑了我们三个兄弟在美国的所有学费！"文大喜这时候如果有东西砸上一板，真就成了说书了。

"啧啧啧啧！"马伟泊感叹道，"这个事情我晓得，老太太那是大智慧呀！"

"那是肯定的啊！"文大喜不无自豪地拍了一下桌子。

"哎，"闫志国探过身子，说，"当年把我们家曾外祖父……就是你们说的吴老先生请过去，给你们家老太爷授业解惑的，就是这位老太太吧？"

"啪"的一声，文大喜又拍了一次桌子，说："就是她老人家！"

"这就对了嘛！"闫志国说，"我听我们家老太太……就是吴老先生的大姑娘，她说啊，当年是因为你们家老太爷啊，用计谋弄碎了我们家曾外祖父一抽屉鸡蛋，曾外祖父一气之下，这才拂袖而去！"

场面上静默了大约两秒钟，之后便是三个人爆发出来的大笑："哈哈哈哈……"

3

自从任命郑伟为公司副总经理之后，文达航家两口子确实轻松了很多。原先一些需要他们亲力亲为的事情，比如，土地竞标、项目规划、银行贷款以及楼盘销售等，只要他们放心，郑伟都处理得妥妥帖帖。如果用一句老话来描述，那就是"功莫大焉"。

因为赚钱很厉害，文明房地产公司的楼盘项目不仅从来没断过，很多时候还两三个项目同时上马，这就需要具备强大的融资能力以及管理水平了。因为有郑伟，文达航家两口子从来都没有担心过。什么地方出现问题了，郑伟都会在第一时间赶过去处理好，并且事后都会知会他们一声。

这么顺心顺意一个人，文达航和大满仓当然懂得论功行赏的道理。先是购买了一辆顶配的奥迪A6-2.6E，办完手续五十多万，替换了郑伟原先的桑塔纳2000，这在1998年已经很扎眼了。这还没完，文达航在跟他爹还有二爷爷商量之后，意向同意今年给郑伟的奖金初步定在一百万，看年底的财务状况，不会少，只会多。加上上一年年初将马馨玥任命为办公室主任，把薪酬提升了一截，都是对郑伟的认可。

一百万这个信息是通过大满仓在和马馨玥聊天的时候透露的，意思不是官方渠道，保留着变更的可能性。为了确保不会引起歧义，大满仓特地加了一句"只会多不会少"。

马馨玥当然很高兴啊，回家第一时间就讲给郑伟听了，没想郑伟只是哼了一声便没了下文，搞得马馨玥还以为自己没说清楚，于是又重复了一遍，郑伟这才开了口，说："我听清楚了。"只是表情比较白，就是没什么表情。

马馨玥想想不对，说："什么意思吗你？"

郑伟说："没什么意思啊。"

马馨玥说："怎么可能呢？对于一百万元的奖励无动于衷，而且还说没什么意思？是一百万没意思，还是别的什么事情没意思？"

"哎呀！你就不要啰唆了嘛！"郑伟显得有些不耐烦。

"嗨呀！这就开始嫌我啰唆了？"马馨玥也没了好脸色，数落道，"当初你被单位处理的时候,你怎么不嫌我啰里啰唆去跟我爸爸还有大满仓他们求情呢?现在得了一百万就嫌我啰唆了?!"

"我懒得和你讲!"郑伟抓起沙发上的外衣,头也不回地走了。

马馨玥当然很生气,正要去追,一想儿子放学快回来了,骂了一句:"真是狗咬吕洞宾嘞!"

郑伟懒得和马馨玥讲的,是房地产公司上一年度的税后利润是2300万,这个业绩的取得,完全是自己吃苦耐劳、兢兢业业一点一点拼出来的,这在公司是有目共睹的。功劳苦劳全都占完了的情况下,去年的奖金只给了五十万,相当于公司利润的2.1739%,当时他就不满意,只是不好说。不好说的原因是公司对他不错,年薪、汽车加上他这个级别能够处理的费用,至少面子被撑得壮鼓鼓的,确实不好意思再说别的什么。

今年的利润肯定比去年多,而且还不是多一点两点,如果还是2.1739%,应该是公司不好意思才对。

郑伟在文明房地产公司勤勤恳恳这几年,不但公司认可他,外面的那一帮子朋友也认可他,隔三岔五聚在一起吃喝玩乐,很多时候都是郑伟买单,在一定的尺度之内,公司全额报销。朋友圈里的好口碑自然也带动了公司业务的顺利开展,公司高兴,朋友也高兴。

当然,朋友圈里面也有比他还阔绰的主,那些能赚会花的个体户既没财务人员也没主管领导,那还不是一掷千金、花天酒地啊?时间一长,一个个都变成了"高衙内",干什么都气粗得很。俗话说跟着好人学好人,跟着巫师学跳神,慢慢地,人心就被"污染"掉了。

郑伟也一样,自己都觉得自己功莫大焉了。于是,奥迪A6-2.6E就成了当然之物,一百万也嫌少了,根本原因都是人心有了变化。

人心的变化大体都会出现诸如偏执、短视、极端、钻牛角尖等情况,会影响自己的判断力,接下来就会导致出现偏差和错误。

其实,房地产公司赚取的利润再多,大部分都用于新项目以及文渊投资公司的资本金运作,没谁往自己荷包里面揣。说通俗一点,那就是一堆数字,数字再大,你一天还是三顿饭,多吃一顿都怕长胖;睡的也是那张床,其他房间有床,那是客房,不归你睡。

但是郑伟不这么想，就觉得自己吃亏吃大发了。思来想去，一定要找个机会把信息给大满仓传递回去，免得她压根不知道别人的想法。

那个时候的通信渠道还不多，要么打电话，要么写信，郑伟选择了用不着见面的写信。

"大满仓，你好！你让马馨玥转达的信息我收到了，谢谢公司的关心！只是由于我的外联活动较多，支出大于收入，不足以维护现有的各方面关系，希望能得到公司的大力支持，以便更好地开展工作。此致敬礼！郑伟"

加上标点符号九十五个字，连日期都没写。

"哎呀！你写上日期，凑足一百个字就那么困难吗？！"大满仓这是在借题发挥。

文达航说："怎么办呢？他这是嫌少了！"

大满仓说："我不是跟马馨玥说得清清楚楚的吗，只会多不会少！会不会是马馨玥没说明白？"

"那怎么可能？就是嫌少！"文达航说。

大满仓想想，说："那……先和二爷爷商量了再说！"

为了尽快有个结果，两个人利用星期天把娃儿们都带上跑了一趟茅台镇。走之前打电话给文大喜，说一家人过来吃火锅。

现在跑茅台镇，四小时左右，中午十二点之前就到了。关键招待所的酸汤鱼火锅已经咕嘟了好半天了，这都是听了大师傅的"千滚豆腐万滚鱼"的厨房口诀，就让汤锅在火上慢慢滚。本来文大喜准备整辣子鸡火锅的，听说两个娃儿一起过来，这才换成了酸汤鱼。

文大喜和文达航两个人一开始就对饮上了，一来大满仓说了回去她开车，二来看着由大师傅亲自加工的、让人垂涎欲滴的下酒菜没能抵挡住诱惑，于是边喝边开会。等到二老太太和文心意、文心华两兄妹把酸汤鱼吃得八九不离十了，大人们酒也喝得差不多了，会议也有了结果。

最终结果，两票对一票，同意把1998年度给郑伟的奖金定格为150万，投反对票的是大满仓。

大满仓说:"重要的是不能惯着!这个东西什么是多什么是少?这个口子真要是开了,遗患无穷!"

文达航说:"两军阵前,士气可鼓不可泄。我当然知道'不能惯着'的道理,但是跟确保公司目前的销售势头相比,给某一个人多一点钱真不是个事情。确保队伍稳定,就是确保盈利模式的稳定!我们可以试想一下,假如郑副总这个时候离开,我们公司将会是一个什么情景!"

"我……同意文达航的判断。但是,从今天开始,我们必须认认真真地把郑伟的这个问题提上议事日程了!万不能等亡羊了再去补牢!"文大喜把后面两句说得斩钉截铁。

但是,对于董事会决定增加的这五十万元,郑伟仍然不领情。意思不是他心目中的数字,只是没有再吭气,别人也不知道他怎么想的,都以为他认可了。到底他想要多少,没人知道。

至于董事会已经提上议事日程的郑伟的问题,一时半会还真没有找到合适的办法。文大喜因此失眠了好几个晚上,虽然白天可以补一补,终究不能长久。本身脸上的皱纹就多,这些天又多了一些,只是别人不知道,因为没人去注意他那张老脸。

到底没有躲过柳文君的眼睛。柳文君注意到的倒不是皱纹,而是文大喜的萎靡不振。那天吃酸汤鱼已经听了一耳朵的,因为注意力一直在两个娃儿身上,因此东一点西一点,不得要领。现在听文大喜一说,马上觉得确实是个问题。

"但是,没觉得严重到了让人萎靡不振的程度嘛!"柳文君说。

"那是因为你没有设身处地嘛!"文大喜说,"你想想,这边是自己家的公司,那边是马馨玥的夫婿,手心手背都是肉!既要确保公司的利益不被伤害,又要顾及马伟泊一家的颜面,不好整!真的难!"

"小郑……不至于吧?"柳文君说。

"不至于当然更好!"文大喜两个眼睛都鼓了起来,说,"那万一他要是'至于'了呢?我们怎么办?"

柳文君想想,说:"意思你还没有找到应付这个事情的办法?"

"那还说哪样喽！"文大喜说。

"嗨哟！你是哪个？居然还有你办不了的事情？"柳文君开始揶揄文大喜，通常情况是文大喜揶揄她。

"也行也行，你也嘲笑我一回！这叫礼尚往来哈。"文大喜说。

"嘿嘿！晓得了吧？哎，要不然……你们干脆把他提成总经理，让他骑虎难下。如何？"柳文君说完了还等着对方回复的架势。

文大喜看着柳文君，突然茅塞顿开，说："让他欲罢不能？哎呀！柳文君果真不是等闲之辈嘞！"

"那倒不，不过是强将手下无弱兵而已！"柳文君继续揶揄。

"哈哈哈哈！你这个人啊！"文大喜笑得很开心。

"要不怎么体现举案齐眉呢？"柳文君也笑了。

"是是是！举案齐眉，太举案齐眉了！"文大喜这话完全没有一点揶揄的成分。

根据文心志的提议，文明房地产公司董事会任命郑伟为公司总经理，同时任命大满仓为副董事长兼财务总监。原来郑伟负责的除融资部之外的大部分业务，逐步移交给新任命为销售部经理的马馨玥，办公室主任由原先的副主任顶。

在文大喜心中，郑伟身上已经出现了反骨的端倪，至于为什么会这样，他不知道。他只知道事关马伟泊家一个大家庭的幸福，除非当事人自己跳出来，否则文大喜不能吐露半个字。不是说防人之心不可无吗，就让这个事情在自己心里找个地方存着，假如真是自己看走眼了呢？那就皆大欢嘛，谁也不会被伤害。目前，只能按照这个思路来处理眼前有可能发生的事情。

现在这个结果，是文大喜跟文心志耗费了不少越洋电话费得来的，之前已经跟文达航和大满仓私底下研究谋划好几次了。对于文大喜来说，用马馨玥是一步险棋，这是建立在郑伟大概不会忌惮自己的老婆接手原先属于自己的业务的判断上的；同时相信马馨玥具有独立的职业意识，不会唯郑伟马首是瞻。下一步就是游说大满仓他们跟自己达成共识，目的只有一个，那就是确保公司今年的业绩有较大幅度增长。

处理完了这一切,文大喜突然感觉自己真有点累了,这是之前从来没有过的感觉。这让他想起来一个事,确实,是时候正式宣布文达德接班的事情了。

4

1999年的除夕夜是2月15日,七九第一天,虽然不像三九四九那样"冻死猪狗",冷劲终归还没过去,一场霜冻之后,依旧冷得够呛。

傍晚时分,刀把镇文家的堂屋里则是另外一番景象。两个大圆桌正中间都有一个热气腾腾的枫炭火锅,边上围满了菜盘子,山珍海味应有尽有,琳琅满目。

从贵阳赶过来的老少爷们加上刀把镇的亲眷一共二十二个人,一桌平均十一个。大人们摆龙门阵,娃儿们叽叽喳喳闹腾,这就叫热闹。是幺太太喜欢的场景。

看看差不多了,一直手脚不停的章悦终于也坐下了,于是,文大喜站了起来。

"好了好了!"文大喜拍了几下巴掌,除了八岁的文心华和九岁的刘大伟还在那儿小声争执着什么鸟事,堂屋里基本安静了。

看得出来文大喜心情很好,脸上漾着笑意说话:"今天是大年三十哈!哎呀,原本说找个饭店吃饭的,章悦说年三十这一顿还是自己做,你看这一桌,好辛苦哦!我代表大家谢谢章悦家两个!这个地方应该听得见掌声哈!"

顿时掌声一片……

"吃饭之前先说一个事情哈,"文大喜继续,"是这样,上次……也是在这里,包括幺太太在内的文家九个投票人,选举了我们家新的掌门人——文达德……文达德站起来让大家看看嘛!"

文达德站了起来,大家就笑。

文大喜接着说:"哎……选举的结果啊,文达德以最高票数当选!所以今天呢,是我正式宣布卸任的第一天。从今往后,老文家的事情,文达德负责统筹协调、拍板实施!大家鼓掌!"

这回掌声更加热烈,喜笑颜开。

"文达德是不是应该讲两句啊?"文大喜说。

文达航和大满仓马上起哄:"讲两句!发表一回施政演说嘛!"

"竞选总统!"这一声是文富贵喊的。

等他们闹够了,文达德开始说话:"首先谢谢大家对我的信任!谢谢大家!二爷爷老当益壮是大家都看得见的,只是他老人家颐养天年的想法我们也不能不支持。所以呢,我就替他老人家肩负起这个责任。能不能干好,我真不知道,但是我一定全力以赴!虽然这个差事谈不上使命,不过是我们老文家吃喝拉撒那些事,真要像二爷爷那样处理得天衣无缝,面面俱到,一定不是个容易的事情。但是,我决心跟二爷爷认认真真学习,全力以赴,争取不辱使命!"

这回的掌声更加热烈,关键没人喊"鼓掌",掌声是自发、由衷的。

文大喜凑近了幺太太的耳朵说:"你说他这张嘴巴,树上的麻雀都哄得下来,那些姑娘能不喜欢?"

幺太太说:"这个娃儿肯定能成大器!耶,文富贵的事情咋个说?"

上一年秋天,文富贵大学毕了业。

国家从1996年开始实施新政,大学生不再由国家统一分配工作。这个政策从1995年开始试行,当年百分之十的学生还由国家分配,剩下的百分之九十全部自主择业。到了1996年,大学毕业生全员自主择业。这也是教育体制改革的一个内容。

好在文家有那么些经济实体,吸纳大学生就业根本不是问题,何况还是自家人。问题就出在文达观那里,他的意思是想让儿子直接进入"文渊资产投资管理公司",当个白领,觉得既轻松又体面。

文大喜首先不同意,说文家的公司推行的都是现代企业管理制度,哪里能够想去哪里就去哪里。

"我还想当总经理嘞,钱多嘛!"文大喜说。

"这就不公平了吧!"文达观当然只敢背地里念叨,这话是在街上碰见刘锦瑟摆龙门阵的时候说出来的,"哦,孙文心的全部学费都可以由公司出,我家儿干一份工作就不行?没有这个道理嘛!"

这话很快传到了文大喜耳朵里，文大喜说："这怎么能够相提并论呢？当年文达航和文达德要来云辉烧房，是他们家亲亲的太太金口玉言，说必须从烧房最基础的活路一样一样干起，完了根据各自的能力该干什么干什么！这有错吗？再说孙文心，那是他们家确实有困难，而且人家学的是营销管理，专业正好对口，既帮助了经济有困难的学子，这跟文家一贯以来的家风契合，同时还增加了企业的人才储备。何乐而不为？文诗仙，你去告诉文达观，工作可以有，但是必须从烧房最基础的事情一点一滴干起。必须！"

　　文诗仙都要走了，又被文大喜叫住，说："你告诉文达观，不要尽和人家比享受，要比贡献嘞！文富贵最终能不能去得了文渊公司，还要看他自己努力的程度。绝不是靠他爹这个说客！"

　　文大喜把"说客"两个字说成了重音节，而且还鼓着眼睛。

　　按理，这些话该他们家爷爷文心武亲自说的，是因为文达观那家伙说话没有底线，把一向温和、细致、凡事总是大处着想的二老太爷惹恼了，这才把话说得那么铁板钉钉。文大喜的确很少这样说话。

　　最终，文富贵去了天和酒业的发酵车间，一样一样学，从最基础的"进料"干起。

　　进料谁不会？就是把那些成包的玉米麦子卸下来堆进仓库。

　　鉴于自己之前的话说得确实生硬了一点，当文富贵过来上班的时候，文大喜专门请招待所的大师傅做了一锅辣子鸡，招待了这个重孙辈的年轻人一回，不可或缺的当然是茅台烧。没想这重孙子真能喝，一两三钱的酒杯连干三杯，一下子四两酒就下了肚，还说这是为了感谢二老太爷。

　　等到脸和胃都有热度了，文大喜开始说话："富贵啊，你看你看，哎呀，你这个名字取得好啊，开口就是祝福！哈哈哈哈！"

　　"都是我爹想钱想的。"文富贵说。

　　文大喜笑了，说："其实你爹也没错，但是俗话说的君子爱财取之有道，就是说爱财你要讲规矩，什么钱可以拿什么钱不能拿，心里面一定要有规矩意识，要懂得取舍，否则你根本拿不走。对吧？比如，这次你来公司，从最繁重的烧房基础工作开始做，这就是公司制定的规矩，任何人不得违反，包括你文达德和文达航两个叔叔，没有一个人例外。其目的，就是要让你们明白'粒粒皆辛苦'的道理，让你们的体魄、心智乃至灵魂都得到磨砺，得到锤炼！你明白这个道理吗?"

"我当然明白!二老太爷,不明白的是我爹!"文富贵说。

"哟!有你这句话,我们这顿酒就没有白喝嘞。"文大喜说。

文富贵笑了,说:"二老太爷你放心,我一定按照你老人家说的,扎扎实实把所有技术都学到手,绝不会让你老人家失望!"

"哎呀!富贵呀,"文大喜由衷地高兴,说,"你比你爹强出去不知道多少倍呀!"

那天晚上,老祖和重孙两个也不管什么辈分不辈分了,没完没了地干杯,要不是柳文君拦着,不知道要祸害多少茅台烧。

5

刚刚过了谷雨,还没开始热,彩珠子离开了人世,享年八十八岁。对于这个兢兢业业一辈子相夫教子的女人,文大喜很心痛。

民国三十二年(1943),32岁的钱彩珠嫁给50岁的徐子做了填房。那个年月女人根本没有地位,哪里敢奢望什么爱情?能找一个男的嫁出去就行。假如夫妻两个在后面的生活过程中产生了一点爱情,说明两个人有一定缘分,那是女人的福气。彩珠子连这个都没有得到。虽然也生下了两男一女,可以确定那不是因为爱情。

如果说相夫教子是衡量一个女人幸福与否的唯一标准的话,彩珠子至少有半边幸福,那是儿女给她带来的。时间一长,彩珠子大概压根不知道完整的幸福是个什么模样。

徐子呢,把一生的爱都奉献给了文珠,之后再没有多余的爱给别的女人了。从这个意义上说,他们两个都生活在不可能改变剧情的悲剧进程之中,一直到终老。

文大喜因此觉得痛惜。

虽说徐文早就独当一面了,二舅文大喜还是代表文家主持了钱彩珠的祭奠仪式。

徐家的长孙女徐雨露在山东齐鲁工业大学读一年级,一接到噩耗马上请假赶了回来，披麻戴孝在灵前尽情释放了一回对奶奶的无限爱意，哭得呼天抢地。

大家都知道那是在讲述钱彩珠之前所有的苦衷。

等到该有的程序走完之后，送往火葬场火化了，接下来的事情就是安葬骨灰盒。

1999年，中国的殡葬改革已经推行很长时间了。从1985年开始在部分地区推行火葬，到十二年之后的1997年已经在全国范围内全面实施，主要原因当然是耕地的越发稀缺。1999年我们国家人口统计的数字是12.57亿，每年的自然增减也是个非常庞大的数字，在那些没有山的地区必然占用耕地。推行火葬的同时还开始了公共墓地的建设，至少占用的土地少些，当然也是统一管理、美化环境的措施之一。

文家有自己的墓地，不用去公墓挤。

徐雨露回来那天，看着茁壮成长的那么一个女大学生，文大喜就替钱彩珠高兴了一回的。早就听说她在齐鲁工业大学的"食品科学与工程"专业学习"酿酒工程"，这无疑是徐文的主意，明显就是憋着回来接自己的班的。

没承想就是这么一个学习酿酒工程的女大学生，居然无所顾忌就推翻了大人们顺理成章的动议，坚决反对把奶奶的骨灰盒埋葬在刀把镇，准确点说，是不能跟爷爷的坟墓挨在一起。

徐雨露说："都什么年代了？还准备夫妻合墓啊？"

徐文想想说："夫妻合墓……跟年代有什么关系吗？再者说，各埋各的，你从哪里听来的合葬一说？"

"是！"徐雨露涨红着脸说，"我知道没有关系，爹！不过是我为了引出奶奶和爷爷不能埋葬在一起的借口！"

"为什么呢？！"徐文十分惊讶。

徐雨露说："爹呀，梁山伯和祝英台死后不能合墓都要化成蝴蝶在一起，那是因为爱情哦！"

"徐雨露，说话要有分寸哈！"徐文其实已经猜出女儿接下来要讲什么了，他先说这么一句，是希望女儿不会让大家太尴尬。

"爹呀，你觉得爷爷和奶奶这么几十年在一起，有爱情可言吗？"徐雨露问得轻言细语的。

徐文顿时觉得很虐心，因为这个情况不是只有她徐雨露一个人知道，但是只有她徐雨露说得出口。要不什么叫初生牛犊？

眼下这个情形虽然很尴尬，但也只能硬着头皮去面对。徐文说："有些事情不是你想的那样，他们那个时代吧……这种事情很普遍……"

"等一下！"徐雨露打断徐文的话，"那你这是承认他们之间没有爱情，对吧？"

徐文看着自己的女儿，没说话。

"默认？也行！"徐雨露说，"那么好，所以我坚决反对把奶奶跟爷爷埋在一起！因为这应该也是奶奶的心愿！"

爷儿俩对峙着，互相看着不说话。

"问题是……这只是你一个人的看法嘞！还有叔叔和姑妈他们呢？"徐文至少自己对于徐雨露的说法已经开始动摇了，这是在拼凑另外的理由。

"我去跟他们说！"徐雨露语气很坚定。

"那……骨灰盒埋哪里？"徐文问。

"就埋在茅台镇。我们大家陪着她老人家！"徐雨露依旧坚定。

当钱彩珠的骨灰盒在茅台镇的公墓安葬时，场面有点大。徐家、文家、刘家的人，以及他们在茅台镇周边的亲戚朋友来了不少，把呈阶梯形排列的墓道挤得满满的。钱彩珠的墓碑做得很漂亮，黑色的花岗岩石上面一行行隶书，把家里的人物关系罗列得清清楚楚。

来的人都听说了徐家长孙女的故事，有人点头称是，当然也有摇脑壳的，说："反了她一个小丫头片子！"

五月里的节日挨得比较近，五一劳动节过后是五四青年节，完了没几天就是母亲节。别人家不知道过不过，文家是一定要过母亲节的。

1999年的母亲节是5月9日，既然马伟泊将幺太太的生日确定为"母亲节"，那么幺太太的生日每年都会不一样，比如，上一年就是10号，这也很有趣。

今年的母亲节，马伟泊照例在刀把镇给幺太太过生日。事情给文大喜一说，他马上想起了之前答应亲家公闫志国在茅台镇来一次神仙会的事。

"要不这样,"文大喜说,"干脆把闫志国同志也叫上,一来让幺太太认识一下吴老先生家的这个晚辈,二来顺便去茅台镇把神仙会整了,毕竟答应人家了。你觉得呢?"

"好啊!怕的是不热闹嘞。"马伟泊说。

闫志国同志也是有点搞笑,一听说面前这个白发苍苍的老人家就是文家老大的二夫人,马上就要跪下去磕两个头,硬是被马伟泊和文大喜拉了起来。

文大喜说:"作揖就行!作揖就行!"

幺太太虽然没见过吴老先生,但是听说过文家老大让吴老先生拂袖而去的那个典故。眼前这个吴老先生的后人居然成了文家的亲戚,真是万万没有想到的事情。一高兴,茅台烧就多喝了一杯。

你不要看幺太太是103岁的百岁老人,只要高兴,一顿饭照样喝一杯两杯的。当然,只喝茅台烧。

第二天早上差不多九点钟了,文大喜才醒来,宿醉还没完全消退,好在小黄师傅是清醒的,紧跟着就往茅台镇去。

到了茅台镇,文大喜一看手表,离吃饭还有半个多钟头,就让小黄直接开去了烧房。正好马伟泊也没来过云辉烧房的这个新工厂,文大喜让办公室主任当向导,带着大家从"进料"开始,一直到"装瓶"这么转了一圈。

没人知道闫志国同志好奇心重,看什么都新鲜,问题还特别多,什么都想了解个明明白白,这就耽误了中午的饭点。

从烧房出来,拎着办公室主任赠送的茅台烧礼品盒上了"子弹头",闫志国凑近了坐在前排的文大喜的耳朵小声说:"亲家公也太客气了点!又吃又拿,这怎么好意思呢?要不这样,下回我来当东,礼尚往来一回。好吧?"

"好啊好啊!"文大喜说。

神仙会是从坐上饭桌开始的,都是招待所大师傅的拿手菜,因为柳文君没跟着过来,三个人围着个八仙桌就开干。

"来来来,边吃边说。"文大喜显得有点迫不及待,仿佛等这次神仙会已经很久了,"都看了吧?美国人悍然轰炸中国驻南联盟大使馆,是可忍,孰不可忍啊!"

1999年3月24日，以美国为首的北约军队在没有联合国授权的情况下，悍然对主权国家南斯拉夫联盟开始了第一轮空袭，理由是南联盟内部的塞尔维亚族和阿尔巴利亚族因为民族矛盾而发生了武装冲突，塞族人杀死了45名阿族人。北约以制止塞族人的"暴行"为借口，大肆轰炸南联盟。

按照通常情况，中国对于北约的军事行动进行了严厉谴责。因为真不关中国什么事，通过外交途径表明一下大国态度，仅此而已。没想轰炸进行到5月8日，美国人用B-2轰炸机投下五枚"联合直接攻击弹药（JDAM）"，悍然轰炸了中国驻南联盟大使馆，炸死三人，炸伤数十人，大使馆建筑严重损毁。

"太可恶了嘛！"闫志国义愤填膺，一巴掌拍在桌子上。

"我也在想这个问题，他就不怕中国人报复？！"马伟泊说。

"说是因为中国谴责了他们的侵略行为，这个也不至于啊？都要谴责的嘛！大使馆那可是国家的象征哦，攻击大使馆就是攻击中国，他们不考虑后果？"文大喜说。

马伟泊摇摇头，说："估计没有这么简单！敢冒天下之大不韪，一要有理由，二要承担后果。你以为他们不知道？"

"群情激愤哦！"文大喜说，"各地都举行了示威游行，听说北京的美国大使馆被老百姓围得水泄不通，什么砖头啊，墨水瓶啊，乱砸一气！关键守在外围的武警官兵视而不见，只要不砸着人就行！估计官兵也接到通知了的，不管！"

"那当然啊！"闫志国说，"总得让老百姓出口气啊！哦，只许外国的州官放火，不许中国的百姓点灯？没有这个道理吧！"

"有个小道消息哈，小道消息。"马伟泊说，"开始轰炸没几天，南联盟不是击落了一架被称为世界上最先进的隐形战机F-117吗？之所以能隐形，是因为飞机表面有一层涂料，神秘就神秘在这个涂料上，那可是高度机密啊！据说啊，中国大使馆的地下室里就存放着有这种涂料的飞机残骸！这种消息当然没法证实，但是不失为一种理由。"

"是是是，说所谓隐形，秘密都在表面的涂层上。"文大喜端起酒杯，"来来来，我们喝酒！"

马伟泊放下酒杯，滋了一下说："我觉得有一点是肯定的，就是中国大使馆里面有他们想要的东西，否则不能动那么大个干戈！"

"确实,要想弄清楚子丑寅卯啊,那不晓得要多少年以后了。它有个保密期,看等级,长点短点不一样。"闫志国说。

文大喜说:"也不晓得我们还能不能看到结果。不管它,来来来,喝酒喝酒!"

第六十八章

1

1999年10月1日，是中华人民共和国成立五十周年的日子。因为是在世纪之交举行的一次国庆盛典，是中国共产党领导人民继往开来、与时俱进，把建设中国特色社会主义全面推向21世纪的重要象征，国家在天安门广场举行了"世纪大阅兵"。

江泽民主席担任检阅首长，由17个徒步方队、25个战车方队以及10个空中梯队组成的陆海空三军、武警部队、民兵预备役部队的1.1万多人接受了检阅。

现在老百姓家里很多都是大尺寸的等离子电视机了，清晰度很高。受阅方阵里面随便一点瑕疵，抬个头低个头什么的，包括表情不一致，普天之下的老百姓都看得清清楚楚。因此对参阅人员的训练要求很严，据说顶着大火红太阳训练了很长时间，包括那些领队的将军们。

从1999年开始，国庆节也成了"黄金周"假期。跟春节一样，除了三天的法定假日，再把前后的两个周六、周日挪过来加上，一共放假七天，叫"国庆七天假"。

就为这个"国庆七天假"，文心志特地在美国买了一台索尼四十二英寸等离子平板电视机，邮寄到刀把镇，把幺太太原先那台文涛家下放的十八英寸"华日牌"换了下来。目的就是要让一家人高高兴兴过一个新千年到来之前的最后一个国庆节，同时为新千年的"热闹"做好准备。

新电视机放到堂屋的供桌上试试，高了，得仰着脖子看，时间长了谁受得了；再挪到茶几上，又矮了，眼睛向下，也不对。马伟泊打开包装盒，居然发现有一个挂架，马上说："我就说日本人办事比较细心嘛，现在好了，想放多高就多高，找个人安装一下就行。"

文心武说："正好富贵在，富贵！"

文富贵应声从里屋出来，说："搞哪样，爷爷？"

文富贵是国庆节前一天跟文大喜家两老过来的。因为之前有了良好印象，要来刀把镇就想起了小伙子，问他七天假期怎么过，文富贵说看书；文大喜说七天都看书？文富贵说是啊。文大喜于是把他带了过来，一来换换心情，二来整几天"油大"。

文心武说："你去街上把修电视机的师傅叫来，请他帮我们把电视机挂架装上。"

文富贵过去看看，说："这个用不着请师傅，我来。"

"你行不行哦？"文心武说。

"哎呀，爷爷，四年大学不是白上的嘞！借个电钻，分分钟搞定。"文富贵说。

"耶，"文大喜说，"你不是学应用化学的吗，这个也会？"

"二老太爷，这个东西不用专门学，我们寝室的电器坏了都是我的事。我去修车铺借电钻。"文富贵说完跑了。

幺太太说："现在的娃儿聪明得很，哪样都会。"

马伟泊说："这个倒是不复杂。"

没一会，文富贵跑回来了。大家决定把电视机置于左边两个房门中间的墙上，说幺太太椅子转一转就能看，具体尺寸是幺太太坐着平视往上五厘米，一切都以她老人家为准。

原包装里面配有膨胀螺丝套件，问题老宅是木结构，这个问题文富贵借电钻之前就看好了的，回来时已经把螺杆螺帽都找好了。只见他三下五除二将挂架安装到位，完了把电视机一挂，电源、机顶盒什么的都接好了，文富贵顺手拿过一根小板凳，将机顶盒放上去，遥控器这里那里一调试，"世纪大阅兵"的画面马上出现。

"哎哟！太清楚了嘛！"幺太太惊呼道。

文富贵很有成就感，"我去把电钻还了！"说完一阵风就没了踪影。

比较搞笑的情况出现在文富贵还了电钻回来，还没进门就听见里面有响动，前脚才跨进门，只看见所有人齐刷刷地盯着自己，而且眼光一水的愕然、失措。等他跟着大家的目光移动到另外的方向上了，这才看见日本的四十二英寸彩色等离子平板电视机趴在地上，呈四分五裂状。

文富贵顿时脸色煞白，语无伦次："怎么……个情况？！"

"这该问你才对嘞！"文心武说。

"我……我不是还电钻去了吗！"文富贵说。

"是，"文大喜说，"就在你还电钻的工夫，没谁动它，电视机自己就掉了下来！"

"怎么会呢？！"文富贵苦着个脸。

马伟泊赶紧说："估计啊，螺丝没有上稳当。"

检查之后的结果，确定有两颗螺丝短了一点，螺帽没吃紧，这才导致了一家人空欢喜一场。

"我们家赔！我们家赔！"文心武首先喊道。

文大喜马上说："不用不用！我喊他来的，我来赔！"

"哎呀！赔哪样嘛赔！"幺太太说，"就看那个十八英寸的蛮好的嘛！富贵啊，你帮幺太太把十八英寸的还原回来就行！"

让大家没想到的，是文富贵居然红了眼睛，跟着"呜呜"地哭了起来，边哭还边说："大家都不用争，都是我的错，我用我的工资……慢慢赔！"

文大喜马上过去拍拍娃儿的手臂，说："好了好了！其实哪个都不用赔，我给你们家老太爷说一声，再买一个就是。好吧？不哭了不哭了！"

"主要耽误大家看国庆阅兵嘛！"文富贵苦着个脸念叨。

"嘿！"文大喜说，"那有什么吗？晚上看新闻联播就行，一样的，长点短点而已！但是有一点哈，富贵，的确是因为你干工作不认真、不仔细，电视机才摔坏的！不是要你赔哈，而是要吸取教训。举一反三，目的是避免今后再犯同样的错误！"

"我知道了嘛，二老太爷！"文富贵仍然哭丧着脸说话。

到了晚上，看着十八英寸的电视机，几个老同志回想起白天的情景就想笑，当时那么多人看电视，当电视机咣当一声掉下来粉身碎骨时，就幺太太一个人惊呼了一声："哦嚯！"

幺太太说："当然嘛，人家文心志是给我买的，谁的东西谁心痛喽！但是一看见文富贵哭成那样，我就想，算了吧，蚀财免灾喽，哪里还顾得上心痛嘛！"

"幺太太！求求你老人家不要讲喽！"文富贵喊道。

全体人哈哈大笑。

差不多年底了，又逢着周末，文大喜家两个和马伟泊夫妇再一次聚集到刀把镇，他们是专门过来陪幺太太观看澳门回归的现场直播的。大家在那面木板墙上又看见了一台日本的四十二英寸彩色等离子平板电视机。据幺太太介绍，电视机仍然是文心志寄过来的，文富贵听到消息之后，专门请假跑过来，还把专门购买的几颗长螺丝给幺太太看了，还是上次那几个孔，装完之后试了又试，确信安全无误了，这才接着安装线板什么的。

"这就对了嘛，"文大喜说，"吃一堑长一智，多好。"

现在啊，只要有文大喜认为重要的电视节目直播，四个人都会过来陪幺太太，说是就图一个热闹。

1999年12月20日，中国政府恢复对澳门行使主权的同时，澳门特别行政区成立，结束了葡萄牙对澳门的统治。电视直播画面让全世界都看见了这个值得关注的大事件。

澳门跟香港有点不一样，香港的回归有时间规定，1898年至1997年，九十九年。澳门没有具体年限。

1887年清朝政府与葡萄牙政府签订了《中葡里斯本草约》以及《和好通商条约》。条约规定"由中国坚准葡国永驻管理澳门以及属澳之地，与葡国治理他处无异"。"永驻"，没有期限。

从1986年5月开始，中葡两国就解决澳门问题进行谈判，谈判一共举行了四轮，前三轮谈判之后，因为没有具体日期规定，葡萄牙政府突然在交还日期上改变原本立场，将日期延后至下世纪初。中国外交部发言人于1986年12月31日郑重声明，"在2000年前收回澳门是中国政府和包括澳门同胞在内的十亿中国人民的不可动摇的坚定立场和强烈愿望，任何超越2000年后交回澳门的主张，都是不能接受的"。

1987年1月6日，葡萄牙国务会议原则同意1999年12月20日将澳门治权交还中国。

人们仍然记得闻一多先生的《七子之歌·澳门》：

你可知"ma-cau"不是我的真姓名，

我离开你的襁褓太久了，母亲！

但是他们掳去的是我的肉体，

你依然保管着我内心的灵魂。

那三百年来梦寐不忘的生母啊，

请叫儿的乳名，叫我一声"澳门"！

母亲，我要回来，母亲！

"这回好了，"马伟泊说，"澳门回归之后，闻一多先生《七子之歌》中的七个中华之子，全都回来了！虽然台湾还没有回归祖国大家庭，因为海峡两边都是中国人，那也是迟早的事情。"

"现在看来呀，"文大喜皱起了眉头，说，"也是个错综复杂的事情。首先，李登辉提出的'两国论'正中了民进党的下怀，民进党不是被称为'台独党'吗？其次，从今年台湾的选情看，民进党执政的可能性很大。当然喽，不是说民进党想让台湾独立台湾就能独立，那还要看中国同不同意嘞！你不要看'九二共识'只是口头表述，那也是一口唾沫一个钉，不是儿戏！"

"所以中国不承诺放弃武力统一呢，就是看你们咋个玩，最终总有个解决问题的办法！"马伟泊说。

"哎呀！"文大喜笑了，说，"就差闫志国同志了，否则又是一次神仙会嘞！"

"不对不对，"马伟泊说，"二哥啊，不拘泥人数哈，两个人也叫神仙会！"

"哎，我赞成你这个说法！"文大喜拍了一下桌子。

2

"千禧年"是个神学名词，源于基督教的《新约·启示录》。说的是耶稣基督复临并在世界上建立和平、公正的国度一千年。

在中国文字里面，"禧"字有幸福、吉祥的寓意，跟当今中国人对新生活的憧憬很搭。把"千禧年"移植到2000新千年的肇始之年,特别符合年轻人对新事物的追捧。还没到日子呢,满大街"千禧年!千禧年!"就喊开了。

不过也是,人这一生能碰上新千年的开始,体验一下独一无二的开心和喜悦,也很好。假如能在这个时间点上办一件什么事情,以增加其纪念意义,也很有趣。

已经二十五岁的徐百岁就是这么想的,她把和李俊峰的婚礼就定在了千禧年的元旦。

文家大太太刘彩云一百岁那年的寿宴上,徐天媛把生下来不久的女儿抱来请大太太取名,大太太懒得想,说就叫"百岁"吧!刚刚定了个名字,老外公徐子就昏头昏脑喊出了个"徐百岁",还是人家赵光辉气量大,当即同意姑娘跟妈姓一回,这才"徐百岁徐百岁"地喊了二十五年。

徐百岁是文家第五代里面没有上过大学的两个人中之一,另外一个是文达观。文达观好歹当年考取过大学,只是因为成分问题没被录取;徐百岁不一样,压根没考。

徐百岁脾气倔,而且从小就倔。一岁多还在坐婴儿车的时候,徐天媛喂饭她不好好吃,妈妈一气之下把她关进厨房还熄了灯,小娃儿居然不哭不闹在里面待了二十多分钟,高低不投降。搞得徐天媛哭笑不得,只能喊赵光辉来下台阶。赵光辉连哄带求,这才把那顿饭吃完。从那以后,徐天媛再也不跟她置气了,什么事情不干就算,总之不对抗。

小学五年级时,有一天放学徐百岁没按时回家,家里面急得到处找。那时候通信方式落后,几个要好的同学家一家一家跑去问,徐天媛和赵光辉腿都快跑断了,最后在学校隔壁一个建筑工地找到了人。还是人家建筑工人发现毛坯房的楼梯上坐着个小姑娘,把她送回学校的门卫,这才"物"归原主。一问,说是因为作业没做完被老师批评了,想不通。徐天媛和赵光辉除了摇头,真想知道天底下的父母都还有些什么管教娃儿的良方。

高三那年,正是"冲刺"的节骨眼上,徐百岁的成绩突然下滑,徐天媛被老师传唤到学校,这才知道正跟一个叫李俊峰的男生谈恋爱呢,把徐天媛气得不轻。回家跟赵光辉商量来商量去,决定亡羊补牢一回,把德高望重的二舅文大喜请来,准备跟徐百岁推心置腹交流一次。

那天,文大喜把徐百岁请到了汉云楼的那个包间,好吃好喝地整了一个小方桌，两个人开始促膝而谈。

"百岁啊，"文大喜语重心长，说，"人生就拼搏这一回哦！其他那些东西都可以往后推，唯独高考的时间是固定的。假如因为别的事情把高考给耽误了，后悔一辈子哦！"

徐百岁说："舅爷爷，我也不瞒你老人家，不是我不想考大学，而是李俊峰压根就考不上大学。与其我考上了大学而留下无限相思，还不如两个人都不考了，就这么相亲相爱一辈子，也行。"

舅爷爷有点呆住了，之前都把爱情委婉地说成了"那些东西"，没想人家这里直接就"无限相思"了！接下来……文大喜用食指和中指交替抠着腮帮子那儿一个什么情况，其实那里什么"情况"都没有，只是一时没有找到继续交流的词汇而乘机整理一下思路。

"舅爷爷，"没想让人家小姑娘抢在了前面，徐百岁说，"我晓得你们都是为我好，但是我有我自己的生活目标，假如把我强扭成一个不甜的瓜，最后大家都不愉快，还不如……"

文大喜见她没了下文，于是替对方回答："放任自流。"

"舅爷爷放心，我们的爱情是纯洁的。"徐百岁说这话的时候很平静，既没有深思熟虑，也不像心血来潮。

文大喜的第一感觉，已经没有继续交流下去的必要了，当机立断说："百岁呀，你的想法舅爷爷已经知道了。这样，我们先把饭吃了，吃完了饭，该做什么做什么！"

后来，文大喜只能去跟徐天媛家两口子交流，说："看来呀……我实话实说哈，这个娃儿就不是个读书的料。我是这样想的，她这个性格不能来硬的，与其后来离家出走啊、私奔啊闹得个鸡犬不宁，还不如现在就因势利导，让她平平静静地生活。天底下并不是只有读书这一条路，能读大学的到底是少数。一家人和和睦睦、平平安安最重要。你们觉得呢？"

两口子只剩下了"徐丞相"看"赵丞相"。

再后来，由文大喜出面，在文明房地产给徐百岁安排了一个文员的职位，收发一下报刊，复印一点文件，录入一些资料，都是需要人手的活路，用谁不是用？

为此文达观又叽叽歪歪有话要说，说："怎么偏偏我家儿子要下放去农村劳动锻炼啊！"

文大喜都懒得面对他，让大满仓传话，说："那是因为徐百岁姓徐，对于文珠的后代，文家一如既往地关照，历来如此！另外二爷爷说了，你和文富贵差了不是一点两点！"

文达观还大言不惭，说："那他……也是我家儿！"

千禧年元旦的前一天，徐天媛和赵光辉带着两个新人去了刀把镇，梁山泊英雄排座次磕了一圈头，新郎官李俊峰就算入了文家门。

现在文大喜和李俊峰也成了熟人。那是因为听说了李俊峰从小就喜欢汽车，差不多都到了痴迷的程度；后来徐百岁去了文明房地产公司之后，李俊峰就去跑起了出租车。既然这样，文大喜索性帮忙帮到底，那边跟徐文商量把小黄安排去开别的车，让李俊峰来开"子弹头"；这边再将"子弹头"的户头调去文渊资产管理公司，这就成全了这对新人。

所以两个新人给文大喜磕头的时候，除了以新人的身份之外，更多的是由衷地表达一回谢意。

晚饭之后，徐天媛和赵光辉邀约文大喜去散步。徐天媛挽着老辈子的手臂，赵光辉走在老辈子的另外一边，边走边聊天。

徐天媛说："舅舅啊，这么多年了，谢谢你老人家一直关心我们和徐百岁家两个！有时候就是一种思维方法，想开了，每个人都有他独特的生活轨迹，也挺好的！"

赵光辉打帮帮腔，说："要不是舅舅，真不晓得会怎样！"

"主要是两个娃儿乖，我不过是引导一下，都是他们自己在走。"文大喜说。

"舅舅啊，"徐天媛停住了脚步，有些动情，说，"我知道你老人家这都是为了我妈妈！我和赵光辉在这里替我妈妈谢谢舅舅！"

说完两人鞠了一个九十度的躬。

文大喜连忙扶起他们，顿了顿说："姐姐走那年……我二十四岁，那时候我就下决心一定要帮姐姐照顾好这个小侄女！现在看来，我没有食言！"

"舅舅！！"徐天媛伤心伤意地靠在文大喜的肩头，赵光辉则垂下了脑袋。

3

2001年2月24日是阴历的二月初二，龙抬头，又称农耕节。一听就跟城里的人没什么关系。但是，因为上一年一整年没找着开神仙会的机会，不是这个忙就是那个有事，这让文大喜好些个话题憋在肚子里已经很久了，不吐不快，心里总觉得欠着个事情。乘着在贵阳处理家务的空隙，选择在龙抬头这天中午把两个"会友"邀约去了汉云楼，也不管"龙抬头"跟"神仙会"有没有关系，总算营造了一个一吐为快的场合。

头道茶都还没喝顺畅，文大喜就急唠唠地开始了，他说："去年11月宣判的远华走私案，十五个判处死刑、死缓的人里面，有七个是国家公职人员。"

十一届三中全会之后，中国改革开放的进程稳步推进，伴随而来的是人们对物质利益的认识发生的巨大变化。"朝钱看"这个曾经被文人鄙视的词语又时髦起来了，成了社会一些人的共识，随之而来的便是贪渎腐败之风。2000年发生在福建厦门的"远华特大走私案"的审理，是共产党反腐倡廉决心的彰显，也是共产党纪律检查部门自1949年以来打出的最重的一记"直拳"。

从1996年到1999年，短短三年时间，远华走私犯罪集团直接操纵下的走私成品油、植物油、汽车、香烟等物品达252亿元，他们采用进口货物不报关、伪报贸易性质、伪报货物品名等方法，偷逃税款达115亿元；并以金钱、女色为诱饵，有预谋地拉拢腐蚀一大批国家机关工作人员为其走私提供帮助和庇护。

因为"远华案"被判处死刑和死缓的七个党政干部中，大至公安部副部长，小到街道办事处的科长，全都在金钱面前迷失了方向，倒在了用糖衣裹着的枪弹之下。另外被判处无期徒刑的有十三人，判处有期徒刑的五十八人，六百多名被审查的涉案人员中有近三百人被追究了刑事责任，仅厦门海关一个单位，涉案人员就达一百六十人之多，公职人员远远多于犯罪集团人员。让人触目惊心。

最终，除犯罪集团首恶赖昌星出逃加拿大之外，绝大多数涉案人员都受到了相应的法律制裁。

通过对"远华案"的审理，人民有理由预期，中国今后的贪渎腐败之风能够得到相当程度的遏制。不是从此再没有贪渎腐败了，而是只要你伸手，将你缉拿归案只是时间问题。

"明朝就已经成书了的《增广贤文》里面不是说了吗，不是不报，时候未到。少年儿童的启蒙读物老早就说清楚了的，只能怪赖昌星之流孤陋寡闻。"闫志国说。

"听说海关总署纪检组接到的检举信就有七八十页，而且直指公安部副部长李纪周！"马伟泊说。

"这次倒了不少大人物啊，又想当官，又想吃钱，还想不被警察抓住，哪有这么好的事情？所有吃钱的官员，想的都是自己手段如何高明，没一个去想警察办案的手段如何高明的，所以才倒那么一大片喽！"文大喜说。

"人啊，"马伟泊说，"都是被抓进去了以后才开始后悔，拿钱的时候不知道想没想过会被抓哈？"

"估计没想过，否则他不敢伸手。都觉得自己高明，别人憨。"闫志国说。

"是这样，"文大喜说，"我看过一些忏悔录，一般人送来的钱，当官的即便拿了都会退还给你，只有极少数比较贴心的，觉得万无一失的，才会伸手。但是，往往就是这些最贴心的人交代得最彻底！原因很简单，因为他也想争取坦白从宽。"

闫志国频频点头："是，都已经身败名裂了，争取一个尽可能好的结果，是所有人的出发点，好死不如赖活着呀！"

"哼！"文大喜笑笑，说，"谁说不是，'文革'被关在牛棚的时候，我也不止一次想过……好死不如赖活着！怪嘞！我们家有个亲戚，二老太爷家儿子，叫文德范，小马知道，哎，抗战时期在击毙日本将军阿部规秀的那个黄土岭战役上牺牲的，人家就视死如归！都是人，为什么差距就这么大呢？"

"环境不一样啊！"马伟泊说，"两军阵前，没有道德思考的时间，勇者才能胜利，换了你在那个场合，二哥，一定跟文德范一个样！"

文大喜想想，说："也是哈。所以呀，奉公守法不做亏心事，才是慰藉心灵、平静人生的良药！"

"还是那句话，二哥啊，"马伟泊说，"君子爱财，取之有道。"

文大喜一指马伟泊，说："对。"

正说着,哪儿响起了"丁零零"的声音,闫志国问:"什么声音啊?"

文大喜这才想起自己荷包里的手机,急忙摸出来打开,说:"娃儿给买的诺基亚,啊喂……什么时候的事情……行行行,我这就回来!这就回来!"

"遵义那个刘承义啊,大太太的侄儿,你知道的吗?"文大喜对马伟泊说,"他爱人叫王玉芳,死了!家里让马上回去,人命关天,那你们两个在这里吃饭,我回去!"

"不不不!改天改天!你赶紧去喽!"马伟泊说。

"就是就是,赶紧去赶紧去!"闫志国说。

刘承义当年回到仁怀县当副县长带回来的那个老婆王玉芳,因病去世。他们家大女儿刘水红把电话打到了文大喜家里,告知一声,是因为文大喜是文家唯一去过他们家看望刘承义的人,也算尽到了做晚辈的责任。

和柳文君商量下来,文大喜决定叫上徐文,作为贵阳和茅台镇两边的代表,两边同时出发,在遵义会合。当即把李俊峰叫过来,跟着就上了路。

到了遵义跟徐文会合之后,马不停蹄去了殡仪馆,见到刘家大儿子刘冀中就把白色信封装着的礼金给了,然后去灵台跟前行了礼,李俊峰则跟在徐文后面磕了头;完了坐下喝杯茶,跟晚辈们说说话,便告辞直奔刘承义的住所而去,这是文大喜特地跑这一趟的主要目的。

在刘家,文大喜见到了坐在一张已经有些变形的、厚厚的沙发椅上的刘承义,他已经不认识文大喜了,问这是谁,刘水红在他耳朵边大声说:"你们家姑妈的儿子来看你了!"

也不知道他听懂没有,反正是点了头了。突然之间,刘承义冲着他们行了一个军礼,还口齿不清地喊了一声:"敬礼!"

刘水红说:"爸爸给你们敬礼呢。"

文大喜有些感动,上前紧紧握住刘承义的左手,大声道:"老哥啊,你要保重身体啊!"

挨着刘承义坐下,文大喜的手一直没松开,眼睛也一直没离开老红军那张苍老的脸,好一会儿才问刘水红:"你爸爸情况怎么样啊?"

刘水红说:"老年痴呆更严重了!眼前的人谁都不认识,但是从前的事情却一清二楚。妈妈去世,到现在还没明白怎么回事,只能让他慢慢回忆,也许哪天能想起来。"

"啧!"文大喜忧心忡忡点着头,说,"就你一个人陪着爸爸?"

"国家给了保姆费的,只是……现在还不需要专门请个人,爸爸吃喝拉撒都能自理,只是脑筋不清楚。平常就我一个人,弟弟妹妹他们有空也会过来,没有什么问题。"

"那就好,需要什么记着告诉我。但是我还是觉得请一个保姆比较好,一来减轻你的负担,二来家里面有个帮手,毕竟方便一些。"文大喜说。

"好好好,谢谢二表叔费心跑这么一趟!"刘水红说。

文大喜说:"应该的,应该的!"

文大喜之所以格外关注刘承义,是因为他觉得刘家势单力薄,不像文家那么兵强马壮,且蒸蒸日上;一个幺太太,章悦家两口子专门照护不算,一家人还那么众星捧月一般关怀着,应有尽有,奉献上所有的爱心。再看刘承义,人家一个老红军战士,老年痴呆了也只有刘水红一个人忙里忙外,确实不能比,让人有凄凉之感。

从刘承义家出来,天已经黑尽了,和徐文道别之后,他和李俊峰往贵阳走,在车上就跟李俊峰说好了第二天接上柳文君回茅台镇,说想休息一下。

4

没想非但没能休息,还碰上了麻烦事。

第二天一早,正洗漱着,诺基亚就叫了起来,打开一听,居然是张花仙。平常他们家那边有个什么事,都是文心雷出面,一般轮不到他们小辈。

"二爷爷!"张花仙一贯懒得分析辈分,都跟着文达德他们喊人,说:"你能不能出来一趟?"

"出来?哪样事情?"文大喜问。

"哎呀!还是出来说的好,我开着车不能离开,就在你们家隔壁的巷子口。"张花仙说。

文大喜想想,问:"咦!那个地方能停车吗?"

"哎呀!二爷爷你赶快出来嘛,有事情!"张花仙有些着急。

等坐上了张花仙带着警察标志的轿车，文大喜这才明白巷子口可以停车的原因，说："你们警察要以身作则嘞，乱停乱放！"

"二爷爷！都火烧眉毛了，你老人家还有心思说这些？"张花仙说得一本正经。

"哟，哪样事情火烧眉毛哦？"文大喜说。

"前些时候，我们家秦晓龙和几个朋友吃饭，"张花仙带着几分神秘感开始说，"摆龙门阵过程中，其中一个朋友说了一个事情，说他有一个朋友跟一个小三生了个女儿，就在他们小区租房子住……你等等，二爷爷，听我说完你再插嘴！我晓得你要说这跟你有哪样关系，对吧？听我说完嘛。关键信息是……这个养了个小三、还生了个娃儿的人……叫郑伟！"

"郑伟……郑伟？"文大喜突然瞪圆了眼睛，"你是说马馨玥家……房地产公司那个郑伟？！"

张花仙点点头，说："关键这个消息秦晓龙已经得知两个月了，他说考虑再三才敢告诉我的，说是怕影响亲戚关系！"

"养了一个女儿？！他没有听错吧？"文大喜仍然吃惊。

张花仙点点头，说："秦晓龙那家伙，就没有说错话的时候。他哪里会听错？倒是怕错过了自己养小三的机会还差不多！"

"目前……"文大喜的脑筋转得飞快，综合分析眼下情况的同时还要组织好语言，说，"就我们三个晓得？"

张花仙点点头，说："所以我来找你老人家嘞！"

"哎呀！行行行……这样这样，"文大喜说，"你让我好好想想，看看有个什么几边都能够……反正到时候……我告诉你哈，千万不能再让第四个人知道！"

"哦，那我上班去了？"张花仙说。

都下了车了，文大喜才想起说："警察也不能乱停车！"

张花仙一边"哎呀"一边打着了汽车马达……

文大喜杵在原地，半天想起说一句："我就说这个家伙不简单嘛！果然吧？！"

确实，俗话说的跟着好人学好人，跟着巫婆学跳神，就应验在了郑伟身上。

因为工作性质决定的必须善于交际,这方面郑伟确实做得不错。俗话还说,人上一百,形形色色,良莠不齐是肯定的。看你跟谁学。假如有一帮子热衷于男欢女爱的小团体,总是以有绯闻为乐趣,时间一长,自己要没一点绯闻都觉得跟人家"格外"了,那还不出问题?

郑伟就是在这样一个环境里面放纵了自己一回两回,结果就到了不可收拾的地步。

对方是一个有过一次失败婚姻的白领,叫俞芳霏。一听说郑伟是房地产公司的总经理,俞芳霏的第一感觉就是树大好乘凉,这跟"嫁汉嫁汉穿衣吃饭"是一个道理,郑伟是一些女娃儿梦寐以求的对象。于是不计后果就跟郑伟如胶似漆上了。

当俞芳霏拿着验孕棒给郑伟看的时候,郑伟并不吃惊,因为那是自然规律啊,有那什么了就会那什么,因果关系,早晚的事情,问题只是……如何处理掉。

郑伟当然不会因此跟马馨玥离婚,一来他不过是跟着朋友们"时尚"一回,耍耍而已;二来他那个总经理有人家马馨玥家的因素;三来儿子郑改革都十三岁了,这也是个绕不开的原因。综合考虑了一圈,郑伟决定让俞芳霏堕胎。

这一回倒是郑伟显得有点天真烂漫了,他以为这个事情他说了能算数,顶多就是给钱的事情。没想人家俞芳霏根本不干,何况他也拿不出让俞芳霏彻底闭嘴的七位数那么一个价钱。关键娃儿是在人家的肚皮里面,当家做主的是人家,当然人家说了算。等到郑伟终于弄清楚了俞芳霏的意图之后,这才逼着自己来了一回"头脑风暴"。这还是在建设银行人力资源部搞培训时学到的时尚热词。

既然俞芳霏这边不干,马馨玥那边肯定也不会干,那就只能运用一个三十六计里面的计策了,"胜战计"中的第一计——瞒天过海。

这个计策的第一要素是俞芳霏不闹。只要俞芳霏不闹,马馨玥那边就不知道,事情就成功了一半。

在跟俞芳霏把自己的情况前因后果讲了N遍之后,俞芳霏终于"动心"了。狡猾吧?关键郑伟还真以为是因为自己的"三寸不烂之舌"打动了对方。

郑伟说:"与其鸡飞蛋打一场空,最好的办法,就是我们先买一套小户型安顿下来,等娃儿生下来了,各方面的情况稳定了,然后再从长计议。你觉得呢?"

俞芳霏决不能让郑伟看出自己轻轻松松就答应的端倪,憋半天了说一句:"你让我想想。"

既然一时半会不可能"上位",郑伟家又是那么个情况,俞芳霏当然没有比这个方案更好的方案了,于是点了头。人都是这样,至少心里必须储备着好几套方案,如果这套不行,一定要有替代的。

没多久,郑伟买了一套七十平方米不到的、精装修的两室一厅,置办好铺盖笼帐、家具电器,很快让俞芳霏搬了进去。

第一次和俞芳霏待在属于自己的另外一个"爱巢"里,这是俞芳霏给这套单元房取的名字,郑伟的第一感觉是:也还时尚。

时尚只不过是表面现象,是说给俞芳霏听的;其实郑伟很累,人累,心更累。

词典里是这样解释"瞒天过海"的:本指光天化日之下不让天知道就过了大海。形容极大的欺骗和谎言,什么样的欺骗手段都使得出来。

因为和马馨玥在一个单位待着,理论上郑伟是没有一点点隐私时间的,去哪儿,办什么事,你至少要跟办公室打个招呼,有事人家好通知你,这是公司规定,现任办公室主任是经马馨玥栽培之后提拔起来的姐妹,她知道的事情,马馨玥大都知道,没有秘密;这边没有可供灵活机动的时间,"爱巢"那边又必须偷一些时间去安抚,于是成天"编聊斋"。编完了上午编下午,编完了白天编夜晚,欺骗和谎言交替上演,没完没了。

有时候白天去了"爱巢",假如那天晚上马馨玥有了过夫妻生活的念头,郑伟就要想方设法推脱,到底"子弹"的积蓄需要一个过程,不像自来水那样一开就随时流;要么白天就必须想方设法推脱掉俞芳霏,留着晚上安抚马馨玥用。总之累得很,时间一长,身心俱疲。

俞芳霏更累。因为大着个肚子没办法抛头露面了,跟家里就说出了又远又长的差,跟单位就请长假。后来光编聊斋都圆不过去了,就跟郑伟商量,干脆通过电子邮件办理了辞职手续,然后请了个保姆,在"爱巢"当起了全职太太。对家里继续编聊斋,有一次编聊斋把自己都编生气了,直接跟电话那头的母亲说在外面买了房子，一时半会不回家了。

有些时候，俞芳霏竟然埋怨起怀孕本身来，说干什么非得"十月怀胎"吗？就不能短点吗！

终于熬到了瓜熟蒂落。

俞芳霏在人民医院生下了一个六斤二两的女儿，那是千禧年5月16日那天的事。这在俞芳霏那里总算是个高兴事，但对于眼睛都熬绿了的郑伟来说，肯定是今后一系列未知烦恼的开始，想想头皮都是麻的。

头皮再麻，你还得熬更守夜想个名字，于是头皮更麻。最后叫了个"鸳鸯"，郑鸳鸯，图的就是人家鸳鸯"白头偕老"的寓意，一听就是俞芳霏授意的。

"真是糟改人家鸳鸯的白头偕老哦！"郑伟暗自叹息道。

"糟改"也是我们这边的词汇，曲解、糟蹋的意思。

想想也造孽，别人家添丁加口的喜悦啊、请顿满月酒啊、照张全家福啊等，在郑鸳鸯这里全免。俞芳霏很多时候也暗自神伤，好在郑鸳鸯长得水灵，眼睛亮晶晶的，一逗一个笑，多少减轻了一点母亲的烦恼。

确实，那也是新新鲜鲜的一个小生命啊，她招谁惹谁了？所以中国法律明文规定，非婚生子女在抚养和继承权问题上跟婚生子女一视同仁，不允许歧视。俞芳霏专门了解过这方面的法律规定，再撇，娃儿是有法律保障的。

"撇"是我们这边表示"差""不好"的方言词汇。

郑伟一手策划的"瞒天过海"差不多都八九不离十了，只是他没有料到圈子里面的一个朋友也住在这个小区，天底下当然没有交朋友之前需要先了解他住在哪个小区的道理。那天偶然就碰上了，而且是郑伟刚好拎着大包小包的尿不湿之类的婴儿用品要进单元门的当儿，这就失去了继续编聊斋的可能性，好在是圈内朋友，哼哼哈哈干脆就默认了。

朋友说："还是郑哥有手段哈！"

郑伟说："彼此彼此！哈哈哈哈！"

朋友说："儿子还是姑娘？"

郑伟说："女儿，哈哈！"

这个朋友那天在朋友聚会上说这件事的时候，并不知道监管支队的秦政委跟郑伟那绕山绕水的亲戚关系。秦晓龙一听八卦的主人公叫郑伟，马上问："是不是文明房地产公司的总经理？"

朋友说:"对呀,秦政委认识?"

秦晓龙说:"不不不,听说过。"

秦晓龙把这个具有"爆炸性"的消息憋在肚子里长达两个月之久,火疖子都憋出来了才想通顺了。这么重大一个舆情,与其后来这事让张花仙知道了落得个"知情不报",还不如尽早一五一十说清楚的好。这就有了张花仙违章停车那一回。

文大喜真是第一次碰上这么棘手的、家庭事业搅成一锅粥的问题。即便没有马馨玥,公司也没有理由把郑伟怎么样。工作上人家没一点问题,业绩、口碑,包括为人处世,哪儿都挑不出毛病。说生活作风有问题?现在都什么年代了?况且你们一个民营企业,"生活作风"那叫别人的私生活,隐私,你根本没权利干涉。真要走到撕下脸皮的地步了,人家敢和你对簿公堂,而且郑伟胜算的概率很高。最后要是赔了夫人又折兵,还得支付律师、诉讼一系列费用,那不是自己的脑筋有毛病吗?

况且还有马馨玥,还有已经十三岁的郑改革!马馨玥倒是可以续一个弦,郑改革莫非可以续一个爹?续的,那就叫不着爹,只能叫某叔,或者某伯。

所以,一旦捅破这层窗户纸,那就是天大的一个窟窿,一个伤筋动骨的窟窿,一个没办法修复的窟窿。

文大喜脑壳都整大了,还是没有想出万全之策,因为这个事情压根就不可能万全。

5

文大喜第一次遇见了有事不能找人商量的情况,真是邪了门了!

不行啊,终归你得有个对策啊!眼下首先需要解决的问题是找一个合适的人选,既能商量事情,又不会把事情泄露出去。他把文家的人以及电话本里面的朋友顺过来捋过去多少圈,最后相中了闫志国。

沾点亲带点故吧,还跟事情本身没什么瓜葛;关键辈分上还搭,聊得到一堆,就是他了。

地点当然还是汉云楼，吃饭不吃饭都是次要的了，重要的是争取碰撞出一个可行性方案来。

闫志国一开始不明白亲家公为什么鬼鬼祟祟的，进来关上门了，还回身透过木门上的镂空花格警惕地看看外面，跟走私文物的贩子差不多。等文大喜把情况说了一遍之后，闫志国也觉得确实应该鬼鬼祟祟。

文大喜首先特别强调，说此事不能跟任何人说，包括闫晓争。

闫志国说："那是自然！"

文大喜歪着脑袋想了想，说："我是这样想的，假如能够把郑伟办了，又不伤及无辜，这是上上策；另外，假如不办郑伟，有没有了结此事的良方？第三，如果需要保全他们那个家庭，如何能让那个女的全身而退？亲家公啊，我们来碰撞一回喽，看看能不能找到一个解决问题的办法。"

"咝——"闫志国首先表示一下惊叹，然后才说，"意思……亲家公还没有想出锦囊之计？"

文大喜说："是！三十六计全都想了一遍，不合。"

"确实相当棘手哈？"闫志国说。

"我一个人脑壳都想大了，一点头绪都没有！要不怎么会叫上亲家公你呢！"文大喜说。

"嗯……既要把男主角办了，又不伤害无辜，这个不可能！"闫志国说，"因为'办了'就是对无辜者的伤害！特别是对娃儿！他爹跟一个小三跑了，同学都会嘲笑他。"

"那第二个情况呢？"文大喜恨不得对方一口气全说完。

"不办男主角就了结此事……"闫志国将头扬起，眼睛看着45度角以上的屋顶，呈思考状，半天又"咝"了一声，完了才说，"我先说第三好不好？"

文大喜说："你说！"

"保全家庭，让小三全身而退，"闫志国继续思考，只是时间不太长，然后说，"除非给一大笔钱，买断！"

"买断？给多少？"文大喜问。

"那就需要谈判，直到双方达成意向。"闫志国说。

文大喜想想，说："你再说说第二？"

"不办男主角就了结此事是吧？"闫志国说，"这跟谈判是一回事，结果都是小三拿钱走人。这里面还必须有一个前提，那就是男主角首先要同意这个方案。"

"我看他胆子搞大喽！不同意也得同意！"文大喜大声道。

闫志国说："那不一定哦！娃儿都生了养起来了，还买了房子，相当于农村的买房子买地，一种生活准备。那就是一条退路嘞，应该已经就有了一去不回头的心理和物质准备了！"

文大喜皱起了眉头，说："你的意思……抛下这边老婆和儿子，去和那边的小三和女儿？"

"不是没有这个可能嘞！"闫志国说，"所以说首先要他愿意谈判呢！他要是不愿意，委屈了娃儿也是没有办法的办法。俗话说强扭的瓜不甜，说的就是他跟原配这边。"

"但！"文大喜突然想起，说，"亲家公啊，没想到你一套一套的分析得头头是道嘛！我还真的找对人了嘞！"

"嗨呀，"闫志国说，"不瞒你说，我不是司法局退休的吗？退休之前当过人民陪审员，退休之后和朋友干过一段时间律师的事情，后来律师要办证，我懒得去考试，这才退了出来。法律知识了解一点，有时候帮着出个主意什么的，还能凑合。"

"哦哟，难怪哦！"文大喜说，"搞了半天我还请了一个专家哦！"

"专家不敢当，免费咨询一下，能不能解决你们的问题不敢说，至少可以供你们参考。"闫志国说。

"谦虚了，谦虚了！"文大喜说，"不仅有条有理，而且很专业！亲家公的意思，设法让男主角同意，然后给钱走人，是上上策？"

"对。"闫志国说。

"假如男主角不干……"文大喜看着闫志国，意思让人家接话。

"那就只剩下离婚这一条路了，正所谓天要下雨娘要嫁人，谁都拦不住。"闫志国说。

文大喜想想，说："亲家公的意思……我们就按照这个思路，先来……拿钱走人？"

闫志国说："对。"

"既然这样，这个事情少了小马还不行。不如现在就把他喊过来，算是再来一次神仙会？"文大喜的话语中明显有了松弛的成分。

闫志国说："行啊。"

文大喜摸出"诺基亚"，拨通了马伟泊家的电话。

没多大会，马伟泊就到了。进了门就问："二哥啊，今天怎么想起来了呢？"

文大喜看看闫志国，说："临时起意，临时起意，坐坐坐！我从家里面拿来的湄潭翠芽，第二开，刚刚好！先喝两口再说话。"

马伟泊端起茶杯抿了一口，"嗯！就是和花茶不一样，植物的清香，安逸！"

"那肯定啊！我们家喝了几十年了！"文大喜说。

"好茶好茶！"马伟泊放下茶杯，说，"那……今天是个什么话题啊，二哥？"

文大喜又看看闫志国，将眉间的川字纹聚紧了，顿时显出了凝重，他在思考怎么说。

"哟！话题还比较沉重？"马伟泊猜。

文大喜看着马伟泊，说："你说对了，真的比较沉重。"

"呵呵！"马伟泊笑了，说，"二哥，你也是哦，神仙会能有多沉重一个话题？"

"行嘛！丑媳妇早晚都得见公婆！"文大喜说，"是这样，小马……"

……

等文大喜把事情说了一遍，马伟泊再也笑不起来了。不光笑不起来，还僵住了，下嘴唇微微颤动着，半天说了一句："不会搞错哈？"

"哦！我刚才忘了说一个事，"闫志国说，"什么呢？就是在和……叫郑伟是吧？在和郑伟摊牌之前，必须把那个女的情况摸清楚，搞落实，年龄、住址等，最好有照片！要不马行长现在都提出了疑问，郑伟更不消说。所以必须有真凭实据，必须铁板钉钉！"

文大喜点着头说话："真凭实据是对付郑伟的，这个事情已经铁板钉钉了的！我们把你叫过来，是商量对策。一开始根本不敢给你讲，是我和闫志国同志已经商量好对策了，必须告诉你具体方法了，这才把你叫过来的。"

"郑伟他妈的就是个忘恩负义的王八蛋！！"马伟泊突然一拍桌子吼道。

文大喜平生第一次见马伟泊发脾气，赶紧说："王八蛋毋庸置疑！但是小马！现在的情况是……对策已经出来了，今天的神仙会就是要商量出一个实施方案来！"

"先什么后什么，一步一步走。"闫志国说。

文大喜说："对。"

"老子找几个乡下人把他狗日的办了！！"马伟泊依然很愤怒。但是从"找几个乡下人"这个定义分析，说明还没有失去理智，他还知道乡下人脸生，泄露出去的概率要低一些等因素。

文大喜将马伟泊的茶杯倒满了绿茵茵的茶水，推到他面前，说："喝口水喝口水！亲家公，你也喝啊！"

"不客气！不客气！"闫志国说着，朝马伟泊努了努嘴。

文大喜点点头，说："要不……咱们先吃饭？边吃边聊？"

"我哪里还吃得下饭嘛！"马伟泊一脸的愁容。

"耶！那可不行哦！"文大喜说，"人是铁饭是钢哦！酒照喝，饭照吃！决不能因为世上有坏人而伤害了自己，那不成了坏人当道，好人受罪啦？！"

"就是就是，边吃边聊，边吃边聊。"闫志国说。

没想到三杯茅台烧下肚之后，马伟泊竟然一扫之前的阴霾，豁然开朗，一拍桌子说："对的！就是闫志国同志说的，就是要办他个铁板钉钉！确实，手里没有真凭实据，你还不一定拿得住他嘞！"

文大喜也拍一下桌子，说："那我们就按闫志国同志说的，先拿证据！哎！这个这个……具体怎么操作呢？"

"这个简单。现在有'包打听'……就是私人侦探，讲好多少钱，办个什么事，先给一点定金，完了一手交钱一手交货。"闫志国说得轻车熟路。

"哦。"文大喜看着马伟泊说话，"那这个事情我们就拜托闫志国同志具体操作一下？"

"对对对，该拿多少钱，我拿！"马伟泊说。

第六十九章

1

趁热打铁，闫志国托江湖上的朋友找了一个"包打听"，说私人侦探真是抬举他们了，就是一些没有正当职业的人找个事情做，跟踪、拍照、打听，没什么技术含量，脑筋灵光就行。

事先已经知道某某小区，再把郑伟的车牌号提供给他，说好八千元钱；任务有三，名字、具体住址、照片；先交两千元定金，办完了事情之后付尾款。

半个月之后，"包打听"如约交了货。

闫志国打开一看，名字、几单元几楼几号、照片一样不差，清清楚楚，当即结算了尾款。之后，跟"包打听"扁担开花，各人回家。

完了赶紧往汉云楼赶，闫志国估计那两个已经迫不及待了。

看完照片，大家的第一感觉都是八千元物有所值。除了小三俞芳霏的照片之外，"包打听"居然还拍到了郑伟和俞芳霏笑嘻嘻地从单元门出来的照片，这回真的铁板钉钉了。

三个老者看着摊在桌上的照片，数马伟泊的脸色难看。这也情有可原，摊谁头上谁的脸色难看。

"郑鸳鸯？"文大喜自言自语说，"哎呀！娃儿可怜啊！她又没惹着谁，造孽哦！"

事到如今，已经可以称为"金兰之契"的三个老人，只能携起手来共同应付即将发生的任何情况了。如同攀上了一座悬崖，身后已经没有了退路。

"怎么样？继续走吧！"文大喜的这个话，不论声音还是内容都很具煽动性，马伟泊不用说，事关家庭幸福；连偶然被邀请进来的闫志国都有了"拼他一回"的冲动。

"老子不相信邪的还能把正的压住了！老子就和他打这一仗！"马伟泊红着眼睛说。

文大喜伸出一个巴掌，马伟泊和闫志国"啪！啪！"地拍上去，然后三个人都在用劲，真有点战士上战场拼命之前相互鼓励那样的亢奋，血脉偾张。

"打仗归打仗，但是还是要讲究战略战术哦！就是说不打无把握之仗！要打就把它打赢！"文大喜说。

"对的！"闫志国说。

"我同意！你们告诉我怎么打就行！"马伟泊说。

文大喜看着闫志国说："你是这方面的专家，你说。"

闫志国说："不不不！你是长者，你说！"

文大喜想想，说："这样，我说，你们补充？"

两个人异口同声说："行！"

"这样，"文大喜说，"事到如今，只能让马馨玥知道了！当然，最终如何处理，都必须她自己做决定。所以，你和侯雅蓝先和马馨玥谈，听听她的意见和决定，再来确定我们第二步如何走。你们看呢？"

"我看可以。"闫志国说。

"行，我这就回去！"马伟泊说。

马馨玥和侯雅蓝都是流着眼泪听完马伟泊讲述的故事的。

完了，两娘母索性抱在一起哭，半中拦腰侯雅蓝突然推开女儿，站起来吼道："老娘先去扇他两耳光再说！！"

还没迈出去两步，就被马伟泊抓住，说："如果扇耳光能解决问题，还会等到你？！"

侯雅蓝梗着个脖子坐下了，马伟泊说："二爷爷和闫晓争家爸爸前期已经做了很多工作，就是让我回来跟你们商量，拿个主意。是离婚，还是惩罚？"

"离婚！然后惩罚！！"马馨玥想都没想，冲口而出。

两个老的不说话，头也各人扭朝一边，那意思等马馨玥先把愤怒情绪撒完

"没有什么可商量的，离！充其量你不要脸泡个妞喽嘛！居然娃儿都生下来了！是可忍孰不可忍？！"马馨玥边哭边骂。

"离！！"侯雅蓝的愤怒也被点燃了，义无反顾地加入到受害者的战队里面。

"这样这样，"面对两个愤怒的女人，马伟泊反倒镇定了，说，"你今天晚上就和你妈睡在这里，我睡小房间。趁这个机会好好想一想，二爷爷他们说了,把事情想透彻了再做决定！决定了就不能再后悔！所以啊……好好想一想，我们大家都好好想一想，然后再做决定，好吧？"

第二天一大早，整夜都迷迷糊糊的马伟泊心里惦记着主卧那两个，干脆爬了起来，一开门，就看见两娘母已经在客厅等着呢。于是问："你们两个这一夜……"

马馨玥不说话，侯雅蓝说："我们也是刚起来，哪个能睡踏实？"

确实，谁能踏实？马伟泊想想，说："那……"

"离！"马馨玥语气仍然坚定，说，"爸爸，我知道你和二爷爷他们是为我好，当然更是为郑改革好！但是爸爸，有些事情是不可能忍受的嘛！爸爸……"

看着女儿的眼泪断了线一样汩汩地往外冒，侯雅蓝马上跟着哭开了，马伟泊虽然没哭，脸色也着实难看。

马馨玥边哭边说："但凡他为儿子考虑一点点，都不会让那个娃儿生下来！又买房子又生娃儿，那就是铁了心一条路走到黑了！爸爸！这个情况下我还要考虑我的儿子是不是有个亲生父亲，有意义吗？！天底下没父亲的娃儿多了去了，单亲家庭一样能让郑改革健康成长！你信不信？爸爸！"

马伟泊沉默片刻，点点头说："我信！"

说完过去拉起坐在沙发上的马馨玥，一把搂住；侯雅蓝马上过来抱住两父女，三个人哭作一团。

就凭这个场景，老马家已经下定了决心。

得知了这个情况，"神仙会"真有点措手不及，因为在他们的预判里没有这个选项，而且一个"离"字就把昨天三个人的慷慨激昂全给否了，还让昨天那些场景一下子变得有点搞笑了，文大喜和闫志国面面相觑。

"还是二哥说得对，大主意最终还得马馨玥自己拿。而且，郑改革也同意了！"马伟泊说。

文大喜一怔，说："娃儿已经知道了？"

马伟泊说："已经知道了。同意他妈跟郑伟离婚，我就在现场，一点没含糊！"

"说明已经分得清是非了嘛！娃儿多大了？"文大喜问。

"今年十三，读初一。"马伟泊说。

闫志国马上说："法律规定，父母离异，娃儿年满八周岁就可以表达自己的意愿，八岁之前，无条件跟母亲。"

仔细一分析，既然马馨玥和郑改革都豁出去了，事情反而变得简单了。

"郑伟应该没有在意这个儿子，否则他不会那样。"文大喜说。

马伟泊说："他根本没有资格考虑这个问题！"

"那好，既然确定了，我们就来斟酌一下我们这边的诉求，就是我们这边的底线！"文大喜说得斩钉截铁。

"一、净身出户！"马伟泊说得掷地有声，"二、娃儿归妈，而且不许探视……"

"哎哎哎，这个可以商量，可以商量！"闫志国打断马伟泊说，"这方面法律有相应的规定，我们以法律为准绳，好吧？"

……

等把条款梳理得差不多了，文大喜说："至于房地产公司那边，就凭现在那些真凭实据，总可以把他除名了吧？闫志国同志！"

闫志国想想，说："法律层面不会扯皮了，只是……"

"你说你说！"文大喜说。

"我的一面之词哈！"闫志国说，"因为我听你说过他的工作还不错的，是吧？"

"实事求是说，是。"文大喜说。

"那么，从公司角度看问题，不把婚姻和工作混为一谈，会显得你们公司泾渭分明，管理有序。"

文大喜看着闫志国的眼睛,说:"意思……给他一笔遣散费?"

闫志国点了一下头说:"然后在离婚协议里面写明支付给妻儿的精神损失费!"

"哎呀!"文大喜笑了,说,"到底是老姜啊!"

"毕竟受伤害最大的,是他们两个。"闫志国说。

最终,法院判决书的主要条款是这样规定的:一、过错方同意净身出户;二、儿子郑改革的监护权归马馨玥,郑伟有在规定时间探视的权利;三、过错方支付十五万元作为精神损失费;四、过错方每月支付一千二百元作为儿子郑改革的抚养费,直至十八周岁。

郑伟接受判决,不再申诉。

当然,郑伟接受十五万元精神损失费的前提是,文明房地产公司同意郑伟提出的离职报告,同时支付十五万元的离职补贴。

离婚判决书是9月初签发的,到了11月底了,马伟泊仍然没有心思来神仙会一聚。

确实,离婚案当中最受伤的是娃儿,但是很多时候娃儿的因素都被有意或无意忽略了。大人们都在气头上,很少因为考虑到娃儿而中途罢手,等到他们意识到这个情况对娃儿有可能产生的伤害了,生米已经做成了熟饭,退不回去了。

虽然马馨玥坚持初衷不改,觉得没什么可以后悔的;但是马伟泊和侯雅蓝都觉得其实离婚并不是唯一的选项。不说后悔么,遗憾是肯定有的,特别是对于郑改革。这是马伟泊一直心事重重的原因。

有一天,马伟泊突然觉得自己几次婉拒神仙会的同好真有点过分了,毕竟人家亲力亲为出了那么大的力气,没有答谢人家一回都算了,居然还拒绝!真是不应该。于是主动定了个时间,把他们约到汉云楼,由自己做东来了一次神仙会。

这期间,天下发生了多少大事情。

比如"9·11",2001年9月11日,一个叫本·拉登的沙特阿拉伯人组织劫持民航客机撞击美国世界贸易中心的双子塔及五角大楼,造成近3000人死亡。

再比如，10月7日，美国人以反恐为名，悍然出兵攻打阿富汗，爆发了阿富汗战争。

还有11月10日，世界贸易组织（WTO）第四次部长级会议做出了决定，接纳中国加入WTO。这意味着历经十五年的奋争与期待，中国终于昂首跨进了WTO的大门。

文大喜一上来就侃侃而谈，一个话题接着一个话题，没完没了。闫志国同志倒是能跟他搭上话，只有马伟泊心定不下来的样子，要不要搭两句吧，还让你感觉不在点子上。

文大喜想起了茅台烧，让厨房先炸了一盘花生米外加一个卤拼，才四点过钟就开始喝。

文大喜端起酒杯大声说："来来来，先干了这一杯！"

2

老年人的疾病在冬季发作的概率很大。因为气温低，大都是由于呼吸道疾病诱发其他危害性更大的疾病，很多人因此离开了人世。2002年的冬季也不例外，直接导致八十三岁的胡瓜和七十九岁的刘和天结束了自己的人生旅程，拜会他们的祖先去了。

两个人中间只差了一天，一个文家一个刘家，两边都必须去祭拜一下，文大喜只能去一边，若是让他两边连轴转，怕身体吃不消；加上家族事务早已经传递给文达德了，该他跑一回了。

文大喜自己都觉得确实有点力不从心了。这次全身心操作马馨玥的离婚案就是例证，神仙会好不容易搞了那么个三选一的方案，没想一夜之间就让人家马馨玥给废了。这说明什么？说明你老了，跟不上人家年轻人的节奏了！话虽然没有说出口，放在心里肯定会觉得梗。这次一下子走了两个，自己一家一家顺着跑没有一点问题，况且还有带驾驶员的"子弹头"。但是，不能再大包大揽了，于是把胡瓜那边交给了文达德。

文达德其实不会有意推脱，而是换了单位之后真的忙。

自从香港回归那年当了办公室主任之后，文达德一直努力工作，就是要争取再进步一格；没想2002年被组织部选调到了省政协提案委员会当处长，虽然是平级调动，人人都知道大单位的职数多，容易提拔的道理，也是组织上对于干部梯队建设的顶层设计，那意思还要明说吗？兢兢业业就是进步的阶梯，组织上看得清清楚楚的。特别你初来乍到，忙就对啦。

因此，文达德是真的忙。家里的事和单位的事都叫忙，那顺着忙就是。好在殡仪馆可以晚上去，两边不耽误。

接到二爷爷的通知，文达德邀约上文达航，当天晚上就跑了一趟殡仪馆，他是蹭人家文达航的车。到了地方轻车熟路顺着程序走一遍，然后跟主人家寒暄寒暄，这就完成了任务。

回去的路上，文达航说："也不是什么麻烦事哈？"

文达德说："我们在机关，经常都有老同志的追悼会，你必须去啊！程序都差不多，所以轻车熟路。"

文达航说："政协这边是不是要忙一些？"

文达德说："差不多，只是这边会议多，交通厅那边事务多，各有各的忙法。哎，你这个资本家，最近赚钱赚昏头了吧？"

"呵呵！"文达航笑了，说，"钱是肯定赚，只是没完没了地上项目，单一不说，还觉得有点累。"

文达德说："好嘛！赚钱都嫌累了，真是饱汉子不知饿汉子饥啊！那让我去赚两天？"

"好啊，你来呀。"文达航说。

"就怕抽不开身啊！哎，郑伟……最后什么个情况？"文达德说。

"听说准备跟朋友合伙开房开公司，已经在筹备了。"文达航说。

文达德看看文达航，说："他有钱？"

"应该有吧？"文达航说："他九九年当的总经理，年薪四十万还有分红！而且他干房开轻车熟路，应该没问题。"

"四十万？好家伙！还有奖金，用得完吗？"文达德说。

"所以他养小三呢！"文达航笑得很诡异。

"男人有钱就变坏哈，你呢？"文达德说。

"哎呀！"文达航想想，说，"一天到晚忙前忙后的，好像分不出这个心来！没想过。"

"是没想过，还是不行？"文达德说完，两个人憋了大概有两秒钟，对视一眼，然后爆发出一阵狂笑……

两个人正闹着，文达德的手机响了，拿出来一看，是个陌生号码，打开来"喂"字还没说全，电话那边就传来了哭声，等人家稍稍稳定之后，才知道是姑妈家的李云仙，一听，居然是姑爹李东海的噩耗，说是已经送到了殡仪馆的什么什么厅了。

胡瓜是二老太爷的外孙，李东海则是亲亲的姑爹，远近亲疏不一样。根本用不着商量，文达航马上掉头，原路返回。

在车上，文达德把这个突如其来的情况告诉了还在茅台镇忙活的二爷爷。虽然已经正式接班，好多事情还是二爷爷在处理，再说二爷爷这方面的经验丰富，第一时间告知还有敬重的成分。

文大喜在电话里面叮嘱文达德，让他无论如何盯着，即便白天不能到场，也要交代给一个稳妥的人，说他明天一早就过来。

"文达航跟我在一起的，就托付他了。"文达德说着给文达航挤了个眼睛，说，"二爷爷说我不在的时候你要盯在现场。"

文达航比了个 OK 的手势。

两个人再次赶到殡仪馆时，李东海的灵堂已经有人在紧锣密鼓地布置了。现在什么都程序化，哪儿该挂白灯笼，哪儿该放祈福灯，哪儿摆鲜花，哪儿摆翠柏，连夜就有工作人员一一布置好，所有价格都在费用单子里面明码标价，到时候一笔交清就行。

表哥李飞龙很客气，说有他的几个朋友在，让他们两个回去休息。

姑妈文心仪这一家，因为姑爹李东海的性格内向，文家的家庭活动他很少参加，除非遇见重大事情，大都是文心仪一个人前往。久而久之，连文心仪过来的次数也少了。大家知道他们家这个情况，有事情通知一声，方便就来一趟，不强求。李飞龙随他爹，即便人来了，也是不吭不哈梭边边，很少听见他说话。现在大多数时候都是老姑娘李云仙作为代表过来，大家也都习惯了。

李云仙已经四十九岁了。听说曾经有过一段恋爱经历，后来不知道什么原因就分了手。道听途说传来的一些情况，说可能是同性恋。这在没有相关法律保护的中国是个禁忌。人们大都背地里议论一下，不会去刺激当事人。估计这也是他们家不愿意接触外人的因素之一，讳莫如深。

还好李飞龙弥补了家庭的这种缺憾。婚姻正常，紧跟着生了个儿子叫李明超，早已经长大成人，听说有个对象正谈着，这不是很好吗？

尽管内向，尽管诸多不如意，李东海还是活了八十八岁。各人有各人的活法，家家都有一本经，自己把自己家门前的一点雪扫干净了，也不错。

当文心仪见到特地从茅台镇赶过来的文大喜时，不知为什么，扑在人家怀里就开始哭。也许是这么多年积累下来的心酸终于找到了一个哭一台的理由，哭得连文大喜都跟着心酸起来，旁边的柳文君就不用说了，早就跟着哭成了泪人。

好不容易平静了，行鞠躬礼之后，绕着冷冻棺材走一圈，看着平日里活鲜鲜的那个人现在躺在冰冰凉的棺材里一动不动，心里不是个滋味，便匆匆离开了。

文心仪老了许多。她和二叔文大喜同岁，小时候逼着文大喜当马骑的霸道劲早已经无影无踪，取而代之的是满脸的苍老和衰微。一说起当马骑那段，眼泪就禁不住往下流，要不是有新来的客人需要照应，不知道她的眼泪什么时候能停下。

就这么说几句话又离开，说几句话又离开，断断续续一直到晚饭时间。这时候，文达德领着文诗仙和刘锦瑟，以及文涛家小三口都过来了，一家人围着殡仪馆大食堂那永远擦不干净的圆桌开始吃饭。文大喜抬头望去，只见大厅里人头攒动，走了一拨又来一拨，熙熙攘攘。

晚上坐着"子弹头"往回走，文大喜突然想起了大食堂里攒动的人头，不禁感慨道："哎呀！我走的时候不晓得会不会来这么多人哈？"

柳文君斜他一眼，垮着脸埋怨道："你这个人啊，就是喜欢瞎扯！"

倒是前面开车的李俊峰笑了，说："舅爷爷啊，你老人家还够得活嘞，不急哈！"

文大喜也笑了，说："要得嘛，我不急，急哪样喽！"

眨眼就到了2003年。癸未年的这个春天，世界显得很不平静。

先是以美国和英国为首的联合部队在未经联合国授权的情况下，以一小瓶洗衣粉作为伊拉克人萨达姆藏有大规模杀伤性武器的证据,于3月20日正式宣布对伊拉克开战,伊拉克战争爆发。直到战争结束也没有找到"大规模杀伤性武器"的这场战争,最终导致超过十万平民死亡,伤残者不计其数。虽然推翻了萨达姆政权,却导致了诸如"伊斯兰国"这样的极端恐怖组织的诞生。

这场战争虽然遭到包括中国在内的很多国家和国际组织的批评、谴责,但是美国人想打就打,动辄使用武力或以武力相威胁的霸权形态已经形成,成为祸乱世界的真正根源。现在,你只要听说世界上什么地方又发生战乱了,都不用仔细捋,背后一定有美国人的身影,一定。

伊拉克那边的战争还在如火如荼,2月26日,一名美国商人在越南河内出现了SARS(非典型肺炎)症状,一名世界卫生组织的医生向该组织报告在该地区发生了一种极具传染性的疾病。3月12日,世界卫生组织发布SARS全球警报。这种全新的、由SARS冠状病毒引起的急性呼吸道传染病,被世界卫生组织命名为"重症急性呼吸综合征",简称SARS。

随后SARS在全球范围内迅速蔓延,尤其在东亚、东南亚和加拿大的多伦多最为严重。中国内地也发现了相同病例,虽然有七天七夜建成的"小汤山定点收治医院"等大动作,比起人口基数的庞大数字来说,不足为奇,人们该干什么还干什么。

3月15日,十届全国人大第一次会议在人民大会堂举行第五次全体会议,胡锦涛当选中华人民共和国主席,吴邦国当选全国人大常委会委员长,温家宝当选国务院总理,以及之前在十届政协会议上当选为政协主席的贾庆林,中国共产党第四代领导集体正式接班。

此前,在2002年11月8日召开的中共第十六次全国代表大会以及十六大一中全会上,选举产生了新一届中央领导机构。提出了高举邓小平理论伟大旗帜,全面贯彻"三个代表"重要思想,继往开来,与时俱进,全面建设小康社会,加快推进社会主义现代化,为开创中国特色社会主义事业新局面而奋斗的新目标。

奋斗目标和组织架构都已经确定,接下来就是奋斗。

3

外面的大世界很热闹,文家的这个小堂子也不缺少精彩。

先是在基层锻炼了差不多四年的文富贵被任命为云辉烧房这边的销售部经理,他之前在天和酒业那边销售部副经理的职位上已经干了一年多。现在的文富贵,对于烧房各个环节门儿清,包括清理酒糟的铁铲用完之后放置在哪里这样的鸡毛蒜皮,没有他不知道的事情。人人都看得见小伙子的进步,这也是文大喜和徐文愿意看到的。在董事会讨论选拔事宜的会议上,对于文富贵的任命没有一个人提出异议。

文富贵已经完全适应了茅台镇这个环境,除了小点,哪里都不比贵阳差。而且小有小的好处,一日三餐单位都包了,能花钱的地方就不多,还养成了存钱的习惯。像他这样的年轻人能有如此良好的生活习惯,也是长辈们愿意看到的。当然,也有长辈不愿意看到的,比如,他爸妈就不愿意看见他二十七八了还单着。

文富贵是 1976 年冬天快要来临的时候生的,二十七还没满,他爸妈把他说成二十七八,是为了给文富贵制造压力,希望他早点谈一个。你不要看文达观才五十七岁,想当老太爷的心思不是一天两天了。每次文富贵回来,文达观总要支使钱招娣想方设法提一提婚姻的事,只是事与愿违,没有一次得到过正面回应。有一回文达观硬着头皮自己试了一回,不但碰了一鼻子灰,文富贵还提前返回了茅台镇。文达观从此不敢再提这个茬。

这是文富贵。

另外,茅台镇徐家也有个可喜可贺的事情。徐文的兄弟媳妇叫陈欣悦,近期被提名为仁怀县副县长的人选,正在进行公示。之前在省委党校学习了大半年,应该就是提拔的序幕。

现在当官不是那么容易的,多了一条"群众评议",你真有什么见不得人的情况被老百姓举报并查实,官肯定当不成不说,还有可能受到处理。纪律严明了,做坏事的时候至少人们得三思。而且县级政府部门总共没几个县级职数,坑少萝卜多,要不是组织上对女干部的配置比例有一定要求,陈欣悦很困难。

作为陈欣悦的老公，徐天亮仍然是个科长，也多少年了。管他的，老婆升官也是好事。于是徐天亮自己出面在云辉烧房的招待所办了一桌，大哥家两个、徐天仙家三个加上自己家三个，加上舅舅舅妈，庆祝也好，欢聚也好，总之在一起喝一顿茅台烧。

"不容易！不容易！"文大喜端着酒杯说，"你们爹妈要是九泉有知，高兴是肯定的！实事求是说，在县里面当一个副县长，还是女同志，不容易，真的是巾帼不让须眉啊，是吧？所以，我代表我们所有人，祝贺小陈同志……嗯……旗开得胜！来来来，干杯！"

徐天亮和陈欣悦笑得很灿烂，连声说："谢谢舅舅！谢谢舅妈！"

柳文君说："谢我干哪样喽？一我没帮你的忙，二我没说恭喜你的话……不过呢，确实值得恭喜哈，恭喜恭喜！"

这是第二桩，还有第三。

已经在办公室副主任位置上蹲了五年的文涛，被调动到单位老干处担任处长，虽然是个闲职，管管老同志的吃喝拉撒，也是进步。

"跟退休的老同志去周旋，搞服务，解决他们的生活问题以及思想问题，也不是轻轻松松就能干好的。况且，闲职也有若干眼睛在觊觎着呢！"文大喜说这话的心情明显不错，只是再没了下文。

柳文君说："哎！怪嘞，正该我们家欢欣鼓舞的时候你反倒没了声音，连喝茅台烧的心情都没有吗？"

文大喜说："这你就不懂了！唯独这件事你不能表现出态度，否则人家笑话你。"

"哦哟！这回你倒是泾渭分明了。"柳文君说。

文大喜说："自己家里的事情，你搞得兴高采烈的样子，人家会不安逸，说你憨。"

"自己家里人喝一回酒都不行？"柳文君说。

"那倒是另当别论。改天嘛，改天嘛。"文大喜嘴巴上这么说，之后便没了下文。

第四跟仕途无关。

从美国传来消息，说文达远的老婆玛利亚终于为文心志生了一个孙子，文心志相当满足，在电话里跟文大喜叨叨了半天。按说大满仓早就生了文心意，他们家已经没有了"无后为大"的困扰。但是在文心志心里，文达远是安吉拉剖宫产最先拿出来的那个娃儿，那就是他们家老大，老大家的男丁才是长房长孙，不管文心意比这个取名为文章的小兄弟大多少。

里里外外都是让人高兴的事情，大家的心情都很舒畅，这还促使文家做了一件利国利民的好事。

鉴于文家事业的日益壮大，舆论上居然就出现了希望文家能够热心公益的声音。刀把镇的乡亲都知道幺太太在文家的地位，镇政府负责希望工程的副镇长春节前去文家送春联的时候，就和幺太太拉起了家常。

"幺太太啊！"跟着家里人的称呼喊人凭空就多了一份亲切感，副镇长说，"我都听乡亲们说了，说你们家从文老太爷的父亲那一辈开始，就是我们刀把镇捐资助学的模范。文老太爷就更不用说了，每年都要专门印书送给那些读不起书的娃儿，我们听了都感动得不行！说福荫乡梓，那叫一个名副其实！镇里面开党委会的时候，还有同志发言，说要是两个老人家还在，刀把镇肯定就有希望了！当然喽，人民政府不是修不起学校，而是要让捐资助学成为一种社会风气，让人人都来参与，造福一方百姓。"

幺太太当然听得懂副镇长的那些弦外之音，等文大喜过来请安的时候，就把人家的意思说了一遍，完了说："大喜啊，我也觉得吧，老太爷真要是投胎再来活一回，不用人家来游说他自己都会去干。那天副镇长走了之后，我抬头一看见我们家'行德崇文'这块匾，立马就有了义不容辞的感觉。你说是不是有点怪？"

假如是当年的老太爷或者大太太，就不会把话说得这么绕，直接说拿多少钱就行。确实，毕竟地位不一样，即便已经明媒正娶地嫁到文家了，也没忘记了自己的身份，本本分分做人，谨慎小心行事。这就是幺太太。

老人家话都说出口了，文大喜当然会照办。再加上那几天心情好，当即拨通了美国的长途电话，把情况一说，文心志还说什么呢？"我正在逗孙孙呢，二叔看着办就行。"文心志在太平洋那边说。

放下"美国长途"，文大喜又分别给文达德和文涛通了个电话，让他们了解一下捐资一所"希望小学"的相关情况，并尽快回复。

刚刚放下电话，就听幺太太说："麻烦你们了，大喜啊！"

"你说些哪样哦？幺太太！"文大喜说，"你是文家的老祖宗嘞！你的话现在就是圣旨，说出来我们必须照办嘞！幺太太啊！还不要说我们现在有钱了，抗战期间我们家最困难的时候，老太爷都没忘记了支援前线，我们能够忘记今天的幸福生活来之不易吗？这真不是套话，是实事求是！所以幺太太啊，你老人家决定了的事情，我们办就是！"

结果，文家决定在刀把镇捐资一百万元建一所希望小学的事情，很快就被宣扬得尽人皆知了。镇政府当然积极谋划，很快就确定了地址，加上省里和地方很快到位的配套资金，"刀把镇知辉希望小学"没多久就破土动了工。

名称是幺太太确定的，她觉得这个名称也是圆了老太爷的梦，一个捐资助学、福荫后人的梦。

启动仪式那天来了很多人，省里的、遵义的、县里的，大家都来为希望工程添砖加瓦，生怕打脱了自己。

最高兴的无疑是幺太太，看着红旗招展、人头攒动的建设工地，老人家竟然流下了眼泪，对一直陪在身边的章悦说："我终于体验了一回老太爷热衷公益的那份心情了！居然有了一种幸福感，这是之前我从来没有体验过的。章悦，真是不错！"

打那以后，只要有人开车来刀把镇，幺太太都要让章悦陪着去一趟希望小学建设工地，看着从雏形开始不断增高的各种建筑物，心情只有那么舒畅了。

文大喜听章悦说了这个情况，就跟徐文约定，不论其他人去不去刀把镇，徐文每周一次派个车去刀把镇，以送新鲜蔬菜为名，专门接幺太太去一趟工地。

文大喜说："什么都不用说，只要能让老人家高兴了，就是我们做晚辈的尽到了责任。"

4

有欢乐就会有心酸，这是人生规律。多少年之后，马馨玥终于尝到了又当妈又当爹的艰难。

开始那段时间不觉得，不过是吃饭的时候少了一个人，有重物需要搬运的时候，原先喊一声郑伟就过来干了，现在必须自己亲自干。这都不要紧，要紧的是在郑改革身上发生的变化。

郑改革一向听话，学习成绩也不错，特别是进入高中一年级之后，他知道自己必须跨过高考那道门坎，否则没好日子过，便自觉地缩短了玩游戏的时间。这在大人眼里，简直就是前世修来的福分，马馨玥还在同事面前夸耀过，说自己只有那么幸福了。

自打离了婚，儿子渐渐变得沉默了，原先该做作业的时间慢慢变成了打游戏的时间，成绩自然而然就下滑；后来连性格都在变，遇见什么不如意的事情居然还粗声大气地吼几句，完全没有了原先大人眼里的那种"乖"。

马馨玥试着跟他交流过几次，说："我和你爸爸离婚不是征求了你的意见，你不是同意的吗？"

郑改革犟着个脑袋不说话。

马馨玥忧心忡忡，说："当初要不是你点了头，我们可能还……"

"你的意思怪我喽嘛！"郑改革瞪着个眼睛抢着说。

"没得哪个怪你！"马馨玥说，"只是……妈妈真的不知道你的变化会这么大！妈妈就是想找到原因，看看能不能弥补一下……"

"弥补哪样？"郑改革再一次打断马馨玥的话，说话的眼神里看得出忧伤。

马馨玥不敢再继续下去了，她害怕加深已经显而易见的裂痕。无奈之下，马馨玥只能求助于爹妈。

三个大人躲在主卧研究了半天，觉得只能由马伟泊出面，而且宜早不宜迟。

有一天，马伟泊假装闲庭信步走进小房间的时候，郑改革正在打游戏，见外公进来也没有暂停一下的意思，从表情上分析有对峙的成分。

马伟泊觉得这种状态下不能直接说事，于是绕了个弯子，说："改革啊，怎么样，打到第几关了？"

"我晓得你是来帮妈妈说事的，公公，那就说嘛。"郑改革说话的时候手里的活路并没停下。

马伟泊先是一怔，然后顿了顿，说："改革啊，大人跟你讲话，你是不是应该停一停啊？这样不礼貌哦。"

郑改革放下游戏机，眼睛直视正前方，一副洗耳恭听的架势。

马伟泊在他身边坐下，右手搭在他的肩膀上，轻声道："改革啊，公公知道你有自己的想法，能不能……跟公公说说呢？"

"你们真的觉得我的想法很重要？"郑改革问道。

"当然很重要！比如，你妈妈他们离婚的时候不是专门征求过你的意见吗？是你同意之后，他们才离婚的嘛！"马伟泊说。

"公公的意思，假如我不同意，他们就不离婚了？"郑改革看着马伟泊说。

"这个……"马伟泊显然没有回答这种问题的思想准备，想想说，"至少他们会考虑你的感受！"

"哦，那他们考虑过班上同学骂我叫单亲狗的时候，我是怎么想的吗？"郑改革的眼睛里面开始有了愤怒。

"是谁？谁这么说话？！"马伟泊也很生气。

"公公，"郑改革苦着个脸，说，"其实他们两个都没有把我放在眼里，一个找小三，一个要离婚，考虑的都是他们自己。其实我就是个多余的人，所以我现在就是按照'多余'这个定位在生活。"

完了！马伟泊在心里喊。

按说十八岁才成年呢，现在的人怎么了？又没吃枣精，十五岁就知道了"多余"啊、"定位"啊这些成年之后才能明白的概念，而且运用得很准确。马伟泊终于明白了，当初人家文二哥制定的那么一二三条，真的是深思熟虑的成果啊！结果被马馨玥站在自我立场上的一通激情宣泄，轻而易举就颠覆了局面，置文二哥和闫志国同志的谆谆教诲于不顾，今天的郑改革就是后果。

这可不是个简单问题哦，假如不能及时找到行之有效的办法，后果将不堪设想！

马伟泊想起了神仙会，当即拨通了文大喜的手机，编了个聊斋说有了开神仙会的新题材，问他在不在贵阳。文大喜在电话里说"恰巧我也有话要说，恰巧就在贵阳"，而且马上给闫志国打了电话，时间约在下午三点。

等大家按时在汉云楼见了面，才知道了马行长家发生的事情。文大喜将带来的湄潭翠芽交给服务员，马上直奔主题。

文大喜说："根据你讲的情况看，这个娃儿目前还属于初始阶段，还没到破罐子破摔的地步。但是……实事求是说哈，我还真不知道该用个什么方法能够扭转乾坤，我真不知道！看看闫志国同志？你是法律专家嘛！"

"呸——啧！关键他这个不是法律问题啊！"闫志国说。

马伟泊急着说："哎呀！两位仁兄啊，请你们过来就是要出谋划策嘞！之前你们的那一二三条，现在看来都是金玉良言！只是我们家只顾一时泄愤，辜负了两位一片好心哦！"

"不急不急！小马呀，我们慢慢商量，肯定会有办法的！你不要着急哈！"文大喜说。

其间，服务员进来送茶水，文大喜让她出去关好门。

"就是就是！俗话说办法是人想的，对吧？"闫志国说。

"同学说的'单亲狗'，是吧？"文大喜问。

"同学说的！"马伟泊说。

"哎呀，这都是什么乱七八糟的同学嘛！那……能不能这样呢？"文大喜边想边说，"把娃儿……转一个学校？转学！"

闫志国想想，说："人生地不熟的，会不会影响学习成绩？"

文大喜说："按照马行长说的情况，娃儿都迷上游戏机了，影响成绩只是早晚的事情。何况还有'单亲狗'这些你没法控制的因素呢？你们想想看？"

"也是。反正都影响了，转学至少有可能让娃儿避开不利因素，创造一个让他安心学习的环境。"闫志国说。

马伟泊想想说："是哈，我觉得……至少有这种可能性！"

"当然不是转一个学就能解决全部问题，这只是步骤之一；转学之前要给娃儿做好思想工作，让他闭口不提家庭情况，必须有自我保护意识。家庭当然也要全力配合，多给他温暖，让他心无旁骛，一心一意学习！"闫志国说。

"哎，闫志国同志这个说法很有道理嘞！"文大喜说。

马伟泊说："哎呀！真的伤脑筋啊！现在后悔已经晚了，也只能死马当作活马医了……"

"你这个话我不能同意！"文大喜马上打断他说，"小马呀，都是你们大人惹的祸，关人家娃儿哪样事情？他原本就是一匹好马，不过是跑偏了，只能全力以赴把他拉回来嘞！"

"口误口误！"马伟泊说，"当然是全力以赴，全力以赴！"

"话又说回来，不一定就有效果，先试试看。这个方法的重点，还是要跟娃儿讲清楚情况，首先他要认可！"文大喜说。

马伟泊连声说："好好好，我们一定尽力！"

"要不……"文大喜突然想起说，"我去跟他说一回？也许一个外人……他的抵触情绪不会太那么什么……至少他不会埋怨我。"

马伟泊看着文大喜，有点犹豫，说："合适吗？"

"我只要能说服他同意转学了，就是合适。"文大喜说。

"二哥啊，我说的合适是你这么大把年纪来干这种小儿科的事情，我不好意思啊！"马伟泊说。

文大喜说："那有什么？救人如救火嘞！就这样，我来一回！"

文大喜和郑改革的谈话地点仍然还是汉云楼的同一个包房，而且约在了晚饭时间。马伟泊带着外孙到达时，文大喜点的四菜一汤已经端上了桌。红烧肉焖豆油棒、青椒土豆丝、鱼香肉丝、馋嘴棒豆外加一个粉丝豆腐小白菜汤，两荤两素一汤，热气腾腾的。

事先说好了人送到了马伟泊就离开，屋里就剩下了一老一少。

"来来来！"文大喜热情似火地喊道，"上一次我们见面还是在……刀把镇幺太太家是吧？"

郑改革想想，说："哦。文爷爷好！"

"这样这样，我们先吃，边吃边聊天，好吗？"文大喜说着拿起碗就要盛饭。

"我来我来，文爷爷！"郑改革接过去，盛好了之后双手递给文大喜。

孺子可教的嘛！文大喜在心里说。

郑改革把自己的饭碗放好了，坐下，说："文爷爷，你这个不会是鸿门宴吗？"

"嚯哈哈哈哈！你这个娃娃呀！"文大喜是故意笑成戏剧里的效果的，眼睛都眯成了一根线，就是想把气氛搞得轻松一点，然后说，"鸿门宴是……项羽想杀刘邦，对吧？那我们两个谁是刘邦呢？"

"那当然是我啊，我来赴宴嘛！"郑改革说。

"哈哈哈哈！"文大喜又笑一回，说，"耶！看来你很聪明嘛！吃菜吃菜，千万不能让文爷爷背一个浪费粮食的罪名哦！哎呀，都晓得项庄舞剑不是为了观赏，而是在于杀死沛公，那文爷爷猜一猜哈，你沉迷于游戏机而让学习成绩下滑……意图是为了报复爹妈，对吧？"

郑改革停下了咀嚼，用力咽下嘴巴里的食物之后，看着文大喜，有些委屈，说："是他们先伤害我！"

"那肯定是他们不对！"文大喜大声喊道，索性放下了碗筷，身体往前靠过去，说，"但是，小娃娃，用糟蹋自己的办法去惩罚别人……一定是世界上最愚蠢的办法！你都把自己比作刘邦了，不会糊涂到如此地步吗？刘邦多聪明一个人啊！"

郑改革被憋了一下，居然红了脸，想想说："那我该怎么办呢？文爷爷！"

这就有戏了！文大喜心里这么想着，嘴上却说："像你这么聪明的娃儿不会不知道正确的方法吧？"

郑改革想想，说："文爷爷，我就觉得能气着他们就行！"

"哦——这样哈！当然这只是气话！如果换一个思路，你想不想了解……比如，一个正确的方法呢？"文大喜说这话的时候俯身向前。

郑改革看看文大喜，点了一下头。

"很简单。"文大喜说，"那就是把自己的学习成绩下定决心搞上去！别人不是想看你成绩下滑的笑话吗？来呀，气……都能把那些人气死！"

郑改革想想，说："你……这个……是叫激将法吧？文爷爷！"

"错！"文大喜一拍桌子说，"当年文爷爷考取浙江大学那是在日本人狂轰滥炸的战争年代哟！那时候浙江大学逃难逃到了湄潭，就是我们遵义那边的湄潭县。到处乱得一塌糊涂！炸死的人、饿死的人一路上到处都是！在这样的环境里面要专心学习那么多课程，物理啊，化学啊，谈何容易！但是没有办法，你必须读书啊，否则你拿什么本事安身立命，进而报效国家？你们现在这个读书环境……那完完全全就是太平盛世！假如在这样的环境下面都读不好书，而是游戏自己的人生，那么，将来后悔的一定是你自己！"

文大喜把"一定"两个字说得很重，然后观察对方的反应。

郑改革的眼睛无目的地盯着某个地方，像是有所触动。

"耶，你和我们家文化哪个大？"文大喜说。

"他高二，比我大一岁。"郑改革说。

"差不多嘛。"文大喜说，"文化想玩游戏机的时候我就跟他说，我说摆在你面前就是两条路：第一条，把学习搞好了，今后有出息了，拿着年薪玩游戏机；第二条，骑个单车帮顾客送快餐的间隙，在路边玩游戏机。你自己选！"

郑改革转脸看着文大喜，文大喜赶紧说："我是说文化哈！"

"但是……"郑改革欲言又止。

"还有什么情况？你尽管说出来！"文大喜说。

"我们班有些同学很讨厌！"郑改革说。

"这个简单得很！咱们换一个学校，不跟那些不良少年同流合污就是。有什么呢？"文大喜说得很轻描淡写的样子。

当文大喜左手拎着打包的剩菜剩饭、右手拉着郑改革离开汉云楼的时候，人家都以为是亲亲的爷孙两个。

后来，郑改革转学之后，文大喜进而提出建议，让郑改革搬去和外公外婆居住，尽可能降低娃儿跟马馨玥在一起的抵触心理。各项措施落实之后，娃儿的成绩真就开始慢慢地、稳步地回升了。原本成绩就好，不过是受了些刺激。

马伟泊家三个看着郑改革身上差不多一夜之间换了个人的奇妙变化，都想知道文爷爷到底给娃儿用了什么灵丹妙药。但是，文大喜就是不说，他说不过是交流交流，没什么特殊的。

5

张花仙要去遵义出差，因为是自己开车，过来问问母亲需不需要带点什么给幺太太家。文心雷听文涛说过投资希望小学的事，还知道现在刀把镇那边门庭若市，觉得用不着去锦上添花了。却因此想起了"文革"那时候军代表刘水红来艺校"支左"，解救自己于水深火热的那段经历，至今历历在目。马上拿了500元钱，让张花仙去买点贵阳的土特产带过去，张花仙想了半天觉得这边没什么值得送人的土特产，于是文心雷翻箱倒柜找出一件崭新的、粉红色的、包装都没拆的鄂尔多斯羊绒衫，正是送人的好东西；还找来两盒包装很精美的茶叶一起交给张花仙，叮嘱她一定要代为问候他们家的老人。

张花仙和一个女下属外加一个开车的小伙子在遵义办完了公务，还抽空去遵义会议纪念馆参观了一圈，是因为女下属今年有可能升迁，特地过来沾一沾遵义会议之后中国工农红军从胜利走向胜利的福气。完了才按照母亲给的地址找了过去。

刘承义家住的是国家专门为离退休的老同志建造的房子，四层楼，一楼一户，很宽敞，他们家在一楼。张花仙找到地方之后，就听见从敞着的窗户里面传出来老人的声音，正在说"解放战争"什么的。

张花仙按了门铃之后，刘水红很快出来，一看是个女警察，就问："请问你……"

张花仙说："一定是刘水红阿姨吧？我是文心雷的女儿，我妈让我来看看阿姨和爷爷！"

刘水红说："哦哦，文心雷女儿都这么大了哈，快快请进！"

寒暄之后，把老妈交代的东西给出去了，张花仙说："刚才还没进门就听见爷爷的声音，感觉是个壮年人在说话，中气十足！"

刘水红笑了，说："我爸爸有阿尔兹海默症，眼面前的事情一样都不知道，但是说起当年打仗那些事情，清清楚楚，而且很有自豪感。所以我就经常故意提起当年，让他在回忆之中感受一点幸福，刚才你听到的就是解放战争的事情。"

"你刚刚说她是谁？"刘承义突然问。

"你看，刚刚才说过。"刘水红对张花仙说完又凑近刘承义的耳朵大声说，"她是文德范同志的亲孙女！"

"你是说德范同志？！"刘承义突然变得很激动，眼里马上有了泪光，颤抖着说，"你咋个不……不早说？我知道德范同志的，那年……那年就是德范同志带着我……参加红军的！后来牺牲在……牺牲在黄土岭嘛！呜呜呜呜……"

刘承义突然之间就哭得那么酣畅淋漓……

刘水红赶紧抓了一块毛巾过来，一边安慰一边帮他擦眼泪："好好好，不激动哈！"

张花仙眼睛都红了，是觉得初来乍到别人家，没好意思哭出来。

刘承义恢复之后，刘水红说："我爸爸就是这样，就活在他的往事当中，哭也好，笑也好，都是雪山啊，草地啊，要不就是陕北什么地方；谁什么时候入的党,谁又在哪里牺牲的,全都是这些。"

张花仙虽然不一定懂得眼前这个老战士复杂的情感,但是她明白一点,一定要走过万水千山的艰难险阻之后,人才会变得这么纯粹,即便老年痴呆了,始终不会忘记的,还是那些刻骨铭心的岁月,以及那些刻骨铭心的人和事。

虽然心潮难平,终于也到了该告辞的时候了,毕竟外面还有两个同志在等着。

张花仙站起身来,过去捧着刘承义那双满是老年斑的手,说:"老爷爷啊!我走了,你老人家要多多保重啊!"

刘承义扭脸问刘水红:"她是谁?"

张花仙这回再也没办法忍了,"呜呜呜呜"就开哭,比刘承义刚才的哭声还要大,呜呜滔滔……

第七十章

1

2006年元旦这天，国家主席胡锦涛签署第46号主席令，宣布取消农业税，这在中国当然是个大事情。沿袭了两千多年的传统税收的终结，说明中国的改革开放使得工业和服务贸易业所取得的成就为彻底去除农民负担提供了坚实的基础，它开启了工业反哺农业的全新模式，标志着我们国家的改革开放进入了一个新的转型期。

中国作为历史上传统的农业大国，农业税一直都是国家的重要税赋，是江山社稷的基础，国库收入的主要来源。针对一切有农业收入的单位和个人征税，一直都是天经地义的"皇粮国税"。随着改革开放的深入推进，国家经济实力大幅度提升。2005年的400亿农业税收只是当年国家税收总量的2%，这就为取消农业税，从而逐步提高农民的生活水平提供了支撑。没有中国农民的富裕就没有中国的富裕，这句话成为元旦那天最能触动人心的口号，也是国家一系列民本措施的体现。

除农业税之外，早在2004年3月举行的第十届全国人民代表大会第二次会议通过的宪法修正案，首次明确规定"国家尊重和保障人权"。同时，《宪法》还首次明确规定"国家保护合法的私有财产"，这标志着市场经济基本原则在中国社会得到了确认。这些用宪法固定下来的内容，使得共产党一直倡导的立党宗旨"为人民服务"有了更加具体的、实实在在的内容。

退休三十年之后，已经到了鲐背之年的文大喜不论忙着还是闲着，依旧每天都要抽空读一读当天的《贵州日报》，有重大新闻的时候就细读，没有就浏览，总之要把所有版面扫一遍，不是对报纸有多深的感情，而是已经成了习惯。

当他读到国家取消农业税的新闻后，平白无故就生发出一种使命感来，居然想到农村去实地采访一下农民，看看他们对于取消农业税是什么感受。

事情说给柳文君听，柳文君用疑惑的目光看看他，说："你这都是闲出来的毛病！每天让你挖两亩地，不挖不管饭，你看你还会不会有使命感！"

文大喜笑了，说："哎呀，其实就是想重温一下当年当记者跑新闻时候的感觉，反正也没什么事。"

"你看吧，闲出来的毛病！而且吧，你真的跟报社感情就那么深吗？不会吧？你总不会忘了你那顶'右派'帽子！"柳文君说。

想想也是，自打1951年从美国回来就在报社待着，算算已经五十五年了，即便退休了，不是还拿着人家工资吗？虽然其间这样那样诸多的不如意，仔细想想，大多数都不是哪个个人左右得了的事情；既然是时代产物，你就只能认命。否则自己把自己愁死了，拿什么去享受当下以及将来的幸福生活？

文大喜趁机把各个年代那些没法忘记的人和事在脑筋里面过一遍，这才看清楚国家都经历了什么，个人又经历了什么。行了，"右派"帽子有什么？不是也摘了吗？也许没有那顶帽子，又会有别的什么天灾人祸呢？人一定要懂得放下，你才有可能得到幸福。

什么是幸福？在文大喜的认知里面，在法律的框架内你想怎样就能怎样，就是幸福。

比如，现在想喝茅台烧了，喝就是，一瓶不够就喝两瓶；想去茅台镇了，李俊峰开着"子弹头"就走，既不用写报告，也不用谁批准；刚刚冒出个给幺太太办个热热闹闹的110岁寿辰的念头，现在已经准备得差不多了……

这还不算幸福吗？

正想着，就听柳文君说："与其发毛病，还不如把幺太太的寿辰再琢磨琢磨，那才是个正经事！"

"还真是！"文大喜说。

2006年的5月14日，是幺太太足足一百一十岁的整寿辰。但是幺太太说一百岁已经过过了，不能没完没了没个完。家里人就说其实是找个机会让大家聚在一起热闹热闹，幺太太就说那随便找个星期六、星期天的不一样吗？就是不松口。

为此文大喜和马伟泊商量了好多次，始终没找到突破口。

后来听章悦说了一个情况，说幺太太平时爱听殷秀梅那样的女高音，只要有殷秀梅的歌舞节目，幺太太从来不打盹，特别是那首《我爱你，塞北的雪》，更是百听不厌。

文大喜仿佛看到了希望，开始琢磨既然不可能请来殷秀梅，是不是能找一个替代品的"殷秀梅"呢？里里外外的亲戚朋友打听了一圈，终于在文达德那里有了回音。

因为政协委员里面什么界别的人都有，文达德只需要顺着名单看一遍，就了解到确实有一个歌舞团的女高音演员适合"替代品"的条件。马上通过提案委员会办公室的电话和人家"女高音"联系上了，约一篇"关于进一步加强民族声乐培养体系建设"的提案的同时，顺便把为一百一十岁高龄的老人演唱一首《我爱你，塞北的雪》的意思说了，没想人家当即就答应下来。文达德马不停蹄把这个消息告诉了二爷爷。

文大喜说："算你一个头功！"

就这么一个由头，人家都准备把《我爱你，塞北的雪》搬到家里面来唱一回了，你幺太太还好意思犟着？

幺太太终于松了口，同意办几桌，只是不能像上回那样请那么多人。具体几桌，怎么个吃法，她让文大喜他们几个自己商量。

改革开放二十八年之后，中国发生了翻天覆地的变化，这直接反映在老百姓的日常生活——吃喝拉撒上。

1961年，二老爷家文心宽要结婚，大老爷家这边戒了一个月的荤腥，凑了十张肉票送过去，两边的肉票加在一起这才凑合着把婚给结了。就因为一个月没吃肉，第二个月李孃炒的一碗豆豉颗炒油渣还没端上桌，十岁的文达德闻着香味口水就滴了下来。那个时候所有人的饭量都很大，总希望能把肚皮吃得胀鼓鼓的，就是因为没有油水。所以那个时候肉店的营业员跩呢，就是仗着手里握着割得肥一点瘦一点的那点"权力"。

现在！连赵民生家十五岁的男娃儿都不吃肥肉，说是怕胖。

你不要看只是肥肉瘦肉这么点事情，反映出来的却是老百姓生活质量发生的巨大变化。没有经历过那个年代的人不知道，真的以为肥肉就不是东西，心想着假如世界上有光长瘦肉的猪，那该多好！

那是因为他没饿过饭。

现在吃个饭好麻烦哦！既要顾及喜欢吃荤的人，更要考虑喜欢吃素的人，众口难调。光是文家大老爷家这边就有五十七八个人，尽可能照顾到大家的口味一定是个头痛事，文大喜把这个事推给了马伟泊。

自打郑改革恢复了自信心，努力学习，去年考取了南京大学的考古专业后，马伟泊一直心花怒放，根本不可能觉得点菜头会痛。拿着上回那家饭店送过来的菜单看看，没费什么工夫就完成了任务。

现在万事俱备，只等母亲节。

因为母亲节是每年五月的第二个星期天，导致幺太太的生日总是星期天，这就为那些还在上班的人提供了方便。好多人星期六就过来了，大家挤在堂屋里看幺太太、文大喜、文心武、文心雷二男二女打麻将，在旁边唠旗的文达德就说："男女搭配，打牌不累。"

"唠旗"是"摇旗呐喊"用贵阳话简化了的表述，"瞎掺和""凑热闹"的意思。

文心雷家两口子和张花仙家两口子是作为二老爷家那边的代表被请过来的，顺便还凑成了吃饭的六桌人头。

幺太太高兴得昏了头，牌都出错了，文达德不管三七二十一，直接伸手把那张打错了的牌捡回来放好，然后说："今天只有寿星可以悔牌哈，其他人不消！"

顿时惹得大家哈哈大笑。

文大喜不说话，心想之所以选了这小子来接班，就是这些地方逗人喜欢，情商高。

等到幺太太感觉有点累了，也到了她休息的时间，马上四下四上换成了杜鹃、文诗仙、大满仓，还差一个人，文达德马上往前挤，被女将们齐心协力推开，换成了徐文的老婆蔡冬梅。

第二天下午三点，当李俊峰拉着女高音歌唱家到达老宅后，庆祝活动的高潮在文达德的指挥下正式开始。

文达德将女歌唱家带来的伴奏带放进专门借来的录音机里面，音乐顿时响起，女歌唱家迈着款款台步走到大家面前，对着众星捧月正当中的幺太太鞠了一躬，然后用非常好听的纯正普通话说："老人家好！原先我也听说过'福如东海，寿比南山'这句话，今天我才真正体会到了什么叫福如东海了，那就是现在大家祝福的这位一百一十岁的老人家！掌声响起来吧，朋友们！"

掌声即刻响彻了屋顶，幺太太的眼泪顿时涌了出来，她哪里经历过这么煽情的场面嘛！重孙女们赶紧帮她擦去眼泪。

"今天，我愿意用我的歌声，让老人家在今后的日子里每天都充满希望！充满欢乐！听说老人家特别钦点这首《我爱你，塞北的雪》，那就听我唱给她老人家听吧！"最后这一句是女高音歌唱家喊出来的。

她这一喊不要紧，把现场好多人的眼泪都"喊"了出来，包括文大喜、马伟泊、文心雷……

"我爱你，塞北的雪，

飘飘洒洒漫天遍野，

你的舞姿是那样的轻盈，

你的心地是那样的纯洁，

你是春雨的亲姐妹哟，

你是春天派来的使节，春天的使节；

啊……我爱你，

啊……塞北的雪。"

……

幺太太并不想哭，特别是当着人家女高音歌唱家以及这么多人，但是眼泪不受人控制一样，无论如何也止不住……

2

在齐鲁工业大学酿酒工程专业读了四年本科，又读了两年研究生的徐雨露终于回到了茅台镇。就她这个学历，去贵州茅台酒厂当个酿酒工程师都是分分钟的事情。但是人家不，就来云辉烧房。消息传开之后，大家都说还是徐文有眼光，明摆着就是去接班的，有一个成语说的就是徐雨露去云辉烧房这个情况,叫作如虎添翼。

起先文大喜还劝说过徐文,让他把这种高端人才输送到"文渊资产管理公司"去,说那里才是高端人才该去的地方,结果让徐文给婉拒了。徐文说其实烧房也需要高端人才,文大喜一听这话,马上觉得自己想多了,人家徐文就是要徐雨露接他的班的。真的是年纪大了?有时候连逻辑关系都扯不清楚?莫非真正成了长江里的前浪?

按照文家前面几个儿郎来云辉烧房的惯例,都是从最基础的工作开始干起,一步一步往上走,比如,文达德和文达航,还有现在的文富贵。于是在董事会召开的工作会议上,徐文说继续按这个规矩办。

文大喜首先不同意,他说:"道理很简单,因为徐雨露的基础工作在大学都已经学了六年,酿酒工程呢,学的就是酿酒,你还让人家从头再来一遍,那叫浪费光阴嘞!其他那几个娃儿因为学的是其他专业,这才要求他们从头做起。不一样!知道了吧?你若是让她做个副总工程师,那我没有意见。"

对此徐文有意见。他说:"不要说云辉烧房一直就没有总工程师,即便有,徐雨露也不能一上来就是副总工程师,别人一定会有意见不说,关键总经理的娃儿不能近水楼台先得月,这样对别人不公平。还是从助理工程师一步一个脚印干起,于情于理都说得走。"

文大喜看看徐文,说:"你说的……也有一定道理,我是怕娃儿钱不够用。"

"舅舅这个说法不对,还是近水楼台先得月!再说了,钱不够还有我,决不能因此坏了规矩。"

"那行,就按规矩来。"文大喜说。

就这样,徐雨露被任命为云辉烧房的助理工程师。

这之前,云辉烧房都是师傅带徒弟手把手传授,徐雨露是第二个科班出来的工程师,第一个是他爹。

徐文把女儿留在身边还有一个原因,只是对谁都没讲过。他晓得徐雨露的脾气,较起真来什么都不管,比如,奶奶葬在哪里的问题,就她一个人坚持自己的主张,这要不是在文家这个圈子里面,吃亏肯定是大概率事件。他怕她吃亏。

另外,蔡冬梅曾经在他耳朵边念叨过,说假如把娃儿放到外面去,她怕"将在外君命有所不受"。

蔡冬梅说："像你家姑娘这种，三句话不对头就敢跟我们瞪眼睛的人，找对象一定是个老大难！到时候隔山隔水面都见不着，咋个办？守在这里至少你可以念叨，有合适的还可以介绍一个两个的。你说对不对？"

徐文不吭气，他心里是认可老婆这个说法的。

哪家娃儿不是当爹妈的从小一把屎一把尿盘到大？小学愁完了愁中学，中学愁完了愁大学，愁完了工作再愁婚姻，愁完了婚姻又接手孙孙慢慢盘，整整一个轮回。这还是不出差错的情况下，要是像郑伟那样来点大逆不道，搞得鸡飞狗跳的，折爹妈的寿是肯定的！

徐雨露到来的第一件事就是建立"理化实验室"，她要让云辉烧房今后的产品全都用数据说话。这个事情徐文当然大力支持，还在一长串设备清单的报告上签了字。什么"阿贝折射仪""自动旋光仪""色差仪""卡尔费体水分仪"等，都是些别人从来没有听说过的名字。人们大都用疑虑的目光看着女硕士倒腾这倒腾那，因为没那些仪器仪表，茅台镇的好酒也生产好几百年了。

徐雨露懒得理他们，自己搞自己的，需要人手时说一声，上面就会派人过来。实验室建成那天，徐文还专门召开了一个中层干部会，意思让大家都了解一下"理化实验室"的功能和作用。

办公室的通知里规定所有人不得缺席，文富贵因此放下了在外面业务上的事情回来开会，这是他第一次看见徐雨露。已经听过别人对徐雨露说这说那的文富贵对这个女硕士的印象一般，不能说多好，但也不能说坏。只是听了女硕士把建立实验室的前因后果说了一遍，然后带着大家参观了一遍之后，文富贵的心莫名其妙就被触动了。

一个刚刚毕业的女学生居然独立自主把设施如此齐备的一个实验室搞得如此有声有色，是不简单哦。这个时候文富贵再看徐雨露，马上觉得哎……长得也挺那什么的。这种心理变化对于已经在烧房蹬打了七年的文富贵来说，还是第一次。

等他再次看到女硕士时，心脏居然出现了异动，手心还感觉有了汗。

文富贵有过恋爱的经历，只不过还是大二那年的事情。

心脏也异动，手心也出汗，偷偷递纸条啊，写情书啊什么都玩过，没想几个月之后居然被同班一个男同学抬了飞碗。

"抬飞碗"是我们这边描述"横刀夺爱"的地方专有词汇。

文富贵相当受伤啊，为此和那个男同学打了一架，虽然男同学的鼻子和文富贵的鼻子都被对方打得出了血，但是那个女生居然当着一教室同学的面给对方擦鼻血，这无疑让文富贵的心灵重重受了一次伤。

这之后，文富贵下定决心一定要找一个比她强的。后来的生活经历中再见着女生，文富贵都拿那个女生来对比，假如比不过，文富贵毫不犹豫就放弃。就这么放弃了一个又一个，直到看见了徐雨露。

实事求是说，徐雨露虽然没有那个女生可人，还缺少一点女人味道；而且，徐雨露说一不二那劲头还带着点男人的率真。哎！也许这恰恰就是文富贵手心出汗的原因，当然也有可能是这么长时间的"选美疲倦"之后，自己给自己找的一个借口。

文富贵今年三十岁，也就是说他已经好些年手心没出汗了。偷偷想了好几个晚上之后，文富贵决定重复一次大二的经历。假如再出来个什么家伙胆敢再横刀夺爱，那就不是鼻子出血的事情了！文富贵咬着牙关发了一回狠。

从那天起，文富贵亲自在外面跑业务的时候少了，改成了派别人去。有事无事总往理化实验室跑，问问这个设备干什么用，再问问那个试管里面的蓝颜色代表什么意思。要是销售过程中有客商问"你们家的茅台烧质量是不是能够保证"之类的准技术问题，一句话就能解决的事情，文富贵一定要去理化实验室泡上大半天，和人家女硕士深入讨论这个伪命题。

连徐雨露都感觉到了文富贵的"指东打西"。

一眼看上去，文富贵不说貌赛潘安么，长得还是中规中矩的。特别是那一对眉毛，恰是两把砍刀镶嵌在眉骨之上，还浓密，很有特点，让人看上去相当提神。

如果只看文富贵这个造型，徐雨露并不反感。但是，女硕士不喜欢"富贵"两个字，觉得太俗，还是文家人呢，简直是背道而驰。在徐雨露心里，文家人都是谦谦君子，什么时候就冒出一个"富贵"来？而且听说他那个爹是文家为数不多的一个奇葩，居然为了五角钱的葱葱进了看守所。

徐雨露因此没接文富贵的茬，反正自己才二十四岁，不急。

但是蔡冬梅急啊。

蔡冬梅自从听说了文富贵一趟一趟跑实验室的事情，她见过文富贵，光看眉毛就记住了这个小伙子，加上人家是文家的二房长重孙，不是说看重这个东西，而是说人家家庭方面没一点瑕疵。至于"五角钱葱葱"那事，跟人家"砍刀眉"有一毛钱关系吗？

"多好一个小伙子，为什么不试试呢？"蔡冬梅说。

"哎呀！关你们哪样事情吗？"徐雨露跟爹妈都是这么说话。

"嘿！"蔡冬梅说，"男婚女嫁，最早都是父母之命嘞！是现在改成了自由恋爱了，莫非爹妈连参谋一下都不行了？我怕没有这个道理吧！"

"妈，"徐雨露一听母亲的话语里面有了情绪，就说，"等什么时候找个合适的带到你们面前让你们过目、点头，不行吗？"

蔡冬梅还要说，被徐文拦住，他说："我也觉得文富贵这个娃儿不错的，你是怎么想的呢？"

"哈！"徐雨露笑一下，说，"意思非要把我的心里话告诉你们喽？"

"那倒不是。"徐文说，"爹妈帮女儿参谋一下，肯定是情理之中的事情。你只要同意我们这是为了你好……这个大前提，互相能说一点心里话也是家庭和睦的一种体现。"

徐雨露想了想，然后说："爹这个说法我同意。我是觉得吧……他那个名字俗了点，另外……他爹那个事情，嗯……"

"意思小伙子本身没什么问题是吧？"徐文说。

"呵！呵呵！"徐雨露笑笑。

"那就是没问题了，我知道了。"徐文说。

第二天，徐文去招待所找到文大喜，说："舅舅啊，我咨询一个事情可以吗？"

文大喜笑了，说："只咨询一个吗？"

徐文也笑了，说："是这样，假如……我是说假如哈，我们家徐雨露……如果和文富贵成为一家人，不知道有没有……血缘方面的障碍呀？"

"徐雨露？文富贵？"文大喜想想说，"你的意思他们两个……"

"假如成为一家人！"徐文说。

"这个东西有假如吗？哦……"文大喜说，"我听明白了，两个娃儿准备……看看有没有……障碍？"

"就是这个意思。"徐文说。

"什么时候的事情？"文大喜说。

徐文笑了，说："还没有呢，先问问行不行，再那什么。"

"算你有眼光，文富贵啊，真是个不错的娃儿哦！你不要看他爹那样……哦，行不行哈，我看看哈，你是……徐子和彩珠子生的娃儿……"文大喜一拍桌子说，"那还有什么问题呢！百分之一百可以嘛！"

徐文笑了："那我就放心了！"

"假如是徐天媛家娃儿和徐雨露，那就有血缘冲突，文富贵没有。"文大喜说，"耶！不说不觉得，这两个娃儿还真的配得起嘞！"

"舅舅也这么觉得？"徐文说。

"当然嘛！"文大喜突然想起说，"但是但是……你让我想想，你们家雨露……应该和……文达观是一辈嘞！是，岔着辈呢！"

"岔辈……倒是没什么，姑娘只是觉得他那个名字有点……"徐文不好意思背后说人。

"富贵？"文大喜说，"这两个字好得很嘛！是，作为名字是招摇了一点，但是愿望是可以理解的嘛！谁不想富贵？有人还想大富大贵嘞！你不能干涉人家的想法嘛。对不对？而且'富贵富贵'的，喊起来很顺口嘞！"

有了二舅爷爷的这番解读，徐雨露和文富贵当真谈起了恋爱，因为徐雨露认同二舅爷爷的话有一定的道理。

3

和徐雨露差不多同一时期大学毕业的，还有张土改的儿子张旗帜，只是张旗帜没有合适的单位可去。

他们家的资源大都在公安系统，2005年颁布，2006年1月1日开始实施的《公务员法》，规定公务员逢进必考。刚刚跨出校园的张旗帜完全没有再参加一次复习、考试的心情，去工厂又觉得屈才，假如选择去一个民营科研单位，那还不如就去文家的"文渊资产投资管理公司"，自己家的公司有一点好，能进不能进，拍板的都是家里人。

二老太爷家那边的事情现在都由文心雷出面，文心雷跟二叔文大喜打了个电话，文大喜本来想推给文达德去处理的，转念一想，且不说娃儿是德范同志家的重外孙，就凭他爷爷张军几十年如一日对文家的尽心尽力，这个面子也必须给。至于娃儿不是那么成熟什么的，今后可以慢慢调教。于是便应承了下来，只是说明任何人都得从最基础的工作干起，文心雷说她知道。

张旗帜的生活并不像他的名字那么响亮。

因为是张军这一支的长房长孙，据说让他妈妈吴润玉给惯得不像话，贪玩。娃儿一贪玩，就是大人的麻烦。中学是通过后门去了一个附近比较好的学校，但是个人不努力再好的学校也没用；考高中时，好学校差几分，张军又找关系交点钱进去了，到了高考就差了几十分，于是又找人，交钱进了一个不大响亮的大学；现在大学毕业了，因为是文家自己的公司，又该着文心雷去找二叔了。

文心雷对张旗帜说："这是最后一回哈，今后全看你自己的了！"

张旗帜"嗯"了一声。

"中了中了，"张军还是一口的山东话，说，"好好干呗，啊！"

张旗帜又"嗯"了一声，转身出了屋。

接下来，至于"长房长孙"在人家那里能不能干得好，张军心里没底。你不要看张军抓坏人绝对是一把好手，但是对于张旗帜，他真没什么好办法。按道理"子不教父之过"，儿子的管教应该是张土改的事情，关键张土改自己也觉得，只要娃儿不干坏事，健健康康也挺好。而且张土改道理还很充分，说世界上绝大多数人都是平凡的，平凡的生活，平凡的人生，真正能成大器的人，毕竟少之又少。

事情往往就是这样，一个人在没有要求的环境里面生活久了，他对自己也就没有了要求。

张旗帜被安排在资产投资管理公司的办公室当文员，抄抄写写，整理归纳。这对毕业于中文系的张旗帜不是什么难事，但是张旗帜觉得没有技术含量，因此没什么兴趣。对于张旗帜来说，很多事情都是凭着兴趣在干。

现在，主管资产投资管理公司的是大满仓，当办公室主任来说张旗帜的情况时，大满仓想想，说："那他的意思想干个什么事情？"

"倒是没说，只说提不起兴趣。"办公室主任说。

"兴趣？"大满仓说，"可能现在只能听安排而不是凭兴趣哦。来的时候就说好了从最基础的工作干起，你不是也跟他说过吗？"

"说过啊。"办公室主任说。

"那你再跟他谈一次，"大满仓说，"一年以后，可以根据他对工作的熟悉程度另行安排工作。但是目前，只能干这个。"

让所有人没想到的，和办公室主任谈话的第二天张旗帜就没了踪影，一连三天旷工，连请人带个话都没有。大满仓在职场干了多少年了，真还没见过这种情况，而且还处理不了。她马上打电话告诉了文大喜。

文大喜放下电话想了半天，真没想出一个比直接告诉文心雷更好的办法，于是接通了文心雷的手机，说话很小心，生怕好事没办成还得罪了人，说："心雷呀，我是二叔啊。那个谁……张旗帜是不是生病了呀？……不知道？那你问问看，好几天没去上班，公司就来问我，我也不知道啊……那你问问看？看看生病还是什么情况……好好好！"

放下电话，文大喜摩挲着下巴上倒长不长的胡茬，心里想，最好的结果是他们家知难而退，否则……确实啊，娃儿不乖，打也不是骂也不是，大人最难过！实在不行就换……不行不行，那是害他嘛！

文大喜把刚刚冒出来的"换个工作"的念头马上给灭了，脑袋晃得跟拨浪鼓似的。

"但是……这个娃儿这样下去不行啊！"文大喜自言自语道。

张旗帜在文大喜心里马上成了一个"疙瘩"。

张军他们肯定也是没有办法了才送到这边来的，这边要是一把推出去，那倒是简单。之后，若是娃儿真出了什么问题，大老爷家这边脱不了干系的呀！人家肯定要说大老爷家那边"拒之门外"如何如何，不行不行，必须有个办法！

文大喜是靠在招待所楼上的躺椅上琢磨这件事的，一下子都有点躺不住了，站起来不知道干点什么好。这当儿，就听见柳文君在下面喊："文富贵来找你！"

"喊他上来！"文大喜喊。

文富贵上来了，笑嘻嘻地说话："二老太爷，我来咨询你老人家一个事情哈。"

文富贵自从知道是二老太爷的话让徐雨露放下了思想包袱之后，对二老太爷感激不尽，有事无事都来招待所转转，和老人家说说话，有时候混顿饭吃，就觉得心里面踏实、安逸。

"咨询什么事情啊？怕是又想混饭吃哦！"文大喜说。

"不是不是！真的有事需要咨询。"文富贵说，"是这样，假如……我是说假如哈，我要是和徐雨露结婚了……嘻嘻嘻嘻，假如哈！那个时候是徐雨露跟着我喊二老太爷呢？还是我跟着她喊二舅爷爷？"

文大喜想想，说："这个事情我还真不晓得嘞。"

"终于有你老人家不晓得的事情哈！"文富贵哈哈大笑。

"你这个家伙！搞了半天是来考我老人家来了？"文大喜也笑了，突然想起问，"耶，你是……销售部是吧？"

文富贵说："是啊，怎么？"

文大喜想想，说："有这么一个事情，你看看行不行哈！文心雷你晓得的吗？"

"晓得啊，张旗帜家奶嘛。"文富贵说。

"对对对，说的就是张旗帜。"文大喜说。

"我和他一个中学，他来读初一的时候，我高三。"文富贵说。

"就是这个张旗帜啊……"二老太爷把事情讲了一遍，然后说，"我的意思，帮忙帮到底，你能不能把张旗帜收到你这里来？"

文富贵说："你老人家的意思让张旗帜来我这里干？"

"关键你要带他，把他引上正路嘞！"文大喜说。

"喂哟！这个难度可能太大了点哦！关键我自家都没有引导好自家，我怕误人子弟！"文富贵说。

"富贵呀，我之所以敢开口说这个事，其实……首先就已经确定你有这个能力！只是……还不晓得张旗帜愿不愿意来哈，假如他愿意，富贵，你必须帮二老太爷这个忙！"

"哎呀！这个这个……既然……二老太爷都开了金口，我文富贵只剩下了责无旁贷！"文富贵一拍胸脯说。

"哎呀!好好好!至于你们……结婚之后该喊什么是吧?想喊什么就喊什么!二老太爷没得意见!"文大喜显得称心如意。

因为是张旗帜的错误,文心雷没有料到二叔还会打电话给自己,而且热情似火地把如何安排张旗帜工作的事说了一遍。这让文心雷觉得很惭愧,自己家把娃儿养成这样,还让人家二叔操这么大的心。真是因为他们家没有想出比去茅台镇、在老同学文富贵手底下干事更好的办法了,否则,无颜见家乡父老!

还不知道张旗帜那个混蛋家伙愿意不愿意,文心雷赶紧跟二叔说马上去问。

让文心雷没想到的,是他们家那个"混蛋家伙"一听说去茅台镇跟着文富贵干销售,高兴得不得了。他妈妈吴润玉赶紧给电话那头的老婆婆回了话,说娃儿高兴得不行,还问大概多长时间回来一次,没想电话那边立刻响起了忙音。

4

张旗帜来云辉烧房销售部不是个问题,问题是二老太爷要文富贵负责把张旗帜"引上正路",这么高大上的要求,无疑给文富贵出了一道大难题。

文富贵就像他自己说的"自家都没有引导好自家",这是真心话。否则上大学那时候他不会为了一个女生去跟同学打架。当然这事不能完全怪他,要不李宗盛会唱"多少男子汉一怒为红颜"?大多数男人都这样。

为了能够完成好二老太爷交给的这个任务,文富贵咨询了徐雨露之后,去书店买了两本书,《高端人士的七个习惯》和《天的恩典》,也不知道是不是符合"引导别人"这个命题,反正开卷有益,在张旗帜还没到来之前赶紧看看书,总好过干着急。

徐雨露说:"我也不晓得该如何引导别人,但是你如果能把自己朝'高端人士'尽可能靠拢了,应该也能够影响你身边的人。对吧?"

文富贵想想,说:"行,就按照你说的这个路线走!"

现在,徐雨露说的话在文富贵那里差不多等同于"圣旨"。

徐雨露说："哎，我觉得二舅爷爷这个任务夸张了一点，你能把你自己管理好了，就已经阿弥陀佛了。"

文富贵说："是啊！所以……我也想了解一下什么是高端人士，这样我才能配得上你这位高端人士啊。"

"讽刺我？"徐雨露说。

"我哪里有那个胆子！"文富贵说，"在我的心目中，你确确实实就是很高端的一个人士。真的！所以我要赶紧朝高端人士上靠呢，否则配不上嘛。"

徐雨露说："晓得就好！"

张旗帜到达茅台镇那天，文富贵专门去长途汽车站接他，见了面两个人都高兴，虽然现在是上下级关系了，抱在一起又拍又打的，都还没有进入角色。

张旗帜说："文哥啊，我一听说是你在这边，高兴得不行！"

"慢着，从现在开始，要叫文经理，不能叫哥啊，大哥啊之类，而且你必须习惯这个称呼。"文富贵说。

张旗帜说："好好好！文经理，文经理！"

"另外啊，"文富贵说，"企业有企业的规章制度，你最好一条一条先熟悉一遍，不清楚的就问我。遵守规章制度是做员工的本分，你要是违反了规章制度，不处理吧，规章制度不允许；处理吧，我这个当经理的很没有面子。所以呀，我们最好不要去触碰规章制度，这样呢，对你对我，方方面面都好，你觉得呢？"

"我知道！我知道！"张旗帜说。

走出长途汽车站大门的时候，正好一辆出租车过来，文富贵拦停出租车的手臂都伸出去了，硬生生又改成了摸摸脑壳，同时朝路边停着的一排"三蹦子"走去，最终找了一辆连行李一起挤了进去。

抬手拦车那一瞬间，文富贵想起了"引导"二字，既然要引导，当然连艰苦朴素的工作作风也要包括，于是临时把出租车换成了"三蹦子"。

等把张旗帜住的吃的都安顿好了，带着他往销售部去的路上，文富贵突然觉得在车站给张旗帜说的那番话，还真有一点引导的意味嘞。包括换成"三蹦子"，都是在一点一点引导张旗帜的开始。

看来，"引导"也不是什么难事嘛！文富贵心里想。

为了避免连累人家文经理，张旗帜当天晚上就把《云辉烧房企业管理规章制度》连着看了两遍。这跟"文渊资产投资管理公司"的办公室主任把《规章制度》交给他，这家伙转脸直接锁进抽屉是天壤之别。虽然只是一个小事，连张旗帜自己都觉得奇怪，同样的事情怎么会有如此差别呢？张旗帜后来自己给自己的一个解释是，因为文经理是老熟人，人家话都说在前面了，你总要给一点面子。

按理，文富贵当天晚上应该请张旗帜吃一顿，不论老朋友还是新员工，哪怕就在职工食堂加两个菜，也是心意。况且喝点茅台烧，让人家品尝一下即将推销的产品，也是正经事啊。但是他没有。他觉得既然要引导，就一定要好好引导，凡是不符合"引导"内涵的东西，比如，吃吃喝喝呀，小恩小惠呀，都必须杜绝，一切按照引导的标准那么"传帮带"，肯定就没错。至于什么是"引导的标准"，文富贵真的不是很清楚。

晚上徐雨露和闺密约好看电影，说跟他还没有到带去见闺密的程度。文富贵很识趣，干脆去找二老太爷，正好请教一下"引导的标准"。

到了地方，两个老人家的晚餐还没完，文富贵不等人家招呼，自己拿了碗筷就围了过去，夹起一块辣子鸡的胸脯肉就往嘴里送，边吃还边叫唤："香老火！香老火！"

柳文君说："慢点嘛，娃儿！又没得哪个和你抢！"

文富贵说："这不怪我嘛，哪个喊你们把辣子鸡搞成如此美味佳肴喽？"

文大喜笑了，说："今天不会只为辣子鸡而来吗？"

"嗯嗯！还是我家二老太爷了解我！"文富贵说，"今天张旗帜过来了。"

"这个我晓得。"文大喜说。

"来了之后嘞，我就遵循你老人家的要求，按照'引导'的思路对他进行了一系列的帮助，我自己觉得哈，效果还不错。"

"你不会是王婆卖瓜吗？"文大喜说。

"二老太爷，一哈哈我再给你细细讲；但是我要先咨询一个问题，是这样，什么是……'引导的标准'？就是说……怎么样才叫把张旗帜引导好了？"

"这个简单啊，"文大喜说，"你把他……变得跟你现在差不多了，我说的是'差不多'哈，就达到了我的要求！"

文富贵想想，说："哎哟！二老太爷你也是哦！原先是说引导引导，现在怎么又变成了引导得和我一样？你老人家这不是为难我？"

"对呀，我就是在为难你嘞，娃儿！"文大喜说完哈哈大笑。

5

2007年10月15日，中国共产党第十七次全国代表大会召开，会议审议通过了十六届中央委员会提出的《中国共产党章程（修正案）》，决定这一修正案自通过之日起生效。

在随后举行的十七届一中全会上，选举产生了新一代领导集体。新的领导集体是共产党新老交替的序幕，这预示着中国特色社会主义道路将继续坚定不移地大踏步向前。对于那些希望用自己的诚实劳动来开创新生活的人来说，"道路正确"才是最有力的保障。

事实证明，自改革开放以来，人民的面貌、国家的面貌、中国共产党的面貌都发生了历史性变化。道路正确了，老百姓的小日子蒸蒸日上一定是因果关系。

但是，并不是说奔小康的道路上就一帆风顺，也有沟沟坎坎。

2008年刚刚开始，1月3日起，中国发生了大范围低温、雨雪、冰冻的自然灾害。二十多个省市自治区均不同程度受灾，其中安徽、江西、湖南、湖北、广西、四川、贵州等七个省份受灾最为严重。

那几天，贵阳市内绝大部分道路都结起了厚厚的冰，路面光亮如镜，几十辆汽车因此发生侧滑、追尾、剐蹭等事故，横七竖八地瘫痪在路上长达一公里多。那样的天气没人愿意出门，如果必须出门，人们必须用稻草、麻绳或者布条捆扎住鞋底，以免滑倒；就这个样子，那段时间医院的骨科就诊量大增，大都是摔伤腿脚的患者。

最让人触目惊心的是那些耸立在山头上的输电铁塔，因为电缆被冻雨凝结成碗口粗细的冰疙瘩，其重量远远超过了铁塔的设计最大承重载荷，直接把铁塔折弯、压塌，线路中断并导致大面积停电。

原本用空调、电暖炉取暖、电炊具做饭的家庭这回惨了，只能找出煤油炉之类的老家什对付着用，烧点开水泡方便面。

当时贵阳街头流传的一句"冷得让人伤心"，概括了人们对极度严寒的真切体验。

截至2月24日，全国因灾死亡129人，失踪4人，紧急转移安置166万人，农作物受灾面积1.78亿亩，倒塌房屋48万间，直接经济损失1516亿元，三万多只国家重点保护的野生动物冻死或冻伤，受灾人口超过一亿人。

那段时间文大喜还算运气好，凝冻开始时，他们恰好在茅台镇，虽说气温也很低，但是没有断电，空调啊，电热毯啊，想开就开；加上招待所的铁炉子特别适合居家过日子，炉子上不是水壶就是小火锅，搞好的饭菜放在铁炉子一圈还保温，总之不闲着。猫冬猫冬，就这样猫在铁炉子边上对付严冬。

好不容易挨过了极端天气，厚厚的乌云总算被撕开了缝，太阳艰难地从云彩的缝隙间挤出来，终于让人们憋屈了很久的心情感受到了一丝丝暖意，同时也让大家燃起了迎接奥林匹克圣火的热情。

5月8日，北京奥运会的火炬登上了8848米的珠穆朗玛峰主峰。

因为珠穆朗玛峰是中国和尼泊尔两个国家的共有资源，尼泊尔太小，没有举办奥林匹克运动会的可能性，于是奥运火炬登珠峰就成了中国独有的"专利"风景。

经过七年筹备，第29届夏季奥林匹克运动会将于8月8日在北京举行。中国人当然都很高兴，也很自豪。从1984年洛杉矶奥运会许海峰获得第一块金牌起，中国人举办奥运会的梦想已经经历了34个年头，人人都在为北京奥运会贡献自己的一份力量。这里面也包括了文大喜家两口子，他们邀约起徐天媛家两口子，上一年就预购了一些比赛场次的门票，柔道啊，手球啊，都是平常没见过的项目。据说入场券要到6月才配送到位，搞得文大喜心痒痒的，就想早日拿到属于自己的那一份。

柳文君就笑他，说："性子就是急得很，国家办的奥林匹克运动会，还怕少了你那一份？"

"你晓得个哪样吗？"文大喜垮起脸说，"早点拿到票了，我就准备提前去北京，去看看文心香和文美丽！"

文美丽2005年考取了中国人民大学信息资源管理专业，文心香2006年考取了北京大学国际事务与国际关系专业，一个大学三年级一个大学二年级。两个人都是文大喜的骄傲，只要一说起这两个娃儿，他老人家一定心花怒放。确实，看奥运会只是一个契机，顺便看看两个让他骄傲无比的孙女才是他跑这一趟的本意。特别是文心香的"国际事务与国际关系专业"，明摆着就是为外交部培养人的专业，毕业后被外交部留下的概率很大，自己一个九十多岁的老者了，那还不是看一次少一次啊？何况还能去首都转转，看看天安门，看看中南海，再爬爬长城。

文大喜还是1955年出差去过一回北京，因为公务安排得比较紧，只是坐在公共汽车上看过一回天安门。多少年了，很想再去好好玩玩，终于有了个机会。

"急"的成分肯定有，只是被别人看出来了有点不爽，特别是被柳文君看出来。老了老了，大多数时候都被别人尊敬着，让着，客客气气的你好我好；唯独柳文君直来直去，一点都不讲究策略，有时候哪壶不开她还专门提哪壶，很不像话。很多时候文大喜都想数落她几句，转念一想老夫老妻这几十年，风里雨里相扶相携，差不多马上出口的话又弯了回来，换成了拂袖而去。他觉得这样就够了，哪里用得着红眉毛绿眼睛嘛。

也许正是这样的思维方式才把她惯成这样的，真的很不像话！把我当成什么了？文大喜在心里说。

"你吹牛！"柳文君说。

文大喜说："嘿！我怎么是吹牛呢？明明……哎呀……"

"哎呀什么？你以为我不晓得，"柳文君打断文大喜，说，"你就是想让徐天嫒家两个和我们一起去北京，因此才同意游说徐百岁他们丁克的事情，结果还碰了一鼻子灰！对吧？"

文大喜懒得理她，拂袖而去。

刚刚听说徐百岁和李俊峰准备"丁克"的时候，徐天嫒想想，除了比较陌生之外好像也说不出什么，只是觉得突兀一点；但是赵光辉不干。

赵光辉说："什么什么啊？且不说李俊峰家同意不同意，我这里首先就不同意！"

徐百岁歪着个脑袋问:"为什么呢?"

"为什么!"赵光辉用手指顶了一下眼镜,说,"男婚女嫁人之大伦,为的什么?就是为了传宗接代,延续血脉……"

"我们家不是赵民生已经延续了赵千里了吗?再说了,爸爸,我生的娃儿姓李嘞,不姓赵,跟你们老赵家没得关系!"徐百岁说。

"难道你就不能……不能为人家老李家负一回责?我敢肯定人家李俊峰家也有这方面的需求嘞!况且,生儿育女是人之常情嘛,徐百岁!那些不能生育的家庭尚且情有可原,你们不是嘛!姑娘!"赵光辉的话里已经有了以情动人的成分。

"人跟人想法不一样,所以才会导致行为上的差异!"徐百岁说得理直气壮。

赵光辉说:"这样这样,你把你们丁克的理由说几条我听听,看看能不能站得住脚!"

"那很多嘛,"徐百岁说,"比如……世界太乱,竞争越来越残酷,不希望娃儿也来受苦……"

"你们现在的生活叫受苦?啐!"赵光辉喊道。

"再比如,"徐百岁说,"希望自由选择适合自己的生活方式,两人世界足矣!"

"还足矣!"赵光辉嗤之以鼻,说,"严格说,你们这叫自私!你们……"

"再比如!"徐百岁伸手拦住赵光辉,说,"我们不认为人生的价值仅仅是养育后代……莫非这些还不够吗?"

"当然不够啊!"赵光辉又顶了一下眼镜,说,"'不仅仅是养育后代',这个我同意!因为养育儿女本来就是人生内容的其中之一,徐百岁!还有服务社会、帮助他人、关爱老人等内容,我们必须把所有内容叠加在一起,这才组合成了人生价值。你不觉得吗?"

"哎呀,爸爸啊!看来呀……我说服不了你,你也说服不了我。今天就到这里,我还有事,哈!"徐百岁说完走了。

"哎!你……你要是能说服我,我也认嘞!"赵光辉喊道。

第七十一章

1

那天晚上，徐天媛从文渊资产投资管理公司开会回来，第一句话就问："怎么样，跟徐百岁谈好了没有？"

赵光辉气不打一处来，说："退了休还忙到二半夜，我宁愿不要那点钱！"

徐天媛马上正色道："二半夜不二半夜我说了算，你的事情是和他们谈丁克，晓得不？肯定人家不吃你那套嘛，然后找我出气？没得哪样意思嘛，赵光辉！"

"哎呀！出哪样气哦！就是让他们做个正常人这点要求都异常困难！"赵光辉转移话题。

"我没有意见啊？这个我们有共识的啊。"徐天媛说。

"现在光有共识还不行哦，一下午我说我的道理她说她的道理，说不通！还拂袖而去，嗨呀！脾气大得很！"赵光辉说。

"那咋个办喽？儿大女成人的，各人有各人的生活！"徐天媛说。

"能不能……给舅舅说说？他老人家是个很有办法的人，听说把郑改革都说服得洗心革面了！要不然……请他老人家试试看？"赵光辉那样子显然是已经想好了的，只是等着说出来的契机。

徐天媛看看赵光辉，说："要说你去说，即便吃灰豆也是你吃。"

"吃灰豆"是我们这边的俚语，"讨没趣""吃霉头"的意思。

舅舅不仅没有让外甥女婿吃灰豆，还很爽快地把事情揽了下来。文大喜就是这个性格，只要有人需要帮助，不论是谁，他从来没有拒绝过，办得成办不成另说。起码态度是积极的，即便办不成人家也知道你尽了力。

结果却让文大喜很失望，他算了算，这是他给别人帮忙的为数不多的失败案例之一。

关于"丁克"，文大喜确实没有研究过，要不是自己身边人要丁克，应该一辈子不会去触碰这个比较前卫的概念。你要说夫妻两个可以生娃儿而坚决不生，他一定第一个跳出来反对。

"为什么呢？"他就是这么问徐百岁的。

徐百岁把跟赵光辉讲的内容又说了一遍，然后说："二舅爷爷，你觉得我说的有没有道理？"

文大喜看看徐百岁，然后歪着头想想，说："一辈子都这样？"

"当然一辈子啊！否则当什么丁克！"徐百岁说得理直气壮。

文大喜一下子真的不知道说什么好，用手抠抠下巴上的胡茬，再搓搓耳朵背后的老泥，仍然没有找到应对"丁克"该有的词汇，看来只能从伦理方面讲一讲了，这方面他熟悉，于是说："百岁啊，是这样，人啊……他不是生活在真空里面，每天都必须面对同学啊、朋友、同事、家人，各色各样的人，也就是必须面对整个社会，对吧？当你面对社会的时候，突然有一天人们发现你们跟大家不一样，会不会因此产生隔阂呢？会不会跟大家渐行渐远呢？你们有没有被隔阂、疏远之后的心理准备呢？都是问题！一个家庭没有娃儿会出现一系列问题，比如，老了怎么办，两个都生病了怎么办，遗产留给谁，谁来料理黄泉路上那一段，一系列的问题都源于你们对养育后代的一孔之见……"

"一孔之见……是哪样意思，二舅爷爷？"徐百岁问。

"哦，就是透过一个小窟窿所看见的，比喻狭隘片面的见解。"文大喜说。

"二舅爷爷的意思我们狭隘片面喽嘛？"徐百岁说。

"你倒是不一定哦，但是李俊峰肯定是嘛！一个大男生，要有主见嘛，哪里能……"

"跟到女生的屁股后头跑？"徐百岁接过文大喜的话，说，"二舅爷爷之所以说李俊峰，可能是因为他的工作是你给予的，所以，说一说没关系？"

"呵呵。"文大喜被生生地噎住了。要是是柳文君，直接拂袖而去就是，现在面对一个比自己小差不多六十岁的娃儿，还被娃儿将了一军，脸上不说难看么，红一块白一块是肯定的。

"二舅爷爷，我不是故意气你老人家哈！而是我们对于丁克的理解不一样，你刚刚说的那些我们都想过，那都是些身外之物，不要也没什么，死了之后捐给别人也行，反正我们也看不见。"徐百岁说得很平静。

这倒是给了二舅爷爷一个台阶，文大喜马上说："哦，要是这样……也很好！看来啊，你们和爹妈就是缺少沟通。确实，路都是自己在走，好与不好，其实是个认识问题，你们自己觉得好，也行。对吧？"

"对决"了一圈下来，文大喜只能这么说。假如按照刚才那个路数再继续走下去，真不知道会出现一个什么样的场景，但是有一点是可以肯定的，尴尬的一定是自己。像她这么一个连"丁克"都在所不惜的小女生，没准连同性恋她也不会在乎。对于这样的娃儿，只能说说大道理，最终走什么样的路，完全看她自己。三十来岁的人了，只要不违法，大主意还得靠他们自己拿。

"案例"虽然不成功，文大喜还是有吃一堑长一智的轻松，反而对"丁克"来了兴趣。为此他还专门打开电脑在百度上搜一搜，输入"丁克"二字一点击，马上跳出来大量注解。把跳出来的内容浏览一遍，居然看到一条他感兴趣的内容。在"派生词汇"里面有一条叫"白丁"，其注释是："曾经立志要做丁克，但过了一定年龄之后反悔了，于是生孩子了。这种人通常被称为伪丁克，或者叫'白丁'，意思是白白地丁克了一回。"

"哎！"文大喜一拍桌子喊道，"但愿两个家伙也他妈的白丁一回！"

5月11日中午，"劝返丁克"的任务告一段落的文大喜在返回茅台镇的路上只字不提丁克的事情，时不时瞄一眼驾驶席上假装什么事都没发生过的李俊峰，心里说，老子看你们"丁"到什么时候，早晚点"白丁"一族。

第二天睡了午觉起来，坐在床沿边上静一静，这是多少年养成的习惯，等到血脉经络什么的都通顺了，各方面都感觉正常了，再去洗手间什么的，这都成了固定程序。

就在坐到了差不多该站起来的时候，突然间感觉大床摇晃了几下，文大喜马上意识到，嗯？哪里有地震了！

果然，下午的"电视新闻"就播出了四川省阿坝藏族羌族自治州汶川县发生8.0级大地震的新闻。

后来，根据日本气象厅的数据，"5·12"汶川大地震的地震波确认一共环绕了地球六圈，波及大半个中国以及亚洲多个国家和地区，北至内蒙古，东至上海，西至西藏，南边的香港和台湾均有震感，甚至波及了泰国、越南、菲律宾和日本。

这么一个强度的地震，与汶川的直线距离只有五百多公里的茅台镇，文大喜第一时间直接说出"有地震"是合情合理的。

大地震造成巨大破坏，共计6.9万人遇难，1.8万人失踪，37万人受伤；差不多两千万人失去住所，受灾总人口达到4600多万人，直接经济损失8400多亿元，是中华人民共和国成立以来破坏性最强、波及范围最广、灾害损失最重、救灾难度最大的一次地震。

5月19日14点28分，也就是大地震七天之后，全国举行哀悼活动，默哀三分钟。汽车、火车、轮船以及所有防空警报同时鸣响，悼念在汶川大地震中的死难同胞。

后来，国家把5月12日确定为"全国防灾救灾日"。

2

文渊资产投资管理公司除了投资以赚钱为目的的大项目之外，也倾斜一些诸如孙文心去国外读书这样的"朝晖项目"。继孙文心之后，现在又出来一个徐立业。

徐立业是徐文的兄弟徐天亮的儿子，2004年考取位于广州的华南理工大学，攻读计算机运用专业，今年即将毕业。上一年寒假回来，家里面组织讨论了一回徐立业的就业问题。按说云辉烧房是近水楼台，但是徐立业说他闻不惯酒糟的那股子味道，还说一看见酒就头晕什么的，绕来绕去最后说了心里话，说他想留在南方。

说这么多年已经适应广东的气候了，加上特别钟情的广东美食，尤其对于广州早茶，说那种氛围特别适合创造性思维。

"扯！"陈欣悦说，"你就直接说你离不开计算机专业不就完了？绕来绕去干什么？"

徐立业说："你只说对了一半，妈。"

"哦？那另外一半是什么？"陈欣悦说。

"会不会是……"徐天亮试图说点自己的看法。

陈欣悦立即拦住，说："你让他自己说！"

现在在他们家，徐天亮仅仅只是户口本上的"户主"，基本没有发言权。这个情况除了徐天亮的工作单位正好由陈欣悦副县长分管，名正言顺的下属之外；还因为他们家的大事情大都是陈欣悦说了算，而且每每陈欣悦拍板决定的事情事后的效果都不错，因此这种场合徐天亮只能打点帮帮腔，已经都习惯了。

徐立业故作神秘地顿了顿，然后慢悠悠地说："创——业。"

"创业？你？在广州？"陈欣悦一连三个问号。

"我和我们同学，在深圳或者珠海。"徐立业说。

"哟！"陈欣悦想想，说，"看你这个意思……已经都深思熟虑的喽？"

"对，已经策划了……半年。"徐立业说。

"半年？那意思项目都想好了的？"徐天亮说。

"那当然！我们准备搞一个翻译软件，或者叫翻译机。只要你说出中文，机器马上读出你设定的外语，英、法、德、日、韩国，随便哪种都可以，十多种呢！关键这个东西需求量特别大，公务、旅游、学习统统都可以用到！"徐立业越说越兴奋。

"钱呢？"陈欣悦说，"钱从哪里来？"

"哦，这是关键哦！"徐天亮伺机打了一回帮帮腔。

徐立业笑了，说："所以我这个时候回家呢，按道理这个时候我们应该在深圳或者珠海考察。"

"你的意思……回家筹钱？！"陈欣悦瞪圆了眼睛说，"我们家肯定没得……哦，我晓得了，你的打算是……找你家伯伯？"

"不！不用私人的钱，找文渊资产投资管理公司！"徐立业说得胸有成竹。

"哟！你倒是前因后果想得很周到嘛。"陈欣悦说。

"那当然啊！否则哪个敢轻而易举说创业？什么情况对接什么情况，什么因素可能产生什么样的结果，你必须都想透彻！同时，还要有承受失败的心理准备。当然啦，假如你没有百分之八十以上的把握，别人也不会给你投资！"

徐立业说。

"问题是……"陈欣悦皱着眉头说，"人家资产投资公司会不会同意投资你们什么都是零光蛋的……几个毛头小伙子的……"

"三个，三个毛头小伙子的创业规划？"徐立业说。

"对呀！"徐天亮说。

"这个当然要人家审查了我们的可行性方案，同意了，我们怎么走；不同意，我们已经规划了好几家投资公司，文渊资产投资管理公司只是第一家。"徐立业说。

"你们的意思是……志在必得喽？"陈欣悦说。

徐立业说："不然呢？"

最终，徐立业团队的"翻译机项目可行性研究报告"在文渊资产投资管理公司举行的"项目评估会"上获得了通过，得到了五十万元的风险创业资金。之所以加入"风险"二字，公司总经理大满仓的解释是，"在于减轻徐立业团队的经济压力"，让他们能够专心于项目的实施。简言之，如果亏损了，不用还。

后来徐天亮得知儿子的毕业论文的题目就是《翻译机项目的可行性研究报告》，他对陈欣悦说："看来我们这个儿子是有一点远大志向的人嘞。"

陈欣悦说："这还用你给我说？"

徐天亮斜着眼睛看看陈欣悦，半晌才憋出一句话："你就不能不说话一回？"

陈欣悦离开之前还没忘记说一句："没办法，在单位搞惯了。"

"哎哎哎，"徐天亮叫住了陈欣悦，说，"儿子这个事情可能我们还要感谢一下人家二舅嘞，我听大哥徐文说在董事会上有不同意见，是二舅力主投资，这才有了现在这个结果。"

陈欣悦想想，说："你的意思……咋个感谢呢？"

徐天亮说："我的意思等他回茅台镇的时候，请他们老两口吃一顿饭。"

"吃饭太简单了吧？"陈欣悦想想说，"另外……给舅妈买个手机？我看就她一个人没有，估计是舍不得。就这样定了，买一个！"

等陈欣悦出去带上了门，徐天亮想想又生气了，说："妈的哟！最终还是她拍板！"

饭局设在茅台镇最讲究的"渔家饭庄",据说他们家大厨能做出好几十种以鱼为食材的菜肴,火得很。去之前徐文给徐天亮交代过,说不能讲项目获批的事情,只能往亲情上扯。

徐天亮说:"这个我懂！"

席间八个人,除了相关的文大喜家两老、徐文家两个,文大喜还点名把文富贵和徐雨露叫上,那是因为他听说两个人准备结婚了,想问问有关情况。

文大喜一见着文富贵就问:"你们怎么样？准备把家安在贵阳还是茅台镇啊？"

文富贵笑笑,说:"我听我们家雨露的。"

"哦哟哟！狗东西还没结婚称呼就已经变了哈？那你怎么称呼……"文大喜用下巴指指徐文家两个。

文富贵又笑了,说:"爸爸、妈妈呀！"

文大喜说:"哎！这个规矩立得好！不光喊嘞,关键还有伺候人家二老,晓得不？还有你刚才那个说法,你在你们这个家好像说不上话哈？"

"二老太爷眼睛就是毒,一看一个准！这个是事实,我都听我们家雨露的。"文富贵一点不避讳。

"依我说啊,"文大喜看看徐雨露,说,"还是住在茅台镇好,有山有水不说,还随时随地闻得到酒香！我都后悔应该早几年搬过来的！你们晓得不？早上睁开眼睛就听得见赤水河流水的声音,哗啦哗啦,哎呀！我躺在床上都不想起！"

徐雨露跟着大家笑完了,说:"二舅爷爷,我们已经决定把家安在茅台镇了,房子都买好了,正在装修。"

"太好了嘛！什么时候我也买一套,来和你们做回邻居？"文大喜说。

"一言为定哦,二舅爷爷！"徐雨露说。

"好好好！等你们生了娃儿……对了,该叫我什么呢？二舅……不对不对,要跟着文富贵喊,应该叫二老太……太爷？"文大喜说。

徐文说:"二舅啊,太复杂了,直接叫老祖宗就行。"

"那到了幺太太跟前呢？你怎么喊？"文大喜说。

"哎呀！"徐文想想，说，"那就再加个老字？更老的老祖宗，老老祖宗！"

"越扯越远哈，你们！菜都冷了嘞！"柳文君喊道。

"对对对对！开席开席！"文大喜举起了酒杯，说，"天亮还有欣悦哈，我晓得你们两个的意思，一家人在一起喝一顿酒，多愉快的事情！中间多一个手机，事情就变了味道！所以啊，手机收回去，美酒吞下去，好吗？来……慢着慢着，另外啊，我还要给你们说一个事情。大前天，我们家的文达德被组织上任命为省政协办公厅的……副秘书长了！先不忙鼓掌，等我说完哈。这可是我们文家这边官至副厅级的第一人哦！就为这个，我们好好干它一杯！"

当年，假如文大喜不是被错误地戴上了"右派"的帽子，凭他的才智，凭他的为人，凭他在那个节骨眼上从美国归来参加国家建设的赤子之心，当一个副厅级干部应该不会有什么争议。正是因为这个情节，他一直都看重里人的成长和进步。在他看来，这至少是社会对于他们文家，按照绵延数千年的中华传统文化教化育人方式的认可，不论在旧社会还是新社会。

3

2008年的金秋时节，奥林匹克强劲的风，呼呼啦啦地吹遍了中国城市乡村的每一个角落。虽然其间一些藏独、疆独分子在境外制造了一点杂音，终究阻挡不住十多亿中国人民团结一心的强大力量，推动着和平进步的巨大车轮滚滚向前。

文大喜早早就订好了贵阳至北京的单程机票，就是想玩多久玩多久的打算；并在携程旅行网上预定了北京饭店的两个房间，先定五天，看看游览的情况再说。他给徐天媛说旅店房间就算二舅请客，以犒劳他们夫妻两个喊来就来的爽快。

人多就是最大的中国特色。随便一个节日，街上都跟赶集一样，"奥林匹克"把中国的这个"大集"推向了极致。

8月5日，从飞机在首都国际机场落地那一刻开始，文大喜他们无论走到哪里都是乌泱乌泱的人群。跟刀把镇街上寥寥无几的行人相比，北京就是人口大国的一个缩影。

站在北京饭店的大幅落地玻璃窗口望去，长安街上车流如梭，特别到了晚上，大灯和尾灯编织成的一白一红两条彩带，将长安街东西两端串成了两条涌动奔流的大河，无休无止。

到达当晚，文大喜在北京饭店餐厅点了一桌著名的官府菜肴"谭家菜"，宴请在北京读书的两个小姑娘，自己家的外孙女文美丽和文达德的千金文心香。两个小姑娘见了面先把文大喜和柳文君脸上可以亲的地方亲了个遍，然后把那些叫不出名字的、造型精美的、让人垂涎欲滴的美味佳肴挨一排二尝了个遍，完了才开始说话。

文心香说："好久没吃过这么美味的东西了！"

文大喜说："按说呢，应该是你们两个给我们四个老同志接风，考虑到你们目前的经济状况呢，就改成我们自己给自己接风，然后请你们两个小同志作陪。敞开肚皮吃哈，过了这个村，后面就什么都没有了哈！哈哈哈哈！"

两个娃儿没得工夫回答，于是徐天媛说："慢点慢点！爷爷说了，我们在北京的这些天，你们天天都可以过来吃饭。但是哈，因此把自己吃胖了，责任在自己哈。"

"吃胖了再减！"文美丽忙里偷闲说了一句。

文心香说："好可惜哦！我是奥运会志愿者，今天晚上还是请假出来的！二老太爷啊，这几天我就陪不了你们了，不好意思哈！"

"这有什么不好意思呢？你当了奥林匹克志愿者，我们都觉得好光荣！对不对？"文大喜越过柳文君问隔壁座的赵光辉。

"那肯定啊！光荣得很哦！"赵光辉说。

欢声笑语中，赵光辉把四个大人的酒杯倒满了红星二锅头，这是文大喜专门挑选的。文大喜端起酒杯闻闻，说："好不好的，你要尝尝人家本地的东西。来嘛，先干一杯再说！"

等酒杯见了底，文大喜咂咂嘴，想想说："嗯！人家有人家的特点。就像我们家的茅台烧，都是一方水土造就的精华。好！确实是好！"

第二天一早，原本打算去两个娃儿的学校都看看的，因为文心香去当了志愿者，这几天正是忙得较劲的时候，只能去文美丽的中国人民大学了。

中国人民大学是1950年10月，以华北大学为基础合并组建的新中国第一所正规大学，前身是1937年在延安成立的"陕北公学"，是一所以人文社会科学为主的综合性研究型全国重点大学。

其实文大喜更希望去北京大学，因为那是以文科为主的大学。

文美丽带着四个老同志先参观校园，接着参观阶梯教室，然后参观寝室，接近中午时分，由徐天媛出钱在学生食堂体验了一顿学生午餐。其间说好饭后兵分两路，一路由徐天媛和赵光辉陪二舅妈去逛王府井商业街，一路由文美丽陪老外公去瞻仰中南海的新华门。

文大喜没坐过地铁，文美丽就带着外公坐公交车到木樨地，转乘地铁一号线。文大喜觉得地铁比公交车稳当，就是噪音大了点，管它大不大，算是开了一回洋荤。到了西单站下来，走一段，再乘自动扶梯来到地面；顺着人行道再走一段，远远就看见了耸立在路边的一面国旗，再走走，就看见那座著名的、中式风格的二层小楼了。

"新华门"始建于乾隆二十三年（1758），当时被命名为"宝月楼"，民国二年（1913）改建为北洋政府总统府的大门时，同时更名为"新华门"，一直沿用至今。

北京的文物古迹多的是，单单一个故宫就够你转上好几天，文大喜把第一个旅游地确定在新华门，连文美丽都觉得有点不解。

文美丽说："外公，这里面没人能进去哦！莫非你就为看看外面这栋楼？"

"就是为了看看嘞，姑娘！"文大喜不想站在大街上跟文美丽诉说那么多。

到了地方，文大喜先让文美丽给自己拍了几张以新华门为背景的照片，又请路人帮两爷孙拍了合影，还想再看看，就有人过来提醒他们停留的时间不能太长。文大喜慢慢移步向前的同时，扭头看看大门里面影壁上红底金色的"为人民服务"几个大字，看着看着，不知因为什么，内心突然感觉有点激动，随之眼眶还湿润了，他怕文美丽看出来，便快步走过了新华门。

文大喜之所以在北京的大街上失了态，是因为那一刻他突然想起了小平同志，想起了那道影壁后面曾经经历过的那些疾风骤雨。假如不是邓小平在那样一个个关键时刻"挽狂澜于既倒，扶大厦之将倾"，也许今天的中国会是另外一个面貌。历史当然不会接受假设，但是至少一个戴着"右派"帽子的文大喜，大概不会有坐飞机飞过来、由儿孙们陪着在北京饭店吃"谭家菜"的幸福经历。

是嘞，就在那块"为人民服务"的影壁后面，共产党人还在继续着小平同志留下来的那些公务，继续履行着这五个字所蕴含的、永远没有尽头的责任，这才是文大喜专程过来一睹新华门风采的初始动力。

因为没有买到北京奥运会开幕式的门票，四个老人加上文美丽是在客房看的电视转播。

"坐在北京饭店的客房里面看北京奥运会的开幕式，好像有点吃亏哈？几千公里都跑过来了，还是只能看转播，划不来！"文大喜说。

"我怎么没有看见文心香呢？！"文美丽的情绪不是装出来的，她是真心想在电视屏幕上看见自己家的小姐妹，她不知道的，是根本没那种可能性。

就为了这场开幕式，赵光辉专门跑去买了些有北京特色的下酒菜回来，什么卤煮啊，酱牛肉啊，油炸花生米哪里都一样，外加一盘卤味猪头肉；另外提了八罐青岛啤酒，还说八是个吉利数字，这就开始了老文家的几个代表在北京饭店举行的"奥运狂欢之夜"。

那天晚上文美丽没回学校，打电话跟女生寝室的管理员请好了假，也放肆地整了一罐啤酒，最后是挤在老外婆的脚底下睡着的。

第二天是周六，大家都没有这一天的奥运会门票，于是决定去爬长城。别看文美丽来北京都三年了，还没爬过长城。

文大喜就说："你这个情况咋个当好汉吗？"

"今天当也不迟啊，外公！你不是也好几十年都没当成好汉吗？"文美丽说。

"耶！终于被小娃儿将了一回军！"柳文君高兴得拍起手来。

文大喜说："你看你家外婆高兴得哦！是嘞，确实没有几个人能将得住我的军嘞！"

柳文君说："你这个人才是，人家那是不跟你计较！"

"行行行，不跟我计较。那就……向八达岭长城前进？"文大喜不想在祖国的心脏跟家人计较。

在选择是去八达岭长城还是慕田峪长城的时候，因为八达岭除了长城之外，还有诸如长城碑林、石佛寺石像、戚继光景园、岔道古城等景点，于是大家投票否决了慕田峪。

八达岭长城是遵循秦代筑城依山就势、以险阻敌的原则修建的。大都是沿最高的山脊走向，随山脊转折而弯曲，不求取直拉平，因而是万里长城中最雄伟壮丽的一段。说"不到长城非好汉"，应该就是指八达岭这一段。

八达岭长城的故事很多，据说七千六百米的长城修建了八十多年，可见其艰难；建成之后曾把抗倭名将戚继光调来指挥过长城的防卫；城墙垛口的砖也是特制的，外宽内窄呈扇面是为了观察角度大，不易被敌人的弓箭射中，等等。

文大喜和柳文君在三个"助手"的扶助下，边走边看边读路边的注释牌，将毛泽东"不到长城非好汉"的诗句深刻地体验了一把。

当大家站在顺势而上的坡道上，沐浴着由长城外面吹来的山风，文美丽把四个老人气喘吁吁的表情全都收进了镜头。

文大喜和柳文君站在烽火台的垛口远眺面前逶迤的群山时，想想自己九十二岁了还能和八十八岁的老伴登上以险峻著称的八达岭长城，顿时有了些让自己骄傲的喜悦，真正是不到长城非好汉啊！

等到看完了柔道和手球两场比赛，随后还在鸟巢看了一场足球比赛。当初订这场比赛的目的就不是看足球比赛，而是要参观一下著名的"国家体育场"。巨大的钢结构，独特的造型以及别致的细节，都是值得细细品味的看点。

鸟巢在那儿矗立着，火炬在上面燃烧着，观众在下面呐喊着，加上志愿者们在走道上引导大家的整齐划一的肢体语言，一切都是奥林匹克才会有的模样。

文大喜相当享受这样的氛围，和大家一起欢呼，和大家一起鼓掌，和大家一起做"人浪"，把自己完全融汇进了那样一个欢乐的海洋……

为了这次的奥林匹克之行，文大喜专门做了一些功课，他很认同现代奥林匹克运动创始人顾拜旦的一句话："奥运会上重要的不是胜利，而是参与；人生中重要的不是凯旋，而是奋斗。"

在返程的飞机上，文大喜仍然意犹未尽，他对身边的赵光辉说："确实嘞，奥林匹克就是一场人类庆典！"

高高兴兴从北京回来，才落地就听前来接机的李俊峰报告了九十六岁的刘承义去世的消息，还说文达德和徐文已经代表文家去吊唁了，一同前往的还有文心雷和张花仙。

文大喜有些沉重，对于这位毕生信仰共产主义的老战士，这么多年来自己一直上心，按理应该跑一趟。从机场回家这一路摇摇晃晃的车程让他有了思考的时间，既然文达德他们已经代表文家去了，刘水红他们肯定会知道看奥运的事情，加上文心雷家两娘母，其代表性足矣。自己再去不仅重复，还有损人家文达德掌门人的权威。

文大喜最后决定不跑这一趟。

虽然不去，他还是发了一条短消息给刘水红："惊悉刘承义大哥驾鹤西行，我谨代表我的家庭送去最沉痛的哀悼！承义大哥襟怀坦白，毕生磊落，不愧是大家的楷模。英名一世，青山永存！"

后来，刘水红做主，在刘承义墓碑的最上面镌刻了四个字：青山永存。

4

张旗帜和黎晓红结婚生娃，算是在茅台镇扎了根。他和文富贵是同一个月办的酒席，中间只差了一个礼拜，要不是怕两家吃酒席的熟人朋友没法分身，张旗帜硬是想把两家整成同年同月同日结婚，那多有纪念意义啊！

张旗帜跟了文富贵没多久就认识了黎晓红，那是在"2008年遵义酒类博览会"上。

黎晓红的爹是茅台镇一家酒厂的老板，黎晓红负责销售，跟张旗帜一样都在酒博会上拉客户。黎晓红他们家的摊位恰好和云辉烧房的摊位挨着，那天一个北方的大客户在云辉烧房的摊位谈生意，黎晓红瞅着个中场喝口茶的机会就把大客户拉去了自己家的摊位。黎晓红口才好，不用天花乱坠就把自己家的酒夸成了一朵花，硬是让大客户坐下来不说，还让人家品尝了自己家的酒。

张旗帜在旁边看得有点急了，直接过去打算把大客户再拉回来。

黎晓红不急不躁，在张旗帜肩膀上拍了一下，说："这位小哥，不用这么急嘛！你等人家把酒喝清楚了，让人家有个选择的余地嘛。晓得你们云辉烧房大，越大越要讲究嘞！卖酒又不是凭力气，都像你这样，人家还在品酒就开始拉人，那不是把社会搞乱套了？"

"你……"张旗帜鼓着眼睛说不出话来。

"你哪样嘛你？！你不信把你们文经理喊来，看看是你有理还是我有理！酒博会酒博会，就是拿酒来博得大家的心领神会！我说我们家酒好，你说你们家酒好，好啊，放在一起拼一回啊！拼酒不是靠动作嘞，是靠品质！搞清楚没得？！"黎晓红连珠炮一般一气呵成，让第一次来酒博会的张旗帜完全没有了还手之力。

这个场面让看热闹的人都很开心，那个大客户嫌事情不够大，对黎晓红说："拼酒怎么拼？"

黎晓红不说话，过去拿来他们家一瓶酒和两个应该能装四两酒的"雷子"，打开瓶盖"咚咚咚咚"就把两个"雷子"都倒满了，还溢出不少酒，一连串动作潇潇洒洒，显得很豪气。

黎晓红看了张旗帜一眼，拿起一个"雷子"一仰脖子"咚咚咚咚"，眨眼之间一饮而尽，完了还把"雷子"底朝天亮给大家看。

"好！！"边上的观众这个时候不喊一声都觉得对不住人家黎晓红的豪气。

接下来，所有人的目光一下子都集中到了张旗帜身上。

张旗帜什么时候一口气喝过这么多酒？慢慢品，还要有菜，四两酒顶齐天了。但是眼面前不容他置疑啊，人家一个女娃儿"咚咚咚咚"都整在前面了，你能退缩吗？不要说黎晓红，"吃瓜群众"都不能答应。

只能硬着头皮上了。

张旗帜尽管有些犹豫，最终还是拿起了"雷子"，正要闭上眼睛朝嘴里灌的当儿，"雷子"被一只手抓了过去，张旗帜睁开眼睛一看，竟然是文富贵。

"咚咚咚咚"文富贵一口气把酒干了，然后才说话："大家见笑了！我这个兄弟嘞，来的时间不长，特别不明白酒博会的规矩，黎家小妹，得罪了哈！"

在酒乡，人们只服能够"咚咚咚咚"的人，关键"咚"完了你还要脸不变色心不乱跳，走路不打偏偏，这才叫汉子。像黎晓红那样的，就叫女汉子。

张旗帜虽然口才和酒量都输给了黎晓红，但是凭着云辉烧房膀大腰圆的体量，大客户那一单业务还是被云辉烧房拿下了。

就这么一来二往，张旗帜和黎晓红算是相识了。

输了酒仍然拿下大客户业务的张旗帜觉得有些过意不去，找着个说话的机会就要请黎晓红吃饭。擅长搞业务的黎晓红不可能拒绝别人释放的好意啊，人家张旗帜虽然口才和酒量都不行，但是人才一表啊。况且，多个朋友多条路不是？

就那么一顿酒，两个人就成了无话不谈的朋友，顺着感觉再交往交往，两个都单着的小青年自然而然就朝男女朋友那边转了向。直到有一天，张旗帜带着黎晓红去找徐雨露，对黎晓红说是多认识一个朋友，对徐雨露则是说"过目"。虽然徐雨露和文富贵还没结婚，但是"师娘"这个称呼已经十拿九稳了的。找徐雨露把把关，有尊重师傅的意思，反正爹妈不在身边，请师娘把关也就相当于妈把关。不是说一日为师终身为父吗？

酒还没喝安逸，徐雨露就朝张旗帜点了头。当然嘛，除了出生的地方小一点，人家黎晓红个头、身材、相貌都不错。

张旗帜没想到，那天徐雨露不仅点了头，还打电话让文富贵过来把单给买了。

我周围怎么尽是些这样仗义的女生呢？张旗帜想。

文富贵一听说吃饭是为了帮张旗帜相亲，也符合二老太爷让他帮助张旗帜健康成长的任务内容，索性帮忙帮到底，马上由文富贵和徐雨露领着去见了文大喜夫妇，心想也是顺便让二老太爷检验一下自己"传帮带"的成果。

文大喜自从把张旗帜交给了文富贵，一直不断有让人高兴的消息传过来。比如，张旗帜工作认真啊，张旗帜钻研业务啊，张旗帜遵守劳动纪律啊，现在又带回来一个如花似玉的女娃儿，文大喜自然喜出望外。

文富贵急于表功，马上凑上去俯在二老太爷的耳朵边说："张旗帜带个女娃儿来让我把关，我哪里把得了这个关嘛，肯定要请你这样德高望重的老人家嘛！所以，今天就看你老人家的了。"

"呵呵呵呵！"文大喜笑逐颜开，心里想狗东西的跟他爹文达观一样的嘴娇屁眼啰唆，嘴上却说，"这么回事哦。好好好！好得很嘛！不错不错！就是你说的拼酒的那个姑娘？"

"就是那个。"文富贵说。

二老太爷目前是文家最年长的男性长辈，他老人家点了头了，等同于家长点了头。

紧跟着的一个双休日,张旗帜就遵从二老太爷的嘱咐带着黎晓红去了贵阳;在已经满了九十岁的张军和文心雷跟前磕了头,搞得老年痴呆的张家老太爷哭得呜呜滔滔成了个泪人。文心雷也流了泪,她倒不是因为老年痴呆,而是看着差不多改邪归正了的张旗帜,庆幸当初果断把娃儿交给了文家二叔。

结婚之后的2009年3月间,徐雨露在仁怀县医院产下了一个女婴。没多久,黎晓红在贵阳的医院也生了个女娃儿。之所以把黎晓红接到贵阳来生产,主要是为了体现婆家对于这个儿媳妇的关怀备至。反正黎晓红的工作是自由职业,没谁管得着,于是由着心情在二老太爷家小院一直住到娃儿满月,热热闹闹办了一台"满月酒"之后才回了茅台镇。

对于都生了个女娃儿的两个家庭来说,文达观比张土改反应强烈。文达观之所以"强烈",是因为他供职于民营企业,计划生育政策当中较为严厉的选项,比如,"开除工作籍"之类的措施在民营企业不成立,顶多罚款,罚款他不怕,如果交钱就能允许再生一个,文达观一定是愿意的。

但是,他们家是否可以再生一个娃儿不仅他说了不算,连文富贵说了都不算,人家徐雨露就觉得只生一个好。

徐雨露说:"你爹想什么呢?还不要说国家不允许,即便国家允许,我也只要我们家文晓慧一个!"

文晓慧是徐文给外孙女取的名字,还说只是个小名,如果他们不满意,今后可以改。

徐雨露说:"改什么改,就文晓慧,多好听一个名字!但是我已经想好了给文晓慧取一个小名,叫酒花,小酒花。"

"小酒花是吧?哎呀!听起来只有那么安逸了!"文富贵把恭维话说得有声有色。

原话传到文达观那里,文达观除了埋怨自己命不好,只能悄悄跟钱招娣说:"死无出息的家伙!还是经理嘞,什么命脉都被婆娘捏得死死的!"

在计划生育已经实行多少年了的当下,你从一些农村地区刷在山墙上的大标语就能看出各地计划生育紧锣密鼓的情况。比如,"生活要小康,生育要算账""生男生女都一样,女儿也是传后人""坚决打击违法怀孕行为""农村居民生第一孩是男孩的,不得再生第二孩"等等;这还算文明的,还有"一胎上环,二胎结扎,超怀又引又扎,超生又扎又罚""一人超生,全村结扎""该流不流,扒房牵牛""超生罚款你不缴,拘留所里见分晓"等欠缺文明的大标语。

5

城里跟乡下当然有些差别,但是大趋势是一样的。人家徐雨露一个女硕士呢,当然不会去跟国家政策闹别扭,扯那些闲皮。

但是,张土改不一样。

张土改虽然跟文家那边传宗接代的干系不大,但是跟老张家这边干系大呀。

那年,张军的老娘是得知了张军的两个哥哥打日寇牺牲的消息之后才把张军送去参加八路军的,这么顺下来,张军是老张家的独苗,张土改是张军的独苗,于是张旗帜就成了老张家这一支连续三代的单传。虽然黎晓红生娃儿的时候张军已经老年痴呆,干预不了家里的大政方针了,但是张土改能够干预啊。

虽然眼前这个小妮子小脸蛋有红似白的,也很可爱,还是挡不住让张土改心里打了个疙瘩。

跟文达观的情况差不多,张土改同样非常希望黎晓红再生个儿子。鉴于文达观家那边被徐雨露一口拒绝的情况,张土改觉得必须另辟蹊径,否则一旦在黎晓红那儿也被一口回绝了,再要反转就会很难。张土改苦思冥想了好几天,决定乘着黎晓红在贵阳坐月子的当儿跑一趟茅台镇,他打算看看在亲家公那边是否能找到个什么突破口,也是死马当成活马医一回。

没想亲家公那里不但有突破口,还是一个大大的突破口。

亲家公叫黎培基,听名字应该是城里人才会有的名字,但是黎培基的爹是以种田为生的地道农民,这至少说明黎培基的爹是有想法的那种农民,取个名字都比着城里人的思路。

黎培基到了城里人该参加工作的年龄时,决心改变改变命运,于是去了茅台镇一家烧房当了酒工。若干年之后,没想命运真还有了改变,自己筹钱接手了一家别人嫌小的烧房,最终一步一个脚印、辛辛苦苦做成了自己心中的规模,比上不足比下有余，丰衣足食是肯定的。唯一对自己不满意的地方，是老婆生了个女娃儿还碰上了"计划生育"那么个大政方针。黎培基的老婆是茅台镇的户口，一家人也因此取得了城镇户口。你既然已经属于城里人了，生育你也必须按照城市的政策执行，再没有了乡下人大致可以生两个的便利。没看见那条"农村居民生第一孩是男孩的，不得再生第二孩"的大标语吗？言下之意假如第一个不是男孩的，也许就……

所以，当张土改来茅台镇会亲家公时，"再生一个"的话题隐隐约约才透露出一点点小端倪，马上就得到了黎培基那边的积极响应。其实，就算黎晓红已经同意并且再生了一个儿了，又不姓黎，真的跟他没多大关系，就这，也比没有强了许多。人就是这样，不能心想事成的时候，退后一步也愉悦。

那天晚上，黎培基用自己亲自勾兑的多少多少年陈酿把自己和亲家公统统灌醉，也算是被压抑了很久的心情来了一次纵情释放。

虽然黎培基想一个男娃儿，但是他对黎晓红一直是千般疼爱、万般将就的。要说跟当年蔡花蕾的爹蔡好仁还有几分相近之处，假如黎晓红想要一颗天上的星星，黎培基硬是想去给她寻一颗来，哪怕玩两天她又不要了。说女娃儿跟爹亲近，就是他们家两父女的写照。

等到2010年春暖花开了，黎晓红的身体各方面都恢复得棒棒的了，黎培基就以商量的口气跟女儿聊起了"再生一个"的话题。

黎晓红想想，说："爹，我倒是……但是国家有政策，不允许嘛！"

黎培基脸上堆着些无可奈何的愁容，说："其实……爹也不是存心想跟国家过不去，只是……爹就你这么一个娃儿，哎呀！当然最后拍板的权力还在你和张旗帜那里，只是爹啊……一辈子就这么一个念想！算了，爹不说了，反正爹说了也不算数！"

黎培基的这番话让黎晓红难过了好几天，当她再次来到她爹面前时，一副"豁出去了"的神情，说："爹，办事处要是追究下来……你去顶哈！"

黎培基一拍胸口说："你放心嘛，天塌下来爹顶着！"

那时候，育龄妇女时兴"上环"，在女同志的身体里面放置一个戒指一样的东西就避免了怀孕。黎晓红是还没到上环的时间段又偷偷怀上的，之后到了机器能分辨出胎儿性别的时间点又偷偷去用超声波"超"了一回，在得到了准确消息之后，黎培基把母女两个悄悄送去了乡下，在那里躲起来孕育新生命。

给他们家女儿取名字按理是张土改的绝对权力，就因为黎培基爽爽快快答应给黎晓红做工作，张土改便主动放弃了这个权力，把它让给了亲家公。

黎培基没读过什么书，先给外孙女取了个张梅花，在黎晓红的强烈反对之下，参考了大多数人的意见之后定夺为张美华。

黎晓红说虽然老气一点，起码还像个人名。她也跟徐雨露一样，自己给张美华斟酌了一个小名，叫"小呆"，说是"呆萌乖巧"的意思。

"呆萌乖巧四个字里面，其他三个都比这个'呆'字好。小萌，小乖，小巧，干什么偏偏选一个小呆？"后来张土改说，"你还不要说，这个风格很像我们家老太太文心雷当年给我取名叫'土改'，是一个路子！"

因为亲家公那边酿酒和孕育叠加在一起，因此很忙，张土改便让老婆吴润玉提前半年办理了退休手续，专职在家里带小呆。

张土改算过账，你要是请个保姆来家里带娃儿，一来不可能有吴润玉那么尽心，二来花的钱远远多于吴润玉因为提前退休而损失的交通费、电话费什么的，另外还要增加一个人的伙食费，明显不划算。

虽然累一点，毕竟是自己家亲亲的孙女，责无旁贷不说，天伦之乐也是人生不能或缺的一种享受。

自从张军和文心雷升格成了老祖宗，两个老祖宗经常过来张土改家看望小呆。文心雷还帮着吴润玉做这做那，张军因为老年痴呆行动不便，就让儿媳妇搬个椅子坐在小呆的婴儿床边上，笑呵呵地看着小呆，一直看到张土改下班回来吃完了晚饭，扁担开花，各人回家。

老张家的日子就在小呆繁杂并快乐着的吃喝拉撒过程当中一天一天过，直到茅台镇那边悄悄地传来了消息：说黎晓红生了一个六斤八两的男娃儿。

张土改一分钟都没耽搁，以去遵义吃喜酒为借口跟主管领导请完了假，拔腿就往茅台镇赶。

到了地方还没见着娃儿，就被黎培基拉进了厨房。黎培基鬼鬼祟祟看看窗户外面，这才小声说话："亲家公啊，千万记住哈，这个娃儿是别人丢在路边的哈，捡的！"

"哦哦哦哦！呵呵呵呵！"张土改随即笑出声来，也不晓得他是因为有了孙子高兴的，还是觉得亲家公这个说法的过于荒唐。

这时候张土改才知道了要这个娃儿的艰难。

因为计划生育管得紧，还人人都认识，黎培基没敢把两娘母送去自己老家的乡下，而是送去了他母亲的一个姐姐家，距离茅台镇二十多公里一个叫芭蕉窝的村庄，那里没人认识黎晓红家两娘母。

有一利就有一弊，由于交通闭塞，孕妇所有需要的用品、营养品全都需要黎培基亲自开车送过去。好在心里有憧憬，苦点累点都能忍受。而且当地民风淳朴，大家对于这么千辛万苦躲到乡下来怀个娃儿的情况也都理解，睁只眼，闭只眼，假装没看见。

分娩那天，因为是请当地的女"赤脚医生"到家里来接生，害怕中途发生什么情况，黎培基前一天就来到现场守着，小轿车就停在家门口，随时准备往县医院送。

还好，经过女"赤脚医生"差不多半小时的折腾，总算母子平安。

黎培基说："也是老天爷保佑！中间真要发生个什么情况，我是害怕送医院都来不及嘞！"

"阿弥陀佛！阿弥陀佛！"张土改连声说。

当然，纸哪里包得住火呢？等到茅台镇的街坊四邻看见黎晓红又抱着一个嫩娃儿钻进黎培基的2008款夏利小轿车时，满大街的人都晓得黎家"捡"了一个男娃儿。

街道计划生育办公室的同志才不管你是不是捡的，你们家只要认养这个娃儿，罚款都是轻的。其实人家不憨，计划生育工作搞了那么多年，哪里会不知道那些想方设法多要一个娃儿的家庭编的那些"聊斋"？随便去公安局做一回DNA测序，你们家跑都跑不脱。真要确定是你们家的种了，谁能开除得了事主黎晓红的工作籍？人家计生办公室也是睁只眼，闭只眼。

黎培基当然乐意认罚，最后被街道计划生育办公室罚了两千元。黎晓红的妈不仅欢天喜地去交齐了罚款，还带了糖果和水果去分给计生办的同志们，意思大家一起分享"捡"来的一份幸福。

因为张军老年痴呆实在无能为力，由文心雷做主给娃儿取了个名字，叫张路线。

跟"张土改""张旗帜"一个风格。

第七十二章

1

2009年1月14日,国家统计局公布了将2007年中国国内生产总值的现价总量修正为25.7万亿的数据,按照平均汇率,中国2007年已经超越德国,位列美国、日本之后,成为世界第三大经济体。

放下报纸,文大喜马上找出了香港回归那年记录着国家GDP数据的一个小笔记本。

1997年,美国的GDP是8.6万亿美元,是中国当年GDP的14倍多;10年之后的2007年,美国的GDP是13.98万亿美元,中国则是3.37万亿美元,4.14倍。也就是说中国经过23年的改革开放,大踏步前进的成果是人人都看得见的具体数字,差距由14倍缩减为4倍。

文大喜喜滋滋地看着两个看似单调的数字,不知为什么,顿时想起了神仙会,仔细一想,是嘞,已经差不多半年没有"开会"了。马上拨打了李俊峰的手机,还没接通,马上又合上了手机翻盖,那是因为他突然想起了文涛。

前几天,文涛打过来一个电话,说报社已经安排好了他退休的事情。文大喜心里一动,再想想,可不是吗,文涛都60岁了!自己34岁那年生的文涛,简单一加一减,你已经94岁了嘞!文大喜在心里喊。

平常过日子,能吃能睡,没病没灾的,想不起自己的年龄。突然之间一个60岁的儿子在身后逼着你了,这才感觉到年龄确实成了一个问题。都九十四了,你还有必要去关心14倍和4倍的差别吗?算了,想高兴就自己高兴一下,没必要去折腾李俊峰跑来跑去,其目的不过是开一次可有可无的神仙会。

正想着，李俊峰的电话回过来了，说："你老人家是不是想回贵阳了？"

"不不不！"文大喜现编一个"聊斋"，说，"我的一个东西以为丢在车上了，结果找着了，没事没事。"

"你这几天是搞哪样哦？心神不定的。"柳文君说。

"哟，我心神不定都让你看出来了？"文大喜说。

"是啊，眼睛直不棱登的，定不住。"柳文君说。

"哼！"文大喜笑了。

确实，这几天还真有个事情让文大喜心神不定。

1951年从美国回来报社分配的那幢红砖黑瓦的老房子最近要拆除了。确实，那房子老得没得样子了，早就该拆。

虽然他们家除了大女儿文诗雨，其他三个娃儿都住上了新房子。按说老两口换一个电梯房住住也是天经地义的事情，儿女们也说了多少次。但是文大喜觉得一是没必要去花那个闲钱，二是老两口现在大都在茅台镇，与其花钱买个新房子堆东西，还不如将就老房子堆东西，还少搬一次家。因此就一直将就着。现在非搬家不可了，文大喜开始纠结到底在贵阳还是在茅台镇买房子，心神不定。

如果不考虑其他因素，文大喜当然愿意在茅台镇买房子，好处都讲了N遍了，环境啊、空气啊、赤水河啊，贵阳根本没法比；但是，他必须考虑其他因素。

假如买在茅台镇，老两口回贵阳的时候住哪里？没有去跟儿女挤在一起的道理吧？再者说，自己的根子毕竟在贵阳，单位、事业虽然都已经彻底没事了，但是娃儿们凡是碰上个大物小事，都还会来找自己；还有那些"会"，董事会、神仙会什么的，你总不能让人家每次都跑去茅台镇。

道理上应该买在贵阳，情感上愿意买在茅台镇，就这么纠结了有半个月之后，最终拍了板。

那是文达航他们早已经准备好了一套现房，在文大喜"回避"的一次董事会上定了一个八八折。文大喜知道文明房地产公司的那套电梯房，精装修之后说是留着应急用，没想让自己捡了个便宜。

现在搬家简单得很，随便找个搬家公司，人家打包、搬运、家具拆装全包，主人家只需要指挥指挥，动动嘴就行。当然，该一点一点把老旧家庭那些散碎物品打包装箱以及重新拆包摆放的时候，娃儿们都过来帮忙，都怕累着了两个老人家。

这之前，已经由文诗仙和刘锦瑟陪着两老去家具市场订购了一套中式红木家具，原先那些老旧家具贱卖给了一个上门收购的小贩。

不比不觉得，从二十五楼新房子的双层保温落地玻璃窗放眼望去，远处连绵的山峦层层叠叠，在夕阳斜照之下错落有致的一大片美丽景色，老房子根本没办法相比。

直到这时，文大喜终于放松了心情。

只是新房子没住几天，文大喜又想起赤水河了。

现在心里没有疙瘩了，干什么事都随着心情，叫上李俊峰马上就可以走，四个多小时之后就到了招待所门口。之所以这么急着回来，是因为自从彩珠子走了之后，招待所的负责人连着换了好几拨都没让文大喜满意，不是高了就是低了，总之不是彩珠子的风格，觉得没那么贴心。徐文一跺脚，让自己的老婆、已经退休了的蔡冬梅亲自出马，这才让文大喜又找回了"家"的感觉。

这都多少年了，文大喜和柳文君早都习惯了招待所饭菜的味道。在贵阳哪怕是一个新家，柳文君即便愿意下厨，采买、淘洗、油盐酱醋都是事情，还不能挑味道的理，说了人家"大师傅"不高兴，都是麻烦事。有人伺候着的生活谁不愿意？这也是文大喜家两个愿意待在茅台镇的原因之一。几天不吃，怪想的。

一大早起来早早赶路，就是要赶去招待所吃中午饭。电话早就打给了蔡冬梅的，到了地方正好是饭点。一锅子热腾腾的焖鸡点豆腐，外加一盘花生米，一盘西红柿鸡蛋，一盘青椒洋芋丝，一瓶茅台烧，文大喜的眼睛顿时弯成了两条细线。

这还不算，事先就让蔡冬梅把徐文和徐雨露家两口子全都叫过来，加上李俊峰，七个人开饭的同时还顺便把14倍和4倍有关GDP的故事拿出来开讲，一点没耽误。把没开成神仙会的那点小遗憾也给找补了回来。

文富贵说："二老太爷，你老人家还把那些陈谷子烂芝麻的事情用小本子记下来啊？"

"陈谷子烂芝麻？好记性敌不过烂笔头，那叫大数据，娃儿！这不就体现用途了吗？再过几年，说不定就把小日本超过了！慢慢的，你们猜怎么着？"文大喜说。

"那还用得着猜？把美帝国主义也超过了嘛！"文富贵说。

"哎呀！"文大喜一拍桌子喊道，"你这个娃儿简直太聪明了！当年不是有个'超英赶美'的口号吗？现在好，不用喊口号，阴悄悄就把德国人超过了！来来来，就凭这一条，把这杯酒干了！"

趁着倒酒的工夫，文富贵说："二老太爷，听说张旗帜家捡了一个娃儿？关键张旗帜也红口白牙说是捡的！你老人家相信吗？"

"捡！你让他再捡一个我看看！"文大喜说。

"就是黎晓红生的！听说罚款都罚过了。当然，坚持一个口径也没错，否则别人家都计划生育，你们家凭什么生两个？也没错。"徐文说。

"最搞笑的是，黎晓红的妈还包了糖果去分给计划生育办公室的人，发喜糖，啐！"蔡冬梅说。

柳文君笑了，说："这个人才是好玩嘞！"

"关键他们家老祖太还给娃儿取了一个具有中国社会主义特色的名字，叫张路线！哈哈哈哈！他们家老太太硬是下得手嘞！"文富贵居然笑得喷了饭。

害得跟着笑的人都用手捂住了嘴。

2

六月下旬，文涛的儿子文化、文达航的儿子文心意、文诗路的女儿文美丽、徐天仙的女儿牛嫣然，四个娃儿扎堆大学毕业。

文美丽接受家里的安排去了文渊资产投资管理公司，当然同样是从最基础的工作做起；文心意和文化则去了徐立业在珠海创办的公司。娃儿们愿意走州过府闯一闯，历练历练也不是坏事，再说现在的娃儿独立意识很强，大人的意见大都只是个参考。

比如牛嫣然，合肥工业大学的"机械设计制造及自动化"专业毕业之后居然要去学表演，不量体裁衣都是小事，关键毕业了连家都没有回一趟，就地报名去了个骗钱的草台表演艺术学校，形体课才上了没一个月，老板就失踪了，留下一堆喊天天不应的娃儿顿时没了着落,除了报警,一个个只能哪里来的回哪里去。要不是家里断了她的"炊",牛嫣然还想在当地再找一家"艺术学校"试试。让大人们跟着她爹妈一起操碎了心。

牛嫣然最终回到了茅台镇,只是住了没一个星期又跑去了贵阳,说是无论如何要上一回艺术学校。鉴于这样的痴迷状态,大人们一商量,由徐文出钱把她送去了文心雷曾经担任校长的那个艺术学校,学制两年,学习影视表演。不论怎么说,学习艺术总归是正经追求。大人如果不因势利导,娃儿容易走偏。真要是走偏了再来管,能不能纠偏回来一定是个大大的问号。

牛嫣然对表演艺术情有独钟不是一天两天了。考大学那年她最心仪的学校就是"中戏",是家里人反复做工作,说中央戏剧学院是在人尖尖里面选人尖尖,稍稍不留神被人挤走的概率百分之几百,一旦被挤,耽误的是重新补习整整一年的大好时光,划不来。家里人不好拿她的长相说事,怕伤了娃儿的自尊心,于是都说长相之外的理由。

牛嫣然的长相确实那个了一点,按说她母亲徐天仙端端正正的,牛嫣然应该是随了她爹牛大壮,一听这名字长相就细致不了。牛嫣然也知道自己的具体情况,她就拿那些不是靠长相出名的演员说事,比如,葛优、杜旭东什么的。她的家人不知道杜旭东是谁,只知道葛优的爹是电影《小兵张嘎》里面演日本军官的那个家伙。

徐天仙说:"问题是你没有一个著名演员葛存壮这样的爹啊!姑娘啊,就为了不再复读一年这一条,还是深思熟虑一点的好!都已经辛苦了两三年,再回过头去把那些读过的书重新读一遍,你一定会心烦的!"

就是当妈的这句话让牛嫣然选择了"合肥工业大学"。

现在好,从"合肥工业大学"毕业出来,又进了"贵州大学艺术学院",牛嫣然还真配得上"执着"二字。

艺术学院就艺术学院,只要她学有所成,不说跟葛优、杜旭东比,哪怕跑个龙套什么的,也是一份养活自己的职业。

茅台镇那边刚刚安排好了牛嫣然,贵阳这边又在为远在珠海的文化和文心意操心。好在徐立业的"巨轮软件公司"在当地已经站稳了脚跟,至少两个娃儿的吃喝拉撒不用操心,什么都是现成的。

离开贵阳之前，文大喜把文化和文心意叫到汉云楼，加上两家大人，包括文达德和杜鹃，刚好一桌。

开饭之前，该讲的"官话"讲了一遍了，文大喜最后说："两个娃儿哈，深圳、珠海那样的地方最适合发挥你们年轻人的聪明才智，假如两个人一无是处就偷偷溜回来，不要来见我哈！因为我不可能接待一个一无是处的人！但是，假如你们都做出了成绩，衣锦还乡了，爷爷……同时也是二老太爷……仍然在这个包间里面为你们两个接风！记住，干了这杯酒，我们就一言为定哈！"

文心意把酒干了，说："谢谢二老太爷！"

"谢谢爷爷！"文化先说话后喝酒。

"还有最后一条，"文大喜说，"假如……我是说假如哈，你们要是有了新的想法，千万记住贵阳的二老太爷哈！"

"爷爷，这个我们肯定不会忘记！"文化笑得很诡异。

娃儿一茬一茬长大，如同人们精心栽培的小树苗一年一年拔高，每年都有新的希望；按照新陈代谢的规律，自然就有老的一茬一茬告别这个世界。人固有一死，都不说泰山或者鸿毛了，能让别人记住你的哪怕一点点好，就不错。就像树木横切面的年轮，一圈一圈，是它经历过的那些风霜雨雪留下的印记，印记有大有小，但是永远都不会被抹去。

享年九十一岁的张军终于离开了他依旧眷念着的这个世界。

还好，因为老年痴呆，记忆力严重衰退，于是就没有牵挂。唯一残存的一丝记忆，是张旗帜和黎晓红抱着他们老张家三代单传的张路线在他已经昏花的眼前晃来晃去的情景，尽管文心雷在他耳朵边一个劲说娃儿叫张路线，从老人家呆滞的目光分析，估计没有形成完整印象。但是，被文心雷捏着的那只手突然就明白无误地动了一下，文心雷的眼泪顿时涌了出来，她知道这是老伴看明白了、也听明白了的表示。

两个人相濡以沫六十年了，哪怕已经没有了眼神的交流，他一定会寻找一个什么方式来传递最后一个爱的信息。对于这一点，文心雷深信不疑。

看着灵堂里张军那张笑得端端正正的照片，文大喜想起了一直以来这个山东汉子给文家带来的诸多好处，从每逢年关必定送过来的活鱼以及大太太养鸡用的酒糟，到文涛和文达德的户口，世上没有张军办不好的事情，关键还任劳任怨。

后来，当文大喜听说文心雷准备将老伴安葬在公墓时，马上给幺太太打了电话，征求将张军安放在文家墓地的意见，事情还没说完，幺太太那边已经泣不成声了。

最终，张军被安葬在了刀把镇。至少，"方便祭祀"这一条别的地方就没办法比，还不用花钱。

2010年，文家办了一件大事情。

那是在省里面召开的一次会议上，文达德恰好跟团省委一个分管希望工程的副书记挨着坐。之前类似的会议两人见过面，点点头笑一笑的交情。这次坐在两隔壁了，寒暄一下的基本礼节之后，等到副书记得知省政协的这位副秘书长跟那个在刀把镇捐了个希望小学的文家是一家人时，善于捕捉"战机"的副书记马上将团省委下属一个什么基金会策划的一个"希望工程项目"及时推荐给了文达德。大致内容是企业出钱资助考取大学的、贫困家庭的学生每人5000元助学金，帮助他们在学校的起步阶段行稳致远。

文达德的眼睛当时就亮了一下，因为他知道单单"助学"这一条，就足够文家继续助人为乐的了，还不要说自己家老祖宗留给后人的那块匾——"行德崇文"。

这件事文达德虽然做不了主，但是他答应副书记回去跟老人们汇报汇报。

文大喜跟文达德一样，在电话里听了这个事情眼睛也亮了一下。当即约定周末在刀把镇会合，说只要幺太太点了头，估计财大气粗的文心志不会有什么意见。

后来，在听取了文达德汇报、文大喜补充的"贫困学生助学金项目"之后，幺太太说："那……你们准备帮助多少个娃儿呢？"

文大喜笑了，说："我们是先来征求你老人家的意见的，还没有计划到那一步。你老人家同意了，我们才能往下面走。"

幺太太也笑了，说："你们莫非……真的以为幺太太会不同意？还不要说助人为乐，就凭头顶上这块匾，文家都是责无旁贷！"

"哎呀！"文达德叫了一声，说，"老祖宗啊！咋个你老人家讲的和我想的一模一样呢？！"

"这就对了嘛，"文大喜说，"说明都是文家人喽！"

幺太太说："大喜说得对，一个锅里吃饭的时间长了，思路啊、说话啊，包括腔调，都差不到哪里去。老话不是说吗，近朱者赤。"

"既然幺太太同意了，拿多少钱还在次要，关键以哪里的名义拿钱。云辉烧房还是投资公司？"文大喜说。

文达德想想，说："这个啊……还是要请老祖宗定。"

"我倒是觉得吧……"幺太太想想，说，"以云辉烧房的名义比较好。为什么呢？因为云辉烧房是文家老太爷一手一脚创办的，功劳苦劳都在老太爷那里。投资公司就不一样，跟他老人家不搭！"

"姜到底是老的辣呀！说出话来有理有据。老祖宗，不佩服都不行嘞！"文达德一贯花口花嘴。

"哼！你这个娃儿呀！"幺太太说。

"那我就打电话告诉文心志了嘞？至于数字什么的，云辉烧房董事会专门开一次会商量一下，也听一听徐文的意见。幺太太觉得这样可以吗？"文大喜说。

"具体事情不用问我，你们商量好，办了就行。也是哈，那时候老祖宗蔡花蕾吃斋念佛，把帮助乡亲作为快乐；到了老太爷这里，总是把福荫乡梓挂在嘴边；现在轮到你们这一辈了，我听你们刚刚讲那意思，是要资助全省的贫困娃儿吗？"

"幺太太，不仅仅是我们省嘞，他们那个基金是面向全国的，是全国各地贫困家庭的学子都有可能接受这个助学金呢！"文达德说。

"你看看！你看看！"幺太太有些激动，说，"文家没钱的时候都要想着帮这帮那，抗战那年不是卖了东西去支援前线吗？哎，话到这里我还想起一个事情，不是支援前线吗？我一个丫鬟哪里来的钱？人家大太太打开自己的首饰盒，任由我挑两个，说一个拿去捐，一个让我留着。你看，文家啊，就是这么传承下来的，一辈接着一辈！现在太平盛世，文家又有了一点钱，那还说什么？帮！"

几天之后，云辉烧房董事会决定连续五年每年拿出一千万元，帮助 2000

名大学生，每人 5000 元。

3

2011 年有两件大事都跟日本有关。

第一件，我们国家继 2007 年 GDP 超过德国，三年之后又超过了日本，成为世界第二大经济体，经济总量达到 40 万亿。跟改革开放初期的 1978 年相比，33 年间，增加了 110 多倍。

第二件，3 月 11 日北京时间 13 时 46 分，日本宫城县发生里氏 9.0 级大地震。被称为"里氏"、由美国科学家制定命名的地震级别虽然有 12 个等级，但是截至 2000 年，世界上的大地震没有超过 8.7 级的。那年唐山大地震里氏 7.8 级，汶川 8.0 级。

日本发生的这次大地震前所未有。震中位于宫城县以东的太平洋海域，北纬 38.1 度，东经 142.6 度，深度 10 公里。由此引发的大海啸波及太平洋大部分沿岸地区，造成了巨大灾难。

海啸导致位于日本福岛的第一核电站 1 号机组发生爆炸，3 号机组起火。最终导致第一核电站整体报废，16 万人逃离福岛，大量核废水发生"处置危机"，引发了一场世界范围的"核危机"。

人们通过电视看到了海啸袭来的恐怖画面，同时也见识了在巨大自然灾害面前人类的渺小，渺小得……不值一提。

以至于徐立业在自己创办的"珠海巨轮软件公司"的年度总结表彰会上讲话时，告诫大家要"尊重自然，顺应自然，敬畏自然"。

徐立业说："那样惨烈的海啸场面我也是第一次看见，我觉得这也是对我们人类的一次告诫，大自然赐予我们万物的同时，也会在毫无预告的情况下无情地把它们夺走！就像我们的工作，我一直在战战兢兢地如履薄冰，生怕哪一天因为我们的失误而导致一次不可逆转的后果，到时候我们大家哭都哭不出来，当然首当其冲的是我自己。所以，我们除了加倍地努力工作，没有任何捷径可走。"

坐在下面的文化压低了嗓音对文心意说："你还不要说，徐总的口才这两年还真的练出来了。"

文心意同样小声说话:"我不记得你和他在贵阳那边一起待过啊？"

"没有待过,但是你必须认可他的口才。"文化依旧小声。

"哦。"文心意说。

"哎哎,"只听见徐立业冲着他们这里喊,"你们两个能不能不在下面开小会？"

"巨轮软件公司"在编人员总共二十一个,这还是文化和文心意过来之后的数字。开总结会的场地就是平时兼作饭堂的那个小会议室,不光地方小,还有一股子怎么都吹不散的饭菜味道,要是没有中间吊着的那台投影仪投射在墙上的会议名称,一定会被外人误认为是饭馆的总结会。在这样一个窘迫的场地里"开小会",如果徐总没有一个鲜明的态度,巨轮公司应该也走不到今天。

你不要看这个一二十人的小微企业,上一年的产值差一点点一百万,按照文化他们没来之前的人数计算,人均5.26万元左右,除干打净,盈利7.2万元。这对于一个开张还不到三年的小微企业来说,七点几的利润率已经不错了。而这一切,除了项目选择的因素之外,全靠徐立业的锱铢必较。就因为这个,跟他一起来创业的同学也因此分道扬镳,另觅他途去了。

但是,徐立业懂得一张一弛。比如,刚刚在"小饭堂"较完了真,马上在随后举行的冷餐晚宴上又找补了回来。

冷餐晚宴当然不是在"小饭堂",而是在一家星级饭店的西餐厅,正所谓灯红酒绿。

在低回缠绵的背景音乐中,徐立业端着大口径的红酒杯来到文化和文心意面前,一手搂一个将他们引到了一个角落,然后用贵阳话说:"两个兄弟哈,喝好吃好是第一要务哈！至于……干脆我们就来个君子协定,会下不说会上的事,好吗？我唯一要对你们说的是,徐哥这两年也不容易！自家人如果都不帮衬着自家人,那就说不上上阵还靠父子兵了。吃好喝好！"最后这一句徐立业是喊出来的,那是喊给大家听的。

你不要看徐立业在他们两个面前仿佛一个老前辈,其实他只比文化大一岁,比文心意大两岁。

看着徐立业离去的背影,文化笑了笑,说:"也是,他有他的难处！一个人背井离乡的,也不容易哈？"

"我们来了有半年了吧？"文心意若有所思，说，"我对徐哥的认识其实很正面，他就是一个值得尊敬的艰苦创业的典范。但是……也许我爹他们给我灌输的东西不一样，我就觉得吧……啧！这里不是我待的地方！"

文化对于文心意的话一点都不吃惊，点着头说："我以为只有我一个人不甘寂寞嘞！假如我们就这么待在一个地方不动，真的辜负了脚下这片开创新生活的热土了！"

对于这两个"英雄所见略同"的年轻人，碰一下酒杯然后一饮而尽，是眼下他们唯一能做的事情。

人们在做职业规划时，家境不好的娃儿如果选择了自主创业，出发点大都会是来钱快，目的就是尽快摆脱窘境；而那些富裕家庭的娃儿，因为没有生活压力，同时心中又没有太多憧憬，一般都会由着自己的兴趣选择职业。

比如，文心意在大学学的是自动化控制专业，毕业之后他们家老太爷也邀请他去美国读硕读博什么的，他则说那是那些没有择业目标的人的事情，他的目标很清晰，就是自动化控制。之所以跟着文化来了巨轮公司，一来熟悉一下环境，二来顺便看看别人是如何创业的，学习学习。现在是时候"拉出来遛遛了"，关键还跟文化一拍即合。

文化不一样。因为学的是中文，压根没有心仪的项目，只是身处深圳、珠海这样的创业热土而不愿意平庸地打一份工。对于文心意把"自动化控制"表述得都神乎其神了，文化也只是说了一句"也行"。

"也行？！"文心意瞪大了眼睛说，"你的意思还有比自动化控制更加引人入胜的项目？"

"没有，我只是觉得你也没有必要把你的专业看得那么舍我其谁的样子，就是若干可供选择的项目中的一个。"文化说。

"这就是你们学中文的人的不是了，吹毛求疵！"文心意说。

文化笑了，说："赶快写你的可行性研究报告喽，叫个什么？'瀚海智能自动化股份有限公司'？瀚海？有个什么说法吗？"

"瀚海就是浩荡无边的意思嘛，你学汉语言文学的会不懂？"文心意说。

"浩荡无边我懂，我是怕你还有其他别出心裁的说法。"文化说。

自从决定创办新公司，两个人搬出了徐哥提供的集体宿舍，合租了一个两室一厅的单元房。虽然置办了厨房所需的一应用品，只是两个人一次都没有使用过新炊具，假如哪天没去外面吃饭，不是叫外卖就是方便面。

到了该申请"赞助"的时候了，两个人双双回到了贵阳。

4

还不要说二老太爷在送行的饭桌上说过"需要帮助回来找他"，就算没说这话他们也要回来找他。福荫乡梓你都要拿钱，何况个人家娃儿创业？眼下的问题不是拿不拿，而是拿多少。

在邀请了文化和文心意列席的文渊投资管理公司的董事会上，文大喜让他们两个先把自己心中的数目说说看。

"咳咳，"文心意干咳了两声，随后咽下一口唾沫，说，"既然有前辈徐立业的示范在先，他一个人给了五十万，那我们两个……一百万吧！"

"完了？"文大喜问。

"完了呀，其他的都在可行性研究报告里面了。"文心意说。

"是项目本身需要一百万，还是比着徐立业要一百万？这个需要说清楚嘞！"文大喜说。

"肯定是项目需要一百万呀，而且都在可行性报告里面说清楚了呀！"文心意说。

"一百万，还'肯定'？"文大喜笑笑，说，"好像是来要生活费的，理所当然哈！大家说说，看看有没有合理性。"

"我说，"徐天媛举了一下手，说，"我觉得吧，两个娃儿既然下定决心要闯出一番事业，从可行性报告列举的数据看，项目还是站得住脚的。但是从投资的角度分析，有几个地方还需要充实、完善。风险当然有，只是楼宇的自动化控制肯定是未来智能管理的大方向，所以我认为，这个风险值得一试。至于需要多少钱，我倒觉得不一定一口吃成个胖子，可以一步一步来。"

大满仓举手示意，文大喜点点头。

"我同意徐天媛的分析判断，但是有一条……"大满仓突然想起说，"哎对，文大喜同志，他们两个该说的都说了，是不是可以回避一下？"

"对哈，你们两个？"文大喜朝文化和文心意歪了歪头。

两个人起身退场。

等到玻璃门关上了，大满仓接着说："但是有一条，这两个人花钱没个头绪，特别是文心意，大手大脚惯了，低一脚高一脚的。如果……公司如果能给他们配一个会计……其他的我倒是觉得还行，中规中矩。"

"徐文是第一次参加文渊投资的董事会哈，说说看？"文大喜说。

徐文不是文渊投资管理公司董事会的。自从郑伟离开之后，董事长文心志又很少到场，董事会会议很多时候都是四个人，不符合规定。这次关系到投资项目了，牵涉到表决，假如出现二对二，怎么办？会议之前文大喜就跟文心志通了电话，提议把徐文吸纳为文渊投资公司的"独立董事"，得到董事长的认可之后，就把徐文请了过来，讨论投资项目之前已经表决确认了徐文的独立董事身份，由董事会秘书记录在案。

"不好意思哈！"徐文欠欠身说，"临时来参加投资公司的会议，也没看过可行性报告，凭感觉说一点看法。首先哈，长江后浪推前浪这个大趋势是人人都看得见的，我们这一辈人的努力，就是为他们在铺路，道路铺好了，在上面行走的是他们自己，你不让他们锻炼让谁锻炼？我同意刚才马满仓同志说的配会计的说法，那也是为了他们能够行稳致远。至于多少，只要他们说得在理，多少都行，不行后面还可以追加嘛。我讲完了。"

"言简意赅哈！"文大喜看看文达航，说，"文达航？"

"我没有意见。"文达航说。

"那……"文大喜想想说，"一百万就一百万，你都决定配会计了，就不怕他们两个乱来。那就进行表决？同意'瀚海智能自动化项目'投资一百万元的，请举手。"

到会的五个有表决资格的人都举了手。

国庆节过后，中国共产党在人民大会堂召开了"辛亥革命100周年纪念大会"，胡锦涛发表了讲话，他说："一百年前，以孙中山先生为代表的革命党人发动了震惊世界的辛亥革命，开启了中国前所未有的社会变革。"

"确实哈，用革命的方法推翻前面的政府，建立起全新的政府，这个方法真的是从孙中山那里学来的，后来共产党又推翻了孙先生一手建立的国民政府，孙先生应该始料未及哈?"在汉云楼包间进行的神仙会上,马伟泊这么说。

神仙会已经很长时间没有召开了,最近国内国际发生的好些个事情都值得议论议论,加上老朋友之间的联系间隔太久了不利于老年痴呆的预防,议论不过是个借口,见个面喝顿酒你总要有个由头吧?神仙会就是由头。

"也不一定嘞,要是孙先生一直在,也许还成了共产党的头儿了呢!嘿嘿嘿!"闫志国说。

"也不是没有这种可能哈。"文大喜说,"共产党是辛亥革命十年之后成立的,今年也九十年了嘞!据说哈,现在统计下来全国有八千多万党员,是名副其实的天下第一大党。当年孙中山先生看好共产党哦,是老蒋后来自己跑偏了。"

"是。否则啊,历史还不知道由谁来书写嘞。哎,之前我们议论过的那个赖昌星,7月不是被加拿大遣送回来了吗?"马伟泊说。

"早晚的事情喽,他莫非还躲得了一辈子!"文大喜说。

"像他这种有案底,事实清楚,证据确凿的人,不要说加拿大,美国人也不敢包着不放!国际上有条约。"闫志国说。

"就是。包括最近湄公河那个事情,一下子杀了我们十三个船员,完全没有道理嘛!是可忍孰不可忍!"文大喜说。

"你们放心,早晚一点的事情,一个都跑不脱!只是泰国的那些收了钱的黑心军人,怕是没得办法收拾。"马伟泊说。

"那不一定!一定会有人收拾他们,只是看时机到没到。"闫志国说:"本·拉登藏得该深吗?还有那么多武装警卫,不是照样被美国人干掉了?还是在巴基斯坦境内嘞。"

"美国人这方面很厉害,居然搞现场直播!"马伟泊说。

"确实,那个画面很震撼哦!"文大喜说。

这时候一个女服务员进来说:"文老伯,你们几点钟上菜?"

"现在现在!"完了文大喜对大家说,"我们边喝茅台烧边摆龙门阵,两不耽误哈!还有还有,我还忘了说一个事情,姚明……就是打篮球那个姚明,高个子,都晓得吧?"

"文老伯,假如哪里来了个不晓得姚明的人,估计就不是中国人。啐!"闫志国说。

"呵呵！"文大喜笑笑，说，"这个姚明啊……"

闫志国抢着说："最近宣布退休了！对不对？"

文大喜一愣，转而一脸的愤怒，大声道："你这个老闫同志才是嘞！以后不兴你这种半路截胡哈！人要厚道嘛！不和你说了，喝酒！"

闫志国和马伟泊哈哈大笑。

5

2012年的春天还没到来，赤水河上的风虽然还是凉凉的，只是已经没有了严冬时候那样朝袖口、领口里乱钻的肆无忌惮了，变得轻柔了许多。因为有云彩，太阳时有时无，有时候竟然将一座山整成半边亮半边暗，像是在跟谁闹着玩。

文心志和老伴安吉拉由大满仓陪着，在这样一个季节来到了茅台镇。他们是来买房子的。

"老伴"是中国式称呼，美国人直接称呼名字，觉得那样亲切；文心志这么多年了一直不认同，就觉得"老伴"更亲切。自从把家里的生意交给了文达远家两口子，文心志一直动员安吉拉去茅台镇住。安吉拉虽然也认可茅台镇的悠闲、安逸，但是她更喜欢自己在美国的这个家，毕竟土生土长这么多年了，哪里哪里都牵挂着，丢不开。

文心志就说："老伴，你知道幺太太多大年纪了吗？"

"我知道啊，今年一百……一十六岁，对吧？"安吉拉一直操着半生不熟的普通话说话。

"哟！晓得的哈！"文心志说。

安吉拉说："那必须啊！尊老爱幼喽！"

"哎呀！"文心志有些感动，抓起安吉拉的手吻了一下，再握住这只手搓揉着，然后说，"是这样，我们趁着幺太太还健在，过去陪她老人家生活一段时间，等到以后……那什么了，我们再回来嘛，既让我尽了孝道，又不妨碍你延续亲情，两边都不耽误。有什么不好吗？"

安吉拉盯着老伴的眼睛，直到自己的眼眶里出现了泪光，终于点了点头，说:"我就是羡慕你们中国讲求孝道这种思想,让人好温暖!"

文心志一把将老伴抱住,眼睛里也出现了泪光。

文心志在电话里把这个决定告诉二叔文大喜的时候,文大喜说只要你们不嫌弃,请蔡冬梅在招待所准备一间房子就是。

文心志说:"我倒是愿意嘞!但是安吉拉在这边住惯了大房子,还是买一套大一点的新房子,好好装修一下,我不能委屈了她嘛!"

就这样,文心志和安吉拉来到了茅台镇。

这之前,徐文已经委派徐雨露和文富贵去选了一套看得见赤水河的四室两厅的电梯房,150平方米,房子一共八楼,他们选了最高层。文富贵用恭维的语调对徐雨露说,就是要让两个老人家清清静静地生活,连楼上脚步声的可能性都排除掉。

"哎,这个我喜欢!"徐雨露说。只是不知道她是喜欢听不到脚步声呢,还是文富贵的恭维态度。

等他们小两口陪着美国来的老两口乘电梯到了八楼,安吉拉推开客厅面朝赤水河的窗子,深深呼吸了一大口富含负氧离子的新鲜空气之后,对文心志说:"达令,赤水河确实有它独特的可爱之处!"

文心志冲着小两口伸出了大拇指。

在等待装修的两个多月里,文心志家两口子就在刀把镇陪着幺太太,文大喜家两个过来的时候,新来的保姆就把麻将桌摆好,幺太太、安吉拉、柳文君加上章悦四个女将整整齐齐坐下,文心志给安吉拉当"背光",文大喜给幺太太当"背光"。

"背光"就是在麻将参与者身后当参谋,出主意,关键时候提示一下。

安吉拉原先不会打麻将,在幺太太的盛情邀请之下也坐了上来。自打学会了之后,再没有一天同意文心志坐上去的。说就是要过一过摸牌、出牌的瘾。特别是自摸的时候,那个高兴劲头,用文心志的话,叫"如同捡得了一桶金子"。每每老宅有牌局了,就听见安吉拉一个人英文、中文一起上的叫声。搞得街坊四邻不晓得文家屋里究竟发生了什么情况。

自从章悦过了八十岁寿辰,老宅就请了一个保姆。姓张,于是按照文家的老传统就喊人家"张孃"。张孃五十岁出头,她们家距离刀把镇二十多公里,

"公路村村通"已经通到她们村子了,来去方便得很。张孃做饭的手艺一般,就是乡下人通常的那种家常菜;但是张孃勤快,忙完了这里忙那里,该不该她做的她都做,而且人还干净,把老宅里里外外收拾得清清爽爽,清爽得大家都点头称赞。包吃包住,月薪1500元钱,这个数字是在刀把镇周边通常价格上面加了300元的。

有了张孃,文大喜更加放心了。这回文心志他们回来在刀把镇停留,文大喜过来的次数自然就多了起来,人家美国人都飞过来陪幺太太了,自己更是责无旁贷,看着几个老奶玩得不亦乐乎,文大喜打心眼里高兴。

装修完成之后,文富贵请家政公司的人过来彻彻底底清理、打扫了一遍,然后打开窗户吹了有一个多月,这才通知把早已经订好的一整套中式家具送了过来。

起先,安吉拉说她喜欢西式风格,文大喜也不说话,把李俊峰叫过来拉上安吉拉家两个,去他在贵阳的新家参观了一遍,安吉拉马上就说她喜欢上中式风格了。

文心志就说:"这就对了嘛!美国的家是西式风格,中国的家是中式风格,一样玩一点,这才是生活之道。"

文大喜说:"所以我不说话呢,让你们自己看,自己挑选。"

等到新家归置好了,硬件软件都落实到位了,在文富贵的撺掇下,文心志居然要在新房子里面"烧锅底"。

"烧锅底"是贵阳话,用安吉拉的话,叫作"在新房子里面开一个Party"。

烧锅底和Party是一个意思,都是大家聚在一起敞开了吃一顿。

那天过来烧锅底的人很多,连张孃都跟了过来。饭菜是请街上的馆子送的,中式的大餐桌是主桌,上面堆得满当当的;另外一个桌子是馆子送过来的一个圆桌面架在麻将机上面,临时凑合一次。

主桌这边除了以幺太太为首的七个老人家,外加马伟泊、文达德、文达观、徐文、徐天媛,十二个长者,其余的全在另外一桌。

好不容易吃完饭了,美国老奶安吉拉居然提出来打两圈。幺太太马上说:"怪我怪我,是我把安吉拉引上了歧途!"

还是那四个老奶圆成的方城战,只是在后面当"背光"的人成倍增加,少的两三个，幺太太身后直接站成了一排。值得一提的是，文富贵未雨绸缪，专门设计了一间不大不小的房间作为打麻将的地方，取名"娱乐室"，得到了所有人的称赞。

都架势好了，文达德说："今天因为是我们家安伯妈请客，规矩就由安伯妈定，安伯妈，你说！"

安吉拉连忙摆手，说："我不说我不说，还是幺太太说！"

文达德说："那就幺太太说！"

"好嘛，那我就说哈。"幺太太说，"五元钱一个牌牌，就兴个幺鸡就行了，不要黑八，算起来太麻烦！开始吧。"

文达德高声道："幺太太说了就算数哈，开始开始！"

6

安吉拉是个有心人，因为知道茅台镇的冬季比较冷，装修时就让文富贵特地安装了一套使用液化气的地暖系统，就是为了让幺太太冬天能在茅台镇居住。没想文富贵更有心，装修时在厨房预留了一根可供使用天然气的管道，假如以后小区通了天然气，接上管子就能用。关键他已经听说了茅台镇即将进行煤改气工程的消息，意思整一根管子在那儿等着。就为这，安吉拉把文富贵夸成了一朵花。

冬季的冷暖问题解决了，安吉拉专门选了一间能看得见赤水河的、向阳的房间，整成了适合幺太太起居的模样，床栏杆啊，门边的扶手啊，椅子的软和程度以及地面的防滑处理啊，处处都是让人暖心的设计，就是要让幺太太一见倾心。那天参观之后，还真让幺太太动了感情，拉着安吉拉的手千恩万谢。

安吉拉说："幺太太千万不要客气，这些都是我们晚辈应该做的。幺太太你知道吗？美国人不这样，人与人之间比较冷静，比较理智。这些都是我跟我们家文心志学的，一开始我还不太理解，慢慢的，我也开始觉得，亲情同样需要用心去呵护，那样才长久，才温暖！"

哎呀！幺太太好感动哦，直接靠在安吉拉的胸前，还闭上了眼睛。

安吉拉的眼泪顿时流了下来，滴在幺太太脸上，幺太太抬起头，用手拭去了安吉拉脸上的泪水。

就为这个满是温情的画面,大家居然鼓起掌来。

那天晚上,幺太太睡在安吉拉给她预备的、舒适的大床上,竟然做了一个梦。

在梦里,幺太太见到了蔡花蕾,蔡花蕾看了半天才认出是小眼睛,她问小眼睛为什么还不来找她,说人间哪有那么多可留念的,居然就绊住了你;幺太太说现在的人间跟你那个时候的人间完全不一样了,让人不想离开。蔡花蕾说她不相信,幺太太说那你回来看看不就知道了。蔡花蕾说好啊;但是,幺太太无论如何也抓不住蔡花蕾伸过来的手……

好不容易抓住了,定睛一看,竟然是安吉拉。

安吉拉是听见幺太太屋里有动静,进来一看,就看见幺太太两只手舞动不停,这才抓住了老人家的手。

看见幺太太泪流满面,安吉拉赶紧扯两张纸巾帮老人家擦了,等幺太太讲完了梦里的故事,安吉拉想想,说:"幺太太你等等,我去喊文心志过来给你老人家解梦。"

中国人好奇心重,连梦里面的情景都希望能有个什么说法,是凶是吉,以便在真实的生活场景中趋利避害。为此还出现了一本叫《周公解梦》的书,"目录"里面有诸如冲突、调动、滑倒、游泳、打鼾等内容,就是把你的梦拿来对号入座。

据说周公是西周周武王姬发的弟弟,叫姬旦,历史上确有其人。具体成书时间无考,也有人说是后人假周公旦的名义编撰的。可以确定的是,中国人对于"梦"的研究已经好有几千年了,成书于西周时期的《周礼·春官》里就提出过梦的六种类型,正梦、噩梦、思梦、寝梦、喜梦、惧梦。

到了文心志这里,他在美国的时候曾经帮安吉拉解过梦,因此这个时候安吉拉自然而然就想起了他。

听完幺太太的原版故事加上安吉拉的补充,做思考状的文心志还不敢把表情处理得太悲情,他怕幺太太乱分析,到时候她自己把剧情整成"凶"或者"噩"了,折寿嘛。

"要说嘞……"文心志明显是在斟酌词语,既不能太悲,也不能太喜,于是说,"这样这样,具体情况还得看了《周公解梦》之后才能说准确,书在刀把镇,哪天回去了看看。就目前这个情况……梦见了蔡花蕾老祖宗是吧?那肯定是……你老人家想她老人家喽嘛,好事情,好事情!"

安吉拉赶紧打帮帮腔:"听见没有,幺太太?是好事情!"

幺太太一直紧着的心这才松弛开来,说:"我确实也好久没见着她老人家了!"

"这就对了嘛,在梦里见面,也是见面!"文心志说。

后来,文心志真的翻开《周公解梦》一条一条找,终于找到了"死人"的条目,翻开一看,"梦见与死人交谈,会名扬四海"。

文心志喜出望外,赶紧跑去给幺太太说了。

"名扬四海?"幺太太想想,说,"那倒不必,平安无事就好。看来呀,我是真想她老人家了!"

就这样,一竿子人在茅台镇住一段时间,再去刀把镇住一段时间,反正张孃跟着走,吃的喝的都不用操心,加上文大喜和柳文君如影随形,文富贵还给这个团体取了个名字,叫作"夕阳红旅游团"。让幺太太高兴的同时,也是老同志们对幸福生活的真切体验。

文大喜说:"是嘞,就是要争取多活他几年嘞,好好看看我们的家乡,看看我们的生活究竟会变成个什么模样!"

"哎呀!我们的生活什么时候变得如此简单了呢?喝酒、聊天、打麻将!居然没有什么事情让你操心,哈!"文心志感慨道。

9月11日,日本政府不顾中国政府一再严正交涉,在内阁会议上最终通过了从2012年度国家预算中支出20.5亿日元"购买"钓鱼岛本岛、北小岛、南小岛的决议,正式将钓鱼岛"收归国有"。

消息传来,中国各地民众纷纷举行反日游行,抗议日本窃取我国领土,中国多部门也密集表态抗议日本的"购岛"行为。北京、广东、山东等地民众走上街头,抗议日本政府"购买"中国钓鱼岛及其附属岛屿。在北京和香港,有民众到日本驻华大使馆和领事馆门前抗议。紧接着,各地出现了游行示威、抵制日货、打砸日本汽车的情况。

钓鱼岛属于中国是个不争的历史事实,在它的归属问题上,美国人于

1970年将钓鱼岛的管辖权交给日本时,曾经宣布"只向日本移交钓鱼岛之行政管辖权,与主权无关。钓鱼岛主权归属问题,由各有关方面谈判解决"。也就是说,连一贯偏袒日本的美国都承认钓鱼岛的主权至少需要谈判。现在日本人把它直接"收归国有",自然要激起中国人民的愤怒。

属于文家"神仙会"的几个人民群众虽然没办法组织起可以游行的队伍,也不会去打砸日本车,但是他们可以用自己的方法表达愤怒。

仍然在汉云楼举行的神仙会是应文大喜的"紧急约见"而召开的。

文大喜心里有话急于抒发,于是比约定的时间早到了半小时。闲着没事,跟服务员要了一盘干炒豌豆,就着茶水边吃边等。

好不容易听见外面有动静了,正要起身,马伟泊已经进了门,后面还跟着一个小伙子。只见马伟泊脸上冒着红光,把小伙子拉到文大喜面前,什么话也不说,两个人就那么笑盈盈地看着文大喜。

"哪样意思吗?"文大喜不知道马伟泊唱的是哪出,但是可以肯定症结就在这个小伙子身上,仔细看看,是有点面熟,定睛一看,终于想起来了,一下子还有点激动,说,"这不是……你们家郑改革吗?!"

"文爷爷!!"郑改革一把将文大喜抱住。

"真是郑改革啊?哎呀哎呀!"文大喜又拍又打,眼泪跟着就下来了。

这时候闫志国也到了,文大喜马上介绍:"快快快,这是闫爷爷!"

"闫爷爷好!"郑改革说。

"你好你好!这个娃儿是谁?"闫志国说。

"你还记得不?当年我们三个研究讨论过他的上学问题……"文大喜的意思让闫志国猜。

"我想起来了,"闫志国说:"郑—改—革!"

"哎呀!看来你比我反应快嘞。"文大喜说。

"那当然嘛!我比你年轻九岁喽!"闫志国说。

"快快快!坐下喝茶,吃点豆豆!"文大喜招呼大家。

郑改革在南京大学读完了四年的考古专业之后,也不知道他怎么规划的,又考取了本校的金融专业的研究生。六年寒窗,到了他应该回报社会的时候,郑改革竟然放弃了南京当地好几家银行抛来的媚眼,选择回到贵阳,考进了他爹曾经任职过的建设银行。去上班的第一天,郑改革跟他的主管领导见面时,大大方方说他父亲叫郑伟。等人们确定他说的这个"郑伟"就是他们单位被处理过的那个"郑伟"时，上上下下一片哗然。

"哎呀！你居然是有这么多故事的人啊？！"文大喜在听完了郑改革的故事之后说。

"文爷爷！"郑改革站起来对着文大喜鞠了一个九十度躬，说，"我今天和外公过来，就是专门来感谢当年你老人家对我的教诲的！当年要不是你老人家的谆谆教导，也许我已经成了一个废人了！"

"不能这么说哈！那是你们家外公和家人共同努力的结果！我和闫爷爷不过是动脑筋出了一个主意而已。"文大喜说。

"文爷爷，"郑改革说，"我还记得当时我问你老人家是不是摆的鸿门宴，真是不知道天高地厚！"

等大家笑完了，文大喜说："是，那叫直抒胸臆，想什么，就说什么，好品德，好品德嘞！哎，郑改革啊，我有一个问题想问一问。"

"文爷爷请说。"郑改革说。

"是这样，我比较好奇，想知道……你执意要去你爹跌过跟斗的单位，是……如何考虑的呢？按道理，南京的那些大银行不是更有利于你的发展吗？"

"文爷爷，"郑改革说，"在哪里跌倒的，一定要在哪里爬起来！虽然我不是我爹，但是我姓郑，身上还流着他的血，既然这些都没法改变，那我就要证明一回，不是所有人都见利忘义！"

"哎呀！大智慧呀！"文大喜的手指头拨浪鼓一般点着郑改革，说，"当年那么一点点小娃儿就问是不是鸿门宴，不是大智慧他想不到嘛！"

郑改革笑笑，说："文爷爷，那……我就不耽误你们的神仙会了，你们几个老人家一定要吃好，喝好，当好神仙！我就退下了？"

"哎哎哎哎！"文大喜拦住了郑改革，说，"开玩笑哦！来都来了，哪里有不喝酒就退下的道理哦！而且不是你自己喝不喝，而是必须陪我们几个老爷爷吃好喝好，晓得不？而且，我们还想听一听你们年轻人对于这次钓鱼岛的看法嘞！对不对呀？"

闫志国马上应和："就是就是！"

"好啊！这个问题我还真有看法嘞！"郑改革说，"日本人确实也太可恶了一点！旧账没得给你算就已经是网开一面了，现在你在旧伤痕上又添新伤痕，不砸你的车才怪！砸车都是轻的！"

"哎呀！你看你看，和我们老者者的看法差别不大嘛！"文大喜说。

"凡是正直的中国人，假如连这点觉悟都没有，那就干脆去当汉奸算了！听说那些开日系车的中国人，眼见着自己的车被砸了，也不吭气，等中国人民泄愤。"郑改革说。

"你看你看，这就叫同仇敌忾！"马伟泊说。

看着服务员上菜摆盘的时候，郑改革说："文爷爷，外公，还有闫爷爷，我现在知道你们神仙会的宗旨了，就是喝点小酒，下点小菜的同时，加一点议论国事的佐料。"

"意思没有错，只不过要反过来说。叫作，在议论国事的情绪当中，加一点小酒小菜来烘托气氛！"文大喜说。

第七十三章

1

2012年11月8日，中国共产党第十八次全国代表大会在北京召开，2270名代表由全国40个选举单位选举产生。十八大和随后召开的十八届一中全会选举产生了以习近平为总书记的新一届中央领导集体，实现了新老交替。

用官方语言来表述："党的十八大是一次高举旗帜、继往开来、团结奋进的大会，对于凝聚党心军心民心、推动党和国家的事业发展具有十分重大的意义。"

用老百姓的语言来表述就比较简单，换人了。至于新的领导集体能不能带领国家从胜利走向更大的胜利，老百姓能够感受到的，还是吃喝拉撒那点事。比如，收入是不是继续稳步提高？菜篮子是不是充盈？托儿所是不是够用？晨练的小河沟是不是变得清澈了？都是些身边不能再小的小事情，其实就是检验执政党是不是把心思放在了老百姓的身上。

老百姓还关心一个事情，那就是共产党内部的腐化堕落是不是有人管？有没有徇私枉法？是不是不论职位高低都一视同仁？能不能做到有罪必究、罪有应得？你把这些事情都处理好了，老百姓没有不拥护共产党的理由。

你可不要小看"为人民服务"这五个字，真正要做到、做好、做扎实、做得纯粹，压根就不是个简单的事情。

文达德自从前年退休，开始慢慢适应家族事务管理的角色，到了2013年已经驾轻就熟了。每当自己有新的思路和主意了，他会主动来找二老太爷，汇报也好，咨询也好，总之会让老人家提前知道，以表示尊重。假如二老太爷对自己的方案有不同意见，文达德一定在第一时间加以修正，决不会拖到第二天。所以，当文达德在电话里告诉二老太爷说他准备提议文家的各个经济实体斟酌、遴选一个"接班人"时，二老太爷让他在新的"家族会议"成员确定之后再提"接班人"，有个先后次序的问题。

之前，"家族会议"成员在文大同家两口子离去之后，就剩下了幺太太、文大喜和文心志，缺胳膊少腿。虽然幺太太打麻将的时候思路照样清晰，但是她不愿意再去担那些家族责任，说累。

现在趁着文心志家两口子在，把新的家族会议成员的事情确定一下，确实比"企业接班人"需要优先。

上一年，幺太太说在梦里见到了蔡花蕾，表面上大家什么都没说，只是心里都打了一个小疙瘩，特别是让文大喜晓得之后马上跟文心志交换了自己更新"家族会议成员"宜早不宜迟的想法，并叮嘱文达德赶紧开个会，尽快把该说的事情说一说，定一定。

文达德选了个幺太太要去茅台镇玩几天的机会，召集起文达航家两口子，加上文涛，跑了一趟茅台镇。就在文心志的新家，抢在"方城战"开始之前开了个家庭会议。

会上文大喜提议，由文达德、文达航、徐文、大满仓和文涛担任新的"家族会议"成员，文大喜和文心志担任"监事"，文达德"拎桶桶"。同时明确规定，一旦有了表决事项，两个监事必须至少有一个在场监督。

进行表决时，没有一个人提出反对意见。

幺太太说："就是嘛，多好的一个阵容！那句话怎么说来着？长江什么浪？"

"长江后浪推前浪。"大满仓说。

"就是嘛，你要让别个推嘛！多好！"幺太太说。

就这样，文家的家族决策机构在二十分钟之内就完成了新老交替。文达德趁热打铁，马不停蹄把"接班人"的事情说了一遍。

幺太太说："是嘞，除了文达航和大满仓稍微年轻一点，大家都过了退休的年纪了，应该未雨绸缪！"

文心志说："很好啊！既然家族会议的头头说了这个事情，底下照办就是嘛。耶，二叔应该说一点意见嘛。"

"大家说，大家说。"文大喜说，"以后啊，我们两个主要的任务就是监督，只要他们没说错话，我们只管听就是。文达德，看看还有什么事情没有，人家幺太太和你家安伯妈还等着耍两圈嘞！"

"这样这样，幺太太、二老太太、安伯妈还有我妈，几个老人家先圆起，二老太爷和伯伯当'背光'，我们几个年轻人再把接班人的事情议一议，两边不耽误。好吗？"

"对对对，就按文达德说的办，你办事我放心啊，文达德！"文大喜说。

就在当"背光"的间隙，文心志问二叔："听说你们那里有个神仙会，二叔？"

"嗯，确有其事。"文大喜说，"你听哪个说的？"

"哎呀！大家都在说，说二老太爷最钟情的两个事情，第一是茅台烧，第二就是神仙会。"文心志说。

"哎呀！"文大喜先感叹一下，说，"神仙会呢，是我们家老太爷旧社会就开始了的家庭活动。最早有你爹，还有书局的周世涛老先生，三足鼎立。'文化大革命'开始之后换成了我，我也是把老太爷的这个嗜好传承下来了。现在是你们亲家马行长，还有一个是我的亲家叫闫志国，还是三足鼎立。不晓得你知不知道我们家老太爷有一副对子：寻几件功德之事磋磨岁月，结一班有识之士论说古今。完全就是我们家老太爷的人生写照！"

"你家二叔完全承袭了我们家老太爷的衣钵！幺鸡！"幺太太一心二用。

"耶，二叔啊，能不能……把两个亲家请到茅台镇来，让我也体会一下茅台烧和神仙会啊？"文心志突然心血来潮。

"喂哟！你家二叔那是求之不得哦！"柳文君同样一心二用。

"你家二婶说得很对。我这就给他们打电话，请李俊峰跑一趟就是，分分钟的事情！"文大喜说着摸出了文达德刚刚给他换的新装备——刚刚上市的华为Mate3G智能手机。

"啊喂！"文大喜说。

李俊峰的"子弹头"载着马伟泊家两口子和闫志国到达茅台镇的时候，太阳还没落山。

有幺太太在，马伟泊根本不用请，侯雅蓝更是秤不离砣，公不离婆。

寒暄之后，马上在书房里面的茶台四周围成一圈，神仙会就架势开了。和"年轻人"的家族会议、四个老奶的方城战，文心志家同时进行着三个"会议"。

茶水沏好之后，小玻璃杯里绿茵茵的茶汤很诱人，由马伟泊用茶盘端了五杯过去孝敬幺太太她们，加上给幺太太当"背光"的侯雅蓝，一人一杯。

之后，四个老者坐下来，品茶，开会。

"通常啊，都是我先说，因为都是我在召集。"文大喜对文心志说，"今天我们的队伍也壮大了，多了一个美国客人，我们欢迎一下？"

几个人拍起了巴掌，还笑得"哈哈哈哈"的。

"那我们开始哈？我最关心的事情啊，是今年年初国民党荣誉主席连战一行的来访。"文大喜说。

早在 2005 年 4 月，应中国共产党中央委员会总书记胡锦涛邀请，时任中国国民党主席的连战率国民党大陆访问团首次访问大陆。连战先后访问了南京、北京、西安、上海。在南京，连战一行拜谒了位于紫金山下的中山陵，这是两岸分隔五十六年之后，中国国民党主席亲临南京谒陵。

连战此访在 4 月 29 日达到最高潮。当天，他与胡锦涛总书记在北京举行会谈，这是六十年来国共两党主要领导人的首次会谈。会谈结束后，胡锦涛总书记与连战主席共同发布了"两岸和平发展共同愿景"。

打那以后，成为国民党名誉主席的连战先生每年都来大陆访问。

"我很敬佩连战先生的胆识，你不要看台湾海峡并不宽，真要跨出这一步，要担好多干系哦！"文大喜说。

"连战先生的情况我晓得一点，"文心志说，"因为我们在美国也关心海峡两边的情况。他一个土生土长的台湾人，能做出这样的决断，身后那些希望台湾独立的人把他的祖宗十八代都骂完了，也没有动摇他的决心，确实不简单！"

"喝茶喝茶！"文大喜招呼着大家。

"如果要说一个我自己关心的话题，恐怕就是斯诺登了。"文心志说，"八三年才出生的一个愣头青，居然捅了天大一个娄子！美国人恨不得把他剁了下酒！"

"哎，你们两个要参与嘞，不能光喝我们家茶水嘞！"文大喜指着马伟泊和闫志国说。

闫志国笑了，说："也是！一下子把美国国安局针对通信和网络的监控项目和盘托出，被美国人恨之入骨是肯定的。"

"但是嘞，有俄罗斯罩着，美国人一点办法都没得，只能鼓眼看！"马伟泊说。

"那肯定啊！他们两家的那些疙瘩啊，只会越结越深！你往东，他一定要往西，根本谈不拢！"文大喜说。

"还有一条消息嘞，"闫志国说，"我们上次议论过的那个'湄公河惨案'，四个主犯，3月在昆明被执行了死刑！"

"这就叫罪有应得！"马伟泊说，"不要说杀了十三个中国人，杀一个你都跑不脱！"

这时候文达德进来说："老辈子们，张孃喊吃饭嘞。"

"好好好，最后一个话题，"文大喜说，"听说啊，薄熙来的判决最近就要下来了！"

"这个肯定啊！和湄公河那几个人一样，早晚的事情，你都上了中纪委名单了，证据确凿之后才上得了名单哦！"闫志国说。

"哎呀！"文心志说，"看来共产党这回是动真格的嘞！"

"文心志，你这话说的，"文大喜说，"共产党哪一回不是动真格的呢？而且，职位越来越高，政治局委员呢！"

"哎，你们几个老者是不是要等人家把饭喂到你们嘴边啊？"柳文君站在门口说。

"走走走，吃饭吃饭！边喝边说，边喝边说！"文大喜说。

2

六月还没结束，瀚海智能控制股份有限公司一季度的财务报表显示，公司账面已经出现了亏损。从主办会计发过来的"财务分析报告"看，除了管理方面的因素之外，产品上市之前准备不充分，影响了市场推广是导致亏损的主要原因。

主办会计在电话里跟大满仓说悄悄话,说文心意一心一意扑在生产环节上,没有拿出很多精力去分担文化负责的营销,而文化根本没有一个创业者应该具备的能力,言下之意,文化不是一个创业型人才。确实,他一个学中文的你喊他去搞营销,不是那个路数。

大满仓哪里敢把这些话说给二老太爷听,只是把亏损的原因归咎于没有经验加上市场竞争激烈。但是,这又是一个必须让投资公司董事会成员明白无误的问题,怎么解决?

好在不是表决,投资公司第一次背着文大喜开了一次董事会,专门研究"瀚海智能控制"的问题。

独立董事徐文在听了大家的发言之后,说:"现在追加投资叫扶持,如果断了粮草,公司就只能倒闭。这对于初次创业的人,特别是对于文心意来说打击过于严酷,也不是我们当初投资瀚海的初衷。实践证明,文化不适合创业。接下来的问题是,谁适合?要在我们能够调配的人力资源里面帮助文心意选择一个新搭档,也不是一蹴而就的事情。现在看来,当初配一个会计的思路没有错,只是……要让文心意一心一意搞产品,还需要给他配备一个一心一意搞销售的人。"

"你心里有这样的人选吗?徐文同志。"大满仓说。

"假如大家都同意举贤不避亲,我们那里倒是有一个人选。"徐文说。

"徐文同志,在家族企业里面,转来转去大家都是亲戚,你看我们董事会,谁不是谁的亲戚?想避你都没办法避。所以,你尽管说。"文达航说。

徐文点了一下头,说:"文富贵。其实我们那里非常需要文富贵,但是瀚海那边是灭火救人啊,不得已而为之!现在啊,张旗帜已经顶上来了。算是……把文富贵借给瀚海?用完之后归还就是嘛。"

大满仓看着徐文,说:"你确定文富贵能够胜任?"

"我唯一不能确定的,是推销智能产品跟推销茅台烧是不是一个规律。"徐文说,"但是我可以确定的,是文富贵肯定不会让文心意插手他的营销!"

"还有一个问题,文富贵愿不愿意去珠海?"大满仓说。

"那个就由不得他了,救急如救火!"徐文说。

"我是说小酒花还小。"大满仓说。

"那就更由不得他了!"徐文说。

董事会最终决议，借调文富贵去瀚海公司，负责除产品研发生产之外的一切事务，同时派遣文美丽过去协助文富贵工作，并且跟文美丽讲明这次派遣有"历练"的意思。

至于文化，徐文主动担起了去跟二舅沟通的重任。

在茅台镇，徐文回避了所有人，把二舅接到自己家，让蔡冬梅做了几个炒菜、炖菜，又去买了些卤牛肉、猪耳朵、盐水花生米装成一个拼盘，把茅台烧倒好了，然后端起了酒杯，说："二舅啊，我们先干一杯！"

文大喜没动，看着徐文那张满面春风的脸，说："至少你要说明所为何事啊？假如我没有猜错……应该跟珠海那边有关。"

徐文顿时瞪圆了眼睛，说："二舅料事如神嘞！"

"猜对了是吧？"文大喜说，"那就一定跟文化有关！"

"如何见得嘞？"徐文说。

"而且是坏消息，否则，有必要整这么大个架势吗？"文大喜指着小餐桌上一堆吃的说。

徐文笑了，说："二舅啊，什么都瞒不过你老人家呀！这样，先把这杯酒干了，我们慢慢说。"

文大喜端起酒杯一饮而尽。

徐文干了之后把酒杯斟满了，说："二舅啊，'姜是老的辣'这句话，今天我真的是领教了！确实，因为是文化的事情，所以大家都回避着，就是怕伤了你老人家的心。"

"这个我晓得，不要绕了，直接讲文化的事情！"文大喜说。

徐文说："文化没有错，只是被我们大人放在了不适合他的岗位上了，调整一下就是。投资公司已经决定派遣文富贵和文美丽去瀚海公司，帮助文心意完成他们的创业梦想，同时把文化调回来，在投资公司办公室搞宣传。因为没有涉及需要表决的事项，全都是些工作安排之类，所以就没有劳烦你老人家参加。就是这么个事情。"

文大喜顿顿，说："你看，工作安排得井井有条，很好嘛！嗯……瀚海公司那一百万估计也……所剩无几？"

徐文点了一下头，说："这就是风险投资的所谓'风险'，很正常。何况还让我们了解了谁适合在什么岗位，这就物有所值。"

"既然这样，我应该高兴才对。"文大喜说，"至于娃儿适合干什么，确实需要一个过程，能让他们待在适合他们自己的岗位上，也很好！既然你们这些'后浪'都把我们这些'前浪'推得远远的了，看来我们就只剩下喝酒了嘞。也行，来嘛，干嘛！"

"干！"徐文喊着，两个人一饮而尽。

你不要看文大喜表面上愉快地在喝酒，心里却是五味杂陈。因为他还清楚记得为两个孙子送行的饭局上自己讲过的那些满心期待的话。

"两个娃儿哈，深圳、珠海那样的地方最适合发挥你们年轻人的聪明才智，假如两个人一无是处就偷偷溜回来，不要来见我哈！因为我不可能接待一个一无是处的人！但是……假如你们都做出了成绩，衣锦还乡了，爷爷……同时也是二老太爷……仍然在这个包间里面为你们两个接风！"

余音犹在，恰恰自己嫡亲的孙子"一无是处"地回来了，无地自容是肯定的；好在那个饭局没有徐文，他不知情，否则这个时候自己只剩下钻地缝了。

除此之外，毕竟这是"年轻人们"在没有自己参与的情况下拍板决定的第一个案例。虽然也是文大喜希望看见的，但是自己多少年来在文家呼风唤雨已经成了习以为常的事情，陡然一下成了可有可无的人，心里不说苦么，至少酸是肯定的。不是嫉妒谁，而是一下子适应不了。

两个"块垒"纠结在一起，让文大喜的脸有点发烧。这个时候就显示出茅台烧的好处来了，三杯下肚之后，马上就把心里的那点龌龊不说完全逼走么，至少淡化了。只见他下意识做了几下广播体操"扩胸运动"类似的动作，仿佛要把胸腔扩大一点，以便增加一些被人们称为"胸怀"的容积，以此消化掉那些不如意。

对于去珠海履职，文富贵当然没有意见，工资仍然在烧房这边拿，每天还有出差补贴，相当于免费旅游，哪里去找这样的好事情？美中不足的是要跟徐雨露分开不知道多久，这个未知数难免让人心欠欠的，毕竟自己身强力壮正当年。好在女儿小酒花已经四岁，可以上幼儿园了，多少减轻了大人的一些负担。这也是徐文在董事会上同意让文富贵去珠海的原因。

文美丽要麻烦一点。

2010年大学毕业在文渊投资公司上班之后，文美丽第二年谈了一个男朋友，闫晓争的舅妈介绍的，叫孔令君，虽然名字老气一点，但是长相中规中矩，要个头有个头，要身板有身板，两个人站在一起马上就会让人想起一个成语——天作之合。打那以后，两个人慢慢相处得恩恩爱爱的，到了文美丽即将被公司"派遣"的时候，人家已经在谈婚论嫁了。两个娃儿难分难舍是肯定的，但是现在的娃儿多聪明啊，聚在一起商量了还没半个钟头，就决定接受派遣。还不要说人家大满仓已经明白无误说了"历练"二字，即便没有说，下级服从上级也是当代年轻人应该具备的基本素质。

所谓"麻烦"，人家热恋中的青年男女冷不丁被分开，莫非不叫麻烦？只是跟"历练"相比较，克服就是。而且孔令君说了，有文富贵那样的老前辈罩着，他放心得很。

孔令君之所以称呼文富贵叫"老前辈"，是因为按照文家的辈分顺下来，文美丽和文达观是一辈人，虽然文富贵比文美丽大了十一岁，原则上仍然要喊文美丽叫姑妈。孔令君在得知这个情况之后很为难，辈分虽然是个客观存在，但是根本没有让人家个头高高大大的文富贵喊你"姑爹"的道理，想来想去，"老前辈"就成了既没有违反辈分关系，又表示了一定程度尊重的称呼，中性，没有具体指代。

关键文富贵也觉得这个称呼比较恰当，很好地规避了那些个让人尴尬的说法，自然"嗯嗯"地答应得一个劲。

就这样，文富贵和文美丽踏上了去珠海履职的航班。

到了珠海没几个月，那边的工作还没见着个眉目，文富贵就开始想家了。起因是2013年年底，第十二届全国人大常委会第六次会议通过并实施了"一方是独生子女的夫妇可以生育两孩"的政策。

听到这个消息，对于之前试图生二胎曾经失败过一次的文富贵来说，马上看到了希望，那几天心情格外地好。虽然徐雨露说了只要文晓慧一个，但那是在国家实行独生子女政策的情况下说的话。现在国家允许了，且不说两边的老人都有愿望，就说给小酒花配一个玩伴，让她的童年不孤单，也是相当站得住脚的理由。

文富贵奸得很，他不跟徐雨露正面去扯那些皮，而是跟老丈人徐文汇报工作的时候，顺便说一说二孩政策的事情；同时在假装问候老丈母蔡冬梅的时候也提一提。打的就是旁敲侧击、循序渐进的主意。

"奸"字在我们这边既可以形容狡猾，也可以形容聪明，看你用在哪里。

当然嘛，人家徐雨露那么聪明一个人自然不是铁板一块，既然国家政策都允许了，加上两边都是独生子女，同时两边的老人都有这样的期盼，自己假如一直这么犟着，把方方面面的人都得罪掉，有意思吗？

等到蔡冬梅再一次提起这个话题时，徐雨露什么话都不说，直接走开，蔡冬梅就知道这事成了。马上给文富贵发了短信息，第一时间把好消息告诉了女婿。

文富贵当机立断，2014年"三八妇女节"的前一天，打着"飞的"飞到遵义新舟机场之后再马不停蹄转去茅台镇，当天晚上就把事情给办了，还跟徐雨露说有三八节慰问妇女的意思。

这回好了，文富贵除了帮助"瀚海智能"扭转局面之外，再没有别的心事了。

3

2014年3月8日那天，还发生了一个震惊世界的事件。凌晨2点40分，马来西亚航空公司一架波音777-200飞机与管制中心失去联系，该飞机航班号为MH370，原定由吉隆坡飞往北京。失去联络的客机上载有227名乘客（包括两名婴儿）和12名机组人员，其中有154名中国人。被称为"马航370事件"。

让全体中国人揪心的是那154名同胞。人们都想知道在那个寒冷的夜晚究竟发生了什么事情，是什么原因导致了空难，大家都在等待，等待着真相还原的那一天。

幺太太在刀把镇打麻将的时候，为这个事情还分了心，牌都出错了。本来叫得好好的一铺牌，就因为文大喜说了一个"马航370事件"的最新进展，幺太太一分心，叫牌打成了不叫，而且四个人摸了一轮才发现，把那张牌收回来都没了理由。

在后面当"背光"的文大喜赶紧说："怪我怪我！重新来重新来！"

"不行不行！"幺太太说，"输了就是输了，愿赌服输！我听大喜摆马航

370去了。也是，一百五十多个同胞，音信全无，晓得那些家庭咋个办哦？！"

"幺太太，你老人家莫把自己的牌看好了之后，再去管打牌之外的事情好不好？"安吉拉用她弯来弯去的贵阳话说。

"还有你们家，"幺太太说，"你不是说你们家大孙女要过来吗？叫她不要坐飞机！就坐……从美国过来，还能坐什么？"

"只能坐飞机，幺太太，没有别的交通工具。"文心志说。

"哎呀！那也让她坐白天的飞机，夜晚的飞机千万坐不得！"幺太太说。

文达远家大女儿文一娟大学毕业了，文达远并不想让女儿马上工作，打算就近找一家孔子学院提高一下中文能力。之前普通话也还顺溜，只是需要补充一点中国的历史文化知识。那边的孔子学院还没敲定，安吉拉的越洋电话就打了过来。说我们家学习中国的历史文化还用得着去孔子学院吗？直接过来贵阳就行，这里全都是有关中国的文化知识。文达远想想也是，还有比贵阳更好的地方吗？两口子一商量，决定按照老太太的意思办。

在文心志美国的家里，大家都觉得祖母的英文grandmother读音不如老太太叫着顺口，于是文心志规定，在家里，大家都叫老太爷、老太太。连文达远的老婆玛丽亚也弯来弯去跟着叫老太太。

文一娟到达贵阳那天，文达德去接的机，因为双方没见过面，文达德就找张A4纸打了"文一娟"三个大字，高高地冲着鱼贯而出的旅客们。等到一个小姑娘迎面将他抱住了，"堂叔堂叔"地喊个不停，文达德居然还红了脸。

在回去的汽车上，文达德边开车边说话："文一娟啊，中文不用那么一丝不苟，比如，堂叔叫叔叔就行。否则别人还以为我姓唐。"

"是吗？"文一娟说，"那样指向性不明确，要不我叫你文堂叔？"

说完两个人哈哈大笑，原来这丫头在调侃叔叔。

文一娟很漂亮，中西合璧的成果还尽长些优点，匀称的身材用一个成语来形容很恰当——落落大方，关键性格还爽朗，才几句话就让文达德喜欢上了小丫头。

到了文达航为小侄女举行接风宴席的饭店，文一娟第一眼见到文达航的第一句话是"我有两个爹"，逗得全体人又哈哈大笑一回。让大家一下子见识了这个开朗的美国小妮子。

让文家人确定文一娟是文家人的，是她的酒量。

文达德提议大家为远方来客举杯祝福的话音刚落，文一娟一扬脖子就倒了个干净。虽然酒杯是"茅台酒"配送的那种便于一口闷的小酒杯，关键她一扬一倒那动作一气呵成，完全有别于通常小女生喝酒的小口抿，显得很豪气。这还没完，只见她端起自己面前的"雷子"，一手"雷子"，一手小酒杯，顺着一人一杯走一圈，完了居然脸不变色心不跳。

文达航说："你这是……在哪里学的呢？！"

文一娟说："我们家老太爷在美国就这样！"

"老太爷？你们也喊老太爷？也是喝白酒？"大满仓连着三问。

"那肯定啊！"文一娟说。

文达德笑了，说："这个丫头啊，我喜欢！"

趁着周末，文达德请李俊峰开车，把文达航家两口子，文一娟和杜鹃，一车六个人送去了茅台镇，目的就是可以随便喝酒。

到了地方，安吉拉抱住文一娟就开始哭，完全忘记了旁边坐着的幺太太。文心志赶紧过来扯扯她的衣角，小声说了一句"幺太太"。

没想让幺太太听见了，马上说："不怕不怕，等她们两个哭安逸！"

安吉拉这才抹着眼泪把文一娟送到幺太太面前，说："来，这是我们家的老祖宗，给老祖宗磕头！"

文一娟想想，说："又不是过年，干什么要磕头？"

"这是茅台镇的规矩！"文心志急忙说，"磕头嘛，不会错！"

文达德拿起个沙发垫眼疾手快地塞到文一娟即将跪下的膝盖下面，文一娟回报了一个微笑，问："三叩九拜？"

"三叩九拜她也懂！"文达德说，"不用不用，磕三个头就行！"

围成一圈的文家人看着文一娟磕了三个头，仿佛是在监督人家文一娟磕头。

趁着文一娟磕头的当儿，文心志将一个厚厚的红包塞到幺太太手里，并朝文一娟努努嘴，幺太太懂的，等文一娟站起来了，拉着文一娟就把红包塞进了小姑娘手里，说："哪里来这么漂亮一个小姑娘嘛！"

文一娟顾不了那么多，直接打开红包看里面，同时惊呼道："磕三个头就有这么多钱，早知道我多磕它几个！"

文大喜说:"这个丫头才是!人家老祖宗问你,哪里来的小姑娘。"

"哦,老祖宗,我是美国来的小姑娘。"文一娟回答完了幺太太,又冲着二老太爷问,"这位老人家是……"

文心志赶紧介绍:"我们家二老太爷,赶紧磕头!"

"哦,就是经常打越洋电话的那个二老太爷?那必须磕头!"文一娟说完又要跪。

文大喜拉住文一娟,忙说:"不用不用!高堂在,其他人不宜喧宾夺主哈!"

文一娟脑筋转得快,马上说:"二老太爷说得对,不磕头就不用给红包了。"

一句话逗得大家哈哈大笑。

文大喜笑完了之后说:"你这个小姑娘才是口无遮拦嘞,还逼到家门口了!李俊峰,请你去帮我买两个红包好吗?"

"哎哎哎,我这里有红包,需要的都来拿哈!"文心志说着,从口袋里摸出一沓红包出来,还拍得噼里啪啦响。

"嚯哟!看来你们家老太爷是帮你搜刮民脂民膏来了!"文大喜说。

"什么叫作民脂民膏,二老太爷?"文一娟问。

"嘿!小姑娘还很谦虚哈,不懂就问。词典上讲啊,民脂民膏就是老百姓用血汗换来的钱;用在我们家这个场合呢,是指你们家老太爷搜刮了我们的钱,拿来给你。明白了吧?"文大喜说。

"明白了!"文一娟说完,把两只手并在一起摊在了文大喜面前。

不用说,马上又招来一片笑声……

"嗯!这个小姑娘啊,大智慧哦!"幺太太赞叹道。

"既然是大智慧,这样这样,"文达德说,"趁着还没吃饭,我们来把小姑娘到底去哪个单位确定一下。"

"单位……是什么?"文一娟问。

"就是公司!云辉烧房、文明房地产,还有文渊资产管理,问你愿意去哪里实习。"文达德说。

"嗯……我应该每个……叫'单位'是吧?都看一看之后再做决定才对吧?"文一娟说。

"哎，人家小姑娘说得也没有错。"文大喜说。

"行，那就都看看，看完了再决定！"文达德说。

4

文一娟的到来，给茅台镇文家人的生活带来诸多乐趣的同时，还在短时间内学会了打麻将，不是她要打，而是取代二老太爷和自己家老太爷，成了幺太太的专业"背光"。幺太太相当高兴，说自从换成了"美国背光"，赢钱的概率是原先的多少多少倍。除了当"背光"，文一娟通过对三家单位的考察，最终决定在云辉烧房实习。她说，就凭美国没有烧房这一条，就已经决定了自己的去向。

在云辉烧房，徐文安排文一娟跟着徐雨露在理化实验室学着干。

后来，文一娟跟徐雨露说，之所以选择烧房，"美国没有"当然是一方面，更重要的，是她想多陪一陪几个老人家，特别是幺太太。

文一娟说："现在我才明白，我们家老太爷、老太太为什么要不远万里专程过来陪幺太太，除了她的高寿，跟她老人家在一起你的心会感觉特别平静，一种………与世无争的安宁！都快一百二十岁了，还那么干干净净，善解人意，用一个我最新学习的成语，叫难能可贵！"

"你还没听过幺太太的故事吧？等你听完了，一定还会有更多的感慨！"徐雨露说。

"那你快给我讲讲，雨露姐姐！"文一娟说。

徐雨露说："我不行，我知道的不多，要讲啊，得让你们家二老太爷讲。"

"那我现在就去找二老太爷！"文一娟说。

"他回贵阳了，等他回来。"徐雨露说。

让文一娟没有想到的是，还没等到让二老太爷摆龙门阵的机会，幺太太就出了状况。

文大喜之所以去贵阳，是得知了文心志的大姐文心仪去世的消息。文达德的电话打过来的时候，幺太太她们正在打麻将，文大喜觉得几个老奶正在兴头上，不便打扰，就跟文心志商量好，自己先去贵阳，文心志等牌局完了之后把情况通报了，安顿好了几个老奶，完了再让徐文安排个车随后来。

让大家没想到的，是幺太太在听说了文心仪的消息之后，表现异常，特别伤心不说，居然还引起了身体不适。大家小心把她扶到沙发上半躺下，章悦找出一瓶"速效救心丸"数了六粒让幺太太含在舌下，再盖上一床丝绵被，让她闭上眼睛休息。

一小时之后，幺太太说想喝水，张孃扶起老人家喂水的时候，说好像有点热。家里的气氛一下子紧张起来，一摸额头，果然烫，体温计一试，三十七点五度。

文心志当机立断，说马上送医院。

文心武立即拨通了徐文的手机。一刻钟之后，徐文带着徐雨露、文一娟以及烧房的几个小伙子火急火燎赶来，三下五除二就把幺太太送去了茅台酒厂职工医院，那是茅台镇上最好的医院。

虽然医生也不能确定幺太太发烧的原因，保守一点输点广谱消炎抗菌药，补充一点葡萄糖总没错。

门诊医生办公室外面的走廊上，全是文家的人。一听说输液之后的幺太太已经睡着了，徐文就让烧房的工人先回去，然后让徐雨露和文一娟守在医院，自己回去给家里的几个老人家汇报情况。

听完了徐文的情况汇报，大家总算安心了一些。

安吉拉说："怎么会听了大姐的消息就出了状况呢？不应该啊！"

"上次张军走的时候，幺太太也哭得伤心，过后也没什么。不晓得这次怎么了，还发烧！"章悦说得忧心忡忡。

"会不会……她跟去世的这个亲人比较亲近？"杜鹃说。

"没有没有！"柳文君急唠唠地说，"不但不亲近，而且平常很少……甚至可以说根本没有往来！"

"啧！"文心志说，"原本我还跟二叔商量好的，把消息告诉了你们之后就赶去贵阳，毕竟大姐也多少年没见面了。谁知道……哟！看来还得给二叔打个电话嘞，两害相权……那边反而显得……对对对，打电话！"

"叫他们告诉马伟泊一声！"柳文君说。

当天晚上十点多钟，文大喜、文达德加上马伟泊家两口子就赶了过来。他们是还没到达那边殡仪馆接到的电话，到了地方走完过场，寒暄寒暄就往回赶。也是李俊峰年轻，换个人真顶不住。

这回文家可谓济济一堂了，马上召集会议。徐文把刚才大家的议论说了一遍，文达德顿时有话要说。

"我知道这个情况！"文达德说，"我在美国读硕士的时候就有一门心理学的选修课程，幺太太这个情况吧，很像心理学里面叫'自我暗示效应'的情况。什么呢？比如，谁谁谁死了，当事人马上自我暗示！哎呀，她年纪比我小，怎么就死了呢？大概我也该去了，反正人死如灯灭，也许就该着轮到我了。这就是心理学里面的自我暗示效应，就是自己在按照自己规定的情景往前走，关键自己还觉得就应该是这么一个路线图。这种情况你要说是……瞬间产生的混沌意识？也行；你要说是心理疾病同样成立。茅台镇的内科大夫当然诊断不了！"

"嗯！有这个可能性哈！否则你解释不通嘛！"文心志说。

就在这时，徐文的电话响了，一看是徐雨露，赶紧接听，完了说："幺太太已经输完了液，烧也退了，睁开眼睛就说要回家！"

"文达德和徐文，马上接回来！"文大喜一挥手指着门口，说得跟下命令一般。

人是接回家了，但是自打那天起，幺太太看上去病恹恹的，萎靡不振，说话的声音也变细了，完全没有了打麻将的心情和精力。

除了那些在单位上走不开的，文家人全都集中到了文心志的新家。一屋子人的饭菜即便张嬢有这个心，厨房也没那么多家什。于是跟不远一家饭馆讲好，或送来或过去吃，都等电话通知。

大家轮流守候着幺太太，老人家想吃什么就让张嬢做一点，吃也吃不了多少，意思意思。

在文大喜让文达德召集的家庭会议上，文大喜说了一句让人心酸的话，他说："大家要有个心理准备哈！"

终于，从听到文心仪消息之后的第十五天，幺太太离开了大家，离开了茅台镇。

古人认为，假如没病没灾，人通常可以活到一百二十岁。《尚书·洪范篇》有"寿，百二十也"的论述，也称"天年"。由此衍生出"折寿"的说法，意思你干了不该干的事情，或者干了坏事或者得了疾病等情况，都是在折寿。

实事求是说，幺太太这一生真没干过一件可以被称为"坏"的事，如果那年帮助文珠和徐子在二老爷家那边小院偷偷见面算得上坏事的话，一生也仅此一件。

世上也有活到一百二十岁的人，那该是多大的福报啊，这人一定有一个中规中矩的人生，这才心想事成地到达了"天年"。

幺太太没有达到"天年"，一百一十八岁，差两年。

在文家为幺太太举行的"追思会"上，文大喜亲自撰写的悼词《追忆我们亲爱的幺太太》里面的一句话，他觉得最准确地概括了幺太太有点传奇意味的这一生。

"人世间所有的苦都被她尝尽了，同时也享受了所有的甜。"

2014年还发生过几桩大事情，都跟反腐败有关。

6月30日，中共中央总书记习近平主持召开中央政治局会议，听取中央军委纪律检查委员会《关于对徐才厚严重违纪案的审查报告》，并根据《中国共产党章程》《中国共产党纪律处分条例》有关规定，决定给予原中共中央政治局委员、中央军委副主席徐才厚开除党籍处分，对其涉嫌受贿犯罪问题及问题线索移送最高人民检察院授权的军事检察机关依法处理。

这是截至目前军队干部最高级别的严重违纪案件。

一个月之后，7月29日，中共中央决定对原中共中央政治局常委、中央政法委书记周永康严重违纪问题立案审查。鉴于周永康涉嫌严重违纪，中共中央决定，依据《中国共产党章程》和《中国共产党纪律检查机关案件检查工作条例》的有关规定，由中共中央纪律检查委员会对其立案审查。

12月5日，中央政治局会议审议并通过了中纪委《关于周永康严重违纪案的审查报告》，根据《中国共产党纪律处分条例》的有关规定，决定给予周永康开除党籍处分，将周永康涉嫌犯罪问题及线索移送司法机关依法处理。

周永康是新中国成立以来因为腐败被查办的第一个正国级官员，正国级都被查办了，其他级别的贪污腐败分子就没有了藏身之地。

12月22日，中国人民政治协商会议第十二届全国委员会副主席、中共中央统战部部长令计划涉嫌严重违纪，接受组织调查。12月31日，中共中央决定免去令计划的中央统战部部长职务。

十八大之后一系列贪腐案件的高调曝光，彰显了中国共产党从严治党、全面依法治国的坚定决心。

5

幺太太的离世，让刀把镇老宅成了一座空巢。有人提议卖了，文大喜首先不干，说即便留着上坟的时候歇个脚也行，一百三十多年了，那里是文家的根。文心志当然同意二叔的意见，还说跟从前一样，就地请个乡亲帮着值守一下，平常掸掸灰尘，扫扫落叶，让那里保持着人气就行。家里人来上坟了，乡亲帮着买点菜，做做饭，烧点纸钱给故人。多好！

幺太太的事情办完之后，文心志家两口子回过一趟美国。让人没想到的是，安吉拉居然说已经不习惯美国一家一幢独立院落住着互不相干、互不往来的生活了。

文心志当然知道，真正的原因是美国没人陪她打麻将。才住了半个月，就说睡觉没睡安逸是因为听不见赤水河的流水声，总之心静不下来。文心志不忍心戳穿她，悄悄给大儿子说，在茅台镇新买的房子里压根就听不见赤水河的声音，因为还隔着一段距离。

文达远就说："看来老太太是爱上茅台镇了，那就回去嘛。反正这边也没什么事，真有什么事了，你们两个老人家遥控遥控就行。你觉得呢？"

文心志现在的心思跟二叔差不多少。在茅台镇听点乡音，喝点小酒，当当"背光"，摆摆龙门阵，估计天堂上面也不过如此，你还想什么？现在唯一的遗憾就是觉得老两口年龄偏大了点，哪天真要闭上眼睛了，感觉没活够，划不来。所以，趁着没病没灾还能动，抓住岁月的那点尾巴，赶紧幸福幸福算了。

就这么，文心志和安吉拉去了美国一个月之后，又返回了茅台镇。

幺太太离开之后，蔡冬梅没舍得让张孃走，就一直留在招待所打打下手，顺便帮着照看照看二老太爷家两老。现在好了，直接把她"调度"给文心志家就是。至于"方城战"缺角，茅台镇能顶上去的人多的是，现成的蔡冬梅就随叫随到，招待所的事务就用手机遥控一下就行，一点不耽误。

文家人变化最大的是文大喜。

自从在追思会上念完了《追忆我们亲爱的幺太太》之后，原先一脸的春风不知道都被吹到哪里去了，不仅如此，还罩上了薄薄的一层灰色。生活虽然还是原来的生活，只是大家都感觉二老太爷换了一个人似的，没了原来积极、乐观、向上、不知疲倦的精气神，真正成了一个老者者。

柳文君就说："肯定嘛，翻了年就九十九了，当然是老者者嘛！"

"不是年龄的问题，是说他没了原先的……锐气！尖锐那个锐哈。"文心志说。

安吉拉说："是的！那时候打电话去美国，就听见他中气十足的声音，三句话并作两句说，生怕别人不让他说话一样！现在你再听，调门低了，语速也慢了。"

"主要是幺太太走了，好像他受的打击最大，所以……变化也最大！"平常很少讲话的章悦也加入进来评论。

"二婶，你要多关心他嗫！"安吉拉说。

"嘿！也不知道老了还是怎么的，当然我也老哈，老了老了，脾气也变了，三句话不对头就生气！哪里像年轻的时候，都是他哄我！"柳文君说。

"就是啊，现在该着你哄他了嘛！"安吉拉说。

"行行行，我哄他，行了吧？"柳文君说。

"舅妈，"蔡冬梅说，"那时候你老人家需要安慰，舅舅就哄你；现在他老人家需要安慰了，你就哄他，多好！"

就在这时候，文大喜上卫生间回来了，大家立即闭了嘴，都愣愣地看着他。

"看哪样喽？"文大喜看看自己身上，说，"摸牌打牌啊，你们！"

"摸牌打牌，摸牌打牌！"蔡冬梅说，"该你了，舅妈！"

柳文君摸了一张牌，看看，喊道："文大喜，快来帮我参谋一下，看看打哪张？"

"哟！你还需要别人参谋吗？"文大喜过去看看，马上嗤之以鼻，说，"哎呀！还参谋一下，自摸都看不出来？胡了！"

"哦——三六九哈，胡了胡了！"柳文君赶紧推倒了自己的牌。当然，别人并不知道她是真没看出三六九，还是故意要让二老太爷亲自过来参谋一回。

2015年春天到来的时候，文达德的女儿文心香准备举行婚礼的消息像春风一样吹到了茅台镇，温温和和的，让人从幺太太逝去的悲情中复苏过来，多少有了些暖意。

因为是独生子女，家里没人跟她争；加上怀得艰难一点，生下来就愈加珍视，文心香一直是被人宠着长大的，性格再随她妈妈一点，长大之后的脾气一个字就能概括：犟。

北京大学"国际事务与国际关系专业"毕业的女娃儿，没有不去外交部的道理。毕业那年考过一回公务员，就是冲着外交部的。一个职位有六十多个竞争者，还大都是学"国际事务与国际关系专业"的，谁敢说没有一点点"后门"？中国人说的"凤毛麟角"，那都是没影的东西，意思落选了你要会排遣。当然，你要是有了后门但是考试不及格，人家也不敢要你。据说文心香的考试成绩名列第五，外交部选前三名面试，文心香只能打道回府。后来仔细想想也挺生气，中国就这么一个外交部，当初不晓得哪股筋涨，非要报个入职可能性小得不能再小的专业。贵阳俚语里面有一句就是专门形容文心香这种情况的，叫作"人牵他不走，鬼牵他打转转"。

回到贵阳，文达德和她谈过一次，说省政府外事办肯定需要你这样的专业人员，他们一个副主任我也熟，就有一条，也要考试。

文心香看看对方，说："言下之意……有不需要考试的地方？"

"那当然！"文达德说，"文渊投资。"

文心香思考了差不多一分钟，然后说："既然外交部去不了，地方上哪里来的外交吗？就去文渊投资，至少人家不嫌弃你！"

"也好，至少你会活得轻松一些。"文达德说。

文渊投资公司虽说没有"外交"，但是涉及对外事务的事情并不少，好些时候还需要去国外出差，虽然都是些经济事务，也算没有浪费了文心香多少年学来的专业知识。

女儿在身边有在身边的好处。比如，随时随地看得见，真要去了外交部，杜鹃就只能煲电话粥了；再比如，有关婚姻的问题，杜鹃至少可以念叨，虽然听不听在于你，念不念叨文心香就管不着了。杜鹃多聪明啊，每当文心香被念叨得快要生气了，她马上停止，耐心等到下一次机会出现，再继续念叨。

终于有一天，杜鹃突然听到文心香在小声哼唱东北小曲"大姑娘美来大姑娘浪"。杜鹃没吭气，晚上把这个情况告诉文达德的时候，文达德说："这说明什么问题呢？"

"说明啊，"杜鹃说，"说明她心有所想啊！否则……凭什么大姑娘美来大姑娘浪？"

文达德想想，说："牵强一点了吧？"

杜鹃说："一点都不牵强！我倒是希望她继续往前走哦……"

文达德接过杜鹃的话说："你的意思，大姑娘走进青纱帐？"

"去去去！你这个当爹的呀！"杜鹃说。

等到有一天文心香带着一个小伙子来家里"见父母"了，文达德趁着杜鹃倒茶的机会凑过去小声说："这回走进青纱帐了吧？"

杜鹃瞪了他一眼说："你小声点！"

小伙子叫陈元达，据说是元旦那天生的，元旦到达；比文心香大四岁，是文心香中学一个叫陈元妃的女同学的哥。

当年文心香曾经调侃过陈元妃，说你还不如叫陈正宫；陈元妃说怎么呢？文心香说正宫娘娘啊，比妃子强多了。陈元妃也不含糊，说好啊，那就让你来当妃子，然后投井上吊整死你！就这么一个上句一个下句，两个人惺惺惜惺，要好得不行。没想到多少年之后，文心香居然升格成了陈元妃的准嫂子。

陈元达在市规划局上班，一个正科级干部，不带"长"，应该也是单位的职数紧缺，什么时候"科"字后面加一个"长"字，大概也是大概率。人长得还算精神，虽然个子稍稍矮了一点点，但是瑕不掩瑜。所谓"瑜"，是指陈元达的研究生学历。

杜鹃悄悄跟文达德念叨："就是个头……啧！"

"这个话千万说不得哈！"文达德说，"人家不谈一个吧，你念叨；谈了一个吧，你还念叨？不利于团结哈！"

"你说得我这样憨哦！背后念叨而已！"杜鹃说。

"背后也不行!矮又不是缺点,邓小平不矮呀?大智慧!记住了,不能有第二回哈!"文达德说。

"哪怕……高个两厘米呢!"杜鹃继续念叨。

"你这个人啊!"文达德把鼻子眼睛揪成一坨,说,"人家真要是高了两厘米了,你一定会说,哪怕再高三厘米呢!"

两个人"嘻嘻哈哈"笑作一团。

第七十四章

1

不知不觉，文心香和陈元达就来到了谈婚论嫁的阶段。

当文心香听说有可能要在公婆家住一段时间的说法之后，一分钟都没想，马上跟文达德伸出了手。说不是不能一起住，而是担心婆媳关系难得整，怕这个婚姻不长久。

文达德没说什么，倒是杜鹃问了一句，"那……是算婚前财产呢还是婚后财产？"

文心香说："妈，你的意思离婚之后好算账？"

"不不不！那倒不是这么说！"文达德赶紧打圆场，说，"原来吧，房子肯定都是男生家那边的事情，现在……好像都时兴夫妻共同购买。那天你说了之后，我和你妈就商量了，你看这样行不行，我们家出首付款，你们自己按揭，按揭里面你的那一半，我们帮你出。这样做最大的好处，就是房产证上名正言顺是你们夫妻两个人的名字，共同财产，没有争议，不扯皮。"

文心香说："你们的意思……AA制？"

文达德想想，说："是。但是不是你一个人和陈元达AA，而是我们一家人和陈元达AA。"

文心香也想想，说："我听说……二老太爷家可不是这样哦！"

文达德说："是，问题是我们不是'二老太爷家'！我和你妈都是公职人员，国家机关干部，进多少出多少，一丁一卯，光明磊落！"

文心香想了大约半分钟，然后说："好，就按你们说的办。"

这边把"责、权、利"分清楚了,那边文心香去文明房地产的新楼盘打前站的时候,正好碰见大满仓过来找文达航,寒暄过程中就把文达德关于"都是公职人员"的话顺着说了出来。说者无心听者有意,大满仓那天晚上还因此失眠了两个多钟头。

是嘞,大满仓想,文家新组建的家族会议五个正式成员里面,只有文达德和文涛是公职人员,进和出都是那点干工资,这么多年两袖清风一直到退休,在现如今商品大潮的背景下面也不是一个容易的事情嘞!要不是这次文心香买房子,还真把人家的经济需求给忽略了。人家自己不说,说明人家为人处世端端正正;"组织"上如果再把这事情给忽略掉,那就千不该万不该了。

大满仓也不管文达航困不困,整醒来把刚才思考的问题说了一遍,文达航虽然迷迷糊糊,但是中心思想是听明白了的,就是不能让埋头做事的人吃了亏。说了一句"应该的",翻过身去没一会又睡着了。

第二天一大早,大满仓就拨通了二老太爷的手机,要不是考虑到老同志的年纪,昨天晚上就打过去了。

大满仓叙述完了之后,说:"关键这个情况是文心香来选房子的时候无意之中透露,这更加说明文达德他们很好地传承了'行德崇文'当中那个'德'字的精髓!你觉得呢,二老太爷?"

"那当然啊!当初之所以选了他,不是没有理由的啊!"文大喜说话的声音虽然没有原先那么明亮了,但是条理依旧清晰,"你说得对,几位老人去世之后,原先云辉烧房的分红机制就没有再继续执行,因此也就忽略了文达德他们。谢谢你能想到这一层,否则真委屈他们了!行,这个事情我去跟你们家老太爷说。"

这么多年了,凡是二叔提出来"商量"的事情,文心志没有一件是不同意的,这次当然也不例外。

于是,在文大喜和文心志同时参加的家族会议上,对于由大满仓提出来的"奖励文达德、文涛两位同志的动议",虽然当事的两个人弃权,还是以五票赞成通过了表决。至于如何奖励,在两个当事人退场之后,会议表决通过了"每人奖励一套150平方米、四室两厅的商品房,不需要住房的给予同期同价现金；资金由家族会议基金支出"的方案。

既然文达德不在场，总结发言自然由文大喜来说："其实，我们一直都秉承幸福生活大家共同享受的宗旨，特别是在人家默默无闻工作的情况下，更不能因为我们的疏忽而挫伤了人家的积极性。很好的！正如马满仓同志所言，'行德崇文'当中那个'德'字的精髓，其实就是一种奉献精神！而且是一种不求回报的奉献！有人到达那种境界的时候，旁边一定要有人喝彩，那样才有利于发扬光大！"

会议临结束时，大满仓问要不要组织一个表彰大会公布一下；徐文觉得家族会议的决议家族会议成员知道就行，"家族会议"既然不是企业，就跟任何一个企业的员工没什么关系。

文大喜看看文心志，文心志点了一下头，文大喜就说："民营企业有民营企业的优点，统一意见比较简单。徐文说的也有道理。"

徐文说那个话当然有他的道理，就在两个当事人拿到奖励的商品房钥匙的当天，文达观不知道从哪里得知了消息，马上找到大满仓就开始嚷嚷，什么不一视同仁啊、凭什么啊、厚此薄彼啊、功劳苦劳啊，总之没完没了发泄自己的悲情。

徐文担心的事情到底还是发生了。大满仓不好意思再把矛盾推给已经高龄的二老太爷，就在办公室里和他周旋，意思让负面情绪不会扩散到外面去。实在没法忍受了，一个电话打给了文达德。

"你让他听电话！"文达德在电话里嚷嚷，等文达观接过电话了，他说，"你搞清楚哈，这个房子是爹妈回贵阳的时候住的，你跟着掺和什么呢？！我警告你哈，放下电话马上离开办公室，否则不要怪我不客气哦！"

一直以来，文达观只服文达德。"哦"了一声之后，放下电话转身离开了大满仓的办公室。

文达德都放下电话了，才想起刚才临时起意的说辞应该先跟杜鹃沟通一下，毕竟……算球了！也该让两个老人家享受一下上下楼不用爬楼梯的幸福生活了。文达德自己给自己打开了一个"绿灯"。

回到家杜鹃的第一句话就问钥匙拿到没有，文达德把跟文达观说的内容对杜鹃一说，没想人家还真的认可这个"绿灯"。文达德很感慨，心想幸福生活当中如果都能加一条"举案齐眉",一定是人人都向往的最佳模式。

至于结婚酒席,现在文家的老人都集中到了茅台镇,两家大人一商量,说茅台镇和贵阳一边办一台酒席就是。

眼看办酒席的时间越来越近,杜鹃绞尽脑汁,终于想了一个办法来应付自己心中的那个疙瘩。她专门给文心香和陈元达一人买了一双新皮鞋,给女生的是一双大红色的薄底平跟皮鞋,给男生的则是一双黑色的内增高皮鞋。就为这两双鞋,杜鹃差不多把淘宝上所有卖鞋的店铺搜了不下三遍,这才找到让自己心仪的两双鞋。

你还不要说,酒席那天新郎新娘来来回回在宴会厅里走了不知多少路,仪式喽、敬酒喽,硬是没让客人看出两个新人身高上的蹊跷来。

这个事情把文达德的心整得生疼,悄悄问杜鹃:"你真的不觉得累吗?"

"不累呀。"杜鹃说,转眼看见新人敬酒的团队过来了,赶紧碰碰文达德的胳膊,兴奋地说,"你快看你快看!真的看不出来嘞!"

"哎哟!!"杜鹃的这种偏执把胸前别了一丛搭配得很雅致的鲜花的文达德臊得哦,宁愿多吃几坨肥肉。

2

文富贵和文美丽被调去珠海驰援瀚海智能,眨个眼睛也快要两年了。推销"楼宇智能门禁系统"肯定跟推销茅台烧不是一个路数,一个面对的是个人消费者,一个面对的则是房地产开发商。

"房地产开发商"多狡猾善变的一个群体呀?不是三头六臂的人尖尖你都搞不了这一行。文达航和大满仓是因为身后的金主财大气粗,否则第一个回合就已经完蛋。

文富贵把"瀚海"亏损的前因后果仔细分析、研究完了之后,发现并不是文化不够聪明,不够努力,而是他根本不具备跟房地产开发商打交道的底气和能力,他哪里玩得过诸如郑伟那样见人说人话见鬼说鬼话的人?为此,文富贵也头痛了好一段时间,始终没有找到切入点,最后决定拿"文明房地产"练一回手脚，至少文达航不会坑他。

一段时间下来，等到文富贵把"文明房地产"新开发的一个楼盘做得差不多了，把搜集上来的改进意见都处理完了，"瀚海"的产品居然在贵阳有了一点小名气，这得益于他和郑伟建立起来的联系。

文富贵之前和郑伟不认识，但是他偶然听到有一家房地产企业的法人就是郑改革的亲爹，这个情况至少让文富贵有了"勾兑"的话题，便单枪匹马找上门去。

文富贵把酿酒的术语借用了一回，果然"一箭中的"。郑伟再操蛋，他终究抵挡不住有人在他面前提起"郑改革"三个字。

那年，听说儿子居然大义凛然去报考了建设银行，郑伟就无地自容了一回的。现在上门推销产品的这个家伙居然是文达观的儿子，产品还是文家另外一个子孙的心血，一直有愧于心的郑伟不仅立即用"瀚海"的产品顶替掉了先前的产品，那天晚上还请文富贵喝了一台大酒，一直整到酩酊大醉。关键那晚上郑伟还约了一些房地产行业的朋友过来一起闹，对于在茅台镇都称得上"酒仙"的文富贵来说，推杯换盏之间，那些佩服得五体投地的目光里面，不全都是些潜在的生意啊？

现在中国的发展多快啊，随便你走到哪里，到处都是拔地而起的高楼大厦，数都数不过来，还怕没有"门禁"生意做？当然，假如你在茅台酒的故乡想把生意做好，只要你喝了酒之后不倒，那一定是一个优势。

文富贵就几乎不倒。

原先只想试试水的地方居然站住了脚，文富贵高兴得不行，因为距离茅台镇才几小时的车程，随便扯个故故就能回到徐雨露身边。

"扯故故"是我们这边的地方语言，"编个聊斋"的意思。

文富贵这段时间随时随地都想见到徐雨露，是因为徐雨露已经怀孕到了小腹壮鼓鼓的阶段了。虽然不知道是男是女，管他的，多一个娃儿就多一份乐趣。有时候未知的幸福比现实的幸福更让人憧憬，更让人着迷。

能够让工作和孕育两不耽误，文富贵因此特别卖力，没多久就让"瀚海智能"实现了扭亏为盈。

就因为文富贵创造的"扭亏为盈"，文美丽高兴得和文心意拥抱在了一起，还搞得文心意都不好意思了。

文美丽拍了文心意的肩膀一下，底气十足地跟他说："兄弟，不用多心哈！我等的就是这份扭亏为盈的报表，因为有了它，我就能回贵阳结婚了！哈哈！！"

　　"哦……呵呵呵呵！"文心意马上涨红了脸，笑得有些尴尬。

　　文家的家族会议虽然没有健全的激励机制，但是把好的东西发扬光大，大张旗鼓地昭告天下，让大家比照着学习的道理大家都懂，不用专门规定就能执行。对于"瀚海智能"的咸鱼翻身，家族会议决定奖励文富贵、文心意和文美丽，依次为五万元、三万元、两万元。

　　三个人一商量，觉得功劳不归哪一个人，而是公司全体员工共同努力的结果，于是决定用这笔钱组织全体员工去茅台镇来一次"奖励旅游"，一来长见识，二来品尝茅台烧，第三顺便成全文富贵探视他们家诞生的第二个娃儿。

　　这个男娃儿被文达观取名为文晓凯。

　　文达观确实一直问题不断，也不受人待见，但是他是娃儿亲亲的爷爷这一条没人否认得了，那你就得让人家履行一回责任，这是徐文的原话。根据娃儿的姐姐叫文晓慧这个情况，文达观也懒得动那个脑筋，换一个字便交差了事，根本没觉得这是多慎重一件事。

　　对于这次"添丁"，高兴得手舞足蹈的文达观就不用说了；连一贯沉稳的徐文脸上也有了亮色，只是没笑出来。而且表达方式也比较通俗，直接去街上买了一个足金生肖挂饰给文晓凯戴上，还说是老外婆给的礼物。你看，几边都高兴。

　　蔡冬梅看看小羊挂饰上面坠着的吊牌，心里高兴，嘴上却说："哟，十五克嘞？会不会把我们家文晓凯脖子上的嫩肉整出印印来哦？"

　　探视完了徐雨露，文富贵带着珠海过来的十五个兄弟姐妹开始参观云辉烧房，重点介绍由自己家老婆创建的理化实验室，说茅台镇就两家有这种高科技的设施，都不用细说，人家都知道是哪两家。

　　当天晚上，文富贵的老丈人自然要来一回"地主之谊"的，关键文富贵接了一瓶直接由蒸馏罐出来的、味道怪怪的初酒，和茅台烧对比着喝，搞得那些五湖四海过来的年轻人啧啧称奇，让满桌的大鱼大肉顿时丧失了吸引力，除了一个对酒精没有兴趣的女生，坐在那里一个人大快朵颐。

文富贵大声嚷嚷道:"哎哎哎!你还没有结婚嘞,就不怕吃胖吗?"

女生说:"不怕不怕,车到山前必有路,吃完了再说!"

"喂哟!这种女生我还真是第一次看见嘞。"文富贵痛心疾首地说。

这个女生是"奖励旅游"团队中的一个新成员,文心意的胞妹文心华。

上一年大学毕业之后,文心华不愿意让爹妈安排自己的前程,非要去哥哥的"瀚海智能"不可。大满仓家两个觉得也不错,因为文心华学的是计算机技术,除了专业对口,还有当哥的全程"罩着",也行。没承想才去没多久就碰上"奖励旅游",算是捡了个大便宜。虽然小时候跟着爹妈来过茅台镇,只是没法跟眼下一大群年轻人一起旅游相提并论,完全不一样的心情。

文心华一路无忧无虑地长大,走的是"享受生活"的路线。什么大快朵颐啊、霓裳羽衣啊、流连于山水之间啊,都是她追求并享受的生活内容。大学期间的那些个由自己支配的假期,全都用在了游山玩水上。让大满仓最头痛的事情就是文心华动不动就伸手要钱,假如不给她,文心华会绕过自己去跟文达航要,那就没了准头。好在吃点穿点玩点算不上什么坏事,大多数时候大满仓都将就着她。文心华有一点好,大快朵颐的时候知道分寸,真要把自己吃成个胖子了,那些霓裳羽衣怎么弄?

这次随团来茅台镇旅游,文心华的另外一个目的是要看望一下好久不见的爷爷奶奶。两个老人家来茅台镇的那段时间,文心华一直在学校,假期又要去当"驴友",搞得安吉拉问了大满仓好几次,说怎么一直没见着两个娃儿的面?这回终于见了面,文心志和安吉拉便一人抱一个,"乖孙乖孙"地叫个没完。

那天晚上,兄妹两个跟文富贵请好了假,文心意陪老太爷,文心华陪老太太睡了一晚。虽然文心华给老太太添了不少麻烦,不是怕她冷着了,就是怕她没睡安逸,折腾了一夜,总算把之前缺失的"温馨"给找补了回来。

就像文心志和安吉拉回到茅台镇来陪幺太太一样,老的总是希望不断有小的陪在自己身边,一辈传一辈,早都成了习惯。

3

2015年9月3日,是中国人民抗日战争暨世界反法西斯战争胜利70周年的纪念日,国家在北京天安门广场举行了纪念活动,邀请相关国家领导人参加的同时，还举行了盛大阅兵。这是中国首次在国庆节以外的日子举行阅兵式。

之前，尽管在文大喜身上出现了断崖式衰老的迹象，也没有阻止他让李俊峰接上马伟泊和闫志国，专门跑到茅台镇来观看"九·三大阅兵"。虽然多了个文心志，说成"扩大的神仙会"也是成立的。之所以把开会地点选在文心志家，是因为他们家新近更换了一台七十寸的大电视机，原先那台五十二寸下放去了文心志的卧室。

庆祝大会上，习近平总书记的讲话是活动的重要组成部分。

他说："中国人民抗日战争的胜利，是近代以来中国抗击外敌入侵的第一次完全胜利。这一伟大胜利，彻底粉碎了日本军国主义奴役中国人民的图谋，洗刷了近代以来中国抗击外来侵略屡战屡败的民族耻辱。这一伟大胜利，重新确立了中国在世界上的大国地位，使中国人民赢得了世界爱好和平人民的尊敬。这一伟大胜利，开辟了中华民族伟大复兴的光明前景，和平来之不易，和平必须捍卫。

我们纪念中国人民抗日战争和世界反法西斯战争的胜利，谴责侵略者的残暴，是要唤起善良的人们对和平的向往和坚守，而不是要延续仇恨。中国的发展壮大必将是世界和平力量的发展壮大。我们也真诚希望，各国都更好从历史中汲取智慧和力量，坚持和平发展，共同开创世界和平充满希望的未来！开启古老中国凤凰涅槃、浴火重生的新征程。"

等到文大喜发出的稀里呼噜声音让所有人都听见了，扭脸查看时，只见一向注重仪表的这位老同志早已经泪流满面。总书记铿锵有力的讲话当然是导致文大喜激动不已的因素，更重要的原因，是因为他轻度的阿尔茨海默症而丧失了自我控制能力。

这种中枢神经系统的退行性病变让人沮丧的情况是，无法根治。

鉴于二叔这个情况，当电视节目结束之后，文心志看看这个，再看看那个，然后询问道："怎么样？还需要……再继续下去吗？"

"哼，哼哼！"马伟泊清了清嗓子，看样子是在思考怎么表述，然后说，"亲家呀，我看二哥这个情况……我们这个神仙会啊，多少年了，一直都是二哥的一个念想。既然大家都来了，我觉得还是和往常一样，喝喝茶，摆摆龙门阵。大家都是上了年纪的人了……二哥，你觉得呢？"

"呵！"文大喜有点尴尬地笑了一下，说，"我知道……大家为我担心了，谢谢你们能大老远过来！几十年了，还是我们家老太爷的那副对子，直到都已经老年痴呆了，仍然念念不忘！嘁！现在来看啊，我们至少没有辜负他老人家的期望。期望你行德崇文，期望你做一个正直的人，期望你心里不能只有自己！假如你有能力，帮助一下想读书的人……能读上书，这就是我们家老太爷一直以来的一点念想！还好，我们跟在他老人家后面做了一点点力所能及的事情，也算不枉今生！啊？"

此处居然有了掌声，是文心志带的头，马伟泊和闫志国还说什么呢？肯定跟着鼓掌嘛。害得在娱乐房打麻将的老奶们不知道外面发生了什么事，赶紧差遣蔡冬梅出来查看。

"没事没事！二叔发表即兴演说，我们为他鼓掌呢！"文心志说。

蔡冬梅回去回复说："没事没事，是二舅舅发表演说，其他人听安逸了，为他鼓掌。"

"他那样子还能发表演说？"柳文君说。

"咦！"安吉拉说，"二婶啊，你可不要小看了二叔，他是眼前的事情记不住，但是早年的事情啊，一清二楚！"

"是的，"章悦说，"那天大哥问起原先在刀把镇守房子那个老乡的名字，二叔想都没想就说叫王庆生，连我都忘记了，他还记得清清楚楚！"

"那……为什么那天张孃要帮他洗裤子，他说左边荷包里面有钱，让张孃别忘了掏干净，咋个记得这样精准呢？"柳文君说。

"精准哪样？张孃摸出钱来当着我的面数清楚了的，一张一角，三张两角，总共七角钱！张孃的意思让我证明一下，怕二舅舅记成几十百把块钱，那人家就亏大发了！"蔡冬梅说。

"嘿嘿嘿……哈哈哈……"几个老奶笑成一团。

每天从茅台镇面前流过的赤水河，在不同的河段有不同的名称，比如《古蔺县志》记载"曾称齐郎水，枝溪"，而《仁怀县志》则说"清朝曾一度称仁怀河"。还有称为安乐溪、小江、仁水、斋郎水等，总之，看沿岸劳动人民的习惯。但是，赤水河有个规律是一以贯之的，那就是从每年汛期的七八月份开始，赤水河的颜色就变成了红色，一直到重阳节之后才会恢复成几乎见得到底的青蓝色，这是赤水河千百年来不曾改变过的规律。

同样不会改变的，是每年伏季沿赤水河河谷消散不去的暑热。大太阳就悬在你的头顶，把世间万物全都烤炙得烫烫的，能不热吗？

2015年的"秋老虎"仿佛赖在了茅台镇一样，迟迟不肯离去，重阳节都快要到了，仍然热得不行，沿赤水河两岸的低洼地带尤其夸张，人们恨不得一天到晚都泡在河里，用最简单的方法抵御热浪。

这么个热法，仿佛预示着什么事情即将发生一样。

那天是个周末，中午饭刚刚放下筷子的蔡冬梅就把二舅妈叫上，让招待所的面包车送她们去文心志家打麻将，还问舅舅要不搭个顺风车一起过去。文大喜的行政瞌睡雷打不动，就说让她们先走，睡完了午觉自己去。

文大喜躺在床上热得不行，胸前和胳肢窝都是汗，于是把空调打开，准备舒舒服服吹凉快了再说。没想睡着之前忘了关空调就迷糊过去了，一觉醒来就觉得浑身酸痛，脑壳昏沉沉的，赶紧用遥控器关了空调，打算休息一下再作打算。

等他再次睁开眼睛，依旧昏昏沉沉不说，感觉刚才的症状又加重了许多，便打了个电话给徐文。等到徐文带着文一娟和两个员工赶到招待所，徐文的手才碰了舅舅的手一下，仿佛触电了一般被弹开，烫得不行。二话没说就吩咐往茅台酒厂职工医院送。

等到文心志由蔡冬梅陪着来到病房时，文大喜已经被送进了重症监护室。

徐文把蔡冬梅拉到一个僻静处，垮着脸说："为什么突然提前？打麻将硬是差那一个多小时吗？！"

蔡冬梅苦着个脸说："是……安老人家打电话让我提前一点的，说今天是周末！"

徐文无言以对，嘟囔道："那就是闯到鬼喽嘛！！"

当天晚上，文达德、文涛以及马伟泊就赶了过来；除了安吉拉在家里陪着柳文君，在茅台镇的文家人都汇集到了医院。

还好，经过医生护士的全力救治，老爷子终于安静地睡着了。一看时间，十二点四十五分。

在重症监护室待了七十二小时之后，文大喜被转移了出来。经过交涉，被安排住进了通常留给重要人物的单人病房。对于文家人来说二老太爷多重要的人物啊？不要说单人病房，即便再厉害一点的病房……不就是交钱喽！

当文大喜能够虚开眼睛的时候，只见明晃晃的亮光后面竟然是一屋子的人，马上又闭上了眼睛。他在心里面数着看到的那些面孔，文达德和杜鹃、文涛和冯晓芬、文诗路和闫晓争、文诗仙和刘锦瑟，怎么都是我们家的人？莫非我已经病入膏肓了？他们赶过来见最后一面？那怎么没有柳文君和文诗雨？

不至于嘛！文大喜试着动动身体，是有些僵硬，手指头还能动，耶，脚趾拇也行，那他们干什么如同我已经过了奈何桥那样的表情呢？

盐水瓶里淡黄色的液体微微晃动着，静静地顺着半透明的细细管子慢慢往下滴，瓶子里面居然还荡起了涟漪，一圈一圈往外扩散。没人知道医生都加了些什么药，导致整个左臂凉凉的，酸酸的，好像跟躯体分开了一样，不听使唤。

哎呀！真要离开茅台镇……其实也不错的，那样又能见到文家的那些前辈了，大家聊聊天，叙叙旧，说一说他们没有经历过的岁月，摆一点他们不曾听过的龙门阵，也挺好的。

假如现在就走人的话，虽然……自己没干过什么重于泰山的大事情，但也不至于比鸿毛还轻吧？如果他们问我还想见到什么人……我还想见什么人呢？文化吗？确实曾经希望这孙子能让我的脸上有光来着，虽然文富贵后来说过亏损那事情不能全怪文化，看来呀，只能怪自己期望值太高，高得人家娃儿都无法承受了！也好也好，能做一个普通人平平安安走一遭，也不错！对了对了，要说……我还真想见一见郑改革嘞！就凭他敢于自报家门去建设银行应试，真有一点单刀赴会的豪气嘞！也不知道他现在……

"哐啷"一声，是房门被用力撞开的响声，让文大喜和屋里的所有人都吓了一跳，只见一个身影风一般卷进来，一直扑到文大喜的病床跟前才停下，大声叫喊着"文爷爷"的同时，"扑通"一声就跪了下去。大家绕到病床的另一侧才看清楚，竟然是郑改革。

确实，只有郑改革才能闹出这样的动静。

就在郑改革呼喊文爷爷的时候，人们清楚地看见一行泪水顺着文大喜的眼角滑了下来；只是没人知道，那是因为文大喜突然之间仿佛感觉到了神灵的存在。

郑改革是在单位接听了他母亲马馨玥的电话之后，立即让老妈开车过来接上他，两娘母马不停蹄赶过来的。

在开往茅台镇的途中，郑改革想起了那年文爷爷单独请他吃饭的情景。人家那么一个老人的诚心诚意，居然被自己说成鸿门宴？真是恶心他妈给恶心开门，恶心到家了！要不是那么一次"鸿门宴"，自己现在说不定已经都"报废"掉了，哪里还有在建设银行呼风唤雨的今天？

因为有金融专业研究生的学历，加上小伙子吃苦耐劳、积极向上，以及同仁们对于他当年"只身把虎穴龙潭闯"的嘉许，才三年多一点，郑改革在一贯讲究"论资排辈"的金融行业已经被派往下面一个营业部担任了副经理，迈上了他人生旅途中的第一个台阶。

马馨玥没来过茅台镇，是打着导航直接把车开到医院的，还没等她交代两句，郑改革已经旋进了医院的大门。

模模糊糊之中，文大喜的右手被郑改革牢牢抓住的同时，还感觉到潮乎乎的，应该是眼泪，文大喜挣扎着想。他很想跟小伙子说点什么，至少问问人家现在什么情况，工作怎么样，学习怎么样，生活怎么样，或者问问是不是谈了女朋友什么的？没承想这么简单的事情居然都已经力不从心，没法再开口了！真是有点莫名其妙嘞！

就在郑改革赶来的那天晚上，文大喜突然就不行了，上气和下气之间就差了那么一截，无论如何接续不上……

2015年10月17日四点五十三分，九十九岁的文大喜挥手告别了这个让他魂牵梦萦、难舍难离的茅台镇。

最后，由匆匆赶来的一个主任医师给了一个结论：多器官衰竭。至于为什么会衰竭，医生没说原因。

但是文大喜知道原因。

很简单的，就是老了嘛。如同一架机器，用的时间久了，零部件自然而然就会磨损、生锈，甚至损坏；人也一样，九十九岁一个老掉牙的肌体，"零部件"什么的损坏了，当然是再自然不过的事情了。

文大喜其实知道自己已经迈不过这道坎了，老天爷都让郑改革风尘仆仆赶过来见了面了，你还想怎样？

三天之后，文家这一辈的最后一个文姓长者的骨灰盒，在刀把镇祭祀了三天三夜之后，被埋在了家族墓地。之所以选在刀把镇祭祀，是因为茅台镇那边闪不开，怕吵着街坊四邻。

4

对于二老太爷的离世，最追悔莫及的当数文富贵。都开始后悔不该答应老丈人单单挑选自己前往珠海的动议了，假如他还在云辉烧房，兴许那天会去和二老太爷聊聊天、扯扯淡，混吃混喝，哪怕在他面前晃来晃去什么事都不做，都有可能不让老人家独自在空调制造的冷环境下睡着，自然就不会出现后来发生的一切。

徐雨露打来电话的那天，文富贵恰好在珠海办事，紧赶慢赶也没赶上见着敬爱的二老太爷一面。知恩图报就不用说了，至少见最后一面嘛！

在刀把镇祭祀的三天三夜，这个想法一直在文富贵的脑海里悠来悠去，只要一看见灵位上二老太爷的那幅和蔼可亲的照片，文富贵心里就难受，很想安安逸逸哭他一台，但是遗憾得很，随便他伤心伤意地酝酿多久，就是挤不出一滴眼泪来。

看着文化跪在灵台边上作为孝子贤孙迎宾送客，文富贵突然冒出个取而代之的念头来，哪怕就一会儿，至少让我体验一回"至亲至爱"的感觉，也不枉二老太爷一直以来对自己那样无微不至的关心和爱护。

直到最后那个晚上，第二天一早就要下葬，无论如何没办法再拖了，文富贵一直挨到大家都去休息之后，一个人来到专门给"孝子"准备的那个蒲团上跪好，从手里的一沓纸钱当中捋出三张，用火盆里的余火点燃，然后投进火盆里的纸钱灰烬上；再捋出三张、再点燃、再投放……

随着火苗跳动的光影，文富贵的脸颊被炙烤得烫呼呼的，这让他想起了在招待所二老太爷那个房间里围着铁炉子吃辣子鸡火锅、吃出满脸油汗的情景……

"你老人家干什么这么急着离开茅台镇嘛，二老太爷！"文富贵嘟囔道，"哪怕推迟个一年半载，等我们家文晓凯长大一点，你能抱着他玩一玩，哄一哄，让娃儿喊你一声老祖宗……再走也不迟啊！对不对？"

眼睛一眨，泪水自然而然就流了下来，根本不需要酝酿。

一切都处理完了，离开茅台镇之前，文富贵还有一个牵挂，那就是二老太太柳文君。

这次二老太爷生病，理论上和二老太太提前去打麻将有一点点关系，假如二老太太推迟到二老太爷睡完了"行政瞌睡"再去，也许她会阻止老伴开空调，也许……

但是，大家都不敢提这个茬，因为这样有可能倒序追溯到安吉拉想提早一点"开局"的心思，如果因此让大家都背上了思想包袱，得不偿失还在其次，关键会影响家庭团结。确实，已经那什么了，你必须尽可能避开那些似是而非的情况。这一点文达德把握得很好，将二老太爷的离世斩钉截铁地确定为"气候原因"。

对于文大喜的飘飘而去，柳文君也伤心来着，只是无论如何哭不出来。仿佛这不过是一个情理之中，自然而然要发生的事情到了应该发生的时候了。对于儿女们苦口婆心劝她搬去挨着他们住，柳文君从头到尾没说一句话。在她心里，赤水河边这个小小的招待所，已经成了自己无法舍弃的一个生活记号，吃喝拉撒都习以为常了，无论文大喜在、还是不在，柳文君都离不开这个"记号"了。

打从在美国结婚那天起，柳文君和这个被称为"丈夫"的男人绝大多数时候都相亲相爱来着，除了偶尔拌一拌嘴，两个人这辈子还是称得上"地老天荒"，特别是在文大喜那几个命运的苦难节点上，真配得上"相濡以沫"这个成语所描绘的动人情景。爱情就是这样，"苦难节点"上相扶相携练就的功夫，大都具备了"永恒"这个特质。

连文富贵都牵挂的事情，二老太爷家子女们迟迟没有一个统一的态度，让文富贵都急了，跑去跟徐文说干脆把二老太太接到我们家来算了。

"不急。"徐文说，"你这叫喧宾夺主嘞！你怎么晓得别人家没有态度呢？总得让人家商量一下，或者……如果我没有猜错的话……我判断二老太太哪里都不会去，最终还是留在茅台镇。不信你看！"

"我信。"文富贵说，"连安老太一个美国人都离不开茅台镇了，更不用说在赤水河边住了这么多年的二老太太了！"

"那你急什么呢？"徐文说。

"你这么一说我就不急了，爸爸。"文富贵说。

徐文果然没猜错,在二老太爷家全家、四姊妹八个人加上柳文君在招待所二楼召开的、扩大了的家庭全体会议上,徐文和文富贵被"扩大"进来是因为柳文君说想请他们作为证人见证一些事情。

四个子女顺着再一次劝说老妈去自己家住,柳文君一如既往高低不搭腔,等所有人的意见都说了一遍,柳文君这才开口。

"都说完了哈?那我也说一点意见。"柳文君说,"是这样,你们爸爸因为走得突然,身后的事情就没来得及交代、处理,他肯定有遗憾。鉴于这种情况,我干脆提前交代清楚算了,免得到时候又是遗憾。至于……我住谁家,谁家我都不住,就住在茅台镇。住在这里也行,你们几姊妹搭伙在茅台镇买个房子给我住,也行!就算用贵阳那套房子置换的,这是一个事。第二个事,你们爸爸虽然口头上倡导男女平等,但是骨子里的重男轻女还是有。这也不完全怪他,几千年沿袭至今……免不了的!既然他没来得及分割遗产,我就不多说那些冠冕堂皇的话了,我就来分割。需要徐文家两爷子见证的,是我和你们爸爸名下的所有财产,房产、存款等,你们四姊妹平均分,一人一份。不知道我说清楚了没有?"

文涛看看大家,然后说:"说清楚了,妈。"

确实,这话由文涛说比较合适。

文诗路顿时有些感动,起身过来挨着老妈坐下,眼睛看着眼睛说话:"妈!不论你老人家住在招待所,还是换个新房子住,我和闫晓争都过来陪你!"

"对对对,我们过来陪你老人家!"闫晓争说,尽管文诗路压根没跟他商量过。这里可以使用一个成语,叫"琴瑟和鸣"。

"徐文,你是见证人,你要说两句嘞!"柳文君说。

"我说我说!"徐文说,"我见证二舅妈今天在这里说过的每一句话,他们两个老人家的所有财产,房产加上存款,四个子女,文诗雨、文诗路、文涛、文诗仙,一人一份,平均分配!见证人:徐文,文富贵。"

"富贵也说两句吗?"柳文君说。

"不喽不喽,二老太太,爸爸说了就算数!"文富贵说。

"那……我再补充一句,"柳文君说,"贵阳那套房子,你们四个人,谁要都行,大家商量一个价格,要房子的……给另外三个一笔钱,就行。好吗?"

"好的,妈!"文涛说。

文富贵附在徐文耳朵边说:"你不要看二老太太也九十五岁了,思维啊,逻辑啊,清清楚楚!"

徐文也小声说话:"你以为?人家旧社会留洋的高才生!这回你放心了吧?"

"我放一百二十个心,爸爸!只是……明天我就回贵阳了,这边两个娃儿……特别是文晓凯,让你们两个老人家受累了哈!"文富贵说。

"这个事情回去再说行不行?人家这里还没完!"徐文说。

文富贵赶紧说:"要得要得,我听爸爸的!"

后来,四姊妹协商一致的结果,房子由文涛买下来,毕竟上了年纪,也该换一套带电梯的房子住住了。上次"家族会议"奖励的那套房子,他们家要的是钱。至于那边空出来的老房子重新装修一下,留给文化结婚用,值钱不值钱的,也算是二老太爷留给孙子的一份遗产。

另外,四个子女一人出一份钱在茅台镇买了一套一百三十多平方米的电梯房,就在安吉拉他们隔壁的小区,这边电梯下来上他们那边的电梯,吃饭或者打麻将都方便。新房子由闫晓争全程监督装修,全部使用环保材料,完成之后同样吹它两个月,目的就是让老妈住起来安心。现在爹不在了,老妈的事情自然而然就转移到了儿女身上。几个人商量下来,决定每逢周末去茅台镇陪老人家一次,聊聊天、吃吃饭、打打麻将,让她尽快回到正常生活当中去。

没想几姊妹第一个周末如约来到茅台镇,第一眼看到的竟然是方城战中鏖战正酣的老妈,而且文诗路家两口子也没闲着,文诗路是柳文君的背光,闫晓争是安吉拉的背光。老妈不过是忙里偷闲跟儿女们打了个招呼,马上又投入了"战火"当中。

5

2016年的清明节是三天小长假的最后一天,因为上一年文大喜去世那时候闫志国同志正在住院,没赶上亲家兼密友的葬礼,总觉得顺理成章的一个事情没完成,心里一直过意不去。于是,一直惦记着给老朋友上一次坟。后来闫晓争说他们小两口要搬去茅台镇陪二老太太,闫志国就把慰问亲家母也算成一桩事情，更坚定了清明节去刀把镇上坟的决心。

自从退了休，老同志们天天都在放假，对于长假不长假便没了概念，闫志国就提前在手撕日历上标注了记号，怕忘记。临要出发的前一天，闫志国同志突发奇想，寻思假如在文大喜同志的墓碑前搞一次阴阳两隔的"神仙会"，那一定是亲家公愿意并热衷参与的事情。当他将这个想法告诉马伟泊之后，没想人家马行长竟然举双手赞成。

马伟泊兴致勃勃地对电话那头的闫志国说："干脆再把文心志也叫上，将二哥作为列席人员，这就成了扩大了的神仙会，你觉得如何？！"

"哎呀！哎呀！那当然更好喽！"闫志国很高兴。

马伟泊挂了闫志国的电话又拨通了文心志的电话，把情况一说，人家不仅欣然接受，还建议在刀把镇住上一天两天，也是大家欢聚一堂的一个由头。

第二天一大早，郑改革新买的"传祺GS8冰川蓝"就停在了闫志国家楼下，老爷子上车一看，除了马行长家两口子，还有郑改革的母亲马馨玥。一打听，他们家是把"上坟"和"新车试驾试乘"并成了一桩事情。

上了路才知道，新车是郑改革上一年度的奖金加上外公的特别奖励金购买的，趁着兴致高，马伟泊顺带将郑改革已经把职位前面那个"副"字去掉了的事说了下，虽然只是小小个科级干部，高低总是升职，说明娃儿不断在进步，值得一家人高兴。

确实，三十岁不到的小伙子，婚都还没结，就得到单位重用，你管他单位大单位小，总是在你工作的小环境里面出类拔萃，它让你获得的成就感，真的不分大和小。

了解了这些情况之后，闫志国再看郑改革，那张漾着笑意的脸上分明还多了些自信，开车都开得春风拂面。

2009年通车的贵阳到仁怀的高速公路，让行驶时间缩短了一半多，两小时不到，郑改革的"传祺GS8"就到了刀把镇。还没下车，就感觉到了老宅的热火朝天了。

茅台镇那边来了三个车，不单单把文家的所有人都装上，还把张孃也捎带过来了，一时间炊烟袅袅，热气腾腾。文诗路和闫晓争帮着张孃在厨房里忙这忙那，顿时就有了家的温暖。不仅如此，徐文和蔡冬梅还带来四个烧房员工，说是为了把神仙会布置得名副其实。

"哟！"马伟泊饶有兴趣，问道，"怎么个名副其实呢？"

徐文说："马叔，先保密哈，到时候你就知道了。"

"哟！呵呵呵呵！"马伟泊笑得很开心。

在老宅把香蜡纸烛都预备停当之后，文家一竿子人马便扶老携幼往墓地进发。到了地方一看，除了二十五个坟头上都插着一缕坟飘之外，正对着文大喜墓碑前面的空地上还安放了一张八仙桌，四个凳子围在四边，一套茶具位于桌子中央，一个茶壶四个茶杯。虽然四月的天空依旧堆满了冬季那样的深灰色云团，给人以沉重感，只是眼前这个场景跟飘动着的坟飘搭配在一起，真有了些神仙开会的飘逸。

"哦！"马伟泊感叹一声，说，"这就是徐文说的名副其实，确实不错！"

距离八仙桌不远的地方并排放着两把官帽椅，文家人一看就知道那是给柳文君和安吉拉两个老太太准备的。

等到通常的烧香磕头完成之后，每个墓碑面前被点燃的火烛弥漫开去的烟雾飘飘而散，让现场笼罩上了一层恰如其分的、通常仙境里才会出现的氤氲，顿时让人肃然而立，鸦雀无声。

等柳文君和安吉拉入座之后，文心志、马伟泊和闫志国也入坐了事先写好名牌的方凳上，文心志面对墓碑，马伟泊左，闫志国右，空着的那个凳子的名牌上写着"文大喜"三个字。

时辰到了，只见马伟泊表情严肃地朝文心志点了一下头，意思可以开始了；文心志同样严肃地回了他一下，然后开始说话。

"二叔，哼哼！"文心志清了清喉咙，说，"今天是清明节，我们祭奠祖宗的同时，在这里办一回神仙会，目的是用你老人家最熟悉的方式来祭奠你老人家！虽然阴阳两隔，但是我们大家都能感觉到你的存在！我们先请马行长敬茶。"

"二哥啊，茶还是你最得意的湄潭翠芽，都是清明节之前的东西，你尝一口就晓得了，新鲜得很！"马伟泊边说边倒满了四个杯子，然后将第一杯在空着的那个位置上放了一下，顺势倒在了桌子和凳子之间的泥地上；之后，依次一人一杯。

"二叔，我们边喝边聊哈！"文心志说完一饮而尽，说，"马行长说他有一个你感兴趣的消息，要不然请他先说？"

"二哥啊，上一年的 11 月，"马伟泊放下茶杯，想想说，"台湾海峡两边的领导人，习近平和马英九在新加坡进行了历史性会面，这是自新中国成立之后，六十六年以来……两岸领导人的首次会面。你知道的，二哥，台湾回归是一个历史的必然！两岸领导人能够坐在一起交流，谋划，肯定有助于缩短这个历史进程。值得我们期待呀，二哥啊，你觉得呢？"

马伟泊续茶的同时朝闫志国示意了一下。

"大喜同志啊！你走的时候我正在输液，实在抽不开身，先说一声对不起哈！"闫志国起身对着那只茶杯行了一个礼，完了坐下说，"我想了一下，自从你把我领进神仙会，我受益匪浅啊！至少我必须时刻去关注每天所发生的国家大事、国际大事，否则开会的时候你没话说，那不是丢人现眼了？哎呀！要说……今年年初由我们国家主导成立的亚洲基础设施投资银行，简称亚投行，还真是一件国家的、国际的大事！现在已经有一百多个成员国不说，我听说啊，其主要背景就是我们国家作为新兴大国的异军突起，已经成为全球经济的新引擎了！同时啊，还成为全球治理的重要主体！我知道，这一定是你希望听到的好消息！我先说这一条哈，想起来了再补充。"

"该我了是吧？"文心志说，"确实，他们两个说的都是好消息，那我就来说一个坏消息嘛，好的坏的都听一点，叫兼听则明。二叔啊，今年年初，台湾举行了第 14 任领导人选举，民进党的党主席蔡英文当选了台湾地区的领导人，因为民进党的党纲开宗明义就是台独，由此给两岸统一蒙上了阴影。按说呢，我是半个美国人，但是，我的身体里面流的是中国人的血，这一点永远也改变不了的！现在有人想把台湾变成一个国家，从中国分裂出去，那不是痴心妄想吗？我都不能答应，更不用说共产党了！二叔你放心，蔡英文她永远翻不了浪！永远也……"

突然之间，文心志停了下来，因为他看见马伟泊和闫志国的目光被自己身后什么情况吸引去了，致使他也转过了身体……

在文心志身后，伫立成一排的文家人大都面带忧伤，看那情形大概是被带入了"神仙会"3+1 所营造的氛围之中，仿佛又见到了那个受人尊敬的长辈——文大喜。

神仙会的参与者们这时候才发现，这是第一次开会的时候有人旁观……准确一点，应该是自打老太爷文知辉召集"神仙"开会的一百多年以来，第一次有人旁听"神仙会"。

马伟泊有些感动，说："看来啊……不能让神仙会在我们手里断了嘞！亲家！"

"而且还要发扬光大！"闫志国说。

"文达德！"文心志突然喊道。

文达德旋即出现在文心志身边，说："我在的，伯伯！"

"神仙会能不能光大，就看你们的了，娃娃！"文心志说。

文达德有些感动，说："几个老辈子请放心！首先我自己报名参加，至于其他人……"

"我也算一个！"徐文高高地举起了右手。

站在文诗路身边的闫晓争被老婆的手肘碰了一下，马上举手喊道："还有我一个！"

文心志马上来了精神，说："你看你看，马行长，分分钟搞定的事情嘛！"

中国人自古以来讲求"传承"二字，小至血脉、家族、爵位，大到传统、文明、精神，都需要有序传承。比如，"无后为大"，农耕文明的因素"家里的田地有人种"还在其次，重要的还是有序传承。就连这么一个不影响吃喝拉撒的神仙会，当事人同样希望能够有人接续、传承下去。所谓长江后浪推前浪，核心就在于那个"推"字，有人在后面推你一把，就是传承。

第七十五章

1

关于传承,每个家庭都有活生生的例子在发生,比如,安吉拉家在美国的产业就到了需要第三代参与管理的2017年了。鉴于文一娟的弟弟妹妹都在读书,文达远在和爹妈商量之后,决定让文一娟返回美国。

在茅台镇已经生活了一年多的文一娟,你如果现在让她自己选择,肯定眼睛都不眨一下就说留在茅台镇,除了和云辉烧房的同仁们水乳交融的情谊之外,人家还谈了一个男朋友。

也不知道什么原因,人们在编故事的时候总爱把两个相爱的人处理成"八不挨",不是公主爱上了青蛙,就是王子看上了灰姑娘。

文一娟也一样,一个美国有钱人家的闺女就是要跟家在农村的解智晖好。

解智晖当然不是农民,他是和文一娟前后一点被招聘来到云辉烧房的大学生。解智晖的爹妈是地道的农民,家里还有个妹妹,能让儿子不当农民是他们最朴素的愿望。不是说当农民不好,而是农民的付出跟产出相比较,不成比例。累死累活一年,很多时候还管不了温饱。特别是贵州大山里面的农民,穷。虽然"人无三分银"说的是旧社会,跟城里人相比,现在仍然穷。要不国家倾全力脱贫攻坚干什么?

人人都有追求幸福的权利,农民出身的解智晖也不例外。

一个有追求的大学生来到云辉烧房用自己的诚实劳动努力工作,最终得到大家的认同,还被评为先进工作者,那就是一个励志故事。当然了,文一娟之所以看上了解智晖,一定还有励志故事之外的因素,比如长相什么的。

解智晖那张脸吧，很有特点，在五官端正的基础之上头发还十分自然地卷曲着，你说老天爷这个搭配？这还没完，一米八三的个子还是一个三角体型，脱掉上衣几头肌几头肌的看得清清楚楚，据说那是在大学的健美队长期训练的结果，简直……不被文一娟的丘比特之箭射中都不行！

人家文一娟是美国老板家的长房长孙女，她看上了解智晖，等同于公主看上了"灰小伙"。居然跟那些故事编的如出一辙。

文一娟第一次把解智晖带回家，自然而然就让安吉拉也喜欢上了这个娃儿。至于"农民"之类的说法，安吉拉就说："你爸爸的外公最早也是美国农民呢，那又怎么的？"

就凭老太太这句话，解智晖在美国老板家就算站住了脚跟。

爱情只要不受爱情之外的因素干扰，发展到你侬我侬一定是大概率事件。到了需要文一娟回美国发展的时候，文达远只是听了一回老太太对于准孙子女婿的简单描述，就同意两个人一起去美国发展。

文一娟的母亲玛丽亚很想了解一点解智晖身体之外的其他情况，文达远直接说："老太太都点了头了，我们等着偷着乐就行！"

"哦，"玛丽亚想想说，"问题是……我并不是想了解老太太点头不点头的情况啊？"

文达远就说："你去操那份心干什么？"

玛丽亚说："问题……我是她妈呀！"

文达远说："那……等他们来了你慢慢问喽。"

解智晖家距离茅台镇五十多公里，在确定了飞美国的航班时间之后，解智晖带着文一娟回了一趟老家，还稍带上了文心志和安吉拉，有让两位老人了解一下中国农民家庭状况的意思。

事先得到通知的解智晖爹妈加上亲戚朋友将房前屋后打扫得干干净净，杀鸡杀鱼切腊肉忙活了两天，总算把准备工作做得差不多了，就等待美国娘家人的到来。

由茅台镇下来的小轿车弯来绕去在解智晖家晒谷子的院坝停稳当的时候，同时到达的还有一大帮看热闹的乡亲和半大娃儿，解家小院是第一次容纳了这么多人。大家都目睹了黄头发蓝眼睛的美国人安吉拉从车上下来的情景，也不知道谁带的头，顿时响起一片掌声，自然给客人留下了良好印象。

后来解智晖告诉文一娟，说老太太是他们村庄见到的第一个外国人。

按照农村的习俗，准确点是中国人的习俗，一家人热热闹闹吃一顿饭是必需的礼节。两桌酒席就摆在院子当中，解智晖家的三亲四戚之外，还有村子里的一些重要人物，比如，寨老、支书、会计、治保主任等。除了结识一回美国人，喝一台大酒解解馋也是目的之一。

乡下人虽然谈不上什么厨艺，但是食材都是原生态的，足够新鲜。随便他们怎么做，一定有别于张孃的手艺，自然就是"隔锅香"。特别是那一碗油锃透亮的老腊肉，文心志和安吉拉还没坐下就被它独特的香味给牢牢抓住了，虽然在茅台镇也吃过，到底没有农民家的柴火灶整出来的乡土气息那么浓郁、那么醇厚。

酒当然是云辉烧房的茅台烧，云辉烧房的员工家里办酒席不喝茅台烧，合适吗？

让乡亲们没有想到的，是所有人都被文一娟的酒量给镇住了。一个中外合璧的女流之辈喝酒能把酒乡的老少爷们给镇住，其轰动效应可想而知。乡亲们用多大的酒杯，文一娟就用多大的酒杯，一点也不含糊。关键乡亲们不相信解智晖的话，非要跟文一娟比出一个子丑寅卯来。

后来，乡亲们都开始怀疑文一娟是不是别的什么鸟星球下来的怪物，因为小姑娘始终没被"拿翻"；而乡亲们则被"拿翻"了一片。

只有解智晖知道"拿不翻"文一娟的秘密，因为只要文一娟找个僻静之处用手指压一压舌根，胃里的酒精便倾巢而出，然后漱漱口，马上又可以来第二轮。解智晖当然反对文一娟这样做，但是你"灰小伙"哪里管得了任性的公主呢？而且在酒乡要不要来这么一回，身体并无大碍的前提之下，"技惊四座"是肯定的。

乡亲们都说解智晖娶了一个女酒仙。

解智晖的爹妈都是老实人，他们不知道自己家娃儿跟"女酒仙"是怎么个说法，没结婚吧，人家还把娃儿带去了美国，将来要是整不成……那算是怎么一回事呢？还不敢问，怕人家笑话，于是找了个机会悄悄问儿子，解智晖想了想，说："爹呀，你能不能这样考虑问题？即便……我是说假如哈，即便将来整不成，我也没吃什么亏啊，对吧？何况，我跟文一娟已经海誓山盟了的，海誓山盟呢，爹！"

"海誓山盟？"解智晖的爹想想，说，"意思就……白头偕老了？"

"哎！你老人家这个成语用得准确，爹！"解智晖说。

"不是嘞，要不然……你问问他们家嘛，是不是干脆把酒席办了再……那什么？"解智晖的爹吃不太准，说话也只能含糊着。

"不能不能！千万不能！"解智晖的头摇得拨浪鼓一般，说，"这种水到渠成的事情哪里能由我们家提出来？爹呀，我知道什么话能说什么话不能说，而且我一定会争取一个好结果，你们安安心心管好我妹妹就行！好吗？"

解智晖的爹看看儿子，讷讷地道："不是嘛……要得嘛！"

解智晖相信因果机缘，比如，当年他选择练习健美，持之以恒各个部位的肌肉一定会膨胀成如今令人羡慕的效果；爱情也一样，文一娟千里迢迢来到茅台镇，茫茫人海之中选择了自己，只要持之以恒，一定会结出令人羡慕的果实的，一定！

解智晖牵着文一娟温暖、柔软的"红酥手"走过他出生的乡村故园时，就是这么想的。解智晖一直喜欢陆游的诗词，特别是情绪高涨的时候喜欢信手拈来装点一下自己的心情，比如现在。虽然都是红酥手，但是跟当年陆放翁写《钗头凤》的时候完全是截然不同的两种心情。

2

自从"家族会议"奖励的房子到手之后，文达德便将爹妈安排住了进去。虽然电梯、暖气什么的住着很舒适，章悦却说住不惯，关键说不出个理由，总之不安逸。最后是文心武说你妈已经习惯刀把镇、茅台镇那样有山有水有人缘的环境了，这下让文达德为了难。

你要说把这个房子卖了去茅台镇另外买一套，重新折腾一遍还在其次，关键这边刚刚尽心尽意装修好，哪里哪里都是文达德和杜鹃的心血，舍不得是肯定的。假如这边不动那边重新买，钱又捉襟见肘。看着老妈的眉头一天天的舒展不开，文达德就心痛。跟杜鹃商量一下，还是人家杜鹃的点子多，新娘新郎一个平跟一个内增高那样的邪门主意她都想得出来，就不用说安顿两个老人的正经主意了。

杜鹃说:"安伯妈之所以留在了茅台镇,除了有山有水,更重要的是有人陪她老人家玩,热闹,对不对?那我们就把爸妈送过去嘛!兄弟两个,妯娌之间亲得不能再亲的了,两边都安逸,对不对?假如你不方便去说,我去说,保准大家都安逸,你信不信?"

杜鹃一连三个问号,文达德只剩下了点头称是。其实文达德之前也想过这个路线图,只是不好意思开口去麻烦别人家,现在杜鹃都自告奋勇了,那还说什么呢?试一试总是可以的吧?

结果跟杜鹃预料的一模一样,一说一个准。凭空多一个麻将角子还自带"背光",安吉拉求之不得呢。

文心志说:"文达德啊,你们说这话就见外了!就凭亲亲的弟兄两个,根本不存在行和不行的问题。再者说,我们两个不能在爹妈还有幺太太身边尽孝的时候,不一直都是兄弟媳妇在尽心尽力地伺候着?现在好不容易轻松了,是该他们两老休息休息,享享清福了!而且……而且……"

文心志是话赶话突然想起的,言下之意不要说亲兄弟两口子过来"住一住",趁着房子的房产证还没办,直接把房子送给章悦,以感谢她一直以来对老人的尽心尽力,不都在情在理吗?只是这事需要事先跟安吉拉商量一下,不好贸然出口,这才"而且、而且"没了下文。

等杜鹃和文达德前脚刚刚离开,文心志迫不及待就把刚才的思路说了,还说:"按道理,在茅台镇买一套房子才三十多万人民币,合……五万一二的美金,文达德但凡能拿出哪怕按揭的第一笔钱,他都不会让杜鹃来开这个口。这说明什么?"

"说明什么?"安吉拉反问道。

"说明啊,"文心志想想说,"说明这个娃儿真的把'行德崇文'里面那个'德'字……已经修炼成了炉火纯青!又想孝敬爹妈,又不愿意向别人伸手,所以杜鹃才会说出一个'挤'字!'和我们挤一挤'?老太太呀,人家一个省政协的副秘书长,杜鹃也是他们单位什么处的处长,都是政府官员呢,为了让自己的母亲过得开心一点,不得已对我们说了一个'挤'字,还不要说兄弟媳妇那些年为老人家付出的功劳苦劳!我们把房子送给他们,其实就是在表彰他们的这种奉献精神,你难道不觉得……这是我们应该具有的一种态度吗?"

"哎呀！你这个人，说得我眼泪都快要下来了，我还能说一个不字？就按你说的办，不就完了吗？"安吉拉说。

"关键……你认不认可我说的这个？"文心志说。

"认可，我认可！我不光认可你说的这个，我还认可文家老太爷的那个'行德崇文'！哎，你说哈……他老人家怎么就想出来这么一个东西呢？"安吉拉说。

文心志想想说："这个很自然啊，你若是在中华文化的环境中浸泡的时间久了，你也能说出这样的话来。"

"我吗？"安吉拉说。

"当然啊！"文心志表情很夸张地说。

就这样，文心武和章悦搬来了茅台镇，就住在原先幺太太居住的、看得见赤水河的那个房间。这回方便了，安吉拉想打麻将的时候，只需要给蔡冬梅打个电话，二老太太下完那边电梯再上这边的电梯，分分钟圆起。

现在，你只要听见有人在大街上说"圆起圆起"，那就是在邀约打麻将的角子。这个旧社会就有的俗语，连安吉拉都学会了。

不光光随时能圆起，而且"背光"还整齐，文心武是章悦的背光，文诗路是二老太太的背光，文心志是安吉拉的背光，闫晓争则是蔡冬梅的背光。需不需要"背光"另说，但是配置是很整齐的。

其实就是大家凑个热闹，远远看过去人多势众、兵强马壮的样子，有理无理起一回哄，让原本平静无奇的牌局显得欢畅、热烈。说到底，就是哄老人家开心。

至于房屋赠予，文心志家两口子商量下来决定暂时不说，先等他们两口子住习惯，再把房产证办成章悦的名字了，时机成熟之后再当众宣布，也是希望制造一个"轰动效应"。

安顿好了爹妈，文达德的心算是放下了；但是，杜鹃那里还有一桩心事。

自打 2015 年一双内增高一双薄底平跟把文心香的婚事给办了，紧跟着文心香顺其自然把娃儿也生了，算是完成了传宗接代的任务。一个七斤二两的女娃儿，被陈元达的爹取名为陈慧慧，名字虽然平庸了一点，终归是女娃儿的名字，杜鹃就没有挑剔。之所以没挑剔，是因为她有别的需要挑剔的事项。

在杜鹃心里，那年生了文心香之后，其实她很想再生一个男娃儿配成一对的，不是因为"无后为大"，而是觉得一男一女才是家庭结构中最和谐的模式，天作之合。婚姻如此，生育也该如此。无奈那时候国家实行的独生子女政策不允许，这才让身为国家干部的杜鹃断了念头。

现在不一样了，国家允许生二胎了，本来"内增高"就是一种缺憾，你若是再不把二胎抓紧了办，弥补一下缺憾，那不是辜负国家的好政策了吗？浪费资源嘛！所以，从见到陈慧慧的第一眼开始，杜鹃就下定决心一定要撺掇文心香生一个二胎。而且"内增高"一定是站在自己这一边的，这个情况根本用不着去验证。

现在，杜鹃只要想起了陈元达，无论什么事情，一定都用"内增高"代称。

但是，犟脾气的文心香说什么都不干。

文心香一脸的苦大仇深，说："你把我当成什么了？妈！你想干什么的时候，我管过你吗？你不能把自己的遗憾强加在女儿身上吧？还天作之合？完全词不达意嘛！妈妈！"

杜鹃不气不恼地听着，因为她已经打好了"持久战"的主意，只要让女儿知道老娘的这个意思了就行，其他都从长计议，慢慢来。所以，当文达德和她商量两老去茅台镇的事情时，杜鹃毫不迟疑就揽了下来。杜鹃多聪明啊，她知道只要二老去了茅台镇，文达德的心一定就会跟了去，到时候自己再把陈慧慧带在身边，让文心香和"内增高"闲着没事了，不论有心无心，留下一两颗"种子"什么的，那一定是早晚的事情。

果然，文达德没多久就向她提出了去茅台镇"陪老人家"的话题。杜鹃还故意思忖一下，然后才说："行吧。"

不论语气还是表情，都有迁就文达德的意思。聪明吧？你非要说成"狡猾"也不是不可以。

自从二老太太搬去了新房子，招待所的房间就空了出来。蔡冬梅没让服务员马上恢复成客房，打的主意就是家里来人需要临时住几天了，总归是家的感觉。这回好了，文达德和杜鹃带着陈慧慧过来，换上干净床单就能住人。

陈慧慧两岁多一点，正是抱着把玩的好年纪，小姑娘也乖，一逗一个笑。当徐雨露把已经两岁的文晓凯抱过来，两个小娃儿在塑料栏杆围成的儿童游乐圈里面闹成一片时，居然让安吉拉出错了牌。每每这种时候，自然又是文达德站出来"主持公道",把安伯妈打错的牌捡回来,把该打的牌打出去。不用说,现场又是一片嬉闹……

茅台镇上,文家人的小日子在欢声笑语中一天一天过。

2017年10月18日,中国共产党的第十九次全国代表大会在北京召开。

从全国各地选举出来的2287名代表,代表着全国8956.4万党员,是当年中国人口的差不多十六分之一。跟1922年在上海召开的中国共产党第二次全国代表大会、十二名代表代表着全国195名党员相比,小数点后面的零头都是二十倍。

名副其实天下第一大党。

当年,陈独秀代表中央局所作的工作报告中,根据当时的世界形势和中国政治经济状况,制定了党的最高纲领和最低纲领。指出,中国共产党是中国无产阶级的政党,它的目的是要组织无产阶级,用阶级斗争的手段,建立起劳农专政的政权,铲除私有财产制度,渐次达到一个共产主义社会。这是党的最终奋斗目标,是党的最高纲领。为了实现最高纲领,大会同时提出了在当时历史条件下的最低纲领,那就是:消除内乱,打倒军阀,建设国内和平;推翻国际帝国主义的压迫,达到中华民族完全独立,统一中国成为真正的民主共和国。

今天,习近平代表第十八届中央委员会向大会作了题为《决胜全面建成小康社会 夺取新时代中国特色社会主义伟大胜利》的报告,大声宣告"中国共产党人的初心和使命,就是为中国人民谋幸福,为中华民族谋复兴"。

大会以"不忘初心,牢记使命,高举中国特色社会主义伟大旗帜,决胜全面建成小康社会,夺取新时代中国特色社会主义伟大胜利,为实现中华民族伟大复兴的中国梦不懈奋斗"为主题,承担起了谋划决胜全面建成小康社会、深入推进社会主义现代化建设的重大任务;事关党和国家事业的继往开来,事关中国特色社会主义的前途命运,事关最广大人民的根本利益。

相隔了95年的这两个会议,把中华民族的"独立"演变成了"复兴",正是中国共产党百年奋斗历程的缩影和写照。

3

2018年的立春日到来之时，赤水河沿岸一些叫不出名字的植物的枝头上已经新绿点点了，仿佛就是为了应一回景，为了让人们记住春天万物复苏的这个起始日。

春天突然降临的时候，能闻到空气中增加的淡淡的芬芳，不仅神清气爽，甚至还能醒醒脑，祛祛浊，解解乏，进而会萌生出投入到大自然当中去的冲动，虽然好些地方的冰凌还没有完全融化，还在初春的阳光下闪动着炫目的小亮斑。这不禁让人开始憧憬即将到来的万物复苏的美好。

春天给人们带来憧憬的同时，顺便也捎来了上一年的国考季文家三个娃儿的成绩单。现在，"国家公务员考试"被简称为"国考"，文家的娃儿扎堆参加国考，大概也是受了他们家长辈喜欢"扎堆"的影响。

民国二十六年（1937）的秋考，文心志、文大喜、文心仪和胡瓜，四个人扎堆考取了战时搬迁到湄潭县的浙江大学；无独有偶，1965年的高考季，李飞龙、文达观、徐文、文诗雨、文诗路，五个人都通过了考试，虽然最后只有李飞龙和徐文被录取，但是考试是扎堆进行的；到了2017年的国考，文家又来扎堆一回。这回全都通过了考试不说，关键都被自己心仪的单位录取了。大满仓的女儿文心华考取了文化厅，徐天媛的孙子赵千里考取了市建设局，文诗仙的儿子刘大伟考取了省体育局。

这在大清朝叫"中榜"。

那时候谁家有人中榜了，可是光宗耀祖的大事情。不仅街坊四邻要来祝贺，有些地方官也会过来恭贺一番，打的就是今后如果这人发达了，能有个关照，多个朋友多条路的主意。

光绪五年，1879年的冬月间，文家的老祖宗文理渊就曾经有过接圣旨的经历，虽然不是"中榜"，虽然没人知道"黔边盐务总局行事"究竟是个什么职位，但是不用考试，皇帝下一道圣旨就能当官，比起那些历经千辛万苦赶考的读书人，好处都不用你自己说。用老百姓的话说，这叫"通天的本事"。高兴是肯定的，也是"中榜"的心情。

现在不一样了，没有了"通天"一说。不光光要考试，之后还必须从"科员"一点一点干起，哪有上来就是"从六品"的好事情？往上走的前提还是中间你不犯错误。现如今，因为犯了错误被撸掉的官员很多，大多数都是为了钱。既想当官又想拿钱，那不行，国家有专门机构办理官员的贪污腐败案件，有一个办一个，一点不含糊。达到一定数额就往监狱里面送，无期、死缓什么的，没有一丝情面可讲。

按理，文家这几个娃儿都能风平浪静地去家族企业供职，工资高，待遇好，还不用考试。但是人家不，就要体验一回不等不靠的自信，开创一个不一样的人生。文达德觉得这样的精神值得提倡，就跟老太爷文心志商量，准备在家族会议上表彰一番。

现在的文家，文心志成了年纪最大的男性长者，还是家族会议的监事，文达德有个什么事情都会过来请示一下。

老文家人有个特点，上了年纪不痴呆。不像刘承义、张军那样谁站在面前都不认识。文心志就是这样，九十七岁的人了没一样事情糊弄得了他的，清清楚楚。

比如，文达德过来汇报，文心志就说："确实，有钱人家的娃儿不劳而获的思想很容易互相传染，这几个娃儿能够用自己的诚实劳动通过国考，当然值得嘉奖！至于……用个什么方法既奖励了精神，又不会让他们骄傲自满，你去考虑，到时候办了就行。你觉得呢？现在是你在掌火哦，文达德。"

"哪里哪里，不过是为大家服务的一个差事，你老人家负责发话，我负责跑腿。"文达德说。

"哎！可不能这样划分哈！都是为人民服务，没有谁发话谁跑腿的问题。只不过我正好有个事情要在家族会议上宣布一下，这个这个……你就抓紧安排一下吧！"你不要看文心志一辈子没当过官，来到众人之上独一无二的地位了说话自然而然也带上了官腔。

这之前，文心志已经请徐文把赤水河边那套房子的房产证办成了章悦的名字，就等待一个当众宣布的机会，现在机会来了。

为了将就文心志，现在的"家族会议"都在茅台镇进行。除了固定成员之外，文达德还将会议议程涉及的人员都通知来了，文心武、章悦、文心华、赵千里和刘大伟，以及代表"瀚海智能"的文富贵。

文心武和章悦还在纳闷，说家族会议怎么还跟他们老两口扯上关系了？文达德也不说，就憋着让二老惊喜一回。等到文心志把房屋赠送的前因后果说了一遍，还真把章悦给惊着了。只见她捂着个嘴巴半天说不出话，随后眼泪跟着就流了下来。

现场气氛让文达德都有些动情了，他跟爹妈说："伯伯和安伯妈的意思，就是要让勤勤恳恳干工作的人不会因为本分而吃亏！这说明爸爸妈妈之前为老人们所做的一切，大家都是看在眼里，记在心上的！"

"那不都是应该的吗？"文心武讷讷地道。

安吉拉把房产证交到章悦手上，拍拍兄弟媳妇的手说："章悦啊，现在反过来了哈，现在是我们家两个蹭你们家的房子住，晓得了吧？"

章悦没说话，一把抱住了安吉拉。

其结果可想而知，现场响起了掌声……

"家庭会议"的第二个议程还是奖励。

对于扎堆国考的三个娃儿，除了表彰精神之外，每个人奖励一万元，也是文家人对"励志"的推崇和褒奖。

第三个议程仍然是奖励，这回轮到了"瀚海智能"。

进入2018年，一水小字辈的"瀚海智能"已经完全扭转了局面，粗具规模。由最早的文心意和文化两个人发展成了现在一百三十多号人，把原先小微企业的那个"微"字去掉，成为名副其实的小型企业，而且卓有成效。上一年的年产值四千万还出头，利润率百分之七点三，比经营了多少年的天和酒业高出近两个百分点。如果人均，更是没法比。

文达德刚刚把"瀚海智能"的业绩列举完，文家的老辈子们不禁唏嘘，说后生可畏啊！前浪后浪啊！

所有人都知道，"瀚海智能"的这一切绝对少不了文富贵的辛勤付出；但是，所有人都不知道的，是文富贵并不愿意自己因此被表扬，因为那样就意味着自己至少暂时没法回茅台镇了。

文富贵的心早就飞回了茅台镇。《三国演义》里面的典故"身在曹营心在汉"，就是对眼下的文富贵再真实不过的描绘。

为什么呢？因为文富贵刚刚经历了一次"情感危机"。

这跟他的年纪和境况有关。

已经四十二岁的文富贵正好被"发展心理学"称为"灰色中年",也称"中年危机"。一般来说,这个年纪的男人守在老婆身边还好点,当然也有郑伟那样四十一岁守在马馨玥身边也出轨的情况。所以,"中年危机"又被以研究"从受精卵到生命终结"全过程的心理发展特点和规律的"发展心理学"称之为"男人四十综合征","是指男人的这个阶段可能经历的事业、健康、家庭、婚姻等各方面的种种关卡和危机",这是百度里面的词条。

确实,这个年纪的男人你要把他们比喻成干柴,肯定是成立的。

哪把干柴见得火吗?

实事求是说,文富贵很优秀。这是他们家二老太爷文大喜对文家人为数不多的、比较中肯的评语。把一个人随便放到哪里都能开花结果,真不是谁都具备的能力。除了天资聪慧,你还要完成勤勤恳恳、吃苦耐劳、百折不回等用来描绘努力程度的成语所规定的内涵了,才能称得上"优秀"。

但是,"男人四十综合征"毕竟是对规律的总结,意思能躲开的人不多,文富贵也没能躲开。

在跟郑伟的一竿子酒肉朋友混成了熟人之后,"应酬"自然而然便多了起来。谁都知道,假如应酬没有了"酒色"两个字,那便不叫应酬。于是,日久天长之后,在那些没有徐雨露的日子里,一个推销品牌啤酒的女娃儿便进入了文富贵的视线。

"视线"是由关注而起的,一个看上去清清爽爽的小姑娘为了推销产品能够自己把自己灌得酩酊大醉,文富贵那天晚上莫名其妙就动了恻隐之心,在把小姑娘送回到她的住处,把人安顿好了之后,文富贵随即回到了自己的住处。

就那么一次,文富贵成了小姑娘心目中的谦谦君子。

等到第二次再见到小姑娘时,文富贵居然建议人家换一个工作,还说假如她愿意,自己可以提供帮助之类。关键吧,这个时候文富贵还不晓得别人的名字。

按说第二次见面就要帮人家女生解决职业问题,你要说文富贵没一点心理活动也是绝对不可能的。正派一点分析,至少有好感。等到他们第三次见面时,文富贵就把小姑娘推荐给了"瀚海智能"主管人事的部门经理。他对部门经理说,这是一个能把自己搭进去的"推销人才"。

这个时候，部门经理需要一个名字，文富贵这次打电话从夜总会经理那里知道了小姑娘的名字——柴青兰。

后来，文富贵听说了一些掌故，据说柴青兰她爹给她取这个名字就是希望女儿能超过自己，青出于蓝。当年她爹用的就是"青蓝"二字，是长大之后的柴青兰不喜欢名字太直奔主题，自己改成了兰花花那个"兰"。

4

文富贵和柴青兰的第四次见面是在文富贵送柴青兰乘飞机去珠海履职的汽车里，柴青兰深情款款地凝视着"恩人"文富贵，没想这一"凝视"竟让文富贵突然有点尴尬了，而且胡乱想找个话题，随口就说："看来你爸爸对你的期望值确实低了点。"

"怎么呢，文经理？"柴青兰说。

文富贵本来只是想避开对方的凝视，没想对方还想知道所以然，这时候文富贵才反应过来，这个话题是他一下子答不上话来的话题，因为他了解柴青兰的背景资料是暗地里进行的，从而得知了柴青兰的父亲是一个退休工人。

现在这个时候若是把这个情况说出来或者让对方分析出来了，那还不是尴尬他妈给尴尬开门啊？还好，从一开始就居高临下的文富贵干脆再居高临下一回，就说："行啦，我们就此别过吧。"

万没想到退休工人的女儿是个倔脾气，对一直以来居高临下的文经理也倔了一回，"你以为你帮了别人的忙就可以颐指气使吗？！"柴青兰说这话之后眼睛里还出现了泪光，这着实让文富贵很诧异。

柴青兰低着头，一个大拇指毫无目地地抠着另外一个大拇指的指甲，说："你肯定不知道我认识的那些人是如何评价你对我的帮助的，他们说……他们说你送我回家的第一天晚上……我们就……"

文富贵一怔，他知道柴青兰说的"他们"是那一帮推销酒精饮料的少男少女，心想："怎么跟我那些酒肉朋友……都一个路数？！"想想挺可笑的，没想脸上的表情就是在笑，还让人家柴青兰看见了。人家那边一副泪眼到了你这边成了一脸讪笑，什么效果？柴青兰肯定一脸的惊愕嘛。

文富贵急忙掩饰，咧咧嘴，情急之中竟然捅出一句："你不会觉得那天晚上我……"

柴青兰一下子无言以对，表情由惊愕变成了愤怒，死死盯着文富贵的眼睛，半天才说："你居然……这么弱智？！"说完拉开车门、下车、打开后备厢、拿出行李、拖起行李开步走，一连串动作一气呵成，扬长而去，头都没有回一下……

等到柴青兰的身影消失在出发大厅人头攒动的玻璃幕墙后面了，文富贵这时候才感觉自己的确有点弱智。

文富贵当然不弱智，只是他想得太多了点。

第一次送柴青兰回家，看着小姑娘那么混沌、恣意地趴在软塌塌的席梦思上那样撩人的睡姿时，文富贵也心猿意马来着，心脏立马乒铃乓啷加速了好几个挡位，风驰电掣，脸上的红潮被憋得都有一点点发紫了……

最终，文富贵克制住了生理的亢奋，在悬崖边上停了下来。他知道的，这个时候假如出现点什么情况，那叫非礼，是乘人之危，是有法律后果的。但是，干柴毕竟遇着了烈火，身体内部的纠结是必然的……一个人困在悬崖边上踌躇、挣扎了好一会儿，最终还是转过身子，带上了房门。

说实话，在那样一个环境和状态之下，男人若是犯了一回错，你能说他不正常？连文富贵的那些酒肉朋友和柴青兰的小姐妹们都觉得是再顺理成章不过的事情，若是跟文富贵一样选择转身离开，那一定是正邪两股力量在你的体内拼得遍体鳞伤的结果。

很多时候，错误和正确之间仅仅隔着一个念头。

回家的路上，当文富贵摇下车窗，任凭午夜的凉风肆无忌惮地抽打自己的脸庞的时候，他居然感觉到了庆幸。他大概是在庆幸自己的出淤泥而不染，庆幸自己艰难地捍卫了一回"良知"。

后来，当柴青兰得知送自己回家的男人是个有家室的老板，同时听到夜总会那些灰暗的灯光底下能把活人说死的风言风语之后，暗自决定要好好感谢文经理一下，至于如何感谢，她还没想好。

没想第二次见面人家竟然提出要帮助自己跳出"火坑"，这让柴青兰那些事先设计好的恭维话一句都没说出来，愣在那里使劲回忆他们之间究竟还发生过什么。等她确定了什么都没发生过之后，小姑娘心里突然冒出个大大的惊喜，原来"侠肝义胆"不仅仅是小说里面才有的性格描绘，生活里面也有真人！

所以，当柴青兰和文富贵在独处的汽车里面即将分别的时候，小姑娘的"深情款款"被文富贵理解偏了，这才导致柴青兰原先一直叠加起来的"美好"瞬间崩塌，紧跟着扬长而去。

也好，文富贵后来想。

他之所以把柴青兰安排去珠海，就是怕自己抵御不住诱惑，让郑伟家那样的悲剧在他们的家庭里重演一回。与其像郑伟那样被"剥夺婚姻权利"多少多少年，只能隔靴搔痒般牵挂郑改革，哪里能跟自己把文晓凯抱在怀里想怎么亲热就怎么亲热的淋漓尽致相提并论？

等文富贵回到茅台镇的家，怀里抱着文晓凯在沙发上舒舒服服地半躺着，左边徐雨露依偎着，右边小酒花依偎着，一家小四口有说有笑的时候，文富贵不禁由衷地为自己点了一回赞，嗯！！！

文富贵后来为自己总结过，假如你真打算做一个正人君子，除了心里面要有一杆衡量得失的"秤"之外，你还要主动避开那些能让人心旌荡漾的深灰色场景，同时，还要有一颗经得起撞击的心脏。

至于未来，至少文富贵的心已经扎根在了茅台镇。

春天里，文达德和杜鹃带着陈慧慧到茅台镇来"腾空间"一眨眼已经四个多月了，中间过年的时候，文心香和陈元达来过茅台镇。现在文家的年夜饭改在了茅台镇，贵阳的娃儿都汇拢过来，老人家在哪里，"年"就在哪里过。

因为受老外婆的长时间灌输，陈慧慧居然学会了在文心香面前说"要一个弟弟"这样的小大人话！一开始文心香还埋怨她妈,说你把娃儿都教成什么了？

杜鹃就说："教成什么了？你总不能禁锢人家小娃儿的思想吧？不过人家也没有说错啊，有个弟弟一起玩耍，一起成长，有什么不好吗？'想要一个弟弟'是现在嘞，计划生育那些年你想都不用想！否则我们家会只有你这么一根独苗？按照你爸爸当年的雄心壮志，两个三个……只是个基本数字，你以为喽！"

文心香懒得跟她扯那些闲皮，扭头回了自己的房间，关了门还听得见杜鹃在外面喊："趁着年轻还能生，千万不要耽误了大好年华！"

"妈说的也不是没有……"文心香刚刚躺下，陈元达又开始嘟囔，而且语速很快，生怕还没表达清楚就被叫停。

"你住嘴！"文心香果然喝道，"约起伙伙是不是？！"

陈元达急忙说："那倒是没有……"

"咦——"文心香苦着个脸，说，"你们啊，让我清净一哈哈就么困难吗？！"

"不难不难！你清净，你一个人慢慢清净！"陈元达说着溜了出去。

屋里就剩下文心香一个人了。只见她闭紧了眼睛，一脸的不痛快，好半天了睁开眼睛想想，自言自语道："一男一女？咦！要是像《秋菊打官司》里面那个巩俐那样，'一撇腿一个女子，一撇腿一个女子'，我看你们咋个办？！"

功夫到底不负有心的人，夏天快要结束的时候，杜鹃终于从陈慧慧的嘴巴里听到了"妈妈有小弟弟了"的消息。她马上拨通了陈元达的手机，第一句话就说："怎么个情况啊？"

陈元达电话那头的声音都是喜笑颜开的，他知道丈母娘问的是什么，就说："妈呀，我们已经找医院的熟人确定过了，人家说大概率是个儿子……"

"什么叫大概率？"杜鹃十分严肃地打断对方。

"哎呀……就是老百姓说的八九不离十，妈！虽说现在放开了二胎，但是用科学手段鉴定性别还是被禁止的，所以……医生特别叮嘱，喊不要到处去讲！"陈元达压低了声音说。

"行了，我去跟你爸爸说！好好照顾文心香哈！"杜鹃没等那头答应一声就挂断了电话。

等她第一时间找到文达德，把情况说了，文达德什么都没说，只是身体右倾，右手捏着拳头用了一回力。

文达德当官那么多年了，有些时候需要掩饰自己的情绪，同时又还需要抒发一下的时候，都是这个动作。

因为心情好，也算庆祝一下文心香再次怀孕，那天晚上文达德夫妻两个过了一回夫妻生活。

在茅台镇弄这事很艰难，必须先把陈慧慧踏踏实实哄睡着了，然后再蹑手蹑脚地进行；其间哪怕陈慧慧翻个身或者梦呓一两声，都有可能让他们的努力前功尽弃。六十多岁的人比不得从前了，弄一回少一回。

5

把"家家都有一本难念的经"这句老话放到2018年人人丰衣足食的中国社会，大概主要是指精神层面的"经"，比如，郑改革家。

郑改革现在的家庭关系比较简单。自打爹妈离婚把个好好的家整成了单亲家庭，他母亲马馨玥虽然一直有个"相好"，曾经也有过再"续"一回的想法，只是每每这种念头出现的时候，同时会产生出"郑改革如何如何可怜"的联想。她跟儿子交流过这个问题，郑改革就问她想那么多干什么？但是马馨玥就是放不下。

于是，马馨玥一次一次地"放不下"就把自己拖成了人老珠黄。这倒是简单了，母子两个相依为命，既没有了多一个男人会产生的烦恼，当然也没有了小三口在一起该有的温馨。马馨玥也想通了，说老几十岁懒得再找个老者回家来伺候，还说那都是命，人啊，千万不要跟命犟。

但是，最近传来的一个关于郑伟的消息，在他们这个单亲家庭扎扎实实又掀起了一回波澜。

消息是文富贵从郑伟他们那个小圈子得知的。据说郑伟最近升格了，把旧社会一夫多妻的制度移植到了他们那个家。

也不知道已经五十七岁的郑伟是如何考虑的，居然让两个女人住到了同一个屋檐下。

那年，第三者俞芳霏插足的时候只有二十八岁，没想到十七年之后自己也迎来了另外一个插足的第三者，年龄也是二十八岁，还居住在一个屋里，真不知道被谁捉弄了。

插进来的这个女生叫金桂花，一听就是个乡下名字。金桂花据说是个黄花闺女，至少没结过婚，虽然这一次来到郑家也没有婚姻关系作为保障，但是郑伟拍胸打肚在金桂花面前发过誓，说一旦政策允许，一定给金桂花一个名分。郑伟跟"第三者"胡诌，说政策也许会变，就好比原先国家的政策是"独生子女"，后来不也允许生二胎了吗？一样。

金桂花的家在乡下，他爹假如不是慑于国家的九年义务教育的法律威严，估计连初中都不会让她读完，因为他们家要把有限的人力财力都倾向于金桂花的兄弟。

文化程度不高直接导致金桂花的理解能力不足。你要说金桂花完全没听懂郑伟说的话吧，也不，将信将疑。反正跟老大俞芳霏的待遇一模一样，分不出高低上下，这才是金桂花最关心和看重的。

金桂花最早来到郑伟家的身份是保姆，才一年多便登堂入了室。为此俞芳霏也哭过也闹过，只是因为自己没有独立自主的经济地位，最终只能听从当家人的摆布。细想想，假如真要去告发自己家男人一夫多妻，没有证据不说，假如郑伟真要被国家法办了，她跟女儿如何生活？不是有句话吗？好死不如赖活着。再者说，金桂花终归是个乡下人，方方面面都没法跟自己比，时间长了也许郑伟还会变回来，俞芳霏于是就忍了下来。

金桂花呢，一开始颐指气使的俞芳霏最终被整成了平起平坐，单单心理满足就足够她接受眼前这个现实的了。虽然炒菜做饭一样不少，至少现在都是以"二女主人"的身份进行的，心里感觉完全不一样，金桂花就是这样自己开导自己的。现在不兴小老婆二太太什么的，总比当保姆的时候强。

郑伟呢，跟金桂花有一腿完全是"旧病复发"。好比一个惯偷被释放出狱，假如没人管理，他大概率还是会去偷东西，因为他只会这一门手艺。郑伟就是这种，虽然见着郑改革的时候也会痛心疾首谴责一下自己的当初，仅仅一转脸，该干什么还干什么。而且吧，人处于支配地位的时候，什么都想尝试一下，幺蛾子一个接着一个。跟保姆来一腿是第一个幺蛾子，紧跟着的第二个幺蛾子就是让她们生活在同一屋檐下。郑伟也是破罐子破摔，执意要体验一回中国电影《大红灯笼高高挂》里面，男主人公今天大房点灯，明天二房点灯那样的随心所欲。

在旧社会，政府睁只眼，闭只眼的时候大房二房没人管，现在都2018年了，那还不是自己找法来违吗？郑伟当然也不憨，精心谋划把人物关系处理成男主人+保姆，既然把俞芳霏都搞定了，这件事自然就没有了障碍。

但是，让郑伟万万没有想到的，是他的"障碍"竟然是他嫡亲的儿子——郑改革。

当文富贵听到郑伟跟保姆有一腿传言的时候，心想不过是狗改不了吃屎，再说他跟文家已经没有了关系，就没在意。等到传言升级成了"大房、二房"

了，鄙夷之余，文富贵突然想起了郑改革。假如郑伟这个事情最终整成了违法乱纪，进而被法律处置一下，最后再牵连到郑改革，那才是害人害己啊！自己不说去干涉别人的私生活，至少要让郑改革晓得这个事，以免以后人家说你知情不报，贻误战机什么的。假如郑改革有办法治一治他那个无法无天的爹，自己这应该也算是"路见不平一声吼啊，该出手时就出手啊"嘞！

文富贵跟郑改革一五一十把事情说完之后，郑改革那张脸上红一道绿一道的，显然被气得不轻。

文富贵见状赶紧疏导，说："改革啊，我这里虽然是路见不平，但是你一定要有理有节哈！他毕竟是你的亲爹，对吧？把事情处理好了就行，千万不能出什么乱子哈！"

"你放心，富贵。"郑改革虽然还在犟着个劲，但是声音已经平和一些了。

想想郑改革有勇有谋地去建设银行入职至今，至少是一个想清楚了才会出手的"理智男"，文富贵也就放心了。

文富贵真没看错人，人家郑改革就是个"理智男"。

就在他决定收拾自己的亲爹之前，居然想起了同父异母的妹妹郑鸳鸯。假如……收拾过程中哪怕是无意伤害了这个从未谋面的妹妹，不恰当嘞！郑改革想。时年十七岁的郑鸳鸯正值高中二年级，如果因此再导致人家耽误了高考，这种事情媒体时有报道，那就成了罪过了。

于是，郑改革等到郑鸳鸯放学的时候在学校门口拦住了她。

郑改革虽然没有见过郑鸳鸯，但是郑鸳鸯在他爹的抽屉里看见过郑改革的照片，那是郑伟请建行的老朋友偷偷拿走的郑改革端着"先进工作者"奖状的照片。没等郑改革开口，人家郑鸳鸯就开口喊了一声："哥？！"

那还说什么呢？本来就是清清楚楚、嫡亲的血缘关系。只不过一个嫡一个庶。

在郑改革的计划里，先来一回兄妹相认，为的是后续假如在他们家兄妹二人见面了，不会唐突。

郑改革就近找了家饭馆，请郑鸳鸯吃了一顿午餐。看着妹妹喜形于色的那张笑脸，郑改革暗自下决心哪怕就为这个天真烂漫的小妹妹，也一定把这件事处理稳妥。他灵机一动，马上用手机和郑鸳鸯来了一张手比V字的合影，同时，临时决定把摊牌的地点改在了郑伟他们单位，原先他的计划是当着"大房、二房"的面。

郑改革是第一次来到郑伟的"董事长办公室",跟自己的那间办公室相比,一个天一个地。所有老板办公室该有的设施和陈设,什么"海纳百川"的条幅啊、"宁静致远"的碑刻摆件啊,郑伟这里一样都不少,很堂皇,很气派。

刚刚接到儿子电话的时候,郑伟先是一惊,没想眨个眼睛郑改革就推门进来站在自己面前了,才知道人家的电话是在走廊上打的。现在儿子就杵在大班台前面一言不发地盯着自己,因为不知道对方想干什么,郑伟心里难免扑腾。

憋了半天觉得不是办法,于是开口说话:"改革啊!你……"

郑改革没等对方把话说完整,一抬手,巴掌冲着亲爹,然后从口袋里拿出手机,找出那张和郑鸳鸯合影的照片,亮在了郑伟眼前。

郑伟一看,瞪大了眼睛,说:"你们……"

郑改革的巴掌又一次对着了亲爹,郑伟有些难堪,只是还得撑着,于是皱紧了眉头……

"爹!"郑改革说:"我喊你一声爹,是因为你造就了我的肉体!但是,你真的不配当我和郑鸳鸯的爹,因为你玷污了这个称谓!导致我和妹妹在家人面前、在外人面前全都抬不起头来!!都2018年了,爹!你居然……在家里搞什么大房二房?!你难道不觉得羞耻吗?你难道不觉得那是在侮辱郑鸳鸯的母亲以及另外那个女人吗?你难道不觉得……跟我们这个时代格格不入吗?!爹呀!你已经毁了之前我们那个家庭了,难道你还要继续毁了郑鸳鸯的家庭吗?醒一醒吧,爹!你自鸣得意的那个事情,在家人、外人,包括全体人,中国人,甚至外国人,在所有人的眼里都是耻辱!都是垃圾!!"

郑伟脸色铁青,一屁股坐到他那张气派的大班椅上,嘴唇微微抖动着,说不出一句话。

"你知道吗?我之所以来这里和你摊牌,是因为我不想让郑鸳鸯……再受到伤害!你懂不懂?!"郑改革把最后这四个字说得铁板钉钉一般,完了转身离去。

整个过程中,郑伟没捞着一句完整的话说。现在人家走了,郑伟的脸开始扭曲起来,随之崩溃……

后来，文富贵听说郑伟生了几天病，之后花大价钱辞退了保姆金桂花，据说体重还减轻了好几斤。等见到真人时，郑伟脸上仍然残留着大病初愈之后的虚弱，跟之前的耀武扬威判若两人。文富贵心里琢磨，狗日郑改革不晓得用了个什么办法哈！

至于郑改革，有一天他把郑鸳鸯带回了自己那个家，导致所有人目瞪口呆。还是老外公马伟泊反应快，人家到底经历、阅历都丰富，一听说是妹妹，拉住小姑娘的手就往客厅里走，等把客人在沙发里安顿好了，侯雅蓝的脑筋也通顺了一些，过来挨着郑鸳鸯的另外一边坐下，还没开口眼泪哗哗就开始转悠，要不是马伟泊把她支去倒茶水，没准当即就会哭一场好的。

只有马馨玥，一个人站在门边的鞋柜边上，就那么一直看着郑鸳鸯的一举一动。

郑改革马上过去，背过身子压低了声音说话："人家是客人哈，妈！你必须有老辈子的样子哈！"

马馨玥这才如梦初醒，过去接过老妈手里的茶杯来到郑鸳鸯身边坐下，轻声说："叫个什么名字啊？"

郑鸳鸯没敢抬头，说："郑鸳鸯！"

"鸳鸯哈？好听嘞！"马馨玥将茶杯递过去，说，"你喝水。"

郑改革说："这是我母亲。"

郑鸳鸯马上欠欠身体，说："阿……阿姨好！"

马馨玥想想，说："好像……不应该喊阿姨哈？"

郑鸳鸯一怔，来之前她设想过眼下这个场面的，当中唯独没有这么一个段落，顿时不知道如何是好，赶紧看郑改革。

"也是哈……"郑改革抠抠并没有任何情况发生的下巴上小胡茬那儿，应该是在想办法，等到有了主意了，说，"也对，你都喊我叫哥了，那就……跟着我喊妈？你自己定！"

郑改革最后这句话，让所有人的目光一下子都集中到了郑鸳鸯身上。只见小姑娘看看马伟泊，马伟泊给以鼓励的微笑；再看看侯雅蓝，侯雅蓝夫唱妇随都一辈子了，这次当然也不会例外，也跟着笑笑。

之前，郑鸳鸯除了听郑改革讲述他们家长辈的故事之外，还听过母亲讲述的版本，两个版本一融合，孰真孰伪便有了个眉目。现在女主角甲竟然让自己喊她叫妈，不是不行，只是有点别扭。作为女主角乙的女儿，替自己的母亲弥补一下早年的过失也不是不可以，只是这一切来得太突然了，让这个高中二年级的女学生有点不知所措。还好，两个老人家那么温馨的笑容最终鼓舞了她，加上对方确实也是自己哥哥的母亲，一定意义上那也是自己的母亲嘞！

绕了这么一大圈，郑鸳鸯捧着马馨玥依旧端着那杯茶水的手，眼睛盯着茶水喊了一声："妈妈！"

也不知道什么原因，郑鸳鸯喊完之后眼泪马上涌了出来，汩汩地顺着脸颊往下滚……

刚才就准备哭它一场的侯雅蓝自然顺水行舟，也跟着哭了起来。

在一旁的郑改革突然发现老妈手里的那杯茶水成了抒发情感的障碍了，急忙过去接了过来。

这回好了，马馨玥一把抱住顺势倒向自己的郑鸳鸯，痛痛快快地大哭起来……

站在一边的郑改革算是看明白了，每个人都有自己充足的、落泪的理由，而且都恰到好处。

第七十六章

1

"大家都知道,今年,2018年是我们国家改革开放四十周年的喜庆时刻。从当年的'摸着石头过河',到今天经济总量稳居世界第二,中国人民在迈向民族复兴的道路上砥砺前行,终于走上了康庄之衢。随之而来的,当然是老百姓生活水平的不断提高。我们今天这个神仙会,就是要说一说大家都看得见的,国家进步以及老百姓生活的方方面面。好吧!"文达德的这个开场白,虽然离开领导岗位好多年了,仍然印刷体十足。在什么位置上待的时间一长,习惯就成了自然,自然而然就留下了烙印,"官腔"的烙印。

神仙会是重阳节这天,2018年的10月17日在茅台镇上老太爷文心志送给章悦的那套电梯房里召开的。

原先有人提议跟早先二老太爷文大喜设计的那样,找一家饭馆连开会带吃饭,什么都不用操心。是文心志说还是在家里好,开会跟二老太太她们打麻将两边都不耽误,多好。文达德第一个跳出来表示同意,他是拎桶桶的,大家自然没有意见。只是文达德把这一次的神仙会做了一点改进,把原先"三足鼎立"的规模改成了九个人,除了文心志、马伟泊、闫志国三个老者,还另外邀请了文涛、刘锦瑟和秦晓龙,加上早前已经报名的徐文、闫晓争和他自己,神仙会第一次整成了"扩大"了的规模。

文达德把秦晓龙邀请过来,是为了体现文家这个大家庭的代表性。最早他喊张土改,张土改说他要照看张旗帜家张路线,这才改成了秦晓龙。秦晓龙一听是去茅台镇,都没听清楚是个什么会,马上就应承下来。为什么呢?因为有茅台烧。

九个人当然热闹得多，你一言我一句，话题自然也源源不断。

徐文率先举手，说："我先说一点哈，现在啊，人与人之间不比谁家吃得好了，而是看谁家吃得少还身体健康，这比'吃得好'难得太多，不是一天两天看得到效果的事情。这是我的观点哈！"

"我来我来，"文涛跟着提出了一个新观点，他说，"现在人们的观念啊，跟我们家文知辉老太爷那个时候，简直发生了本质的飞跃。我们家老太爷那时候吧，有了多余的银子就去印书，然后免费分发给想读书而没钱买书的人，这叫福荫乡梓。现在呢？今年二月份的事情，中国第一颗私人卫星'风马牛一号'发射任务圆满成功；这还没完，4月5日，北京的一个叫作什么哦……反正是个民营公司研制的，叫个什么……'双曲线一号S火箭'在海南航天发射场发射升空，你看看，中国第一枚民营航天火箭发射成功了。哎呀！你们说，现在的有钱人不再干送书那么简单的事情了，玩上高科技了！你说这个世界变得！"

文涛话音刚落，秦晓龙就接上了，说："既然大家都是有感而发，我喜欢开车，我也说一个事情，而且跟我们贵州有关。年初啊，贵阳到遵义的高速公路复线……大家想想看，一条高速公路也就罢了，现在又来一条复线，说明什么？"

"说明国家钱多啊！"刘锦瑟抢着说。

"对了！"秦晓龙说，"不仅如此，重庆到贵阳的渝黔快速铁路也是两个城市之间的复线，也是年初通的车！说不定啊，过一段时间再来一条高铁，哎！到时候你去四川都不晓得该选哪条线路了，选项太多！太密集！"

"那个简单，"马伟泊说，"你就选一条时间最短，价格最低，过程最安全的线路就是！"

"马叔啊，恐怕没有你老人家说的这个哦！时间短，一定就贵；价格低，一定就慢。现在是市场规律，你只能占一头！"刘锦瑟说。

"要不然……我们再等等看？说不定过几年就会出现马叔说的这种好事情了？时代变化太快，我们谁也说不准明天会是个什么景象。对吧？"文达德说，"耶！二叔，马叔，闫叔，咋个都是我们年轻同志在说嘞，你们三个老人家也要说说嘞。"

文心志摆摆手，说："你们说你们说，我们听一听就受益匪浅了！"

马伟泊说:"我们都说了那么多年了,现在该你们了!"

"还真是!"闫志国说。

"那……哈哈哈哈!"文达德笑笑说,"我也说一条嘛,美国啊,最近啊,对我们国家的贸易战……看来越演越烈哦!二叔,你算个中间人,什么原因呢?我觉得吧,就是生怕中国超过了他,跟早些年打压日本一个样!日本人怂,认栽,但是中国人不认啊!凭什么呢?你自己发展成超级大国可以,别人发展就不行?就要打压,强盗逻辑嘛!黑帮逻辑嘛!二叔,你说是不是?"

文心志点了一下头,说:"美国嘛……一直都是世界警察,习惯了。谁不听话,就修理谁,跟美国电影里的那些警匪勾结的警察是一回事。但是,这回他遇见不信邪的中国人了,就好比美国电影里的超人啊、蜘蛛侠什么的,不听他那一套!这就麻烦了嘛!我估计啊,中美之间这样的摩擦一直要持续到美国人重新认识中国之后。美国人也不是憨包,当他们发现对中国无能为力、毫无办法的时候,他自己一定会找一个台阶下!"

"你们看看,我们家二叔到底是半个美国人,分析得头头是道吧?"文达德说。

"我也说一点嘛,"闫晓争笑笑说,"我是搞贸易的,就说说下个月即将开幕的'中国国际进口博览会'。大家都知道的,我们国家以出口为主的'广交会'已经举办了……六十年还多了,现在又来一个纯粹进口的博览会,这表明了我们国家整体发展的巨大变化!原先求爹爹告奶奶地往外推销,现在不了,把你们最好的东西都拿来看看,我们买!气很粗啊!要不是美国人搞贸易战,我们需要购买的东西还要多,好长的清单呢!"

正说着,张孃过来跟文心志耳语,文心志说:"张孃问大家什么时候开饭?"

"不忙不忙!"刘锦瑟连忙摆手,说,"大家讲了都一轮了,既然还没有发生的事情也可以讲,那我也讲讲即将通车的、规模宏伟的港珠澳大桥!这个月24日就通车,文达德你这个神仙会怎么不等到通车之后再开吗?开玩笑开玩笑!港珠澳大桥啊,太厉害了!还没开通就已经创下了若干个世界之最,全长55公里,比贵阳的二环路还要长,是世界上最长的跨海公路大桥,还有综合难度最大、世界上最长、最深的海底隧道等,总之都是世界第一!而且嘞……"

2

安吉拉一听说老伴有了"修族谱"的念头,都没弄清楚究竟是个什么事情,马上举双手赞成。她说管他是个什么事情,总之让老同志有个事情干就行。

现在,安吉拉称呼文心志为"老同志",也是被中华文化熏陶久了的结果。

文心志的"修谱"念头源自在网络上浏览了一个叫"万家姓"的网站,他被网页题头的一句"寻根问祖传精神"的口号吸引住了。

现如今,网络世界里面的万千气象是文心志打发在茅台镇闲暇时光的最佳方式。随着安吉拉麻将技艺的炉火纯青,绝大多数时候已经不再需要"背光"了。有时候不仅不需要,还会嫌有人在背后多嘴多舌不清净。文心志也巴不得,这就让文达德给他准备的一台笔记本电脑派上了用场。浏览一段时间下来,文心志对于"寻根问祖"的兴趣最大。在浏览别人家姓氏前因后果的同时,竟然就勾起了自己也打算寻觅一下自己家姓氏来龙去脉的兴趣,并在第一时间把文达德喊了过来。

文心志说:"达德呀,我是这样想的,我们文家吧……虽然没有别人家上千年那样久远的族谱可以追溯,但是吧,文家今天的后人总应该了解一下自己的祖先是谁,祖先都干了些什么事情,对吧?总不能数典忘祖吧?"

"伯伯,只需要你老人家一句话,我们去冲锋陷阵就是嘛!"文达德拍拍胸脯说,"不要说修族谱,修什么谱,都是你老人家一句话的事情!"

"那……这个事情我就交给你了?至于如何修,我那里好几个网站说得清清楚楚的,不就是照葫芦画瓢嘛。"文心志说得轻描淡写。

早就习惯了自己单位的领导颐指气使的文达德一直都顺着"领导"的意思走,现在也不例外,就说:"好!剩下的事务性工作就交给我了,需要什么人参与,我会通知他们。你老人家放心就是。"

"哎呀!啧!"文心志先复式感叹一回,然后说,"确实,要不然那年二老太爷绕来绕去非要让你来提这个桶桶,不是没有道理的啊!行行行,这回我就放心了!"

打从那天起,文达德就让自己进入了"修谱总编撰"这样一个新角色。文达德就是这样，把退休之前一丝不苟的工作作风延续到了退休之后的家庭事务当中。"修谱"，也修得一丝不苟。

先是浏览、研究人家的族谱，不过是照葫芦画瓢的活路，这对于退休前省级单位的秘书长不过是小菜，麻烦一点的倒是文氏家族的前因后果，来龙去脉，你要一样一样去了解，然后再一样一样去落实。好在现代通信工具多而且好用，号码找到之后，电话、微信、QQ、电子邮件……最不济写一封信让快递公司跑一趟，总能找到当事人。

文家的历史真还到不了"祖先"那样的等级上，这是文达德研究一圈下来得出的结果。

从文家现在最小的孙子文晓凯那里往上数，他爹文富贵，祖父文达观，曾祖父文心武，高祖文大同，天祖文知辉，烈祖文理渊，再按顺序往上是"太祖""远祖""鼻祖"等；文达德只是听天祖文知辉大致提起过，说当年因为烈祖文理渊的爹，按照中国人的规矩应该称呼为"太祖"的那个老人家，当年因为多喝了点老酒而出溜了一句对皇上大不敬的话，被投入死牢的当天晚上就悬了梁；因为怕被株连，怕被灭九族，直接导致家里人四分五裂，各奔东西，从此便灰飞烟灭。连这个老人家的名字都没有流传下来，那是大清朝光绪年间的事情。所以，文家的谱系往上至"烈祖"便戛然而止。

从烈祖文理渊到刚刚满四岁的文晓凯，一共才七代；一丁一卯全都算上，人数确实少了点。真要这么因陋就简硬整成一个族谱，单薄得拿不出手不说，内容也没什么嚼头，丧失了耀祖光宗的初衷。文达德把这个情况汇报给文心志的时候，同时提议把老太太刘彩云家那一支也顺便捎带上，不但增加了族谱的厚度，也是"团结一切可以团结的力量"的思路。

"你老人家觉得呢？"文达德问道。

文心志想想，说："好像……族谱没有记录母亲那一支的说法哈？但是七代人……确实也少了点哈，你的意思……"

"其实啊，伯伯，就是一本家里面的……叫纪念册？或者叫其他什么册，只要不叫族谱，不就顺理成章了？你想嘛，打开一本书，内容丰富，数据翔实，既是族谱的形式，又不局限于族谱，大家看了都高兴，多好？"文达德说。

"那……你的意思叫个什么谱呢？"文心志说。

文达德想想，说："叫册，'文氏家族……纪念册'？你看怎么样？"

文心志一拍大腿说："你是总编纂，你说了算！"

《文氏家族纪念册》：

"一、溯源：

1876年（光绪二年），文氏烈祖文理渊由安徽滁州逃难到贵州遵义的刀把镇，于次年正月二十一迎娶刀把镇乡绅蔡好仁之女烈祖母蔡花蕾为妻，从此定居于刀把镇。后迁往遵义、贵阳、茅台镇等地，繁衍至今。"

（至于为什么逃难，以及往上一辈为什么在监狱里悬了梁等不便张扬的负面情况，反正也不清不楚的，干脆省略了，免得别人刨根问底，关键还没办法解释。）

"二、源流：

1877年（光绪三年）阴历十一月二十八日（阳历1878年1月1日，元旦。注：阴历、阳历跨越两个年份），天祖文知辉出生。

1878年9月（光绪四年），烈祖母蔡花蕾的父亲蔡好仁去世，享年三十六岁。

1879年（光绪五年）11月15日，双胞胎兄妹文知礼、文知琴出生。

1894年（光绪二十年）阴历腊月初一，天祖文知辉（17岁）和茅台镇天和酒业东家刘天和的长女天祖母刘彩云（19岁）成亲。

1894年（光绪二十年）11月6日，天祖母刘彩云生下高祖文大同。

1895年（光绪二十一年）初，天和酒业东家刘天和死于烧房大火；之后，天祖文知辉开始在天和酒业原址上创建云辉烧房，两年后完工，成为茅台镇最大的烧房。

1896年（光绪二十二年）夏天，二天祖文知礼（17岁）和二天祖母赵青梅（16岁）成亲。

1897年（光绪二十三年）农历正月初十，天祖母刘彩云生了一对双胞胎姐弟，女儿取名文珠、儿子取名文龙。

同年三月十六日，二天祖母赵青梅生下了一个女儿，取名文霏霏。

同年端午节前的四月二十九日，天祖文知辉由茅台镇回遵义，半路上捡了一个饿得濒临死亡的男娃儿回来，因为无名无姓，请郎中马神仙根据身高摸骨确定了一个年纪为四岁，另外定了一个名字叫徐子，生日定为捡到那天的阴历四月二十九日。

同年十月十九日，烈祖母蔡花蕾的母亲蔡老夫人在刀把镇去世，享年五十七岁。

1900年（光绪二十六年）三月，文龙（三岁）因患天花夭折。

1902年（光绪二十八年）阴历六月初七，文家大宅在贵阳落成，举家迁往。

1903年（光绪二十九年）二月二十五日，天祖母刘彩云的兄弟刘青云（25岁）和广东女子林家漪（19岁）成亲。

同年阴历七月二十二日，二天祖文知礼娶柳月红为二房姨太太。

1904年5月3日，二房柳月红生下一个儿子，取名文德范。

同年阴历六月初七，林家漪生下一个儿子，取名刘广黔。

1908年（光绪三十四年），光绪皇帝驾崩，天祖文知辉由于坐拥财富，被地方巡抚衙门任命为'官钱局'副总理。"

（文达德认为，不论新社会、旧社会还是大清朝，能当上省一级政府的部门官员，只要不做坏事，总是家族中值得骄傲的事情，应该记录在案，以昭示后人。）

"1908年，阴历八月十六日，林家漪生下一个女儿，高大脚为之取名为刘秀珍。

1911年（宣统三年），孙中山先生领导的辛亥革命推翻了大清朝，天祖文知辉被新成立的贵州地方政府任命为财政部长。

1912年（民国元年），阴历八月十二，烈祖文理渊去世，享年五十五岁。

1913年（民国二年）春天，孙荷花（小眼睛）作为侍女来到文家。

同年农历五月十八日，林家漪生了第二个儿子，天祖文知辉为其取名刘承义。

1915年（民国四年）春天，文珠（18岁）出嫁到何家，新郎何子豪19岁。

同年六月，云辉烧房的茅台烧在美国旧金山举行的巴拿马万国博览会上获得金牌，耀祖光宗。

1916年（民国五年）2月，高祖文大同（21岁）和高祖母金雨天（25岁）在上海成亲。

同年农历三月初七，天祖母刘彩云生下第二个儿子，取名文大喜。

同年冬月十五，高祖母金雨天生下一个女儿（文家的第四代），取名文心仪。

同年冬月二十五，二天祖文知礼（37岁）娶周慧敏（28岁）为三房姨太太。

1921年（民国十年）腊月初二，高祖母金雨天生下一个儿子（文家的第四代男丁，长房长孙），天祖文知辉取名文心志（曾祖）。

1925年（民国十四年）农历七月初五，高祖母金雨天生下第二个男孩，天祖文知辉取名文心武（曾祖）。

同年阴历九月十四，茅台镇刘家儿媳，刘广黔的妻子生了个儿子（刘家第三代），取名刘和天。

1926年（民国十五年）三月，孙荷花（小眼睛）嫁给茅台镇云辉烧房的马大宏为妻。

1927年（民国十六年）冬天，二曾祖文德范和曾祖母谢知雨用他们自己的方式结为夫妻。

1928年（民国十七年）1月18日，曾祖母谢知雨生下二老太爷家第四代，女儿，烈祖母蔡花蕾为之取名为文心雷。

1932年（民国二十一年）初，天祖母刘彩云的母亲高大脚去世，享年74岁。

1935年（民国二十四年）11月7日，曾祖母谢知雨生下一个儿子，烈祖母蔡花蕾为之取名为文心宽。

1939年9月23日，抗日战争之第一次长沙会战中，文珠前夫——隶属于国军第十五集团军第七十九军的何子豪战死在湖北桃树港。

同年11月7日，二曾祖文德范在河北阜平击毙日军中将阿部规秀的黄土岭战斗中牺牲，时年35岁，牺牲时系八路军晋察冀军区一分区（司令员杨成武）下属二团副团长。"

（要是早些年，文达德肯定不会把"何子豪"放进家谱的，一来他是文珠的前夫，可有可无；二来他是国民党，反动派呢，躲都躲不及。现在不一样了，国家把抗日战争中牺牲的国军将士跟牺牲的八路军将士一视同仁，都是为国捐躯，都是民族的荣光。）

（文德范就不用讲了，共和国的烈士，国家的历史都有他浓墨重彩的一笔，何况家族的纪念册？)

"1940年（民国二十九年）农历三月初一，文珠（44岁）和徐子（47岁）结为夫妻。

同年阴历十二月初八，文珠产下一女婴，天祖文知辉为外孙女取名为徐天媛；文珠因难产去世。

1942年（民国三十一年）6月21日，烈祖母蔡花蕾去世，享年81岁。

同年阴历六月初二，天祖病重，早已经和马大宏解除婚约的孙荷花（小眼睛）为冲喜嫁给了天祖文知辉。

1943年（民国三十二年）5月8日，文心仪出嫁，男人叫李东海，老家在遵义南北镇。

同年6月18日，丫鬟钱彩珠（32岁）由高祖母金雨天做媒，嫁给了鳏夫徐子（50岁）。

1944年（民国三十三年），徐子被派往茅台镇出任云辉烧房掌柜，认马伟泊（孙荷花前夫马大宏典妻生的儿子）为干儿子。

1945年（民国三十四年），在美国攻读博士期间，二高祖文大喜娶同学柳文君为妻；曾祖文心志则娶了个美国媳妇，叫安吉拉。

1946年（民国三十五年）1月10日，钱彩珠生下一子，徐子为之取名为徐文。

同年阴历二月十六，刘和天（21岁）跟茅台镇许家的小女儿许翠玲（17岁）成亲。

同年阴历五月二十七，曾祖文心武（21岁）与曾祖母章悦（18岁）成亲。

1947年（民国三十六年）3月25日，文心仪生了个儿子，取名李飞龙。

同年8月27日，曾祖母章悦生下一个儿子，天祖文知辉取名文达观。

同年阴历九月初九，刘家媳妇刘许氏为刘家添丁，取名刘家宝。

1948年（民国三十七年）冬天，天祖母刘彩云的兄弟刘青云去世，享年70岁。

1949年（民国三十八年）阴历四月初八，钱彩珠生第二个儿子，天祖文知辉为之取名为徐天亮。"

……

进入新中国，从1950年春天文家应该记录的第一件大事，即文心雷嫁给山东大汉张军，到 2015 年 10 月 17 日凌晨二老太爷文大喜离开人世，文家历经了半个多世纪的雨雪风霜，尽管其间也有八十多个条目可供文达德选择、编撰，但他还是觉得太少，于是将"2003 年初春，文家捐资 100 万元在刀把镇建希望小学""2006 年盛夏，文家人在刀把镇给幺太太过 110 岁生日""2010 年仲秋，云辉烧房出资 5000 万元创建助学项目，资助全国各地考取大学的贫困家庭学子"等这样有助于扩大文家乐善好施名声的，以及体现文家人健康长寿的条目全都加上。反正用什么不用什么，都是他这个"总编纂"一个人说了算。

3

2019 年 5 月 1 日，国际劳动节。

现在过年过节不像从前了，只要能够多休息一天，国家一定让大家多休息一天。

原先过年吧，不算大年三十，从初一到初三，三天，初四就要去上班；后来人们把前后两个周日周六都加上，整成了"春节七天长假"；五一劳动节也一样，原先只休息一天，现在把周六周日都算上，再把"五四青年节"拉进来，连着四天，就成了"五一小长假"。这对于上班一族来说，当然是福音。至于那些退了休的，比如文达德他们，过年过节就没了期限，只要没人喊停，就一直过。

还有，过去人们盼着过年，是因为物资匮乏，家家户户只能凑到过年过节才能敞开肚皮吃一回大鱼大肉。现在不一样了，丰衣足食之后人群的肥胖指数一直不断在升高，导致人们逐渐害怕大鱼大肉，开始了减肥饮食，少吃或者不吃成了一些人的生活方式。但是，没有大鱼大肉又不成席，特别是过年过节，一大家子人聚在一起的时候，大圆桌上要是没有二十几、三十道色香味俱全的菜肴，那还看得下去？根本说不走。于是，大家改变传统消费习惯，将过年过节的酒席改在了饭店。一来人家大师傅的手艺是专门训练过的，上乘；二来吃完了拍拍屁股就能走人，简单。

文达德和二老太爷一商量，趁着五一国际劳动节大家休息来一次聚会，顺便把已经刊印完成的《文氏家族纪念册》发给各家各户，岂不是一举两得？文心志当然举双手赞成。

于是，文达德早早就把五一国际劳动节的宴席预订好了，就是怕整晚了订不上。确实，那本代表着老太爷文心志和文达德智慧及心血结晶的《文氏家族纪念册》，真的值得在宴席上好好炫耀一番。

就因为要赠送《文氏家族纪念册》，文达德把一些从来没在文家的聚会上出现过的人物也请到了茅台镇，比如，刘承义那一支的刘水红、刘冀中两姐弟，加上刘冀中的老伴谢昆以及儿子刘文脉，都是文家人第一次得见的人物；还有刘青云这一支的刘家宝、刘巍、刘辉煌爷孙三个。

现在吧，上了年纪的人出门身边都要带一个小的，除了"照顾"之外，还负责开车。

2019年的中国，根据国家统计局的数据，全国4.9亿个家庭已经拥有了2.2亿辆私家车，占家庭数量的45%；如果只计算城镇人口，这个比例还要大。而且，那些没有买车的家庭不是买不起，而是没有地方停车。以至于文家五一国际劳动节聚会的酒店外面的停车位告急，只能麻烦酒店员工"代客泊车"，停到附近的空地上去。

老刘家尚且"倾巢出动"，文姓的家庭自然就没有了不来的理由。所以，文心雷她们那边除了在广州的文松柏一家小三口，文心志他们这边除了在美国的文达远家小五口（两老＋儿子文章＋女儿文一娟和准女婿解智晖），柳文君、徐文以及马伟泊家都是倾巢出动，连文心仪家都派出李云仙作为代表前来参加。文达德粗略算了一下，大大小小八十二口子，这在文家可谓空前绝后。

那天，酒店的宴会大厅用屏风专门给文家围了一个能摆放十个桌子的空间，既相对私密又显得宽敞，饭店经理还让搬来一些养眼的绿色植物错落有致地摆放在那些显得空落的地方，马上就增添了亮色。

按道理，现如今这个场合的主宾非二老太太柳文君莫属，但是她老人家不愿意掺和这种事，即便二老太爷文大喜在世的时候都是能躲就躲，更不用说现在了，一句话就推给了文心志和安吉拉。也是，不要说文心志，连地道的美国人安吉拉都习惯了这种中国式的热闹。比起美国那边独门独户的"自扫门前雪"，单单一个"人多力量大"就足够让安吉拉喜欢上中国了，还不要说"承欢膝下""父慈子孝""百善孝为先"等让人"乐享天伦"的、温暖人心的描绘了。

五一国际劳动节那天，安吉拉扎扎实实体验了一回乐享天伦的满足。

对于不认识的人，经文达德介绍这是谁家的谁谁谁，安吉拉总是礼貌地抬抬身子，把事先准备好的欢迎短语说一遍，然后再坐回去等待下一位；而对于那些熟悉的面孔，安吉拉直接站起来先热烈地拥抱一回，再用她们家乡的礼节在客人脸上一边"啵"一下，接着用带着点茅台镇口音的普通话寒暄一通。假如不看相貌，别人一定以为是茅台镇周边的女农民在跩北京话。

接待工作进行好一阵子了，安吉拉悄悄问文达德，说："全都是……老文家的至爱亲朋？"

文达德郑重其事点了一下头，说："全都是。"

文达观携钱招娣过来见面的时候，安吉拉因为听蔡冬梅讲过这厮把老太爷气死的旧事，一直不待见文达观，现在也一样，爱理不理的态度，说话也只是哼哼鼻音，不正经接对方的话；至于钱招娣，因为有爱屋及乌的说法，自然恨"屋"也会"及乌"，同样没有好脸色。好在文达观是奔着茅台烧过来的，压根没在意这个美国人的态度；加上钱招娣知道文达观在文家的境况，大多数时候都假装看不见。否则按照文达观当年踢翻别人"葱葱提篮"那脾气，兴许就要出一回乱子。

等到双身婆文心香和陈元达领着已经四岁的陈慧慧来了，安吉拉拉过小姑娘来又搂又啵，亲热得不行，跟先前的情况形成了强烈反差。完了抚摸着文心香已经明显壮鼓的肚子问预产期，等杜鹃说了六月间，安吉拉马上瞪圆了眼睛，用茅台镇的口吻对陈元达说："你要对她好哈，否则我不依你！"

对于牛嫣然，安吉拉觉得好像什么时候见过一面，只是印象不深，文达德必须告诉她这是徐文的妹妹徐天仙的女儿，安吉拉才会"哦"地叫一声，至于文达德介绍牛嫣然现在是省话剧团演员的一些情况，安吉拉连话剧团是个什么单位都没搞清楚，自然不会关心单位里面的成员。

而安吉拉对于徐百岁的印象，并不是因为她是徐天媛的女儿，也不是因为她是驾驶员李俊峰的老婆，而是因为他们两个的"丁克"身份。这种在美国都不大听说的东西，居然在文家这么个封建大家庭中有了实例，着实让人记忆深刻。等"丁克"他们两口子离开之后，安吉拉悄悄问文达德，说："还在'丁'着？"

文达德于是压低了声音说："还在丁着。"

话音还未落，文诗仙、刘锦瑟和刘大伟一家三口就出现在了眼前。安吉拉是第一次见到已经二十六岁的帅小伙刘大伟，个子比他爹还高一截，玉树临风还彬彬有礼。本身形体造型上就已经先入为主有了好印象，一听说是二老太爷家外孙，安吉拉马上亲热得不行，又搂又啵，关键刘大伟配合得很得体，让老人家完全沉浸在了与文大喜仍然延续着的思绪之中……

接下来是马伟泊一家，让所有人没有想到的，是郑改革开着他的传祺 GS8 不仅把马伟泊、侯雅蓝以及马馨玥捎带了过来，还把同父异母的妹妹郑鸳鸯也捎带了过来。

当一屋子的人听说郑鸳鸯现在是马伟泊家常客时，所有人都纳闷郑改革怎么就长了那么强大的一颗心脏，能把人世间本该是污垢的东西包容下来，最终把它们揉碎变成了相反意义上的内容，比如，谅解、尊重、宽容、友爱……

所以，当马伟泊他们一家人进来，跟主宾寒暄之后，安吉拉与郑鸳鸯紧紧相拥在一起的时候，也不知道谁领的头，大厅居然响起了掌声。人们知道，那是大家对于谅解的嘉许，是对友情的推崇。

只有郑改革知道，自己今天的一切，都是当年文爷爷悉心教导的结果。郑改革后来认真思考过，当年文爷爷在那个包间里说的那些话，外公、外婆加上母亲不知道说了多少遍，不但没有效果，还让自己十分抵触，为什么一从文爷爷的嘴里说出来，就成了金玉良言呢？郑改革一直到研究生快毕业了，才似乎觉得自己终于想明白了。当年的文爷爷，无非是站在平等的立场上，用浅显的道理教会了自己一个处理问题的方法，那就是成语"趋利避害"中所蕴含的方法论元素。人家一个早年留洋的老先生屈尊和自己一个高中生推演"鸿门宴"的人物关系时，代沟明明白白就在那儿摆着的，如果不是满满的热诚，根本没办法沟通。就凭这一条，郑改革也不能薄了文爷爷的面子。

等到后来自己不仅仅掌握了"趋"和"避"的辩证关系，进而有能力将"害"转化成"利"了，人生还有什么困境是不能面对的呢？比如，郑鸳鸯、郑改革就认为自己多一个具有二分之一血缘关系的妹妹，有百利而无一害。

那天晚上，有一个景观让文达德相当欣慰。入席的宾客们人手一本《文氏家族纪念册》，全都在埋头寻找自己在纪念册里的位置，似乎已经忘记了满桌热气腾腾的美味佳肴。

那天晚上，还有一个情况让文达德有些纳闷。隔壁桌的徐天亮席间接到一个电话，从刚刚还在谈论"纪念册"的兴高采烈一下子转变成了呆若木鸡，要不是他老婆拉着，马上就要跟电话那头吵起来了。关键当着一屋子至爱亲朋的面。

4

文达德后来问清楚了，那是因为徐天亮家的"独生子女"徐立业突然从珠海打电话回来说他要结婚了，也不说前因后果，就这么一句话，那头电话就断了，再拨回去，居然一直没人接听，"你说该不该骂他一回？狗东西的！"徐天亮对文达德说。

二老太爷走了之后，一大家子的"鸡毛蒜皮"全都归了文达德，有些事情你不一定管得了，但是你要过问，以体现"家族领袖"的关心跟体贴，如同退休之前的"组织关怀"。多少年的秘书长生涯，文达德一直都是"组织关怀"的具体执行人，早就已经轻车熟路。

"咝！"文达德先感叹一下才说，"之前就没一点迹象？"

"没有啊！之前的春节假期，这家伙也回茅台镇待了四天，该喝酒喝酒，该会同学会同学，没听说结婚的事情啊，这才离开没几个月啊，怎么突然就要结婚了？还不说！"徐天亮说。

文达德想想，说："要不你再拨一遍？也许他人机分离呢。"

徐天亮马上打过去，一片忙音，马上喊了起来："你看你看你看！"

"慌哪样嘛你？"徐文最烦徐天亮没有定律那德行，说，"不就是结个婚嘛，有什么大不了的？到时候恐怕你还因此高兴嘞！"

"哎，还真是！"文达德说，"前几天马馨玥还打电话给我，说他们家郑改革结婚的时候，想请我当证婚人！哎，徐天亮你问问清楚，徐立业真要是也准备结婚，我们看看能不能搞一回……搞一回集体婚礼什么的，嗯？你们说呢？热闹热闹嘛！"

"耶！真是个好主意嘞！"徐文推了徐天亮一下，说，"你听见没有？多好一个事情，愁哪样嘛愁！"

"要不……"徐天亮看看文达德，再看看兄长，说，"我跑一趟珠海？"

文达德说："对对对，你们老两口亲自跑一趟，也算……旅一回游？"

"这样多好？七十多岁的人了，什么事情想清楚了再说话，急哪样嘛急！"徐文埋怨道。

没几天，徐天亮从珠海打电话给文达德，说徐立业那几天之所以没接电话，是因为他去临时处理一个急事的同时把手机忘记在了单位，还说娃儿对于集体婚礼举双手赞成。

放下电话，文达德心想完了，原本只是安慰徐天亮的一个随口之言，现在居然成了一桩必须完成的任务了。

"既然这样，那就把有结婚需求的家庭统计一下，搞它一台正儿八经的集体婚礼？"文达德对杜鹃说。

杜鹃说："那是你的事情，我只管我们家文心香肚皮里面的小老二。"

统计下来，还把文达德吓了一跳。除了郑改革、徐立业之外，一听说文家要搞一台大型的集体婚礼，虽然"大型"是以讹传讹加上去的形容词，大满仓家三十三岁的儿子文心意，以及二十八岁的女儿文心华双双报名参加；另外，徐天媛家二十八岁的孙子赵千里，徐天仙家当演员的女儿牛嫣然也都争相报了名。

文涛家儿子文化已经三十三岁了，房子也是现成的，早就该结婚了的，但是文化一直无理由拖着，大人说了多少次都没用，没想一听说集体婚礼，文化考虑都没考虑就跟着起哄一般报了名，说就是要凑凑热闹。

跟春风一吹，草会绿花会红一样，集体婚礼这股"春风"把文诗路家已经三十二岁、自称为"剩女"的文美丽也吹得动了心思。

其实文美丽不是剩女，人家2011年就跟孔令君对上象，谈起了恋爱的；到2013年差不多可以结婚的时候，偏偏"瀚海智能"那边出了状况，需要有人前去救火，文美丽可以说是"忍痛割爱"前往珠海的。没想这一拖就是六年，把人家两个人结婚的心思拖得没着没落的，要不是集体婚礼这股春风，真不知还要被拖到什么时候。

一听说家里的大龄女青年同意参加集体婚礼，文诗路的眼泪都掉下来了，跟闫晓争絮叨了半天，中心思想一定要好好谢谢文达德。

这么算下来，集体婚礼已经有八对新人报了名。原先估计四五个家庭参加的情况，一下子凑成了一个吉利数字，文达德觉得相当满意。至于时间和地点，文达德早已经成竹在胸。关于时间，今年是中华人民共和国成立70周年的大日子，非10月1日莫属；据说今年还有盛大阅兵式，如果将通常晚上举行婚宴的习惯改一改，改成中午，大家一起看完了国家庆典之后再进行婚礼庆典，那样的感觉若是二老太爷还在，睡着了都能笑醒过来，文达德想想都觉得兴奋。至于地点，现在还有哪里能跟茅台镇相提并论？

不仅如此，文达德还把宾客都盘算好了。因为国庆节是七天长假，时间充裕，到时候"家族会议"出差旅费，把各个地方文家产业的员工全都请到茅台镇来，还怕不热闹吗？

经过"家族会议"开会同意之后，《2019年国庆节集体婚礼策划书》用电子邮件发往所属各单位。

晚上都睡下了，杜鹃突然想起应该表扬文达德一下，就说："哎，那个策划书真是你搞的？"

"嘿！我们那个'家族会议'既没有秘书也没有会计，我不搞谁搞？"文达德说。

"不错的嘛，想不到连婚礼策划也能搞哈？"杜鹃说。

"嘿！"文达德脸上写着好几分得意，说，"好笑人哦你！才是个婚礼策划嘛！要不然那么多年的秘书长是白当的吗？哎哎哎，不要光扯我这个事情嘞，集体婚礼固然重要，但是，我们家更重要的事情是文心香的第二胎，那才是我们家的重中之重嘞！"

"好笑人哦你！"杜鹃马上回敬了对方一下，也堆起满脸的得意，说，"你就不用操心喽！准备抱孙子就是！"

文心香6月13日的预产期，6月12日准准时时就有了反应。专门请了假过来等着伺候老婆坐月子的陈元达一分钟都没耽搁，和老丈母娘一边一个架着文心香就往医院送。

把人送进了分娩室，因为完全听不到里面的动静，陈元达就开始急。来来回回踱步，一趟一趟绕，直绕得杜鹃心烦意乱了，一声呵斥，陈元达终于不绕了，改成蜷缩在分娩室门边抱着头发愁。

杜鹃更烦了,说:"陈元达,你是在迎接新生命的诞生嘞!你这个表情是欢迎么,还是不欢迎吗?"

"我肯定是欢迎的嘛,妈!"陈元达苦着个脸说,"问题是……我是怕……我是怕……"

"怕哪样揪揪嘛!你一个大男人!天塌下来要你撑起嘞!怕哪样嘛怕?不是吹牛,这要是换成你的爹……当然是我们家文心香的爹哈,早就顶在最前面了!哪像你……咦!你要活得像个男人嘛,陈元达!"杜鹃一串连珠炮冲口而出。

"我……"陈元达还想申辩点什么。

"你哪样嘛你?!"陈元达马上被丈母娘凶叉叉地堵了回去。

就在这当儿,文达德火急火燎赶了来,正好听见杜鹃训斥陈元达,赶紧岔开:"哎哎哎!怎么样了?里面!"

就像是事先排练好的桥段,一个护士恰好探出头来,说了一声"母子平安哈"正要缩回去,被文达德叫住。

"医生医生,母子母子……你确定是个儿子哈?!"文达德中气十足地问,声音和表情都很亢奋。

护士瞥了他一眼,说:"我确定!"

文达德一把将杜鹃揽在怀里的同时还准备关照一下陈元达,两个人顺着一阵明显压抑着的、窸窸窣窣的声音看过去,竟然是陈元达哭的声音。杜鹃正要发作,被文达德一把抱住。

"这回……合适了!"文达德喃喃道,他原本想用"圆满"两个字的,转念一想这种时候不宜太功利,出口时就弯成了"合适"。

5

家里多了个嫩娃儿,虽然自己不便插手,但是随时随地都幸福满满的感觉确实让人很安逸。让文达德安逸的事情还不仅如此,连理论上该亲家公的、为孙孙取名字的重任也落到了自己头上。那是陈元达私底下跟自己说的,说那是为了感谢文心香无可比拟的功劳。

文达德想想也是，为了动员女儿生二胎，他和杜鹃可没少下功夫，最后连陈慧慧都派上了用场，这才达成了目的，也行，不就是取个名字嘛，谁取都是名字。

文达德既没看《辞海》更用不着翻《辞源》，根据姐姐陈慧慧的名字就得出了结论——陈聪聪。

一家人都认为这个名字取得好，是一个男娃儿的名字，重要的还跟姐姐搭配上了，浑然一体。

孙子的名字确定之后，文达德心里就剩下集体婚礼这一桩事情了。也怪，什么事情若是计划在先了，总感觉日子过得特别慢。好不容易挨到天黑最终上了床，仅仅才过去了一天。文达德脑袋里有关集体婚礼的事情又跳了出来，看看什么地方是否还存在瑕疵。

不仅没有瑕疵，最近又传来好消息，说刘承义的孙子刘红军不知道从哪个渠道得到的消息，也准备过来参加集体婚礼，还让他姑妈刘水红打电话问问行不行。

文达德在电话里告诉刘水红，说没有行不行一说，而是张开双臂热烈欢迎。这么一来，新人增加到了九对，九是最大的单数，过去叫"至尊"，也挺好的。文达德想。

谁知没过几天，从美国打过来一个越洋电话，文达德一看是文达远，文达远还没开口哈哈哈先笑一通，然后说，为了给文家的集体婚礼凑个"好事成双"的彩头，他们家文一娟原本还能继续再恋爱一年两年的，现在也申请加入了进来。

"不是说……小解已经回来……了？"文达德之所以这么吞吞吐吐的，是因为前几天他听蔡冬梅说解智晖回来了，还说小两口已经闹翻了什么的，前因跟后果一样都不少，说得有鼻子有眼睛。

"嘿！"文达远在大洋那头轻描淡写地哼了一声，说，"两个人闹了点小矛盾，但是不影响参加集体婚礼啊！你还不允许人家回去探望一下父母什么的？"

"哦！那就好，那就好！"文达德仿佛松了一口气，说，"哎呀！这回十全十美了！"

终于来到了 2019 年 10 月 1 日。

上午十点整，二三百宾客聚集在举办婚礼的饭店大厅里，集体收看中华人民共和国成立 70 周年庆典。

位于小舞台后方的 LED 大屏幕上，"主席同志"习近平主持的阅兵大典，把整个大厅里的观众跟中国十四亿老百姓顺畅地联结在了一起，人们的热情跟大屏幕里面的热情同步，全都沉浸在了新中国成立七十周年满满的、幸福的仪式感当中……

等到大屏幕上的"国家庆典"一结束，"家族庆典"紧紧跟进，一分钟都没有耽搁。

十对新人在《婚礼进行曲》烘托出来的欢乐气氛中步入婚姻殿堂的时候，全场礼花缤纷，欢声雷动，"嗨"成一片……

嗨完之后，接下来的程序是由主宾文心志代表家族讲话。没想到这个环节出了一点小纰漏。谁也不知道文心志会因为"阅兵大典"把血压给整高了，你不要看他胸前别着的主宾胸花怪好看，但是人站不住，说头晕。

只能临时把事先准备的稿子让大满仓转交给文达德，让文达德代劳。文达德接过稿子犹豫了片刻，不是害怕临危受命，而是怕按照二老太爷的思路撰写的稿子不是自己的风格，稿子完成之后他看过，多少提了一点修改意见。那篇稿子二老太爷那个年纪念起来一点问题都没有，恰如其分；真要换成自己来"宣读"，完全不是共产党退休干部的路子。

文达德马上过去跟仍然二昏二昏的二老太爷耳语一番，等他老人家虚飘飘地点了头了，文达德这才放放心心把稿子塞进了裤子荷包。

文达德款步来到小舞台中央时，胸前别着的一款跟二老太爷一模一样的花簇显得格外俏丽。

这种下面坐了好几百人听你讲话的场合文达德见得多，因此很坦然。站定之后举目望去，下面几百双热情洋溢的眼睛全都目不转睛地看着自己，一下子有点兴奋了。

文达德连嗓子都不需要清理，直接开讲："同志们，文家的父老乡亲们，大家好！原本该二老太爷的事情……临时换成了我，没得办法，我只能硬着头皮替二老太爷讲一回。

今天啊，是我们中华人民共和国 70 周年大典的日子，同时也是我们文家十对新人共同的大喜日子，在这里，我代表文家的……前辈们，祝福大家新婚幸福！生活美满！事业进步！"

一阵掌声之后，文达德接着说："从……1877年，清光绪三年，文家老大文知辉在刀把镇降生开始，到刚刚结束的国庆大阅兵，我们文家走过了一百四十二年的风雨历程。1895年，文知辉老祖宗在茅台镇开办了'云辉烧房'，不过才眨了个眼睛，已经一百二十四个年头了！到今天，文家的产业在国家蒸蒸日上的大环境下得以长足发展，正是应了那句老话，叫大河涨水小河满！

"当年，我们家老祖宗书写的那块'行德崇文'的匾额，已经成为今天我们文家后人做人做事的标准，成为我们文家不忘初心，共同奋斗的坐标！正如习近平同志在今天的庆祝大会上说的，'中华民族已经走上了实现伟大复兴的壮阔道路！'这就是我们这一代人的幸福！

"同志们啊，其实还是那句话，我们老百姓的小日子，说到底就是吃喝拉撒那点事情，他们对于幸福生活的要求其实并不高，吃得爽口一点，喝得绿色一点，住得宽敞一点，玩得开心一点，如此而已！但是，细想一下，真要让全中国十四亿老百姓大体都能达到这个目标，还真不是一件容易的事情。只不过这个标准无疑已经成为执政党努力的方向，奋斗的目标！正如中南海正门里面、那个朝向长安街的影碑上面'为人民服务'五个红底金色的大字一样，永远都是中国共产党人安身立命的坐标！"

（全篇完）

2022年4月6日于贵阳观山小区寓所

2022年7月6日整理

后记：十二年又四十二天

2022年的清明节刚过，4月6日上午，我的长篇小说《茅台镇》在电脑上敲完最后一个字之后，终于收工了。在我的记忆中，整个创作过程七八个年头总是有的，但打开第一部第一章第一节的第一个段落标记的时间一看，自己都吓了一跳，竟然是2010年的2月27日！算一算，十二年又四十二天。说光阴如梭，这也"梭"得太猛了一点。

最早接触"贵阳文通书局"这个题材，是在贵州省戏剧创作中心召集的一次"创作研讨会"上。当时省委宣传部文艺处的同志列举了贵州可供创作的本土题材，其中就有贵阳文通书局。之前因为经常在一起开会，讨论有关戏剧创作的话题，跟贵州省话剧团的领导班子就混成了熟人，大家一起聊天时一致认为贵阳文通书局值得一书，于是便开始了话剧《天地文通》的创作。2009年3月初完成创作，数易其稿之后，贵州省话剧团决定投入排练，聘请国家话剧相关专家执导，没多久便呈现在了观众面前。演出之后，专家、观众的反响都还不错，国家、省政府、省委宣传部的奖项拿了不少。就在这个时候，看过话剧《天地文通》的贵州省教育出版社的编辑通过话剧团的一个舞美工作者找到了我，询问是不是可以把这个题材整成小说。这个问题恰好跟我创作《天地文通》剧本之后意犹未尽的感觉不谋而合，于是我便开始了长篇小说《茅台镇》的创作。那是"十二年又四十二天"之前的事。

最早，在和话剧团的同志们讨论剧本的时候，确定了写到"抗战胜利"这么一个时间节点，因为大家觉得抗战之后、特别是中华人民共和国成立以后的内容不大好呈现，加上舞台剧长度有限，太长了就是给人家搞化妆的女同志增加负担（由年轻变老的化妆），于是就把话剧《天地文通》结束在了1945年的中秋节。后来的长篇小说《文家老大》大概也延续这么一个设置。

《文家老大》这个书名跟故事里面的人物、空间、时间有关。等到原先计划的第一、第二部完成了，那年写完话剧剧本之后意犹未尽的感觉再一次出现。"意犹未尽"确实让人有点难受，不写吧，意犹未尽；写吧，全都是中华人民共和国成立之后的故事，据说不好写。徘徊、纠结了很久，最终创作欲望还是战胜了顾虑，便一发不可收拾，一直写到2019年，新中国成立70周年大庆。

书中，男一号文知辉的命运被定格在了"文革"，后面虽然还是他们文家人的故事，只是如果继续沿用原先"定格于抗战胜利"的《文家老大》这个书名，我自己都感觉与时代有了差距。与此同时，出版社也传递过来了类似意见。最终，确定了"茅台镇"这个名称。

十二年如一日地专注一件事，辛苦是再自然不过的事情，好在创作的快乐与之并存。一个比较简单的原因，就是热爱，你都热爱了，苦也能变成甜，更不要说还能跟随着人物命运在中国波澜壮阔的、国家持续进步的历史进程中所能感受到的欣喜。大概也是因了这种体验，才让我没有意识到光阴已经过去了足足12个年头。

十二年如一日地专注一件事，其中的艰辛只有我自己知道。很多时候好几天坐在电脑跟前写不出一个字，我都怀疑过自己是不是脑筋不够用了，要不干脆就此打住，随便整一个结尾了事？还好，太阳日复一日不知疲倦地从东方升起，就是要告诉人们一个简单的道理，凡事都需要日复一日地持之以恒。

由此想起了陶渊明《杂诗》里面"盛年不重来，一日难再晨。及时当勉励，岁月不待人"的句子。12年虽然长了些，总还成就了一部讲述茅台镇故事的长篇小说，也算是对自己的"嘉许"。

在这里，我要感谢12年来对我的创作给予支持、鼓励、帮助的顾久、徐圻、欧阳黔森、玉宇、张发贤、祁定江等先生，多谢了！